HELDEN KÜSST MAN NICHT

MARIE FORCE

Originaltitel: Everyone Loves A Hero © 2009 und 2017 Marie Force
Copyright für die deutsche Übersetzung: © 2019 Christina Rodriguez
Lektorat: Ute-Christine Geiler, Birte Lilienthal, Agentur Libelli GmbH
Deutsche Erstausgabe
ISBN: 978-1950654628

Cover: Kristina Brinton
Buchdesign und Satz:

Für Dan, einen der wirklich Guten

ÜBER DAS BUCH

Seitdem der Pilot Cole Langston ein Flugzeug in einem Schneesturm
gelandet und den Kapitän nach einem Herzinfarkt wiederbelebt hat,
ist er nur noch als »Captain Incredible« bekannt. Gerade als sich der
Trubel wieder etwas gelegt hat, wird er in einem Flughafenladen
bewusstlos geschlagen, als er die Verkäuferin gegen einen aufdringli-
chen Kunden verteidigt. Und als Cole zu sich kommt, verliebt er sich
auf den ersten Blick in die bezaubernde junge Frau.

Olivia Robison kann nicht glauben, dass ausgerechnet »Captain
Incredible« ihr zur Hilfe eilt. Als er ein paar Wochen später vor ihr
steht, kommen sich die beiden sofort näher. Doch eine Beziehung ist
nicht so einfach, denn Coles Bekanntheit sorgt dafür, dass er sich der
Frauen kaum erwehren kann. Und auch wenn er schwört, dass er nur
an ihr interessiert ist, muss Olivia doch erst entscheiden, ob sie dem
attraktiven Piloten wirklich ihr Herz anvertrauen kann …

ole öffnete das Auge, das noch funktionierte, um
herauszufinden, wie er es geschafft hatte, auf dem Boden zu
landen. Sein Gesicht und seine Schulter schmerzten. Dabei hatte er
sich nur eine Rolle Mentos besorgen wollen, um den nächsten Flug zu
überstehen. Stattdessen hatte er eine Faust ins Gesicht bekommen.
Seine Schulter pochte, weil er in eine Souvenirauslage der
Washington Redskins gekracht war, und sein ganzes Gesicht tat weh.
Der Riesenkerl besaß einen mörderischen linken Haken.

Cole versuchte, sein anderes Auge ebenfalls zu öffnen, das seit der
Begegnung mit der Hammerfaust begonnen hatte, zuzuschwellen. Als
er blinzelte, entdeckte er eine umwerfende junge Frau, die sich über
ihn beugte. Sie hatte langes dunkles Haar, einen Teint wie Porzellan
und große braune Augen. Cole blickte über ihre Schulter und
bemerkte, dass sich bereits mehrere Leute um ihn versammelt hatten,
die miteinander flüsterten und auf ihn deuteten. Zweifellos hatten sie
ihn wiedererkannt, was bedeutete, dass jeden Moment die Presse
auftauchen würde. Er entdeckte auch zwei Flughafenpolizisten, die
mit einem großen Mann in Handschellen diskutierten – vermutlich
der Riese.

Cole hatte es nicht kommen sehen. Er hatte einfach in der

Schlange gewartet und sich um seinen eigenen Kram gekümmert. Der Mann vor ihm hatte übers Handy eine laute Diskussion geführt. Plötzlich hatte Cole mitbekommen, dass der Riese die Verkäuferin mit einem Bündel Geldscheine bewarf. Cole hatte sich vorgelehnt, dem Mann auf die Schulter getippt und ihm mitgeteilt, dass er die junge Frau hinter dem Tresen unhöflich behandelte.

»Sie macht nur ihren Job«, hatte Cole noch zu ihm gesagt.

Und ehe er sichs versah, blickte er zu einem Engel auf.

»Alles in Ordnung?«, fragte die junge Verkäuferin und strich ihm sanft mit den Händen übers Gesicht.

Cole erschrak, weil sein Körper sofort auf die Berührung reagierte. Bevor sein kleines Problem ersichtlich wurde und die Presse auftauchte, um sein Leben erneut in einen Zirkus zu verwandeln, versuchte er schnell, sich aufzusetzen. Zu schnell, wie er begriff, als ihn unerwartet eine Welle der Übelkeit überrollte, die immerhin kurzen Prozess mit dem Problem zwischen seinen Beinen machte.

Er ließ sich auf den zusammengelegten Pullover sinken, den ihm jemand unter den Kopf geschoben hatte, schloss die Augen und atmete tief durch, um gegen den Brechreiz anzukämpfen. »Wie lange war ich bewusstlos?«, erkundigte er sich bei der Frau.

»Ungefähr zwei Minuten. Es kam mir aber länger vor.«

»Scheiße«, stöhnte er und stellte sich vor, wie die Presse den Vorfall ausschlachten würde. »Ich muss meiner Airline mitteilen, dass ich heute nicht fliegen kann, und danach so schnell wie möglich verschwinden.«

»Die Flughafenpolizei hat einen Mitarbeiter Ihrer Fluggesellschaft angerufen. Er ist bereits unterwegs, zusammen mit einigen Sanitätern.«

»Ich brauche keine Sanitäter«, verkündete Cole und versuchte ein zweites Mal, sich aufzusetzen.

Sie legte ihm die Hände auf die Schultern und hielt ihn davon ab. »Bleiben Sie ruhig liegen. Vielleicht haben Sie eine Gehirnerschütterung.«

Als ehemaliger Highschool-Hockeyspieler hegte Cole keinerlei Zweifel daran, dass er eine Gehirnerschütterung erlitten hatte. *Toll.*

Wirklich toll. Nachdem er monatelang am Boden geblieben war und im Auftrag der Airline als Held die Runde gemacht hatte, konnte er keine Gehirnerschütterung gebrauchen, die ihn für zwei Wochen außer Gefecht setzte – ausgerechnet jetzt, wo sich das ganze Theater langsam legte.

»Wie ist Ihr Name?«, fragte er mit geschlossenen Augen, weil er noch immer unter Schmerzen und Übelkeit litt.

»Mein Name?«

»Das sollte keine Fangfrage sein.«

Sie lachte leise. »Olivia.«

Er hatte sich für eine Frau namens Olivia eingesetzt, war dafür bewusstlos geschlagen worden und würde nun für mindestens zwei Wochen krankgeschrieben werden. *Verdammt!*

»Danke, dass Sie das getan haben«, sagte sie.

»Kein Problem.«

»Doch, ich glaube schon.«

Cole hob seine unverletzte Schulter. »Der Kerl hat sich wie ein Vollidiot aufgeführt.«

»Hier«, erklang eine männliche Stimme über ihm. »Legen Sie sich das aufs Auge.«

Cole spähte zwischen den Lidern hindurch und erblickte den Geschäftsführer des Ladens, der ihm einen Eisbeutel hinhielt. Cole griff danach. »Danke.«

Eine Minute später trafen die Sanitäter ein, zusammen mit jemandem von der Airline – eine ältere Frau, die Cole noch nie zuvor gesehen hatte. Sie verkündete, dass sie ihn ins Krankenhaus begleiten würde.

»Das ist nicht nötig«, behauptete er.

»Anordnung von oben«, entgegnete sie und schien sich dabei äußerst wichtig vorzukommen. »Ich soll bei Ihnen bleiben, bis Sie entlassen werden, und mich um sämtliche Presseanfragen kümmern.«

»Na toll.«

Während die Sanitäter alles vorbereiteten, um Cole auf einer Trage abzutransportieren, schaute er sich nach Olivia um und entdeckte sie in einer Gruppe aus Airportmitarbeitern und Fluggästen, die alles verfolgten. Ihre Blicke begegneten sich, und sie trat einen Schritt vor. Cole fand es gelinde gesagt erfrischend, dass sie ihn offenbar nicht erkannte.

»Hoffentlich wird alles gut«, erklärte sie.

»Natürlich wird es das. Ich habe einen harten Schädel.«

»Tut mir leid, dass so etwas passiert ist.«

»War ja nicht Ihre Schuld.«

Sie drückte ihm eine Rolle Mentos in die Hand. »Passen Sie gut auf sich auf.«

Die Geste amüsierte ihn, und er antwortete: »Und lassen Sie sich von Ihren Kunden nichts gefallen.«

Ihr Lächeln war umwerfend, und sein Körper reagierte schon wieder. »Ich geb mir Mühe.«

»Bis dann.«

Olivia blieb stehen und schaute ihm nach. »Cole Langston, Erster Offizier« hatte auf seinem Namensschild gestanden. Warum kam ihr der Name nur so bekannt vor? Sie behielt ihn im Auge, bis sein dichtes dunkles Haar nicht mehr zu sehen war. Dann erst atmete sie tief durch, um sich zu beruhigen.

Es war alles so schnell gegangen. Der unverschämte Kunde hatte sie mit Geld beworfen, während er sich am Handy mit jemandem gestritten hatte. Er hatte sich so rasch umgedreht, dass sie es nicht mehr geschafft hatte, den attraktiven Piloten zu warnen, der sich ihretwegen eingemischt hatte.

Der Hieb hatte den armen Mann rücklings in die Redskins-Auslage befördert, und während er gefühlt eine Stunde lang bewusstlos dort gelegen hatte, hatte Olivia ihn innerlich angefleht, endlich aufzuwachen. Doch sie hatte nicht mit dem heftigen Prickeln gerechnet, das sie verspürt hatte, als sie sein glatt rasiertes Gesicht berührt hatte. Sie legte sich die Handflächen an die heißen Wangen. Dabei nahm sie den Duft seines Eau de Cologne wahr, der ihrer Haut noch anhaftete.

»Weißt du, wer das war?«, flüsterte ihr der Ladenbesitzer aufgeregt zu.

Olivia drehte sich zu ihm um. »Auf seinem Namensschild stand ›Cole Langston‹.«

»Das ist der Pilot, der letzten Winter das Flugzeug während eines Blizzards gelandet hat, nachdem der Kapitän einen Herzinfarkt erlitten hatte.«

»Oh! Stimmt!« Mit einem Mal fiel ihr die Geschichte wieder ein. »Danach hat er den Kapitän durch Herzdruckmassage gerettet, als das Flugzeug noch auf der Landebahn stand.«

»Richtig. Seitdem war er überall zu sehen, sogar auf den Titelseiten von ›People‹ und ›Time‹.«

»Kein Wunder, dass er hier so schnell wie möglich fortwollte, bevor die Presse auftaucht.«

»Inzwischen muss er es wirklich leid sein, so im Zentrum der Aufmerksamkeit zu stehen. Mit der Zeit wird das jedem zu viel.«

Olivia begutachtete das Chaos im Laden und dachte an das Prickeln. Wahrscheinlich war es nur eine Folge des Schocks, und die Gefühle waren einfach mit ihr durchgegangen. Was sollte es sonst sein?

»Die Polizei will, dass du eine Aussage machst«, erzählte der Ladenbesitzer. »Bist du dazu imstande?«

»Natürlich.«

NACHDEM SIE BEI DER POLIZEI AUSGESAGT UND DANACH MITGEHOLFEN HATTE, den Laden aufzuräumen, war Olivias ereignisreiche Schicht beendet. Sie holte ihre Sachen, verabschiedete sich von ihrem Chef und durchquerte die Flughafenhalle in Richtung U-Bahn-Station. Sie liebte es, durch die Glaskuppeln auf dem Dach des Reagan National Airport in den Nachthimmel hinaufzublicken, und bewunderte die kunstvollen Mosaiken auf dem Marmorboden. Jedes Mal entdeckte sie darin ein neues Detail, das ihr zuvor entgangen war.

Sie nahm die U-Bahn in Richtung Alexandria. Der Zug ratterte über die Schienen, und Olivia dachte über diesen verrückten Tag nach, der um zehn Uhr mit einem Seminar an der American University in der Stadt begonnen und mit ihrer Aussage bei der Polizei geendet hatte.

Als der Zug an der King Street Station hielt, fragte sie sich, wie es Cole ging und ob das Krankenhaus ihn über Nacht dabehalten würde. Morgen würde sie sich bei seiner Airline erkundigen und versuchen, etwas über seinen Zustand zu erfahren. Nach allem, was er für sie getan hatte, war es das Mindeste, was sie tun konnte. Vielleicht würde man ihr seine Adresse geben, damit sie ihm eine Dankeskarte schicken konnte.

Sie lief nach Hause, und die welken Blätter auf dem Bürgersteig knirschten unter ihren Sohlen. Sie schmiedete weiter an ihrem Plan herum, mit Cole Kontakt aufzunehmen, als sie die Stufen zu dem Haus in der Commonwealth Avenue hinaufstieg, das sie mit ihren Eltern bewohnte. Sie kramte den Schlüssel aus der Handtasche und schloss die Tür auf.

»Mom?«

»Hier hinten«, antwortete ihre Mutter aus der Küche.

Olivia hängte ihre Tasche an den Pfosten am unteren Ende des Treppengeländers und verstaute ihre Jacke in der Garderobe. Dann durchquerte sie das chaotische Haus und ging zu ihrer Mutter, die gerade eine Kiste auf dem Küchentisch auspackte. Der Boden ringsum war mit Styroporchips übersät.

Olivia gab sich Mühe, ihren Ärger zu verbergen. »Was hast du denn da?«

»Ach, nur die allersüßesten Glasmäuse für meine Sammlung.« Mary Robison hielt eine davon in die Höhe. »Ich habe sie neulich auf QVC gesehen und musste sie einfach kaufen.«

Olivia ließ ihren Blick durch die Küche schweifen, die einem Katastrophengebiet ähnelte. Überall standen Sachen herum, die ihre Mutter »einfach hatte kaufen müssen«, das meiste befand sich allerdings noch unbenutzt in der Originalverpackung. Aus irgendwelchen Gründen, über die Mary nicht redete und die sie sich offenbar nicht einmal selbst eingestehen wollte, hatte sie seit Olivias Highschool-

Abschluss vor neun Jahren das Haus nicht mehr verlassen. Dank Onlineshops und Teleshopping gelang es ihr jedoch, eine aktive, wenn auch äußerst kostspielige Beziehung zur Außenwelt aufrechtzuerhalten.

»Wie war dein Tag?«

»Interessant.« Olivia erzählte ihrer Mutter, was bei der Arbeit geschehen war.

Mary schnappte nach Luft. »Der Mann hat ihn einfach geschlagen? Direkt ins Gesicht?«

»Er hatte sogar kurz das Bewusstsein verloren.«

»Ich hoffe, der Idiot wurde festgenommen.«

Olivia holte sich eine Wasserflasche aus dem Kühlschrank. »Ja. Ich musste eine Aussage bei der Polizei machen. Echt krass.«

»Vielleicht solltest du dort nicht mehr arbeiten.« Mary kaute auf ihrem Daumennagel und warf ihrer Tochter einen skeptischen Blick zu. »Es scheint nicht sicher zu sein.«

»Ach was. So etwas ist bisher noch nie passiert. Mach dir keine Sorgen.« Olivia nahm einen großen Schluck Wasser. »Und rate mal, wer der Pilot war. Erinnerst du dich an den Mann, der während eines Blizzards ein Flugzeug gelandet und anschließend den Kapitän gerettet hat, der während des Fluges einen Herzanfall erlitten hatte?«

»Das stand in der Zeitung. Irgendwann Anfang des Jahres.«

»Richtig. Es war in aller Munde.« Nun, da sie wusste, wer er war, konnte Olivia es nicht fassen, dass sie weder ihn noch seinen Namen wiedererkannt hatte. Sie schob es auf die Aufregung.

»Es war ein ziemlich gut aussehender Typ, wenn ich mich recht erinnere.«

Olivia hätte es nicht besser ausdrücken können, doch niemals würde sie ihrer Mutter gegenüber zugeben, dass sie sich auf seltsame Weise zu ihm hingezogen gefühlt hatte. Sonst würde sie es sich ewig anhören dürfen.

»Mhm. Ist Dad zu Hause?«

»Noch nicht. Er schiebt freiwillig Überstunden, in der Hoffnung, etwas zu verkaufen.«

Olivias Vater war Autoverkäufer und war recht erfolgreich gewesen, bis sich seine Firma darauf verlegt hatte, anstatt Cadillacs irgendeine Importmarke zu verkaufen, die er hasste. Daraufhin waren seine Zahlen zurückgegangen, woraufhin ihm der Händler mit einer Kündigung gedroht hatte, falls er seine Meinung nicht für sich behielt und endlich ein paar Autos an den Mann brachte.

»Du solltest das Shoppen sein lassen, Mom. Im Moment können wir es uns nicht leisten.«

»Ach, diese kleinen Kerle haben doch praktisch nichts gekostet.« Mary hielt die Glasmäuse ins Licht. »Siehst du, wie sich das Licht darin bricht? Das gefällt mir.«

Olivia wusste, dass es sinnlos war, etwas zu sagen. »Sie sind wirklich hübsch. Ich gehe jetzt ins Bett. Es war ein langer Tag.«

»Gute Nacht, Liebling.«

Von der Tür aus beobachtete Olivia, wie ihre Mutter eine zweite Schachtel voller Kristallmäuse auspackte. Manchmal musste sie sich mit aller Macht zusammenreißen, um ihre Mutter nicht anzuschreien, dass sie endlich damit anfangen sollte, in die Realität zurückzukehren.

Olivia nahm ihre Handtasche und ging die Treppe zu ihrem Zimmer hinauf, das sehr ordentlich und sauber war.

Eine weiße Spitzendecke, die bei Macy's im Angebot gewesen war, lag ausgebreitet auf ihrem Bett. Auf der Kommode stand die kristallbesetzte Schmuckdose, die ihre Eltern ihr zum sechzehnten Geburtstag geschenkt hatten, und daneben hatte sie drei Fotos gestellt. Sie zeigten ihre älteren Brüder, die schon seit Jahren nicht mehr zu Hause wohnten, ihre Highschool-Freunde und sie selbst mit ihrer Cousine und besten Freundin Jenny, die zum damaligen Zeitpunkt noch unverheiratet gewesen war. Das blonde Haar und die grünen Augen ihrer Cousine bildeten einen scharfen Kontrast zu Olivias deutlich dunkleren Farben, aber trotzdem sahen sie sich durchaus ähnlich.

Die Wände schmückten gerahmte Poster von Orten, die Olivia unbedingt einmal besuchen wollte: Paris, London, New York und San Francisco. In der Ecke am Fenster befand sich ihre Staffelei, in der anderen Ecke ein Fernseher und eine Stereoanlage.

Ihr Zimmer war der einzige Ort in dem chaotischen Haus, an dem Olivia sich entspannen und in Ruhe lernen, zeichnen und malen konnte. Daher hatte sie sich standhaft den Versuchen ihrer Mutter widersetzt, das Zimmer etwas »aufzupeppen«. Marys Besessenheit davon, sich mit allerlei Krempel zu umgeben, hatte ihre Tochter zu einer Art Ordnungsfanatikerin werden lassen, die das Motto »Weniger ist mehr« beherzigte. Olivia träumte von dem Tag, an dem sie endlich ihr Studium beenden, einen besseren Job finden und in eine eigene Wohnung ziehen würde. Doch dieser Tag schien Lichtjahre entfernt zu sein, weil sie pro Semester nicht mehr als ein oder zwei Seminare schaffte.

Da ihre Eltern sie bei den Studiengebühren nicht unterstützen konnten, schlug sich Olivia mit einem bescheidenen Stipendium durch und verdiente sich am Flughafen noch etwas dazu. Vielleicht hätte sich ein anderer Job mehr gelohnt, aber sie liebte die Atmosphäre des Flughafens und die Vorfreude der Reisenden auf ihre exotischen Ziele, von denen Olivia nur träumen konnte. Außerdem hatte sie dort die Chance, Porträts vieler unterschiedlicher Menschen zu skizzieren.

Ihr Handy klingelte mit der Melodie von »Ode an die Freude«, und Olivia kramte es aus der Tasche. Sie war nicht überrascht, Jennys Nummer auf dem Display zu sehen, da sie oft um diese Uhrzeit telefonierten.

»Hey.« Olivia ließ sich aufs Bett plumpsen und machte es sich gemütlich. »Was gibt's?«

»Uff«, seufzte Jenny. »Billy kriegt Zähne, und es geht ihm furchtbar. Das heißt, uns natürlich auch. Will ist gerade losgefahren. Ich habe ihm aufgetragen, die größte Flasche Wein mitzubringen, die er finden kann. Die habe ich mir heute verdient.«

»Der arme Billy«, antwortete Olivia. »Tut mir leid, dass er solche Schmerzen hat.«

»Mir auch. Von der vielen Spucke ist seine Haut wund, und er kaut ständig auf den Fingern herum.«

»Wie gut, dass wir uns nicht mehr ans Zahnen erinnern können, was?«

»Aber echt. Ich hoffe, Will ist bald mit dem Wein zurück.«

Olivia lachte. »Die Mutterschaft macht dich zur Trinkerin.«

»Zur Trinkerin und zur Bekloppten. Erzähl mir etwas von der Welt da draußen. Ich freue mich über jede Kleinigkeit.«

Olivia berichtete von dem berühmten Piloten, der ihr zu Hilfe geeilt war.

»Oh«, seufzte Jenny. »Das ist so romantisch. Dein edler Ritter in glänzender Rüstung – und er ist schon jetzt ein Held.«

»Ich bitte dich«, erwiderte Olivia. »Einen Kinnhaken kannst auch nur du romantisch finden.«

»Wäre es nicht toll, wenn du behaupten könntest, dass du deinem Ehemann begegnet bist, nachdem er sich dir zuliebe einen Fausthieb ins Gesicht eingefangen hat?«

»Ehemann? Du spinnst, weißt du das? Völlig übergeschnappt.«

»Tu nicht so, als wäre es unmöglich. Deine Cousine mütterlicherseits, Juliana – hat sie ihren Ehemann nicht auch am Flughafen kennengelernt?«

»Das war etwas anderes. Sie haben während eines Fluges nebeneinandergesessen.«

»Sprechen wir über das Wichtigste: Ist er wirklich so sexy, wie er auf den ganzen Fotos aussieht?«

Olivia zögerte, weil sie ihre Cousine nicht ermutigen wollte. »Ich denke schon.«

»Entweder war er sexy oder nicht. Was denn nun?«

»Er war einigermaßen sexy.« *Absolut umwerfend* traf es eher, aber das würde sie Jenny gegenüber niemals zugeben – nicht, wo sie sich bereits ausmalte, dass Olivia ihn heiratete. »Es war schwer zu beurteilen, da eine Hälfte seines Gesichts geschwollen und violett angelaufen war.«

Olivia wünschte sich, sie hätte Jenny von dem Prickeln erzählen können, das sie bei der Berührung empfunden hatte. Sie hob die Hand vors Gesicht, musste allerdings feststellen, dass der Duft seines Eau de Cologne verflogen war. Am liebsten hätte sie Jenny gefragt, ob sie bei Will etwas Ähnliches gespürt hatte, doch sie verzichtete darauf, um sie nicht noch auf Ideen zu bringen.

»Erzähl mir alles ganz genau.«

»Er hatte dunkles Haar.«

»Dunkelbraun oder eher schwarz?«

»Schwarz, glaube ich. Es war dicht und leicht wellig, aber nicht lockig.«

»Und sonst ist dir nicht viel an ihm aufgefallen?«

»Halt die Klappe.«

Jenny lachte. »Welche Augenfarbe?«

Das konnte Olivia, ohne zu zögern, beantworten. »Blau.« Ein helles, leuchtendes Blau.

»Hm, ich liebe diese Kombination. Rabenschwarzes Haar, blaue Augen, ein Pilot und ein Held obendrein – ich sehe förmlich Tom Cruise in ›Top Gun‹ vor mir.«

»Ist Will schon mit dem Wein zurück?«

»So leicht wirst du mich nicht los. Wirst du ihn wiedersehen?«

»Warum sollte ich? Er kam in den Laden, hat eins auf die Nase gekriegt und wurde auf einer Trage abtransportiert. Sicher würde er am liebsten vergessen, dass er jemals dort war.«

»Er taucht bestimmt wieder auf«, meinte Jenny.

»Das glaub ich nicht. Wie auch immer, morgen fahre ich extra früh los und schaue mal, ob ich herausfinden kann, wie es ihm geht. Ich dachte, das wäre das Mindeste, was ich tun könnte.«

»O ja«, pflichtete ihr Jenny etwas zu begeistert bei. »Das Allermindeste. Wahrscheinlich kommt es in die Nachrichten. Check das gleich morgen im Internet.«

»Ich lege jetzt auf.«

»Lass mich wissen, was du herausgefunden hast.«

»Gute Nacht, Jenny. Genieß den Wein.«

»Das habe ich vor!«

Olivia beendete das Gespräch, und ihr Blick fiel auf das Poster von San Francisco. Das Bild von der Golden Gate Bridge mit Alcatraz im Hintergrund gehörte zu ihren Lieblingsmotiven. Wenn sie nur einen Ort auf der Welt besuchen könnte, dann würde sie sich für diesen entscheiden.

Ein paar Minuten schwelgte sie in ihren Tagträumen, bis sie sich aufsetzte und in die Wirklichkeit zurückkehrte. In ihrem Leben gab es keinen Platz für Tagträume oder romantische Fantasien über heldenhafte Piloten auf weißen Rössern. Für solche Dummheiten hatte Olivia keine Geduld.

Am nächsten Morgen musste Olivia zwanzig Minuten warten, um mit einer leitenden Angestellten von Capital Airlines sprechen zu können. Früh am Morgen hatte sie die Nachrichten überflogen. Der Zwischenfall fand kurz Erwähnung, allerdings stand nirgends etwas über Coles Zustand.

»Tut mir leid«, erwiderte die Frau knapp, »aber die Fluggesellschaft gestattet es uns nicht, persönliche Informationen über unsere Mitarbeiter weiterzugeben, erst recht keine über den Ersten Offizier Langston.«

Olivia hatte es bereits geahnt und reichte der Frau die Karte, die sie Cole geschrieben hatte, um sich bei ihm zu bedanken. »Könnten Sie ihm das zukommen lassen?«

Die genervt wirkende Frau nahm den Umschlag entgegen. »Ich versuche mein Bestes.«

Olivia sah ihr nach und fragte sich, ob die Karte jemals ihren Weg zu ihm finden würde. »Na ja«, flüsterte sie. »Ich habe es jedenfalls versucht.«

Solange Cole sich nicht bewegte und nicht atmete, war der pochende Schmerz irgendwie erträglich. Er lag ausgestreckt im Fernsehsessel und hatte feststellen müssen, dass es schon reichte, ein kleines Stück zu rutschen und nach der Fernbedienung zu greifen, um in seinem Schädel ein Trommeln auszulösen, das wie über eine Pipeline bis in seinen Magen ausstrahlte. Also ließ er den Fernseher aus. Da sein eines Auge komplett zugeschwollen war, sah er ohnehin zu wenig, um auf dem Bildschirm was erkennen zu können.

»Verdammt, Alter, die Lasagne ist echt klasse«, verkündete Tucker, Coles Freund und Nachbar, und ließ sich auf das Sofa plumpsen. Sein

Teller bog sich förmlich unter dem Essen, das Freunde mitgebracht hatten, nachdem sie von Coles »Unfall« erfahren hatten. Cole brachte es nicht übers Herz, Tuck mitzuteilen, dass ihm von dem Geruch übel wurde. »Von wem ist die?«

»Ich glaube, von Debby.« Die Frau ihres gemeinsamen Freundes Jeff war dafür bekannt, die leckersten italienischen Gerichte zu zaubern.

»Hätte ich mir denken können«, antwortete Tuck zwischen zwei großen Bissen.

Nachdem Cole zehn Jahre lang bei der Navy gewesen war, hatte er Sorge gehabt, ob er in seiner neuen Heimat Chicago Freunde finden würde. Es war reines Glück, dass er das Haus direkt neben dem von Tucker gekauft hatte. Zwischen ihnen war eine Freundschaft gewachsen, aus der viele weitere entstanden waren: mit Jeff, Tuckers bestem Freund aus der Highschool, Jeffs Frau Debby, ihrer Schwester Denise, deren Ehemann Paul und so weiter. In kürzester Zeit hatte sich Cole den örtlichen Basketball- und Softball-Teams angeschlossen, sich bisher jedoch gegen eine Mitgliedschaft in der Bowlingliga gewehrt – sehr zu Tuckers Verdruss.

Als die »Gang« erfahren hatte, dass Cole außer Gefecht gesetzt war, hatte sie ihn ausreichend mit Lebensmitteln versorgt, um eine ganze Armee satt zu kriegen. Zum Glück war Tucker hier und hatte wie üblich ordentlich Appetit mitgebracht, sodass er zumindest einen Teil davon verspeisen konnte, denn Cole hatte nicht das geringste Interesse daran.

»Ich bin überrascht, dass du nicht von Frauen verfolgt wurdest, die dich baden und salben wollen«, meinte Tucker grinsend. Coles Erfolg bei Frauen, erst recht seit dem Vorfall Anfang des Jahres, war unter Tucker und seinen Freunden inzwischen zu einer Art Legende geworden.

»Es gab ein paar Angebote.«

»Von wem zum Beispiel?«, hakte Tucker nach. Mit seinen knapp eins achtzig und ungefähr hundert Kilo pflegte er stets zu sagen, dass er gewissermaßen durch Cole lebte.

»Brenda hat aus Miami angerufen und angeboten, herzufliegen.«

»Hm, Brenda«, seufzte Tucker. »Ich mag Brenda.«

Wenn sich sein Kopf nicht so angefühlt hätte, als würde er jeden Moment zerspringen, hätte Cole seinen Kumpel mit einem Gegenstand beworfen. »Ich wüsste zu gerne, wie sie überhaupt davon erfahren hat.«

»Debby hat wahrscheinlich eine Rundmail geschickt und auch Brendas Adresse eingefügt.«

»Noch ein Beweis dafür, dass ich meine Frauenbekanntschaften von euch fernhalten muss.«

»Um Himmels willen, die sind uns heilig, tu das bitte nicht. Du weißt doch, dass ich meine Bedürfnisse habe. Um genau zu sein, brauche ich jetzt sofort ein Stück von diesem Schokoladenkuchen.«

»Bedien dich.« Cole schluckte, als ihn beim Gedanken an Kuchen heftige Übelkeit erfasste. Vorsichtig legte er sich anders hin und atmete scharf und tief ein, um den Schmerz in Kopf, Gesicht und Schulter besser aushalten zu können.

»Meine Güte, du siehst echt scheiße aus«, bemerkte Tucker, als er mit einem Stück Kuchen zurückkehrte. »Ist wohl besser, wenn Brenda dich nicht so erlebt. Es würde ihr das Herz brechen.«

»Sehr lustig.«

»Sie hat also wirklich angeboten, herzufliegen?«

»Ja.«

»Und da hast du Nein gesagt? Hast du ihr nicht erzählt, dass ich mich freuen würde, sie zu sehen?«

»Dein Name ist überhaupt nicht gefallen.«

»Ich wette, das Teilen ist dir schon im Sandkasten schwergefallen.« Tucker stopfte sich ein großes Stück Kuchen in den Mund. »Du musst ja wirklich einen höllischen Schlag abbekommen haben, wenn du keine deiner Verehrerinnen in deiner Nähe haben willst. Ich wette, Heather würde sofort angerannt kommen.«

»Sie ist jetzt mit Chuck zusammen. Die beiden sind glücklich.« Zumindest hoffte Cole das. Ein Jahr lang hatte er Heather zu ihren Krebsbehandlungen in die New Yorker Sloan-Kettering-Klinik geflogen, bis sie die Krankheit besiegt und ihm auch gleich ihre unsterbliche Liebe gestanden hatte. Als Cole klar geworden war, dass sie bereits die Hochzeitsglocken läuten hörte – ein Klang, vor dem er einen Heidenrespekt verspürte –, hatte er sich rasch aus der Affäre gezogen, indem er Heather mit einem Freund verkuppelt hatte.

»Mag sein, sie kriegt allerdings noch immer diesen verträumten Blick, wenn sie in deiner Nähe ist.« Tucker sah Cole an und klimperte vielsagend mit den Wimpern.

»Du bist bloß neidisch.«

»Da hast du verdammt noch mal recht. Ich weiß nicht, wie du das anstellst, Mann. Schon vor deinem Superman-Move hätte man im Wörterbuch neben dem Begriff ›Frauenmagnet‹ ein Foto von dir abdrucken sollen. Aber jetzt können wir Normalsterblichen gar nicht mehr mithalten.«

Wäre Cole in der rechten Verfassung gewesen, wäre ihm sicher was Schlagfertiges eingefallen, um Tucker zum Schweigen zu bringen, doch da er unter Kopfschmerzen litt, die so gewaltig wie der Grand Canyon waren, beschloss er, sich zurückzuhalten. »Ist es schon Zeit für die nächste Schmerztablette?«

Tucker blickte auf die Uhr. »Erst in einer Stunde.«

Cole stöhnte.

»Darum habe ich ja von Baden und Salben gesprochen, um dich von deinen Sorgen abzulenken.«

»Ist das ein Angebot?«

Fast hätte Tucker den Schokoladenkuchen auf Coles neues Ledersofa gespuckt.

»Zum Teufel, nein! Aber wenn du wirklich so verzweifelt bist, wette ich, dass ich die irre Natasha in weniger als fünf Minuten dazu bewegen könnte, hier aufzukreuzen.«

Cole ignorierte die Schmerzen, als er sich aufsetzte und Tucker fest in die Augen sah. »Wage es nicht!« Übelkeit wogte heran und raubte ihm den Atem, und für einen kurzen, schrecklichen Moment glaubte er, sich übergeben zu müssen.

Tucker lachte laut auf. »Entspann dich, Alter. Ich veräppel dich doch bloß.«

»Das ist überhaupt nicht komisch. Ich hoffe wirklich, dass Debby die E-Mail nicht auch an sie geschickt hat.«

»Wenn sie das getan hätte, wäre Natasha schon längst hier.«

»Zweifellos.« Beim Gedanken daran verzog Cole das Gesicht. »Ich habe es euch noch immer nicht verziehen, dass ihr mich mit dieser durchgeknallten Tussi zu verkuppeln versucht habt.«

»Daraus kannst du uns keinen Vorwurf machen. Wir hatten ja keine Ahnung, dass sie unzurechnungsfähig ist.«

»Ich werfe es euch trotzdem vor.« Cole wollte nicht einmal daran denken, was er mit dieser Verrückten erlebt hatte. Fast hätte es gereicht, um ihn dazu zu bringen, den Frauen für immer abzuschwören.

Aber nur fast.

»Dann willst du also keine von ihnen dazu einladen, dich gesund zu pflegen? Was ist mit Diana aus Phoenix? Ich wette, sie ist gut im Baden und Salben.«

Cole konnte nicht anders und musste lachen. Er zuckte zusammen und stöhnte: »Bring mich nicht zum Lachen.«

»Zwing du mich nicht zum Betteln. Seit du grün und blau geschlagen wurdest, träume ich von ungezogenen Krankenschwestern.«

»Ich wurde nicht ›grün und blau geschlagen‹, und außerdem solltest du dir endlich mal eine eigene Freundin suchen.«

»Glaubst du etwa, ich würde es nicht versuchen? Und ich frage dich: Welche Frau könnte jemandem wie mir widerstehen?«

»Ich kann es mir beim besten Willen nicht vorstellen.«

»Wenn du nicht von sexy Krankenschwestern träumst, dann mache ich mir ernsthaft Sorgen, ob du einen bleibenden Gehirnschaden davongetragen hast.«

»Es ist kein bleibender Schaden. Keine Sorge. Ich habe einfach keine Lust.«

Tucker starrte Cole an, als hätte er den Verstand verloren. »Du? Keine Lust auf Frauen? Seit wann?«

Seit er einer Frau namens Olivia begegnet war – und alle anderen augenblicklich zur Bedeutungslosigkeit verblasst waren. Cole musste ständig an ihr seidiges dunkles Haar denken, an ihre sanften braunen Augen, ihr liebenswertes Lächeln und an das seltsame Gefühl, das sie mit ihrer Berührung in ihm ausgelöst hatte.

»Erde an Cole.« Tucker wedelte mit der Hand vor Coles Gesicht. »Was hat dich plötzlich eine Million Kilometer weit weg katapultiert?«

Anders als früher verspürte Cole nicht den Wunsch, seinem Freund von der Frau zu erzählen, die er kennengelernt hatte. Tucker würde glauben, sie wäre sein neuester Zeitvertreib, und würde Witze darüber reißen, was Cole nur verärgern würde.

Alles, was er von Olivia wusste, war ihr Vorname und wo sie arbeitete, doch er wollte mehr erfahren. So schnell wie möglich wollte er zum Reagan Airport zurückkehren und alles über sie herausfinden. Das allein war schon derartig untypisch für ihn, dass es ihm eine Heidenangst hätte einjagen müssen. Stattdessen empfand er Aufregung und Vorfreude.

»Ich träume gerade von Schmerztabletten. Bist du dir sicher, dass ich noch eine ganze Stunde warten muss?«

»Jetzt nur noch zweiundfünfzig Minuten.«

»Na toll«, stöhnte Cole.

KAPITEL 3

»Guten Tag aus dem Cockpit. Hier spricht Ihr Erster Offizier Cole Langston, zusammen mit Kapitän Jake Garrison.« Cole machte eine Pause, um den Applaus abzuwarten, den er auf jedem Flug erhielt, seit er nach dem »Vorfall« wieder mit dem Arbeiten begonnen hatte. Jake schmunzelte über den Beifall aus der Kabine, und Cole fuhr mit der Ansage fort.

»Wir haben mit dem Landeanflug auf den Reagan National Airport begonnen und werden pünktlich landen. Vor Ort sind es fünfzehn Grad, es herrschen aufgelockerte Bewölkung und Ostwind mit einer Geschwindigkeit von knapp zwei Kilometern pro Stunde. Wir wissen, dass Sie bei Flugreisen eine große Auswahl haben, und danken Ihnen dafür, dass Sie mit Capital Airlines fliegen. In fünfzehn Minuten werden Sie am Gate eintreffen. An die Flugbegleiter: Bitte bereiten Sie die Kabine für die Landung vor.«

Zehn Minuten später setzte Cole mit dem Airbus A320 auf der Landebahn auf und aktivierte die Schubumkehr, um das Flugzeug zu bremsen. Die Tatsache, dass mehr als hundert Passagiere an Bord waren, steigerte seine Konzentration. Jeder Berufspilot, der behauptete, nicht die geringste Erleichterung zu verspüren, wenn er die Leute sicher auf den Boden zurückbrachte, war ein verdammter

Lügner. Früher, als es nur Cole und das Flugzeug gewesen waren, hatte seine Großspurigkeit keine Angst zugelassen. Mittlerweile jedoch gehörte die Angst zur Routine.

»Gute Arbeit«, lobte Jake, als sie am Gate eintrafen. Mit seinen zweiundfünfzig Jahren war er ein erfahrener Pilot, mit dem Cole schon häufig geflogen war. Anders als manch anderer Kapitän von Capital Airlines war Jake recht großzügig, wenn es darum ging, seinen Ersten Offizieren die Starts und Landungen zu überlassen. »Sieht aus, als hätte deine Gehirnerschütterung keine Langzeitschäden verursacht.«

Cole verzog das Gesicht. Seit seinem K. o. vor zwei Wochen war er zur Zielscheibe zahlloser dummer Sprüche seiner Kollegen geworden. Gerade als der Aufruhr wegen seiner Landung während des Blizzards langsam abgeebbt war, war dieser Riese aufgetaucht und hatte ihn wieder ins Medieninteresse gerückt.

»Ich bin so fit wie ein Turnschuh«, erwiderte Cole lässig. In Wahrheit schmerzte seine Schulter noch immer. Nach zwei Stunden im Cockpit musste er sich bewegen, bevor er den nächsten Flug antrat. Außerdem hatte er noch was anderes vor, aber den ganzen Tag über hatte er versucht, sich nicht zu viele Hoffnungen zu machen, falls er Olivia nicht wiederfinden würde.

Glücklicherweise war Jake auch großzügig, wenn es darum ging, die Verabschiedung der aussteigenden Passagiere zu übernehmen, denn er wusste, wenn Cole das täte, würden sie das Flugzeug niemals rechtzeitig zum nächsten Start freigeben können. Seit Cole wieder im Cockpit saß, waren ihm Hunderte auf Cocktailservietten notierte Telefonnummern zugesteckt worden. Ein paar andere Kapitäne schickten Cole jedoch extra nach draußen, damit er seine Fans begrüßte, nur um anschließend Witze darüber reißen zu können.

»Ich geh ein bisschen rum«, verkündete Cole, sobald sie nach dem Flug sämtliche Formulare ausgefüllt hatten.

»Nur zu. Wir müssen noch vierzig Minuten rumbringen.«

»Ich bin bald wieder da.«

»Lass dich nicht wieder k. o. schlagen.«

»Halt die Klappe.«

Der Klang von Jakes Lachen begleitete Cole aus dem Flugzeug. Hastig überquerte er die Fluggastbrücke und betrat den vollen Terminal. Zwei lange Wochen hatte er an diesen Moment – an sie – denken müssen und konnte nun keine Minute länger darauf warten, an den Ort des Geschehens zurückzukehren.

Er hielt den Kopf gesenkt, in der Hoffnung, dass man ihn nicht wiedererkennen würde, und bahnte sich einen Weg durch die Menschenmenge, die ihn offenbar mit aller Macht davon abhalten wollte, sein Ziel zu erreichen. Ein Transportfahrzeug des Flughafens rollte mit einem lauten Piepen durch die Halle und hätte ihn über den Haufen gefahren, wenn er nicht rechtzeitig zur Seite gesprungen wäre.

»Mein Gott«, murmelte er. »Was ist bloß mit diesem Flughafen los? Trage ich etwa eine Zielscheibe am Körper oder so was?«

Er blickte auf und entdeckte eine junge Mutter, die ihn anstarrte und dabei ihr Baby an sich drückte, als wollte sie es vor dem verrückten Piloten beschützen, der Selbstgespräche führte. Dann stieß sie einen schrillen Schrei aus, als sie ihn plötzlich erkannte.

»Oh! Sie sind es!«

Cole lächelte ihr verlegen zu und antwortete mit einem knappen »Hallo«, ging jedoch weiter. Der Laden befand sich ungefähr in der Mitte der Flughafenhalle, und als er sich näherte, war er überrascht, einen Anflug von Adrenalin und Nervosität zu verspüren, ähnlich dem Gefühl, das er stets während der Landung empfand.

Von außen sah er, dass die Redskins-Auslage wieder aufgestellt worden war, als wäre nie etwas passiert. Gedankenverloren griff sich Cole an die Schulter, mit der er gegen das Display geprallt war. Er atmete tief durch und trat ein. Anders als beim letzten Mal gab es heute keine Schlange, und die Frau hinter dem Tresen wurde von niemandem belästigt. Außerdem war es nicht Olivia.

Es überraschte ihn, dass er darüber so enttäuscht war. *Was habe ich denn erwartet? Dass sie genau dort stehen würde, wo ich sie vor zwei Wochen gesehen habe? Schon klar …*

»Äh, entschuldigen Sie.«

»Kann ich Ihnen helfen?« Die Verkäuferin war zierlich, offensichtlich indischer Abstammung und sprach mit einem charmanten Akzent.

»Ich suche nach jemandem, der hier arbeitet. Ihr Name ist Olivia.«

»Ich kenne keine Olivia. Tut mir leid.«

»Aber sie war hier …« Er fuhr sich mit der Hand durchs Haar und schaute sich im Laden um, als hoffte er darauf, sie hinter einem der Displays zu entdecken. »Vor zwei Wochen. Genau hier. Sind Sie sicher?«

Sie nickte und musterte ihn. »Ist es jemand Wichtiges?«

Er schüttelte den Kopf, bedankte sich und wandte sich zum Gehen. Seine Schritte verlangsamten sich, als er den Hauptterminal betrat und überlegte, dass er sie vielleicht in einem der anderen Kioske finden würde. Er checkte zwei weitere, fragte jedoch nicht nach ihr und dachte sich, dass er es bei seinem nächsten Aufenthalt im Reagan Airport erneut versuchen würde.

Entmutigt und enttäuscht wie schon lange nicht mehr, machte er sich auf den Weg zur Schlange vor der Security. Eine Menschenmenge in einem der Wartebereiche erregte seine Aufmerksamkeit. Da ihm noch immer eine halbe Stunde Zeit blieb, beschloss er, sich die Sache genauer anzusehen. Cole blickte über die Schulter eines Mannes und beobachtete, wie die Hand einer jungen Frau förmlich über einen Skizzenblock flog, während sie auf perfekte Weise die verschmitzten Gesichtsausdrücke zweier Jungen einfing, die für sie posierten.

»Wow, sie ist so gut«, flüsterte eine Frau.

Das lange dunkle Haar der Künstlerin war zu einem hohen Pferdeschwanz gebunden, und etwas an der Kurve ihres Halses kam ihm bekannt vor. Cole umrundete die Menschenmenge.

Die Künstlerin blickte zu ihren Modellen auf und schaute dabei Cole in die Augen. Ihr Mund formte ein O.

Coles Herz stolperte vor Aufregung. Sie war noch viel hübscher, als er sie in Erinnerung gehabt hatte.

»Dürfen wir es schon sehen?«, fragte einer der Jungen.

Olivia war durch Coles Auftauchen erkennbar abgelenkt worden, wandte den Blick von ihm ab und richtete ihre Aufmerksamkeit wieder auf die Kinder.

»Fast fertig«, sagte sie, verlieh der Zeichnung den letzten Schliff und riss die Seite aus ihrem Block, schaute jedoch nicht wieder zu Cole.

»Sie haben sie wirklich gut getroffen«, meinte die Mutter der beiden Jungen erstaunt. »Lassen Sie mich Ihnen etwas dafür geben.«

»Nicht nötig. Es war mir ein Vergnügen.«

»Sie sind sehr talentiert.«

Olivia zuckte bescheiden die Achseln. »Es sind hübsche Kinder. Danke, dass ich sie zeichnen durfte.«

»Wir haben zu danken.«

Die Menge löste sich auf, und Cole nahm neben Olivia Platz.

»Du bist Künstlerin«, stellte er fest und kam sich sogleich wie ein Trottel vor, weil er das Offensichtliche ausgesprochen hatte.

»Ich gebe mir wenigstens Mühe.«

»Das war sehr viel mehr als nur ein Versuch.«

»Es ist ein Hobby.«

»Ich habe im Laden nach dir gesucht, aber die Frau, die gerade Dienst hatte, kannte dich nicht.«

Olivias Wangen röteten sich, was er äußerst charmant fand. »Ich habe dort ausgeholfen an dem Tag, an dem wir uns begegnet sind. Normalerweise arbeite ich da drüben.« Sie deutete auf den Laden hinter ihnen.

»Ah, kein Wunder, dass sie dich nicht kannte.«

»Es ist eine große Kette. Und, wie geht es dir?«

»Ganz gut. Frisch erholt und seit heute wieder in der Luft.«

»Hast du meine Karte bekommen?«

»Welche Karte?«

Sie seufzte. »Ich hatte mich schon gefragt, ob sie jemals bei dir ankommen würde. Am Tag nach dem Vorfall wollte ich herausfinden, wie es dir geht, aber deine Airline wollte mir nichts verraten, und es stand nicht viel in der Zeitung. Also habe ich jemandem von der Fluggesellschaft eine Karte übergeben, auf der ich mich bei dir bedanke, und sie darum gebeten, sie an dich weiterzuleiten.«

Cole musste sich sehr beherrschen, um ihr seine Enttäuschung nicht zu zeigen. Es hätte ihn wirklich sehr gefreut, diese Karte zu bekommen.

»Tut mir leid, sie hat mich nicht erreicht. Dieses Mal habe ich alle Interviewanfragen abgelehnt. Es stand nicht auf meiner To-do-Liste, ein erneutes Medienspektakel auszulösen.«

Sie lächelte leicht. Es wirkte nicht ganz so umwerfend, wie er es in Erinnerung hatte, dennoch berührte es ihn.

»Was stand denn drin?«

»Äh, ich habe mich nur für das bedankt, was du getan hast, und geschrieben, dass ich hoffe, es geht dir gut.«

»Die Sache hat mir einen ungeplanten zweiwöchigen Urlaub beschert.«

»Irgendetwas sagt mir, dass du ihn nicht so genossen hast, wie die meisten Leute es tun würden.«

»Ich liebe das Fliegen. Es gefällt mir nicht, am Boden festzusitzen.«

Sie schüttelte den Kopf. »Tut mir leid.«

»Warum?«, fragte er lächelnd. »Du hast mich ja nicht geschlagen.« Erneut errötete sie, und Cole konnte den Blick nicht von ihr abwenden. »Darf ich dich auf eine Tasse Kaffee einladen?«

Sie schaute auf die Uhr. »Ich habe noch zwanzig Minuten Zeit, bis ich wieder zurück sein muss.«

»Ich auch.« Er sprang auf und hielt ihr die Hand hin, um ihr beim Aufstehen zu helfen. »Wollen wir?«

***

ER IST ZURÜCKGEKEHRT. Genau, wie Jenny es vorausgesagt hatte, und er war gekommen, um nach ihr zu suchen! Dieses Mal hatte Olivia das Prickeln bereits gespürt, als sie aufgeschaut und bemerkt hatte, dass er sie beobachtete. Auf dem Weg zum Coffeeshop warf sie ihm verstohlen Blicke zu, und ihr fiel auf, dass er sogar noch attraktiver war als in ihrer Erinnerung. *Was ist nur so besonders an Männern in Uniform?*

»Du siehst schon sehr viel besser aus als bei unserer letzten Begegnung«, bemerkte sie. Das blaue Auge war fast verschwunden, bis auf einen blassen gelben Fleck auf der Wange.

»Das kann ich mir vorstellen. Es waren zwei lange Wochen, so viel ist sicher. Mir wäre beinahe die Decke auf den Kopf gefallen.«

»Bist du etwa einer von diesen Menschen, die nicht wissen, was sie mit ihrem Urlaub anfangen sollen?«, fragte sie, als sie sich an den Kaffeespendern am Tresen bedienten.

Er gab Zucker und Sahne in seinen Becher und bezahlte beide Kaffees. »Oh, ich weiß durchaus, was ich mit meinem Urlaub anfangen soll – wenn ich vorher Zeit habe, ihn zu planen, und mehr machen darf, als rumzusitzen und mich von einer Gehirnerschütterung zu erholen.« Er beugte sich zu ihr und ergänzte: »Aber ich muss schon sagen, ich liebe Dr. Phil. Seine Sendung kannte ich noch gar nicht.«

Sie lachte über seinen albernen Gesichtsausdruck und folgte ihm zu einem der Tische im Food Court. »Was ist denn an dem Tag im Krankenhaus passiert? Ich habe mich die ganze Zeit gefragt, wie es gelaufen ist.«

»Ich hatte einen CT-Scan, der ergab, dass ich eine Gehirnerschütterung hatte, was ich denen allerdings auch so hätte sagen können. Meine Schulter wurde geröntgt, doch sie war nur stark geprellt. Ich musste über Nacht zur Beobachtung dableiben. Die ganze Sache war furchtbar nervig, erst recht diese Frau von der Fluggesellschaft. Zwar hat sie mir die Medien vom Hals gehalten, aber sie hat mich total verrückt gemacht.«

»Was ist mit der Polizei? Hast du noch etwas von ihr gehört?«

»Sie haben angerufen und erzählt, der Kerl hätte die Aussage hinsichtlich der Körperverletzung verweigert. Da es sein erstes Vergehen war, hat er zwei Jahre auf Bewährung bekommen.«

Olivia schnaubte verächtlich. »Der hätte ins Gefängnis gehört. Schließlich hätte er dich umbringen können.«

»Ich hatte keine Lust, bei einem Prozess auszusagen, daher ist das für mich in Ordnung.« Er nahm einen großen Schluck Kaffee und musterte sie.

Sie spürte seinen prüfenden Blick, und ihr Gesicht wurde warm. »Was ist?«, fragte sie.

»Du bist sehr hübsch, aber sicher bekommst du das ständig zu hören.«

Das Kompliment traf sie unvorbereitet, und sie verdrehte die Augen. »Natürlich. Jeden Tag.«

»Du glaubst mir nicht.«

Sie blickte zu ihm auf und bemerkte, dass er sie anstarrte.

Plötzlich streckte er den Arm aus und nahm ihre Hand. Da war es wieder, dieses Prickeln. Was war das bloß?

»Ich meine es ernst, Olivia. Ich habe an dich gedacht … Ich habe mich darauf gefreut, dich heute zu sehen, und als ich dich nicht finden konnte, war ich sehr enttäuscht.«

»Oh. Wirklich?«

»Mhm.« Er schaute auf die Uhr. »Verdammt. In fünf Minuten muss ich zurück sein, und du auch.« Widerstrebend ließ er ihre Hand wieder los. »Ich würde dich gerne wiedertreffen.«

Überrascht starrte sie ihn an. »Echt?«

Bei seinem tiefen Lachen wurde ihr ganz warm ums Herz. »Als ich an jenem Tag zu mir kam und dich erblickt hab …« Er zuckte die Achseln. »Ich will dich wiedersehen. Wäre das möglich?«

»Ich denke schon.«

Amüsiert hob er eine Braue und antwortete: »Du denkst schon. Hm. Okay.« Er stand auf und holte einen Kugelschreiber aus seiner Brusttasche. »Ich überlasse es dir.« Dann nahm er ihre Hand und schrieb ihr seine Telefonnummer auf die Handfläche. »Sobald du dir sicher bist, dass du es ertragen kannst, mich wiederzusehen, ruf mich an.«

Er drückte ihr einen Kuss auf den Handrücken, ließ sie dann los und machte sich auf den Weg. Mit einem Mal hatte Olivia vergessen, wie man atmete.

Plötzlich wirbelte er herum. »Hey«, rief er ihr zu. »Wie ist dein Nachname?«

Sie entknotete ihre Zunge und antwortete: »Robison.«

»Ruf mich an, Olivia Robison.« Er lächelte, winkte und

verschwand zwischen den Menschen, die durch die Flughafenhalle strömten.

»Hat er gerade mit Ihnen gesprochen?«, fragte die Frau am Nachbartisch.

»Was?«

»Das war doch Cole Langston, oder? Captain Incredible?«

Olivia fragte sich, ob er den Spitznamen hasste, den ihm die dankbaren Passagiere verpasst hatten. »Mhm.«

»Und, hat er mit Ihnen gesprochen?«

Sie versuchte noch immer, zu verarbeiten, was gerade geschehen war, und erwiderte: »Äh, ja. Das hat er.«

»Also, ich weiß ja nicht, wie es Ihnen geht, aber wenn ein sexy und berühmter Typ wie er so etwas zu mir sagen würde, hätte ich schon längst die Nummer gewählt.«

Sie nahm ihre Handtasche und ging, bevor Olivia antworten konnte.

KAPITEL 4

Olivia geduldete sich bis neun Uhr, bevor sie endlich Jenny anrief.

»Du bist früh dran«, meldete sich ihre Cousine und unterdrückte ein Gähnen.

»Ich weiß. Schläft Billy schon?«

»Endlich! Wir kommen jetzt erst zum Essen. Was gibt es denn?«

»Dann ruf mich zurück, wenn ihr fertig seid.«

»Ich kann telefonieren. Will tut gerade ohnehin so, als würde er sich nicht nebenbei das Spiel der Nats ansehen.«

»Er war wieder da.«

»Wer?«

»Cole Langston.« Olivia spürte, wie ihr Gesicht heiß wurde, als sie den Namen aussprach.

Jenny kreischte. »Ich hab es dir doch gesagt!«

»Ich gebe es ungern zu, aber du hattest recht.«

»Bist du ihm zufällig begegnet, oder hat er nach dir gesucht?«

»Er hat nach mir gesucht.«

»Oh, wow.« Das Wort klang wie ein langes, gehauchtes Seufzen. »Was hat er gesagt? Wie sah er aus?«

Olivia lachte. »Er sah gut aus. Die blauen Flecken sind beinahe ganz weg.«

»Nur gut? Nicht toll, umwerfend oder sexy?«

»Alles davon«, erwiderte Olivia leise.

Sie musste den Hörer ein Stück weit vom Ohr weghalten, als Jenny erneut schrie. »O mein Gott! Ich wusste es!« Zu Will meinte sie: »Livs heldenhafter Pilot ist wieder da gewesen.«

»Jenny! Hör auf! Verrat es ihm nicht. Sonst will er alles wissen.«

»Oh. Äh …«

»Natürlich hast du ihm bereits die ganze Geschichte erzählt.« Im Grunde machte es Olivia nichts aus, und das wusste Jenny. Will besaß das einzigartige Talent, an ihren Frauengesprächen teilzunehmen, ohne dabei seine Männlichkeit zu opfern.

»Wir sind verheiratet. Ich musste es ihm erzählen.«

»Nein, musstest du nicht.«

»Vergiss es, und rück jetzt endlich damit raus, was er gesagt hat.«

»Er hat gesagt, dass ich sehr hübsch bin und dass er mich wiedersehen will.«

»Oh, Liv. Oh!«

»Er hat meine Hand genommen, sie geküsst, seine Telefonnummer draufgeschrieben und gemeint, es läge ganz bei mir, ob ich ihn anrufen will.«

»Das ist ohne Zweifel das Romantischste, was ich jemals gehört habe.« Zu Will sagte sie: »Sei still! Ich erzähle es dir später.« Sie wandte sich wieder an Olivia. »Und, rufst du ihn an?«

»Ich weiß nicht.«

»Olivia! Machst du Witze? Warum in aller Welt solltest du es nicht tun?«

»Ich kenne ihn nicht. Die ganze Sache ist einfach zu komisch für meinen Geschmack. Außerdem schwirren bestimmt schon eine Million andere Frauen um ihn herum.«

»Na schön, du hörst mir jetzt zu. Hörst du zu?«

»Ja«, erwiderte Olivia lachend.

»Er klingt wie ein wirklich netter Kerl. Wie viele Menschen

würden sich heutzutage so für jemand Fremdes einsetzen, wie er es für dich getan hat?«

»Nicht viele«, gestand Olivia.

»Sagt dir das zusammen mit dem, was er im Januar für diesen anderen Piloten getan hat, nicht alles, was du wissen musst, um ihn anzurufen? Ich behaupte ja nicht, dass du gleich eine Affäre mit ihm anfangen sollst. Ich meine nur … ruf ihn an. Sieh, wohin es führt.«

»Ich weiß gar nichts über ihn, bis auf die Tatsache, dass er ein Pilot ist, der zu Heldentaten neigt. Nach allem, was ich weiß, könnte er auch in Alaska leben.«

»Ich kann es nicht fassen, dass du ihn bisher nicht gegoogelt hast. Sind wir tatsächlich miteinander verwandt?«

»Sehr komisch. Ich hatte noch keine Zeit dazu.«

»Wie lautet die Vorwahl seiner Telefonnummer?«

»Acht-vier-sieben.«

»Du hast sie dir schon eingeprägt?«

»Nein«, log Olivia.

»Das ist Chicago.«

»Woher weißt du das?«

»Ich habe gerade den Laptop vor mir, und im Gegensatz zu dir weiß ich, wie man Google benutzt.«

»Er ist älter als ich.«

»Und?«

»Und er ist …«

»Was?«

»Erfolgreich. Das sehe ich schon an seiner Haltung.«

»Und deshalb glaubst du, du wärst nicht gut genug für ihn? Das ist verrückt. Du hast schon drei Viertel deines Studiums geschafft, ganz ohne fremde Hilfe. Du hast keinen Grund, dich ihm unterlegen zu fühlen.«

»Er war schon an so vielen Orten, er hat schon so vieles gemacht … Verdammt, jeder in Amerika weiß, wer er ist. Was soll ich dem entgegensetzen?«

Jenny seufzte. »Ach, Liv. Es ist nur ein Anruf.«

»Da ist ein Prickeln.«

»Ein Prickeln? Wovon sprichst du gerade?«

»Ich spüre ein Prickeln … irgendetwas … wenn er mich berührt.«

Jenny verstummte.

»Jen?«

»Ruf ihn an. Sofort. Noch heute Abend.«

»Ich bin zu nervös.«

»Sind deine Hände etwa so verschwitzt, dass die Ziffern der Telefonnummer verschmiert wurden?«, fragte Jenny besorgt.

Olivia lachte. »Ich habe sie mir auch woanders notiert.«

»Oh«, erwiderte Jenny und seufzte erleichtert. »Dann ist es ja gut. An deiner Stelle würde ich mir die Hand nie wieder waschen.«

Olivia würde niemals zugeben, dass sie bereits denselben Gedanken gehabt hatte. »Zu spät.«

»Du musst ihn anrufen. Kannst du dir vorstellen, was passiert, wenn du es nicht tust? Du wirst dich für den Rest deines Lebens fragen, was geschehen wäre, wenn du es doch getan hättest.«

»Ich hasse es, wenn du mir auf die logische Tour kommst. Du gefällst mir besser, wenn du den Kopf in den Wolken hast.«

»Hey! So bin ich doch gar nicht!«

Olivia lachte nur.

»Ich lege jetzt auf, damit du ihn anrufen kannst, und wenn du fertig bist, meldest du dich sofort bei mir.«

»Aber nicht mehr heute Abend.«

»O doch.«

»Warst du schon immer so eine Nervensäge?«

»Mein ganzes Leben lang, und das weißt du auch. Deshalb liebst du mich so. Ich lege jetzt auf. Ruf mich zurück.«

Olivia ließ das Telefon auf dem Bett liegen und lief unruhig in ihrem kleinen Zimmer auf und ab. Es war nicht so, dass sie ihn nicht anrufen wollte. Nein. Sie wollte es wirklich tun. Unbedingt. Aber ein Mann wie er konnte jede haben, die er wollte. Wahrscheinlich standen sie bei ihm Schlange, in der Hoffnung, einen winzigen Bruchteil seiner Aufmerksamkeit zu ergattern.

Was konnte er nur von ihr wollen – von einer Frau, die herzlich wenig Erfahrung mit Männern hatte –, wenn sich ihm dauernd willige Weiber an den Hals warfen? Mit zweien ihrer Ex-Freunde war sie sehr viel länger zusammengeblieben, als gut für sie gewesen war, und seit sie mit dem letzten Schluss gemacht hatte, hatte sie bloß sporadisch ein paar Dates gehabt – und keins mit jemandem wie Cole Langston.

Aber er war ihr so … aufrichtig vorgekommen. Das war der einzige passende Ausdruck, der ihr einfiel.

Sie starrte das Telefon auf dem Bett an.

»Ach, was soll's!«

Bevor sie endgültig die Nerven verlor, griff sie danach und wählte die Nummer, die sie sich bereits eingeprägt hatte. Ihr Herz hämmerte, während sie darauf wartete, dass er abnahm.

»Hallo?«

Plötzlich war Olivia wie erstarrt und konnte weder denken noch sprechen oder atmen.

»Hallo?«

»Hier ist Olivia.« Sie räusperte sich. »Robison.«

»Olivia.« Sie konnte förmlich das Lächeln in seiner Stimme hören. »Spielst du mir etwa einen Telefonstreich?«

»Nein!«, entgegnete sie entsetzt. »Das war bestimmt nicht meine Absicht.«

»Was war denn deine Absicht?«

»Ich habe wirklich keine Ahnung.« Sein Lachen klang so sexy, dass sie förmlich auf dem Bett dahinschmolz. »Wo bist du gerade?«

»Auf dem Nachhauseweg vom Flughafen.«

»Wo wohnst du?«

»Etwas nördlich vom Flughafen O'Hare, in Des Plaines. Das liegt außerhalb von Chicago.«

»Bist du dort aufgewachsen?«

»Nein, in Lafayette, Indiana. Und du?«

»Hier in Alexandria.«

»Ich liebe die Gegend um D. C. Ich kann mich noch gut an das erste Mal erinnern, dass ich dort war, während eines Ausflugs mit der Highschool.«

»Die Stadt gefällt mir auch. Ich verbringe dort so viel Zeit wie möglich.«

»Und, wie war dein Tag?«

»Ach, du weißt schon … Das Übliche eben. Längst nicht so aufregend wie deiner, da bin ich mir sicher.«

»Wie kommst du darauf?«

»Na ja, Flugzeuge zu fliegen *muss* aufregender sein, als den Barcode von Schokoriegeln und Zeitschriften einzuscannen.«

»Darf ich dich etwas fragen, und versprichst du mir, dass du dann nicht beleidigt bist?«

»Sicher.«

»Was hat jemand, der so zeichnen kann wie du, als Kassiererin in einem Flughafenshop verloren?«

Sie wollte nicht beleidigt sein. Wirklich nicht.

»Olivia?«

»Ich arbeite dort, weil ich das Geld brauche. Für mein Studium.«

»An der Kunsthochschule, hoffe ich doch.«

»An der Wirtschaftsuni.«

»Warum?«

»Weil ich eines Tages gern richtiges Geld verdienen würde.«

»Olivia, diese Frau am Flughafen hätte dir heute mehrere Hundert Dollar für das Porträt gezahlt, das du von ihren Kindern gezeichnet hast.«

Sie lachte spöttisch. »Auf keinen Fall.«

»Wollen wir wetten?«

»Was meinst du damit?«

»Wenn ich das nächste Mal in DCA bin«, sagte er und verwendete das offizielle Kürzel des Flughafens, »suchen wir uns eine Familie, die du zeichnen kannst. Wenn du fertig bist, fragen wir die Eltern, wie viel sie bereit sind, dafür zu zahlen.«

»Das ist verrückt.«

»Verrückt ist nur, dass du nicht weißt, wie außergewöhnlich talentiert du bist.«

Sie zögerte, rang mit sich und traf eine Entscheidung. »Meine Mutter nennt es Gekritzel. Olivias Gekritzel.«

»Es ist so viel mehr als das.«

»Ich würde gerne dich zeichnen«, gestand sie. »Du hast ein tolles Gesicht. Eine gute Knochenstruktur.«

»Ist das ungefähr so, wie wenn man zu einer Frau sagt, dass sie eine tolle Persönlichkeit hat?«, fragte er lachend.

Olivias Gesicht brannte vor Verlegenheit. »Entschuldige. Ich wollte dich nicht kränken.«

»Das hast du auch nicht. Ich fühle mich geschmeichelt, dass du mich zeichnen möchtest.«

Sie erwähnte nicht, dass sie es bereits getan hatte.

»Ich möchte unbedingt noch mehr von deinen Arbeiten sehen.«

»Wirklich?«

»Ja, wirklich. Am Freitag bin ich wieder da. Würde dir das passen?«

Sein Interesse rührte sie, und sie legte sich die Hand auf die Brust, um ihr wild klopfendes Herz zu beruhigen. »Natürlich. Wenn du willst.«

»Auf jeden Fall. Wie wäre es mit Abendessen? Ich lande gegen acht und bleibe über Nacht.«

»Abendessen.«

»Du weißt schon, die Mahlzeit, die man am Ende des Tages zu sich nimmt?«

»Sehr komisch.«

»Ja, das bist du wirklich. Also, hast du Zeit?«

»Ich hab um sieben Feierabend.«

»Macht es dir etwas aus, eine Stunde zu warten?«

»Nein, kein Problem.«

»Wie wäre es um acht im ›Sam Adams‹?«

Sie schluckte schwer. Das zählte definitiv als Date. »Gut. Treffen wir uns dort?«

»Ich mach, so schnell ich kann. Und Olivia?«

»Ja?«

»Ich komme auf jeden Fall. Das verspreche ich.«

»Okay.« Nach einer kurzen Pause fuhr sie fort: »Darf ich dich etwas fragen?«

»Alles, was du willst.«

»Wie alt bist du?«

»Bin gerade sechsunddreißig geworden.«

»Oh.«

»Ist das ein Problem?«

»Ich weiß nicht.«

»Wie alt bist du?«

»Gerade siebenundzwanzig geworden.«

»Ah so. Na, dann verstehe ich natürlich, dass du damit Schwierigkeiten hast, schließlich bin ich dann ja so viel älter und weiser als du. Somit bist du definitiv im Nachteil.«

Sie konnte sich das Lachen nicht verkneifen.

»Das gefällt mir.«

»Was genau?«

»Wie du lachst. Du bist meistens ziemlich ernst, oder?«

Dass er sie so einfach durchschaut hatte, machte sie nervös.

»Ich glaube, das bin ich wirklich.«

»Dann muss ich dich öfter zum Lachen bringen.«

»Cole?«

»Das ist das erste Mal, dass du mich beim Namen genannt hast.«

»Wirklich?«

»Mhm. Was wolltest du sagen?«

»Ich wollte dich fragen … Was ist das genau, was wir hier tun?«

»Ich habe keine Ahnung«, antwortete er und lachte leise, »aber ich würde es gerne herausfinden – das heißt, wenn dich mein fortgeschrittenes Alter nicht zu sehr abstößt.«

»Wenn es dich nicht stört, dann stört es mich auch nicht.«

»Von meiner Seite aus ist das okay. Also, was denkst du? Wollen wir herausfinden, was es ist? Gemeinsam?«

Ihr Herz setzte einen Schlag aus. Dieses Mal hatte er das Prickeln einzig mit seinem sanften Tonfall ausgelöst. Wenn sie sich nicht so sehr darauf konzentrieren würde, zu atmen, wäre sie wohl wie erstarrt.

»Ja«, stieß sie hervor. »Ich denke, das sollten wir.«

»Gut. Freitag um acht also?«

»Ich werde da sein.«

»Olivia?«

»Ja?«

»Ich bin wirklich froh, dass ich in deinem Laden k. o. geschlagen wurde.«

Sie lachte erneut. »Ich auch.«

»Bis bald.«

Als sie Jenny zurückrief, gab es am anderen Ende der Leitung noch mehr Gekreische. Irgendwann fragte sich Olivia, ob ihre Cousine hyperventilierte.

»Atme erst mal durch, Jen.«

»Das ist wirklich mehr als cool! Wir müssen dringend shoppen. Gleich morgen am besten.«

»Warum?«

»Für ein Date wie dieses brauchst du etwas Neues. Das ist wichtig.«

»Na schön, wenn du darauf bestehst. Pentagon City?«

»Alles klar. Ich sorge dafür, dass Will früher nach Hause kommt, damit er auf Billy aufpassen kann. Und, hast du ihn schon gezeichnet?«

»Vielleicht.«

»Du musst das Bild unbedingt mitbringen.«

Olivia seufzte.

»Was ist los?«

»Es ist nur …«

»Was, Livvie?«

»Beängstigend. Ich mag ihn. Dabei kenne ich ihn nicht einmal, aber ich mag ihn. Sehr sogar. Er hatte etwas an sich, von Anfang an. Selbst als er bewusstlos am Boden lag, war da etwas.«

»Jetzt mal nicht so schnell. Denk erst mal an Freitag. Der Rest wird sich dann finden.«

»Guter Plan.«

KAPITEL 5

Der Freitag zog sich schier endlos hin. Jedes Mal, wenn Olivia auf die Uhr schaute, waren nur fünf Minuten vergangen. Vom Laden aus beobachtete sie, wie sich der Himmel draußen verdunkelte und ein Gewitter aufzog. Perfekt! Sie fragte sich, ob sich sein Flug verspäten würde – oder schlimmer noch, gestrichen werden –, und wünschte sich, sie hätte daran gedacht, sich die Flugnummer geben zu lassen, um nachsehen zu können.

Ach, was soll's! Ich werde schon merken, ob er auftaucht. Er würde mich anrufen, wenn er nicht käme, oder? O Mann! Hör auf, darüber nachzudenken!

Um sieben Uhr war sie von dem langen Warten und dem Gedankenkarussell erschöpft. Blitze zuckten über den Himmel, als sie Feierabend machte und in die Damentoilette ging, um das schlichte schwarze Cocktailkleid anzuziehen, das Jenny für sie ausgesucht hatte. Das Seidenkleid wirkte dezent, aber trotzdem chic, doch in dem Moment, als Olivia die Kabine verließ, um sich im Spiegel zu betrachten, verfiel sie in Panik. Es war überhaupt nicht das Richtige für ein Abendessen am Flughafen. Sie zeigte viel zu viel Haut, und der Ausschnitt war zu tief.

Wenn er sich nicht verspätet, wird er in einer guten Stunde hier sein. Ich kann unmöglich das Polohemd und die Khakihose tragen, die ich schon bei der Arbeit anhatte, aber das hier geht auch nicht! Warum lasse ich immer wieder zu, dass Jenny sich in diese Dinge einmischt? Wann werde ich es endlich lernen?

Sie stand am Rande eines kompletten Nervenzusammenbruchs, und obendrein drohte ihr Deo zu versagen. In diesem Moment trat eine ältere Frau an das Waschbecken neben ihr.

»Das ist wirklich ein hübsches Kleid«, bemerkte sie, während sie sich die Hände wusch.

»Finden Sie? Ich gehe mit jemandem essen, den ich gerade erst kennengelernt habe, und dafür ist es viel zu …«

Die ältere Frau legte ihr die Hand auf den Unterarm. »Ihr junger Mann wird restlos bezaubert sein.«

»Wirklich?« Olivia war sich nicht sicher, wie sie es finden sollte, wenn Cole von ihr bezaubert wäre.

Die Frau nickte.

»Danke.« Olivia atmete langsam aus. »Ich hatte eine kleine Panikattacke.«

Die ältere Dame lächelte ihr zu. »Ich wünsche Ihnen einen wunderschönen Abend.«

Sie verließ die Toilette, und Olivia bürstete ihr langes dunkles Haar, bis es ihr in weichen, glänzenden Wellen über den Rücken fiel. Sie trug Mascara und Lipgloss auf und schlüpfte in die Stöckelschuhe, die Jenny ihr ausgeliehen hatte. Während sie ihre Arbeitskleidung in ihrer Tasche verstaute, blickte sie auf die Uhr und bemerkte, dass ihr noch immer eine halbe Stunde blieb. Also packte sie ihren Zeichenblock aus und machte sich auf den Weg, um das Wetter zu checken und ein paar neue Modelle zu finden.

Durch eines der großen Fenster sah sie, dass es leicht regnete, aber Blitz und Donner waren weitergezogen. Eine Mutter mitsamt Baby bot die perfekte Ablenkung und half Olivia dabei, ihre außer Kontrolle geratenen Nerven zu beruhigen. Sie konnte sich nicht daran erinnern, vor einem Date schon jemals so nervös gewesen zu sein. Um acht packte sie ihren Block ein und fuhr sich ein letztes Mal mit den Fingern durchs Haar, bevor sie sich auf den Weg zum Restaurant machte.

Unterwegs verriet ihr die Anzeigetafel mit den ankommenden Flügen, dass zwei der vier Capital-Maschinen, die gegen acht Uhr landen sollten, verspätet waren. Da sie keine Ahnung hatte, ob eine davon Coles war, setzte sie ihren Weg zum Restaurant fort und stellte sich in die Nähe des Eingangs. Von dort aus konnte sie nach ihm Ausschau halten, ohne im Weg zu sein.

Um zehn nach acht blickte sie auf ihr Handy, um nachzusehen, ob er angerufen hatte. Nichts. Um zwanzig nach war sie überzeugt, dass er nicht kommen würde. Plötzlich verwandelte sich all ihre Nervosität in Enttäuschung. Ihr passierte nie etwas Schönes, und obwohl die Vorbereitung auf das Date stressig und nervenaufreibend gewesen war, war sie auch schön gewesen. Olivia verließ ihren Platz neben dem Restaurant, ging in Richtung U-Bahn-Station und wollte schon ihr Ticket am Drehkreuz einstecken, als ihr Handy klingelte.

»Hey, ich bin's. Tut mir leid, dass ich so spät dran bin. Es gab Verzögerungen aufgrund des Wetters. Ich muss noch vier Minuten lang Papierkram erledigen, und dann bin ich da, okay?«

Ihr Herz raste beim Klang seiner Stimme. »Natürlich. Ist okay.«

»Nächstes Mal muss ich wirklich dran denken, dir die Flugnummer zu geben, damit du weißt, ob ich zu spät komme.«

Nächstes Mal? Die Enttäuschung verflog, und die Freude kehrte zurück. »Bis gleich«, erwiderte sie.

»Ich kann es kaum erwarten.«

Sie steckte ihr Handy in die Tasche und wandte sich um. Als sie sich dem Restaurant näherte, kam Cole gerade vom Gate in den Terminal und zog einen Rollkoffer hinter sich her. Als er sie erblickte, blieb er abrupt stehen. Ohne sie aus den Augen zu lassen, machte er langsam die letzten Schritte auf sie zu.

»Du siehst … Wow.«

Verlegen zuckte sie die Achseln. »Für ein Abendessen im Flughafen ist es etwas übertrieben, aber meine Cousine hat mich dazu …«

»Sag deiner Cousine, dass sie einen ausgezeichneten Geschmack hat.«

»Das kann ich nicht. Es würde ihr sofort zu Kopf steigen.«

Lächelnd strich er ihr eine Strähne hinters Ohr. Die zärtliche Geste raubte ihr den Atem. »Tut mir leid, dass du meinetwegen warten musstest. Eigentlich wollte ich mich noch umziehen …«

»Du siehst gut aus, so, wie du bist«, antwortete sie leise.

»Ich bin nervös.« Das schien ihn zu überraschen. »So nervös wie schon lange nicht mehr.«

Sie war erleichtert, das zu hören. »Geht mir genauso.«

Er ließ den Griff des Koffers los und breitete die Arme aus.

Kurz zögerte sie, doch dann ging sie zu ihm und seufzte, als er sie in die Arme schloss. Sie nahm den dezenten Duft seines Eau de Cologne wahr, das ihr seit jenem Tag im Laden in Erinnerung geblieben war. Vorsichtig erwiderte sie die Umarmung, und lange blieben sie so stehen, während um sie herum hektisches Treiben herrschte.

»Was macht deine Nervosität?«, erkundigte er sich.

»Ist schon besser. Und deine?«

»Viel besser. Bist du hungrig?«

Sie nickte.

»Ich bin am Verhungern.« Anscheinend wollte er sie nicht loslassen, denn der Arm blieb um ihre Schultern liegen. Mit der freien Hand griff er nach seiner Tasche und führte Olivia ins Restaurant.

Sie setzten sich an einen Tisch an einem der Fenster, die auf die Landebahn hinausgingen. Er bestellte sich ein Bier und Olivia ein Glas Weißwein.

»Der Flug heute Abend hatte es in sich.« Er lockerte seinen verspannten Nacken. »Ziemlich holprig.«

»Woher bist du gekommen?«

»Aus Atlanta. Wir sind durch das ganze Mistwetter geflogen, das ihr vorher hier hattet.«

»Macht es dir keine Angst, wenn es so viel Turbulenzen gibt?«

»Mir nicht, aber die Passagiere mögen es nicht.«

»Mir würde es auch nicht gefallen, glaube ich.«

Amüsiert hob er eine Braue. »Du hattest bisher keinen holprigen Flug?«

Sie zögerte, bevor sie antwortete: »Ich bin noch nie geflogen.«

Sein Gesichtsausdruck war unbezahlbar. »Wie meinst du das?«

»Genau so, wie ich es gesagt habe.« Sie lächelte über seine Verwunderung. »Ich war noch nie in einem Flugzeug.« Sie griff nach der Karte und studierte sie intensiv, während sie sich nur allzu bewusst war, dass er sie anstarrte.

»Das kann doch nicht sein, dass du noch nie geflogen bist.«

»Wenn du meinst …«

»Also, mit ›noch nie‹ meinst du …«

»Noch nie. Ich war noch nie in einem Flugzeug, einem Hubschrauber, einem Heißluftballon, einem Luftschiff oder in irgendetwas anderem, das fliegen kann.«

Er lehnte sich zurück. »Na, das müssen wir dringend ändern.«

Sie warf ihm über die Karte hinweg einen skeptischen Blick zu. »Definiere ›ändern‹.«

»Ich nehme dich mit in die Luft. Und zwar schon bald.« Er griff sich die Karte. »Ich hätte Lust auf ein Steak. Was ist mit dir?«

⁂

BEIM ESSEN ERFUHR SIE, dass seine Mutter vor zwei Jahren an Krebs gestorben war, aber da er anscheinend nicht darüber sprechen wollte, hakte sie nicht nach. Er erzählte von seinen jüngeren Geschwistern, die beide verheiratet waren und in Lafayette, Indiana, in der Nähe des Vaters lebten. Am liebsten hätte sie die Geschichte von seiner Heldentat während des Fluges im Januar gehört, doch sie befürchtete, dass er es wahrscheinlich satthatte, darüber zu reden, daher fragte sie nicht.

»Was machen deine Geschwister beruflich?«

»Mein Bruder arbeitet bei Subaru und meine Schwester für Eli Lilly, den Pharmakonzern. Beide haben an der Purdue University in West Lafayette studiert.«

»Und wo hast du studiert?«

Nachdem er einen großen Schluck Bier getrunken hatte, antwortete er: »Aeronautical Engineering an der Embry-Riddle in Florida.«

»Ich weiß nicht einmal, was das sein soll«, erwiderte sie lachend.

»Es ist die Lehre davon, wie man Flugzeuge entwirft, die in der Luft bleiben.«

Die simple Erklärung amüsierte sie. »Wolltest du schon immer fliegen?«

»Schon seit ich denken kann. Etwa anderthalb Kilometer von meinem Elternhaus entfernt gab es einen kleinen Flugplatz. Als ich ungefähr acht war, hab ich angefangen, jeden Tag nach der Schule mit dem Fahrrad dorthin zu fahren. Ich habe im Hangar freiwillig die Böden gewischt, nur damit sie mir erlaubt haben, dort zu sein.«

Sie musste lächeln und stellte sich Cole als eifrigen kleinen Jungen vor, der Flugzeuge über alles liebte.

»Als ich vierzehn wurde, haben meine Eltern endlich nachgegeben und mir erlaubt, Flugstunden zu nehmen. An meinem sechzehnten Geburtstag bin ich zum ersten Mal allein geflogen, und seitdem habe ich nicht mehr damit aufgehört. Tatsächlich hatte ich meinen Flugschein noch vor dem Führerschein.«

»Das können nicht viele Menschen von sich behaupten. Wie lange arbeitest du schon für Capital?«

»Etwas mehr als drei Jahre. Zuvor habe ich zehn Jahre lang in der Navy gedient und Kampfjets geflogen, was mir großen Spaß gemacht hat.«

Olivia lauschte ihm gebannt. Er führte ein aufregendes Leben, voll von den Abenteuern, nach denen sie sich sehnte. »Warst du jemals im Kampfeinsatz?«

»Als ich auf dem Flugzeugträger ›John F. Kennedy‹ stationiert war, bin ich zwischen den beiden Kriegen auf einigen Missionen im Irak gewesen, um die Flugverbotszone zu sichern. Ein paarmal bin ich beschossen worden, aber im Grunde gab es keine richtig brenzligen Situationen.«

»Wie ist es, von einem Schiff zu starten und wieder darauf zu landen?«

»Es gibt nichts Aufregenderes, als einen Jet auf einem Flugzeugträger zu landen«, erzählte er grinsend. »Wenn du in deinem Flugzeug auf ein kleines, schlingerndes Ziel zusteuerst, steigt der Blutdruck, so viel steht fest.«

»Natürlich hast du diesen Kick geliebt«, erklärte sie lächelnd.

»Verdammt, ja. Ich vermisse das.«

»Warum hast du die Navy verlassen?«

Er seufzte. »Ich wollte es nicht, erst recht, da wir zu dem Zeitpunkt im Krieg waren. Aber die Navy hat mein Projekt auslaufen lassen, daher hab ich beschlossen, in die Privatwirtschaft zu wechseln. Bei den Airlines dreht sich alles ums Dienstalter. Ich war schon zweiunddreißig, und mit fünfundsechzig wird man automatisch in den Ruhestand versetzt. Wäre ich noch länger in der Navy geblieben, hätte ich meine zweite Karriere erst sehr spät beginnen können. Es war eine schwere Entscheidung, glaub mir.«

»Kann ich mir vorstellen.«

»Es gab da einen jungen Unteroffizier in meiner Crew, vielleicht neunzehn oder zwanzig Jahre alt, der wusste, dass ich mit der Entscheidung kämpfte, was ich tun sollte. Eines Tages sagte er: ›Commander, Sie haben schon zehn Jahre länger gedient, als es die meisten Leute tun werden. Sie schulden Ihrem Land nichts. Gehen Sie endlich nach Hause.‹ Es war … befreiend, zu hören, dass er so dachte.«

»Er hat dir die Erlaubnis gegeben.«

»Ganz genau«, erwiderte er, erkennbar erfreut, dass sie es verstand.

»Hast du danach gleich bei Capital angefangen?«

»Es hat ein paar Monate gedauert, alle Details zu klären, was frustrierend war, weil ich während der Wartezeit nicht viel zum Fliegen gekommen bin. Aber es hat sich gelohnt. Ich mag den Job. Es ist eine sehr pilotenfreundliche Airline – ein guter Arbeitgeber.«

»Du hattest großes Glück, dass du schon von Kindesbeinen an wusstest, was du mal werden wolltest.«

»Es ist meine Leidenschaft, das stimmt.« Seine Miene erhellte sich, und sein Lächeln war so sexy, dass Olivia förmlich dahinschmolz.

»Jetzt hast du mich also alles gefragt, bis auf das Offensichtliche.«

Olivia spürte, wie ihr Gesicht warm wurde. Sie wagte nicht, zuzugeben, dass sie einen ganzen Abend damit verbracht hatte, im Internet jede Kleinigkeit, die sie über das Ereignis hatte finden können, nachzulesen – inklusive seiner kurzen, doch angeblich leidenschaftlichen

Affäre mit einer Passagierin. Die Bilder von ihm und der umwerfenden Rothaarigen, mit der er schon vor Monaten Schluss gemacht hatte, hatten Olivia widersinnigerweise furchtbar eifersüchtig gemacht.

»Ich dachte, dass du es mir erzählen würdest, wenn du das möchtest.«

»Na, das ist aber mal eine erfreuliche Abwechslung. Alle, denen ich seither begegnet bin, haben von mir eine ausführliche Schilderung der Ereignisse erwartet.«

»Das ist nicht nötig …«

Er zuckte die Achseln. »Es macht mir nichts aus.« Dann fuhr er sich mit den Händen durchs Haar, sodass es in alle Richtungen abstand, und stützte die Ellbogen auf den Tisch. »Während eines heftigen Schneesturms befanden wir uns im Anflug auf New York-LaGuardia. Die Wolkendecke hatte sich sehr viel schneller verdichtet als erwartet, also flogen wir IFR – das heißt, wir haben uns hundertprozentig auf die Instrumente verlassen, weil wir null Sichtweite hatten.«

Olivia erschauderte. »Das möchte ich mir gar nicht vorstellen.«

»Es macht Spaß«, behauptete er mit einem breiten Lächeln.

»Du hast eine eigenartige Vorstellung von Spaß.«

»Das habe ich schon häufiger gehört.« Er trank einen Schluck Bier. »Jedenfalls sind wir im Landeanflug, es schneit wie verrückt, und plötzlich röchelt der Kapitän und sinkt in sich zusammen.«

»Was hast du getan?«

»Ich habe ihn geschüttelt und seinen Namen gerufen, aber er hat nicht reagiert. In dem Moment war meine größte Sorge, dieses Flugzeug voller Menschen sicher zu landen und zu verhindern, dass es von der verschneiten Landebahn schlittert.«

Olivia versuchte, sich die Situation vorzustellen. »Es muss schrecklich gewesen sein, als du nichts für den Kapitän tun konntest.«

Cole nickte. »Das war es. Er ist ein toller Kerl. Ein guter Freund.« Er strich mit dem Zeigefinger über das beschlagene Bierglas. »Jedenfalls habe ich das Flugzeug gelandet und es direkt auf dem Rollfeld angehalten. Ich hab die Rettungskräfte ins Cockpit gerufen, den Kapitän aus dem Sitz gezogen und sofort Erste Hilfe geleistet.«

»Die Passagiere hatten also keine Ahnung, was los war?«

»Sie waren völlig ahnungslos, bis ich die Tür des Cockpits öffnen musste, damit ich genug Platz hatte, um ihn ausgestreckt hinzulegen.«

»Du musst mit den Nerven am Ende gewesen sein.«

»Um die Wahrheit zu sagen, ich kann mich kaum daran erinnern. Es ging alles so schnell. Als die Sanitäter eintrafen, hatte das Herz des Kapitäns wieder zu schlagen begonnen, und er atmete.«

»Das ist unglaublich«, meinte Olivia mit aufrichtiger Bewunderung. »Und wie hast du es geschafft, in sämtliche Nachrichten zu kommen?«

Er lachte. »Ich hatte das Pech, dass es in der Woche sonst nicht viel zu berichten gab. Hätte der Iran an jenem Tag beschlossen, einen seiner Marschflugkörper zu starten, würden wir diese Unterhaltung jetzt gar nicht führen.«

»Oh, ich wette, du hättest trotzdem viel Aufmerksamkeit erhalten. Der attraktive, heldenhafte Pilot rettet die Lage und das Leben des Kapitäns. Das ist ein Stoff für Hollywood.«

»Du findest mich also attraktiv?«

»Na ja, hässlich bist du nicht gerade.«

Er musste lachen. »Na, vielen Dank.«

»Entschuldige, ich konnte nicht anders«, erwiderte sie kichernd. »Damit warst du also auf einen Schlag berühmt.«

»Es war gewiss nicht das, was ich wollte. Aber natürlich hat es auch nicht geholfen, dass der Pilot in der ›Today‹-Show aufgetreten ist und erzählt hat, was für ein Held ich sei und dass ich sein Leben gerettet hätte.«

Olivia lachte über seine entsetzte Miene.

»Danach wurden die Passagiere interviewt, die sich diesen schrecklichen Spitznamen ›Captain Incredible‹ haben einfallen lassen.« Er erschauderte, und Olivia lachte weiter. »Was dann folgte, war ein monatelanger Werbezirkus, was ich den PR-Leuten von Capital zu verdanken habe. Sie haben die Gelegenheit beim Schopf gepackt, um damit Werbung zu machen, wie toll ihr Personal ist.«

»Du hast es geliebt.«

»Nein, *mein Vater* hat es geliebt. Er hat sämtliche Artikel in ein Album geklebt. Ich habe alles einfach nur über mich ergehen lassen. Eine oder zwei Wochen lang hat es durchaus Spaß gemacht, besonders als mich der Präsident eingeladen hat, während der Rede zur Lage der Nation im Publikum zu sitzen. Das war der Wahnsinn.«

»War es cool, den Präsidenten zu treffen?«

»Es war unglaublich. Wirklich. Aber danach wurde die ganze Sache bald echt nervig, und alles, was ich wollte, war, wieder mit dem Fliegen anzufangen. Ich hoffe wirklich, dass ich die ganze Geschichte gerade zum allerletzten Mal erzählen musste.«

»Danke, und falls es dir etwas bedeutet: Ich bin sehr stolz auf dich.«

Er wirkte überrascht und freute sich anscheinend über das Kompliment. »Es bedeutet mir sogar sehr viel«, erwiderte er und räusperte sich. »Wie auch immer, genug von mir und meiner Leidenschaft. Sprechen wir über dich und deine Leidenschaft.«

»Ich weiß nicht, ob ich es so nennen würde. Es ist einfach etwas, was ich tue.«

»Warum spielst du dein erstaunliches Talent so herunter?«

Er starrte sie eindringlich an. Olivia schaffte es nicht, seinem Blick auszuweichen.

»Ich weiß nicht«, gestand sie schließlich. »Es ist einfach nur ein Hobby.«

»Hast du welche von deinen Bildern mitgebracht?«

Sie nickte, griff nach der Tasche und holte ihren Skizzenblock heraus.

Er nahm ihn, wischte die Krümel vom Tisch, den der Kellner bereits abgeräumt hatte, und schlug den Block auf.

Olivia beobachtete, wie er jede Seite gründlich studierte, bevor er sich der nächsten zuwandte.

»Die sind unglaublich, Olivia. Ich habe das Gefühl, diese Leute zu kennen. Du gibst nicht einfach bloß ihr Aussehen wieder. Du fängst ihre Seele ein, das, was sie ausmacht.«

Er hätte in diesem Moment nichts sagen können, was ihr mehr bedeutet hätte.

Schweigend betrachtete er die anderen Zeichnungen – bis er auf die von ihm selbst stieß, die Olivia nach dem gemeinsamen Kaffee angefertigt hatte.

»Wow«, lachte er. »Komme ich wirklich so selbstbewusst und von mir selbst überzeugt rüber?«

»Ich zeichne nur, was ich sehe«, scherzte sie.

»Mein Vater würde diese Zeichnung lieben. Er zieht mich immer damit auf, dass ich viel zu selbstgefällig wäre.«

Sie streckte die Hand aus, riss vorsichtig die Seite aus dem Block, rollte sie zusammen und reichte sie ihm. »Schenk sie ihm.«

»Nur wenn du sie signierst«, antwortete er, holte einen Kugelschreiber aus der Brusttasche seines Hemds und reichte ihn ihr. »Er soll wissen, dass er ein Original von Olivia Robison bekommt. Eines Tages wird es ein Vermögen wert sein.«

Sein Vertrauen in sie rührte sie, und Olivia schrieb ihren Namen an den unteren Rand. »Ich habe noch nie eine Zeichnung signiert«, gestand sie, als sie ihm den Stift zurückgab.

»Das ist eine Riesenschande. Dein Name sollte auf jeder einzelnen stehen.«

Die Kellnerin kam an den Tisch und fragte, ob sie Kaffee oder ein Dessert wünschten.

»Olivia?«

»Nein, danke.«

»Die Rechnung bitte«, sagte Cole und blickte auf die Uhr. »Verdammt.«

»Verspätest du dich zu deinem nächsten Date?«, scherzte sie.

»Nein, aber ich werde mich gleich in einen Kürbis verwandeln. Ich fliege morgen um acht und muss dringend ins Bett. Die nervige Luftfahrtbehörde verlangt von uns, nachts lange genug zu schlafen.« Er nahm ihre Hand.

Das Prickeln überraschte Olivia trotz allem wieder und weckte ihre Nervosität. Sie starrte auf ihre ineinander verschlungenen Finger.

»Ich bin noch nicht bereit«, erklärte er.

Sie begegnete seinem Blick. »Wofür?«

»Für das Ende unseres Dates. Ich habe mich die ganze Woche darauf gefreut.«

»Ich mich auch.«

Sie sahen einander für einen langen, atemlosen Moment in die Augen, der erst unterbrochen wurde, als die Kellnerin mit der Rechnung kam.

Cole nahm sie, und seine Miene wurde ausdruckslos.

»Was ist los?«

Er zerknüllte das Papier und warf es auf den Tisch. »Nichts.«

Olivia nahm es, faltete es auseinander und stellte fassungslos fest, dass ihm die Kellnerin zusammen mit der Rechnung ihre Telefonnummer zugesteckt hatte.

»Olivia?«

»Passiert das oft?«

Sein Ausdruck war undeutbar. »Es hat nachgelassen, aber ich bin immer noch entsetzt darüber, wie unhöflich manche Leute sein können. Ich bin hier eindeutig bei einem Date. Glaubt sie wirklich, dass ich sie anrufen würde?«

»Ich kann nicht nachvollziehen, was sie sich dabei gedacht hat.«

»Wenigstens hat sie keinen Herzinfarkt vorgetäuscht, in der Hoffnung, dass ich eine Mund-zu-Mund-Beatmung mache.«

Olivia starrte ihn fassungslos an. »Ist das wirklich schon vorgekommen?«

»Bisher dreimal.«

»Unglaublich.«

Er holte eine goldene American Express aus seinem Portemonnaie.

»Lass mich etwas dazugeben.«

»Auf keinen Fall. Ich habe dich eingeladen.«

Sie stützte das Kinn auf die Faust und musterte ihn. »Wenn ich dich einlade, darf ich dann zahlen?«

Er lächelte. »Heißt das, ich kann mich darauf freuen, dass du mich einlädst?«

»Vielleicht.«

»Wir verhandeln die Bedingungen, sobald du mich fragst.«

»Wo übernachtest du?«

»Im Sheraton Old Town. Die Airline hat einen Vertrag mit dem Hotel, deshalb schlafen wir immer dort.«

»Das liegt direkt am anderen Ende der Straße, in der ich wohne.«

Er stand auf und nahm ihre Hand. »Teilen wir uns ein Taxi?«

»Normalerweise nehme ich keine Taxis, doch da du es eilig hast, mache ich eine Ausnahme.« Sie schloss ihre Hand um seine und folgte ihm aus dem Restaurant. »Oh, schau mal, Flitterwöchner«, flüsterte sie und nickte in Richtung eines Paares, das sich auf der anderen Seite des Gangs befand.

»Woher weißt du das?«

»Na ja, ich weiß es nicht mit Sicherheit, aber ich liebe es, mir Geschichten über die Menschen auszudenken, denen ich am Flughafen begegne.«

Er ließ ihre Hand los, legte den Arm um sie und zog sie enger an sich. Sie spürte seine Lippen an ihrem Ohr, als er sagte: »Was würdest du dir ausdenken, wenn du uns beide sehen würdest?«

In seiner Nähe wurde ihr schwindelig. »Da du eine Uniform trägst und einen Koffer dabeihast, würde ich vermuten, du hättest mich in der Bar aufgerissen und wir wären gerade auf dem Weg in dein Hotel.«

Abrupt zog er sie vom Ausgang fort und in den Aufzug. Anschließend führte er sie in den ersten Stock, der am späten Freitagabend fast völlig verlassen dalag.

»Wohin gehen wir?«

»Da mein Hotel keine Option ist – zumindest nicht heute Abend –, gehen wir hierhin.«

»Hier« war eine dunkle Ecke, in der man die gut beleuchteten Landebahnen vor sich hatte. Jenseits des Potomac River erhellte das Kapitol den nächtlichen Himmel.

»Hübsch, nicht wahr?«, fragte Cole.

»Der Anblick wird mir nie langweilig.«

»Mir auch nicht.«

Doch als sie zu Cole aufschaute, waren seine Augen nicht auf das Kapitol, sondern auf sie gerichtet. Mit den Händen umfasste er ihr Gesicht und streifte ihre Lippen sanft mit seinen. Jegliches Prickeln, das sie zuvor empfunden hatte, verblasste im Vergleich zu dem, was sie überlief, als er mit seiner Zunge ihre Unterlippe berührte. Sie ließ die Hände unter seine Uniformjacke gleiten, strich über seinen Oberkörper, bis hinauf zu seinen Schultern.

Dies war ein Moment, an den sie sich noch lange erinnern würde, dachte Olivia. Gleichgültig, was zwischen ihnen geschehen oder auch nicht geschehen würde, sie würde diesen perfekten Kuss, diesen perfekten Moment in ihrem Herzen bewahren.

Sie spürte, wie er mit einer Hand ihren Nacken umfasste. Den anderen Arm legte er ihr um den Rücken.

Sanft stieß Cole mit der Zungenspitze an ihre Lippen, und sie öffnete den Mund, um ihn einzulassen.

Noch nie zuvor hatte Olivia einen Kuss wie diesen erlebt – einen Kuss, der in ihr den Wunsch weckte, Cole die Kleider vom Leib zu reißen, gleich hier und jetzt. Sie wimmerte, als ein unbeschreibliches Verlangen in ihr aufflammte.

Er verstand es falsch, glaubte wohl, dass sie sich bedrängt fühlte, und ließ rasch von ihr ab.

Sie klärte das Missverständnis auf, indem sie ihn am Hemd packte und wieder zu sich zog.

Der zweite Kuss war noch intensiver als der erste. Nach mehreren langen, heißen Minuten vergrub Cole die Hand in ihrem Haar und rieb mit den Lippen über ihren Hals.

»Cole …« Ihre Stimme klang rauer und tiefer als sonst.

Er knabberte zart an ihrem Ohrläppchen. »Hm?«

Sie zitterte. »Du musst gehen. Die Luftfahrtbehörde, du erinnerst dich?«

»Noch nie davon gehört.«

Sie legte ihm die Hand auf die Brust und schob ihn von sich. »Der Flug morgen früh um acht. Klingelt es bei dir?« Sie nahm seine Hand und zog ihn zum Ausgang.

Sobald sie auf dem Rücksitz eines Taxis Platz genommen hatten, machte Cole dort weiter, wo er im Terminal aufgehört hatte. Seine Lippen waren weich, seine Zunge beharrlich, und Olivia schnappte nach Luft, als er mit der Hand ihre Brust streifte.

Mit einem Mal wurde ihnen klar, dass sie kurz davor standen, im Taxi übereinander herzufallen. Cole schlang die Arme um sie und drückte sie während der restlichen Fahrt fest an sich.

»Ab übermorgen habe ich acht Tage frei«, flüsterte er ihr zu. »Ich könnte in ein Flugzeug steigen und nächste Woche wiederkommen – wenn du willst.«

»Sehr gerne.«

»Musst du arbeiten?«

»Ich finde schon eine Lösung.«

»Weißt du noch, wie du mich gefragt hast, was wir hier tun?«

Sie nickte an seiner Brust.

»Ich bin mir nicht ganz sicher, aber was immer es ist, es gefällt mir.«

Sie blickte zu ihm auf und antwortete: »Mir auch.«

Er sah ihr in die Augen, beugte sich vor und gab ihr einen sanften Kuss. »Olivia …«

»Da sind wir«, verkündete der Fahrer, als er vor ihrem Haus an der Commonwealth Avenue hielt.

Zögernd setzte sich Olivia auf und spürte sofort die Sehnsucht nach Coles Umarmung. »Danke für das Essen.«

»Danke für die Zeichnung. Mein Vater wird begeistert sein.« Er öffnete die Tür und stieg aus, um ihr rauszuhelfen. »Ich rufe dich an.«

Sie nickte. Er legte ihr den Zeigefinger unters Kinn und hob sanft ihren Kopf, um ihr einen letzten Kuss zu geben. Er sah ihr nach, als sie die Treppe hinaufging und das Haus betrat, bevor er wieder ins Taxi stieg.

KAPITEL 6

»Hat er dich geküsst?«, wollte Jenny am nächsten Morgen wissen.

Olivia gähnte und drehte sich um, um ihr Kissen zu umarmen. »Mhm.« Sie hielt den Hörer ein Stück vom Ohr weg, da sie bereits ahnte, dass Jenny kreischen würde. Sie wurde nicht enttäuscht. »Glaubst du, du könntest einen Gang zurückschalten? Ich habe noch keinen Kaffee getrunken. Und warum rufst du so früh an einem Samstag an?«

»Es ist zehn Uhr. Für mich ist das praktisch Mittag. Also, definiere ›Kuss‹. Reden wir von einem Schmatzer oder was so richtig tief mit Zunge?«

»Option B.«

»Wirklich?«

»Na schön, ich lege mich wieder schlafen.«

»O nein, das tust du nicht.«

»Jenny. Heute ist mein freier Tag. Gönn mir eine Pause, okay?«

»Erst wenn ich jedes Detail über gestern Abend erfahren habe.«

Obwohl sie am liebsten weitergeschlafen hätte, konnte Olivia nicht anders und musste lächeln, als sie an den Abend mit Cole dachte. Sie fragte sich, wo er jetzt gerade war. Sein Acht-Uhr-Flug war längst gestartet. Zu welchem Ziel, wusste sie nicht.

»Olivia …«

»Er mochte das Kleid.«

»Das habe ich dir doch gesagt.«

»Für ein Essen im Flughafen war ich ein wenig overdressed, aber das schien ihn nicht zu stören.«

»Er war zu sehr damit beschäftigt, dir seine Zunge in den Hals zu stecken, um darüber nachzudenken, was du anhattest.«

»Hör auf. So war es nicht.«

»Wie war es dann?«

Olivia erzählte es ihr. Als sie fertig war, schwieg Jenny.

»Hallo? Bist du noch dran?«

»Wenn du dich nicht in ihn verliebt hast, ich jedenfalls hab es.«

»Es war nur ein Date, Jenny«, erklärte Olivia und gähnte erneut. »Also lass das.«

»Er ist der Richtige. Ich weiß es.«

»Oh, meine Güte! Du bist ihm bisher nicht mal begegnet. Wie kannst du da so etwas behaupten?« Olivia hasste das euphorische Gefühl, das sie durchströmte, während sie überlegte, dass Jenny womöglich recht hatte. Als wäre ihr nicht längst derselbe Gedanke gekommen.

»Es ist bloß mein Bauchgefühl. Die ganze Sache klingt so unglaublich. Wann kann ich ihn endlich kennenlernen?«

»Nächstes Wochenende will er herfliegen, wenn er freihat. Vielleicht dann.«

»Er fliegt extra her, um dich zu sehen?«

Olivia musste über Jennys Reaktion lachen. »Ja.«

»Ich flipp aus!«

»Ach, wirklich?«

»Ihr könnt zum Abendessen zu uns kommen.«

»Ich weiß nicht, ob ich schon bereit bin, ihn dir vorzuführen.«

»Er soll ruhig gleich zu Anfang sehen, worauf er sich einlässt. Ich gehöre dazu.«

»Das stimmt.«

»Hast du mit ihm über das gesprochen, was im Januar passiert ist?«

»Er hat es mir erzählt. Inzwischen hat er von der ganzen Aufmerksamkeit restlos die Nase voll. Du wirst es nicht glauben, aber die Kellnerin hat ihm tatsächlich mit der Rechnung ihre Telefonnummer zugesteckt.«

»Nicht im Ernst!«

»Leider doch. Er war echt sauer.«

»Kann ich mir vorstellen.« Jenny quietschte erneut. »Das ist echt der Hammer, Liv. Ich freue mich riesig für dich.«

»Sei nicht so voreilig. Wer weiß, was daraus wird?«

»Du denkst schon jetzt darüber nach, wie es enden wird, oder?«

»Eigentlich nicht.«

»Tu es nicht, Liv. Lass dich wenigstens ein Mal in deinem Leben auf etwas ein, okay? Es könnte sich als etwas wirklich Tolles entpuppen. Ruinier es nicht, indem du mit dem Schlimmsten rechnest.«

»In der Hinsicht hatte ich bisher nicht gerade viel Glück.«

»Du bist einfach noch nicht dem Richtigen begegnet – bis jetzt.«

»Jenny! Beschrei es nicht. Ich muss jetzt aufhören. Nächste Woche muss ich die Arbeit für mein Seminar in internationaler Wirtschaft abgeben.«

»Gähn. Jetzt hast du mich eingeschläfert.«

Olivia lachte. »Cole findet, ich sollte etwas aus meinem Zeichentalent machen.« Seinen Namen auszusprechen fühlte sich wie eine Bestätigung an, dass er wirklich existierte – dass es ihm gelungen war, ihr ganzes Leben während eines einzigen unvergesslichen Abends auf den Kopf zu stellen.

»Und, wer sagt das schon seit Jahren?«

»Du«, antwortete Olivia mit einem tiefen Seufzen.

»Ich werde mich sicher bestens mit ihm verstehen. Abendessen. Nächstes Wochenende. Hab noch einen schönen Tag!«

Olivia duschte, zog sich Jeans und einen Pullover an und ging nach unten. Ihre Eltern saßen am Küchentisch und lasen die »Washington Post«.

»Morgen, Kleines«, sagte ihr Vater Jerry.

»Du warst gestern Abend lange weg«, bemerkte Mary.

»Ich war nach Feierabend mit einem Freund essen. Ich hatte dir doch Bescheid gegeben, dass ich später komme.«

Ohne von der Zeitung aufzublicken, antwortete Mary: »Küsst du alle deine Freunde so?«

Olivia gab sich Mühe, ihre Wut zu unterdrücken. Sie konnte es gar nicht abwarten, in eine eigene Wohnung zu ziehen.

»Gibt es vielleicht etwas, das du uns erzählen möchtest?«, hakte Mary nach.

»Nein«, erwiderte Olivia, während sie sich etwas Kaffee in einen Thermobecher goss.

»Lass sie in Ruhe, Mary«, mischte sich ihr Vater ein.

Olivia lächelte ihm dankbar zu. »Ich will zum Campus, um an meinem Text zu arbeiten.«

»Soll ich dich fahren?«, fragte Jerry.

»Gerne. Das wäre toll.« Da sie das Gefühl hatte, ihr halbes Leben in der U-Bahn zu verbringen, war ihr das Angebot mehr als willkommen.

Auf dem Weg in die Stadt nahm sich Olivia einen Moment Zeit, um den klaren Herbsttag, den hellblauen, wolkenlosen Himmel und die bunten Blätter zu bewundern. Während sie parallel zum Flughafen über die Route 1 fuhren, beobachtete sie, wie gerade eine rot-blaue Maschine von Capital Airlines startete. Sie musste wieder an Cole denken, der sie gestern Abend so leidenschaftlich geküsst hatte.

»Ich wüsste nur zu gerne, wo du in Gedanken gerade bist«, meinte ihr Vater.

Olivia sah ihn an und lächelte. Er war ihr Anker in all dem Chaos, das ihre Mutter umgab. »Gestern Abend hatte ich ein vielversprechendes Date.«

»Mit?«

»Einem Piloten von Capital.«

»Ah, kein Wunder, dass du wie gebannt auf die Landebahn starrst. Wie hast du ihn kennengelernt?«

Olivia erzählte ihm von der Prügelei im Laden und von allem, was seitdem geschehen war.

»Na, sieh mal an. Du magst ihn also.«

Sie seufzte. »Bin ich so leicht zu durchschauen?«

»Nein, aber ich kenne doch mein Mädchen.«

»Es ist geradezu beängstigend, wie sehr ich ihn mag«, gestand sie. »Eigentlich habe ich ihn erst dreimal getroffen, und bei unserer ersten Begegnung war er die meiste Zeit über bewusstlos.«

»Die anderen beiden Male müssen dagegen ja langweilig gewesen sein.«

»Eigentlich nicht. Er ist sehr … dynamisch. Tatsächlich ist er der Pilot, der letzten Winter während eines Blizzards das Flugzeug gelandet und anschließend dem Captain nach einem Herzanfall das Leben gerettet hat.«

»Das ist er? Ich erinnere mich, etwas darüber gelesen zu haben.« Er nahm ihre Hand und drückte sie. »Schön für dich, Kleines. Du solltest dich mehr amüsieren. Es gefällt mir nicht, dass du während deines Studiums so viel arbeiten musst. Bei mir läuft es langsam etwas besser, also kann ich dir in den nächsten ein oder zwei Monaten ein wenig unter die Arme greifen.«

»Mach dir keine Sorgen, Dad. Ich komme schon zurecht.« Unausgesprochen blieb das, worüber sie niemals redeten: Wenn ihre Mutter ihre Kaufsucht in den Griff bekäme, wäre ihr Vater in der Lage, sehr viel mehr für Olivia zu tun.

»Ich wünschte nur, du müsstest das nicht alles alleine schultern. Als die Jungs studiert haben, ging es uns finanziell besser, und ich konnte ihnen helfen.«

»Das spielt keine Rolle. Du warst immer für mich da.«

Als Olivia fünf gewesen war, hatte ihre Mutter während einer Zwillingsschwangerschaft eine sehr späte Fehlgeburt erlitten. Nach diesem Verlust hatte Mary innerlich den Halt verloren, und auch jahrelange Therapie hatte ihr nicht geholfen, darüber hinwegzukommen. In der Folge hatte sie sich nach und nach aus dem Leben zurückgezogen. Ohne die bestätigende Gegenwart ihres Vaters hätte es Olivia niemals überstanden, in so einem Elternhaus aufzuwachsen. Sie fieberte sehnsüchtig dem Tag entgegen, an dem sie endlich in der Lage sein würde, auszuziehen.

»Darf ich dich etwas fragen?«, erkundigte sie sich zögerlich. Das war kein Thema, über das sie sprachen. Jemals.

»Natürlich.«

»Denkst du manchmal darüber nach, sie zu verlassen?«

»Sie ist meine Frau. In guten wie in schlechten Zeiten und so weiter.«

»Du bist ein Heiliger.«

»Ach was. Man tut, was man kann. So ist das Leben.«

»Wahrscheinlich hast du recht.« Olivia fragte sich häufig, ob sie aufgrund des Traumas ihrer Mutter, mit dem sie aufgewachsen war, nicht an ein glückliches Leben für sich selbst glauben konnte. Sie sah, wie glücklich Jenny und Will miteinander waren und wie viel Freude ihnen der kleine Billy bereitete. Das gab ihr Hoffnung. Olivias Brüder hingegen hatten beide gescheiterte Ehen hinter sich, und sie war vorsichtig genug, um sich vor den Gefühlen zu fürchten, die Cole in ihr weckte. Er brachte sie dazu, sich Dinge zu wünschen, auf die sie besser nicht hoffen sollte.

Ihr Vater umrundete den Ward Circle und hielt auf dem Parkplatz vor der Bibliothek.

Olivia beugte sich zu ihm vor, um ihm einen Kuss auf die Wange zu geben. »Danke fürs Fahren.«

»Gern geschehen.« Er drückte kurz ihre Hand. »Amüsier dich schön mit deinem Piloten, Livvie. Hab keine Angst davor, es zu versuchen. Du weißt nie, wie es sich entwickelt.«

»Du klingst schon wie Jenny«, erwiderte sie lächelnd.

»Meine äußerst weise Nichte weiß das eine oder andere über die Liebe. Hör auf sie.«

»Wenn es nach ihr ginge, wäre ich schon mit ihm verheiratet.«

Olivias Vater lachte, winkte ihr ein letztes Mal und fuhr los, während sie sich auf den Weg zur Bender Library machte. Im dritten Stock fand sie eine ruhige Ecke, packte ihren Laptop und ihre Notizen aus und versuchte, sich auf den Internationalen Währungsfonds zu konzentrieren. Aber ihre Gedanken schweiften immer wieder ab und kehrten zu einem dunkelhaarigen Mann mit eindringlichen blauen Augen zurück.

Ehe sie sichs versah, zeichnete sie auf ihrem Block markante Wangenknochen, eine gerade Nase, volle Lippen und einen leicht arroganten Gesichtsausdruck, der bei den meisten anderen Männern abstoßend gewirkt hätte, Coles Attraktivität jedoch nur noch steigerte.

Während er auf dem Papier zum Leben erwachte, erfasste Olivia Sehnsucht. Wonach sie sich genau sehnte, wusste sie nicht zu sagen. Nach irgendetwas anderem als dem, was sie besaß. Sie war es satt, ewig darauf zu warten, dass ihr Leben endlich anfing, und hatte die Nase voll davon, auf irgendeine entfernte Zeit zuzusteuern, zu der eines Tages all ihre Probleme gelöst sein würden. Je härter sie arbeitete und je mehr sie träumte, desto weiter entfernt schien dieses Ziel zu liegen.

Sie hasste die Wirtschaftshochschule. Da. Endlich hatte sie es sich eingestanden. Sie hasste die Seminare über Themen, die sie nicht interessierten und die ihr nichts bedeuteten, die aufgeblasenen Studenten, die ständig darüber sprachen, wie viel Geld sie nach dem Abschluss verdienen wollten, und einige der Professoren, die so taten, als wären sie im Besitz des Schlüssels zum Erfolg, den sie allerdings nur an ein paar auserwählte Glückliche aushändigen würden.

Hier war sie, hatte drei Viertel ihres Wegs am College hinter sich und arbeitete auf einen Abschluss hin, den sie gar nicht wollte. Die Erkenntnis war niederschmetternd. Was sollte sie tun? Abbrechen? Keinesfalls würde sie das College ohne Abschluss verlassen. Sie hatte bereits so viel Zeit und Geld investiert. Es durfte nicht umsonst gewesen sein.

Alles, woran sie denken konnte, waren Coles Worte, dass sie außergewöhnlich talentiert sei. Dass er das Gefühl habe, die Gesichter in ihren Zeichnungen zu kennen. Wie hatte sie bloß einen Weg, den sie im Grunde gar nicht beschreiten wollte, so weit gehen können? Wie hatte es ein Mann, dem sie erst dreimal begegnet war, geschafft, ihr endlich klarzumachen, dass ihre Kunst etwas wert war? Vielleicht war es möglich, all das zu bekommen, was sie wollte, ohne dabei ihre Seele dem Teufel zu verkaufen – wenn sie nur auf ihr Herz und nicht auf ihren Verstand hörte.

Sie berührte die Leertaste ihres Computers, klickte auf die Website der American University und fand den Link zum Studium der Bildenden Kunst. Sie blickte sich über die Schulter, um sich zu vergewissern, dass niemand sie beobachtete. Ihr Herz raste, als hätte sie versehentlich auf eine Pornoseite geklickt. Bei der Vorstellung musste sie kichern, und im selben Moment öffnete sich die Website des Instituts für Bildende Kunst. Die ganze Zeit hatte Olivia gewusst, dass es diesen Studiengang gab, hatte ihm jedoch nicht viel Beachtung geschenkt.

Gierig saugte sie sämtliche Informationen über das Studium auf und las anschließend etwas über das »Katzen Arts Center«. Auf der Website stand: »Das Katzen Arts Center stellt ein klares Signal an die Allgemeinheit dar, dass es in der Stadt einen Ort gibt, an dem die Kunst als das Herz der Hochschulbildung geehrt wird. Dieser Ort ist die American University.«

Die Vorstellung, selbst Teil der Künstlergemeinde an der Universität zu werden, war Respekt einflößend und aufregend zugleich. Bevor Olivia noch den Mut verlor, schrieb sie eine E-Mail an die Kontaktperson des Studiengangs und bat um einen Termin. Nachdem sie die Nachricht abgeschickt hatte, musste sie lächeln.

»Ich kann es gar nicht erwarten, Cole davon zu erzählen«, flüsterte sie.

***

In den folgenden Stunden plagte sie sich mit ihrem Aufsatz herum, während sie darauf hoffte, dass Cole sich bei ihr meldete. Zweimal sah sie auf dem Handy nach, um sich zu vergewissern, dass sie keinen Anruf verpasst hatte, und kam sich anschließend albern vor, weil es ihr so viel bedeutete. Gegen sechs war sie fertig und packte ihre Sachen ein, um zu gehen.

Nachdem sie sich den ganzen Tag im Gebäude aufgehalten hatte, empfand sie die frische Luft als belebend und hatte beinahe schon die U-Bahn-Station erreicht, als ihr Handy klingelte. Enttäuscht sah sie Jennys Nummer auf dem Display.

»Hey«, meldete sich Olivia.

»Bist du mit deinem Aufsatz fertig geworden?«

»Gerade eben.«

»Willst du vorbeikommen? Wir überlegen gerade, Pizza zu bestellen.«

Da sie lieber bei Jenny und Will sein wollte, als nach Hause zu gehen, nahm Olivia die Einladung an.

»Ruf uns an, sobald du in Franconia-Springfield bist, dann fährt einer von uns los, um dich abzuholen.«

»Klingt gut.«

»Und? Hat er angerufen?«, erkundigte sich Jenny.

»Noch nicht.«

»Er meldet sich bestimmt.«

»Ich wünschte, ich könnte mir da so sicher sein.«

»Wahrscheinlich hat er zu tun. Mach dich deshalb nicht verrückt.«

»Wer macht sich denn verrückt? Ich habe überhaupt nicht daran gedacht, bis du danach gefragt hast.«

Jenny lachte. »Schon klar!«

»Bis gleich.« Olivia legte auf, steckte das Handy in die Tasche und sagte sich, dass Jenny recht hatte. Cole arbeitete und hatte keine Zeit, sie anzurufen – nicht einmal in den Pausen zwischen seinen Flügen. Er würde sich schon melden, sobald er dazu kam.

***

DOCH ER RIEF WEDER AN JENEM ABEND NOCH AM NÄCHSTEN TAG AN.

Am Sonntagabend hatte sie das Gefühl, ihr Date am Freitag wäre schon ein ganzes Leben her, und gab die Hoffnung auf, je wieder von ihm zu hören. Das Warten, das Nachdenken und die Spekulationen darüber, wie sie sich so in ihm geirrt haben konnte, hatten sie erschöpft. Sie ging früh zu Bett, wälzte sich lange herum, bevor sie in einen unruhigen Schlaf fiel.

Als gegen elf ihr Handy klingelte, glaubte sie zuerst, sie würde träumen, bis die Melodie von »Ode an die Freude« sie endlich aufweckte. Sie stürzte sich auf das Handy und nahm den Anruf an, ohne auf die Nummer zu achten.

»Wusste ich doch, dass es schon zu spät dafür ist, dich anzurufen«, brummte Cole. »Ich wollte es trotzdem riskieren, und jetzt habe ich dich aufgeweckt.«

Mit einem Mal war Olivia hellwach, und all ihre Sinne befanden sich in höchster Alarmbereitschaft. Sie setzte sich auf und räusperte sich, damit sie sich nicht zu verschlafen anhörte. »Nein, ist schon gut. Normalerweise bleibe ich länger wach.«

»Aber nicht heute Abend?«

»Ich war müde.«

»Entschuldige. Tut mir leid, dass ich jetzt erst anrufe. Dieses Wochenende war die Hölle los.«

»Ist schon okay.«

»Dachtest du etwa, ich wäre einer von diesen Typen, die erst versprechen, dass sie sich melden, und es dann nie tun?«

»Natürlich nicht.«

Er lachte leise. »Doch, das dachtest du.«

»Vielleicht ein bisschen.«

»Es tut mir wirklich leid. Dieses Wochenende sind ein paar Dinge passiert. Na ja, wie auch immer … es war verrückt.«

»Möchtest du darüber sprechen?«

»Nein, aber danke der Nachfrage. Ich würde viel lieber über dich sprechen. Was hast du seit Freitag so getan?«

»Lass mich nachdenken. Ich habe einen wirklich spannenden Text über den Internationalen Währungsfonds verfasst, meine Cousine getroffen, mich kundig gemacht, wie ich zum Hauptfach Kunst wechseln kann, und das Haus geputzt.«

»Moment, Moment. Was war das mit deinem Hauptfach?«

Sie lachte über seine Reaktion. »Ich wollte nur testen, ob du mir überhaupt zuhörst.«

»Ich höre dir definitiv zu. Erzähl schon.«

»Ich habe beschlossen, mich ein wenig zu informieren. Das ist alles.«

»Was hat dich dazu gebracht?«

»Es war nur … dass du neulich Abend gesagt hast, du hättest das Gefühl, die Leute zu kennen, die ich gezeichnet habe. So etwas hat noch nie jemand zu mir gesagt.«

»Nicht mal an der Highschool? Im Kunstunterricht?«

»Damals habe ich meine Zeichnungen niemandem gezeigt. Das mache ich erst seit Kurzem.«

»Also hat niemand geahnt, wie gut du wirklich bist«, stellte er ungläubig fest.

»Bis auf meine Cousine Jenny und meinen Dad. Sie sagen schon seit Jahren, dass ich gut bin, doch erst deine Worte haben mich zum Nachdenken gebracht.«

»Da bin ich aber froh, dass dich das wachgerüttelt hat. Willst du wirklich dein Hauptfach wechseln?«

»Morgen Nachmittag habe ich einen Termin beim Studienberater im Institut für Bildende Kunst.«

»Das ist toll, Olivia. Genau dort gehörst du hin.«

»Der einzige Nachteil ist, dass ich dann wahrscheinlich ein Jahr länger an der Uni bleiben muss. Bei der Geschwindigkeit, mit der ich studiere, kann ich von Glück reden, wenn ich mit vierzig meinen Abschluss mache.«

»Sobald du ein Hauptfach hast, das du wirklich liebst, wird dir das Studium nicht mehr wie eine lästige Pflicht vorkommen, das verspreche ich dir.«

»Ich hoffe, du hast recht. Ich weiß nicht, wie viel Stoff über den Internationalen Währungsfonds ich noch verkraften kann.«

»Das klingt wirklich furchtbar.«

»Ich hasse es. Weißt du, wie befreiend es ist, dass ich es endlich zugeben kann? Ich hasse es!«

»Wir müssen nächstes Wochenende unbedingt deine Erleuchtung feiern.«

Vor Nervosität und Vorfreude hatte sie Schmetterlinge im Bauch. »Das würde ich wirklich gerne tun«, erwiderte sie leise.

»Ich wollte am Freitag einen Flug von O'Hare nehmen und würde gegen halb sieben landen. Wäre das okay?«

»Ich mache um sieben Feierabend. Hoffentlich stört es dich nicht, eine halbe Stunde warten zu müssen.«

»Kein Problem. Ich habe ein Zimmer im Sheraton gebucht, weil es in deiner Nähe liegt.« Als Olivia nicht sofort antwortete, fragte er: »Ist dir das zu viel?«

»Nein.«

»Was ist es dann? Irgendetwas stimmt nicht.«

»Alles in Ordnung.«

»Olivia, sprich mit mir«, beharrte er sanft, aber nachdrücklich. »Komm schon.«

»Ich kriege irgendwie Panik«, gestand sie.

»Warum?«

»Diese ganze Sache ist einfach …«

»Heftig?«

»Ja.« Das war genau das Wort, das sie gewählt hätte.

»Ist das schlimm?«

»Das wäre es, wenn du plötzlich das Interesse verlieren würdest.« Sie wand sich innerlich, weil sie nicht ertrug, wie erbärmlich sich das anhörte.

»Oder du.«

»Das werde ich nicht.«

»Warum glaubst du dann, dass es bei mir der Fall sein könnte?«

»Ich kann nicht anders, als mich zu fragen, was ein Pilot, der schon überall auf der Welt war und alles Mögliche gemacht hat, in einer Langzeitstudentin sieht, die am Flughafen arbeitet.«

Er seufzte. »Olivia, warum tust du das? Warum stellst du es so dar, als gäbe es an dir keine einzige interessante Seite?«

»Weil es nichts an mir oder in meinem Leben gibt, was auch nur annähernd spannend ist.«

»Wenn das der Fall ist, warum musste ich dann seit Freitagabend ständig an dich denken? Kannst du mir das verraten?«

Überrascht nagte sie an ihrer Unterlippe. »Ich weiß es nicht.«

»Ich schon. Weil du hübsch, lustig, talentiert und interessant bist – sehr interessant sogar. Ich habe mich wirklich gern mit dir unterhalten, und ich kann es nicht erwarten, dich wieder zu küssen. Na, was sagst du dazu?«

Olivias Wangen brannten, und ihre Lippen kribbelten.

Sein leises Lachen erklang durchs Telefon und traf sie direkt ins Herz. »Gar nichts?«

»Wie wäre es mit ›Gleichfalls‹? Würde dir das reichen?«

»Ja«, erwiderte er, und seine Stimme klang heiser und sexy. »Das passt.«

Olivia wäre am liebsten durch die Leitung zu ihm gekrochen.

»Rufst du mich morgen an, gleich nach deinem Gespräch mit dem Studienberater?«

»Mach ich.«

»Bist du etwa eines von diesen Mädchen, die erst versprechen, zurückzurufen, es dann aber doch nicht tun?«

Sie war überrascht, als sie plötzlich lachen musste. »Nein, bin ich nicht.«

»Ich weiß. Das wusste ich schon, als ich wieder zu mir kam und sah, wie du dich über mich gebeugt hast. Ein Glück, dass ich dich bei meiner Rückkehr wiedergefunden habe.«

»Warum?«

»Weil ich dein Gesicht nie und nimmer hätte vergessen können. Also denk dran, mich morgen anzurufen, okay?«

»Okay« war alles, was Olivia erwidern konnte.

KAPITEL 7

Olivia verließ das Kunstinstitut und lief wie auf Wolken. Sie musste ein Portfolio zusammenstellen. Sie musste Formulare ausfüllen und Vorbereitungen treffen, aber es war prinzipiell möglich, zum Hauptfach Kunst zu wechseln. Am liebsten wäre sie vor Freude umhergehüpft, doch es gelang ihr, sich zusammenzureißen, bis sie im Hof angelangt war. Dort ließ sie sich ins Gras plumpsen und nahm einen langen, tiefen Atemzug. Dann griff sie nach dem Handy.

»Hey«, meldete sich Cole. »Du hast angerufen.«

»Ich hatte erst überlegt, ob ich dich ein wenig leiden lassen soll«, antwortete sie neckend.

»Vermutlich hätte ich es verdient. Wie ist es gelaufen?«

»Die gute Nachricht ist, dass sie nicht Nein gesagt haben. Tatsächlich haben sie mir versprochen, dafür zu sorgen, dass ich rechtzeitig zu Beginn des Sommersemesters wechseln kann, sofern mein Portfolio den Anforderungen entspricht.«

»Glückwunsch, Olivia. Ich freue mich so für dich.«

»Danke, dass du mir den nötigen Schubs gegeben und mich dazu ermutigt hast.«

»Ich könnte es nicht ertragen, ein Talent wie deines an den Internationalen Währungsfonds verschwendet zu sehen.«

Lachend ließ sie sich ins Gras fallen und schaute in den blauen Himmel empor. Die Farbe erinnerte sie an seine Augen. Alles wirkte heute heller, die Farben leuchteten intensiver, und ein verheißungsvoller Duft lag in der Luft.

»Wie fühlt es sich an?«, wollte er wissen.

»Wirklich gut.«

»Ich wünschte, ich wäre jetzt bei dir. Zu gerne würde ich sehen, wie du vor Freude strahlst. Ich wette, es ist ein toller Anblick.«

»Du sagst diese Dinge, und mein Herz …«

»Was?«

»Setzt einen Schlag aus«, flüsterte sie.

Er seufzte. »Wie viele Tage noch bis Freitag?«

»Zu viele.«

»Glaubst du, du kriegst es hin, dass du das Wochenende mit mir verbringen kannst? Das ganze Wochenende?«

Olivias Füße, die eben noch durch das Gras gestrichen waren, hielten plötzlich still. Ihr Herzschlag, der so gerast war, verlangsamte sich.

»Ist dir das zu viel?«

»Nein«, antwortete sie. »Ich würde gerne … bei dir übernachten.«

Er atmete lange und tief aus. »Bist du dir sicher, dass heute erst Montag ist?«

***

AM FREITAG WAR OLIVIA DAS REINSTE NERVENBÜNDEL. Sie hatten jeden Tag telefoniert, manchmal zwei Stunden lang, und sie konnte es nicht erwarten, Cole wiederzusehen. Der Nachmittag im Laden zog sich noch länger hin als in der Woche zuvor, als sie sich nur auf ein gemeinsames Abendessen gefreut hatte. Dieses Mal lag ein ganzes Wochenende vor ihnen, und Olivia glaubte, verrückt werden zu müssen, während sie darauf wartete, dass es endlich sieben wurde.

Sie hatte mit einer Kollegin die Schicht getauscht, um am Sonntag freizuhaben, und unter der Woche alle Hausaufgaben erledigt, damit sie am Wochenende nichts mehr machen musste. Ihr Vater hatte sich bereit erklärt, ihr den Rücken freizuhalten, und würde Mary erzählen, dass Olivia ihrer Cousine mit dem Baby half. Das war einfacher, als ihrer Mutter die Wahrheit zu sagen und dann mit Hunderten von Fragen bombardiert zu werden, die zu beantworten Olivia nicht bereit war.

Das Einzige, was noch zwischen ihr und den drei Nächten und zwei Tagen mit Cole stand, war die letzte Stunde ihrer Schicht. Jede Minute fühlte sich an wie ein ganzes Jahr. Um zwanzig vor sieben bediente sie gerade einen Kunden und musste zweimal hinschauen, als Cole mit schwarzem Pulli und ausgeblichenen Jeans den Laden betrat. Er hatte eine schwarze Lederjacke dabei und trug eine Reisetasche über der Schulter. Olivia begriff, dass sie ihn bisher nie ohne Uniform gesehen hatte.

»Könnte ich bitte mein Wechselgeld bekommen?«, fragte die Frau am Tresen.

Olivia riss sich von Coles Anblick los. »Oh«, erwiderte sie aufgeregt. »Tut mir leid. Bitte schön.«

»Danke.«

Als sie den Laden endlich für sich hatten, schlenderte Cole zur Theke. »Hätten Sie zufällig eine Packung Mentos?«

Olivia nahm sein attraktives Gesicht zwischen die Hände, ohne sich darum zu scheren, wer sie womöglich dabei beobachtete, beugte sich über die Theke und küsste ihn. »Ich dachte schon, du kommst nie.«

Er sah sie eindringlich an, neigte den Kopf und gab ihr einen Kuss auf die Handinnenfläche. »Jetzt bin ich hier.«

»Ohne Uniform hätte ich dich fast nicht wiedererkannt.«

»Bist du enttäuscht? Habe ich etwas von meiner geheimnisvollen Ausstrahlung verloren?«

»Nein«, erwiderte sie, und ihr Blick glitt über seine breiten Schultern, seinen wohlgeformten Oberkörper, seine schmalen Hüften und weiter abwärts. Sie leckte sich über die Lippen und sah ihm wieder in die Augen. »Ganz bestimmt nicht.«

»Das ist nicht fair«, keuchte er. »Sieh mich nicht so an – zumindest jetzt noch nicht –, und behalt die Zunge im Mund.«

Sie antwortete mit einem neckischen Lächeln. »Hat sie etwa herausgeschaut?«

Er starrte sie an. »Ich bin in ein paar Minuten wieder da.«

»Wo willst du hin?«, fragte sie verwundert.

»Nur schnell etwas erledigen. Ich bin gleich zurück.«

»Beeil dich.«

Er ließ die Reisetasche neben ihr stehen und betrat den Terminal.

Olivia nutzte die Chance, Cole von hinten zu betrachten, und ertappte sich erneut dabei, wie sie ihn anstarrte. Noch immer konnte sie nicht glauben, dass er den ganzen Weg gekommen war, bloß um sie zu sehen.

»Hm.« Sie hielt sich die Hände vors Gesicht und atmete tief den Duft seines Eau de Cologne ein, der ihnen anhaftete. Es würde sie für immer und ewig an ihn erinnern.

Zehn Minuten später kehrte er zurück und tat so, als würde er im Laden stöbern, während sie Feierabend machte. Einmal blickte sie auf und sah, wie er sie über den Rand eines Buches hinweg beobachtete. Sie errötete vor Verlegenheit, Vorfreude und von einer Million anderer Empfindungen. Um zwei Minuten vor sieben kam ein Schichtleiter in den Laden, um Olivias Kassenschublade und ihre Formulare abzuholen.

Sobald der Typ fort war, schlüpfte Olivia in ihre Jeansjacke, nahm ihre Handtasche und die Reisetasche, die sie für das Wochenende gepackt hatte, und verließ mit Cole den Laden. Draußen ließ sie das Metallgitter herunter, das als Ladentür fungierte, und schloss es ab. Sobald sie den Schlüssel aus dem Schloss gezogen hatte, nahm Cole sie in die Arme.

»Endlich«, seufzte er und neigte leicht den Kopf, um seine Lippen auf ihre zu pressen.

Sie klammerte sich an seinen Pullover und erwiderte seinen leidenschaftlichen Kuss, bis ihr wieder einfiel, wo sie waren.

»Cole«, keuchte sie. »Nicht hier.«

Er presste sie an sich und atmete tief durch. »Das wollte ich auch gar nicht.«

»Was? Mich küssen? Ich wäre sehr enttäuscht gewesen, wenn du es nicht getan hättest.«

Lächelnd strich er ihr das Haar aus dem Gesicht. »Ich wollte es aber nicht genau in der Sekunde tun, in der du Feierabend machst.«

»Ich bin froh, dass du es getan hast. Ich hätte keine Sekunde länger warten können.«

In seiner Wange zuckte ein Muskel. »Lass uns irgendwo zu Abend essen.« Er legte den Arm um sie. »Wo du möchtest.«

»Wie wäre es mit Zimmerservice?«

Er hielt inne, und als er auf sie herabblickte, bemerkte sie einen Ausdruck, den sie bisher noch nicht bei ihm gesehen hatte. Alle Großspurigkeit war verschwunden, stattdessen erkannte sie etwas, das sie nicht erwartet hätte: Verletzlichkeit.

»Bist du sicher?«

»Ich weiß nicht, ob ich bereit bin für, du weißt schon …« Sie spürte, wie ihre Wangen heiß wurden. »Aber ich will bei dir sein. Allein mit dir.«

Er holte die Schlüssel aus seiner Tasche und zog sie näher zu sich. »Gehen wir.«

»Du hast einen Wagen gemietet?«

Er nickte. »Deswegen musste ich eben kurz weg.«

»Dieses Wochenende kostet dich ein Vermögen.«

»Denkst du, das kümmert mich?«

»Vermutlich nicht?«

»Kein bisschen. Als ich noch in der Navy war, hatte ich nie Zeit, auch nur einen Cent von dem auszugeben, was ich verdient hab. Zusammen mit den Filmrechten für meine Geschichte, die ich vor ein paar Monaten an Hollywood verkauft habe, ist das eine hübsche Summe, mit deren Hilfe ich mir solche Dinge wie ein Wochenende in Washington mit der wundervollen Olivia leisten kann.«

»Wenn das so ist, mach weiter.« Sie schaute zu ihm auf. »Es wird also wirklich ein Film über dich gedreht?«

»Sie haben die Rechte gekauft. Soweit ich weiß, passiert so etwas ständig, aber nur ein Bruchteil der Filme wird jemals realisiert. Um ehrlich zu sein, habe ich schon ewig nicht mehr daran gedacht.«

»Das wäre so cool.«

»Ich weiß nicht«, meinte er skeptisch. »Es würde die ganze Sache bloß wieder neu befeuern. Ich bin jedenfalls bereit, in die Anonymität zurückzukehren und einfach mein Leben zu leben.«

Auf dem kurzen Weg durch den Terminal bemerkte sie, wie ihnen ein paar Leute neugierige Blicke zuwarfen. »Ich bezweifle, dass du jemals wieder völlig anonym leben wirst.«

»Mach mir nicht meine Träume kaputt«, antwortete er spöttisch. Er führte sie zu einem hellen Toyota-SUV und hielt ihr die Beifahrertür auf. Bevor er sie schloss, beugte er sich vor, um Olivia erneut zu küssen. »Ich konnte es nicht erwarten, dich wiederzusehen«, flüsterte er. »Die Woche ist so langsam verstrichen.«

»Für mich auch.«

Er streichelte ihr Gesicht. »Du sollst wissen, dass ich nichts von dir erwartet habe, als ich dich gefragt habe, ob du das Wochenende mit mir verbringen willst. Ich wäre absolut glücklich damit, einfach nur mit dir zusammen zu sein.«

Sie umfasste sein Handgelenk. »Danke, dass du das sagst. Ich empfinde es genauso.«

»Ich wünschte, wir würden näher beieinanderwohnen.«

»Aber dann hätten wir keinen Grund, schon beim dritten Date das ganze Wochenende miteinander zu verbringen«, entgegnete sie mit einem spitzbübischen Grinsen.

»Beim vierten.«

»Wie kommst du darauf?«

»Der technische K. o. zählt mit.«

Sie lachte. »Okay. Beim vierten also.«

Einen atemlosen Moment lang war sein Gesicht dicht über ihrem.

Olivia drängte ihn zu einem aufregenden, endlosen Kuss. Als sie sich langsam wieder voneinander lösten, lag sie fast auf dem Vordersitz. Cole hatte sich an sie gepresst und war halb im Wagen, halb draußen.

Zärtlich berührte er ihre Lippen mit seinen – einmal, zweimal –, und dann hielt er Olivia einfach nur für ein paar lange Minuten in den Armen. »Was würdest du dazu sagen, wenn wir irgendwohin fahren, wo es bequemer ist?«

Überwältigt von den Gefühlen, die er in ihr weckte, nickte sie.

SIE ZEIGTE IHM DIE MALERISCHE ROUTE NACH OLD TOWN, entlang des George Washington Parkway. Cole warf Olivia einen Blick zu und bemerkte, dass sie blicklos aus dem Fenster starrte. *Sie wirkt so angespannt*, dachte er und griff nach ihrer Hand.

Als sie ihm zulächelte, lächelten ihre Augen nicht mit, wie sie es sonst taten.

In diesem Moment schwor er sich, alles zu tun, damit sie ein entspanntes, stressfreies Wochenende hatte. Er vermutete, dass sie in ihrem Leben normalerweise nicht verwöhnt wurde, und wollte sich um sie kümmern.

Nachdem er ernsthaften Beziehungen jahrelang aus dem Weg gegangen war, hätte ihm der Gedanke Angst machen müssen. Trotzdem tat er es nicht. Es fühlte sich richtig an, mit Olivia zusammen zu sein, und da war diese Sache – er konnte sie sich nicht richtig erklären –, die immer dann geschah, wenn er sie berührte. Die Verbindung zwischen ihnen war einfach elektrisierend.

Ganz langsam, Mann. Du willst sie doch nicht verschrecken, indem du ihr zeigst, wie sehr du sie begehrst und dass sie dich völlig in ihren Bann gezogen hat. Sie machte sich Sorgen darüber, dass er womöglich das Interesse verlor, aber ahnte sie denn, wie sehr er sich davor fürchtete, dass sie es verlor? Vielleicht machten ihr auch die heftigen Gefühle Angst, die sie füreinander empfanden, und sie würde Cole von vornherein keine Chance geben – aus Angst, verletzt zu werden.

Er schloss seine Finger fester um ihre Hand und gelobte sich, sehr vorsichtig mit ihr zu sein.

Während er über sie nachdachte, vibrierte sein Handy unaufhörlich in der Tasche. *Was zum Teufel ist da los?* Er hatte das Gefühl, dass er es lieber nicht wissen wollte.

»Solltest du nicht rangehen?«, fragte Olivia.

»Es ist sicher nichts Wichtiges. Ich sehe später nach. Ich würde es am liebsten ausschalten, aber ich will erreichbar sein, falls mein Vater mich braucht.« Er verzog das Gesicht, als es erneut vibrierte.

»Anscheinend will dich jemand dringend erreichen.«

Sein Magen zog sich nervös zusammen, als sie am Hotel ankamen und in der Garage parkten. Erneut legte er einen Arm um Olivia und trug ihre Taschen zum Aufzug. Nachdem die begeisterte Empfangsdame minutenlang intensiv mit ihm geflirtet hatte, kehrten Cole und Olivia mit einem Zimmerschlüssel in den Aufzug zurück und fuhren in den vierten Stock. Cole bemerkte, dass Olivias Schultern völlig verspannt waren.

»Tut mir leid«, erklärte er. »Ich kann es nicht fassen, dass sie versucht hat, mich anzumachen, während du direkt neben mir gestanden hast.«

»Es ist nicht deine Schuld.«

»Ist alles in Ordnung?« *Hat sie mir nicht geglaubt, als ich ihr gesagt habe, dass ich nichts von ihr erwarte?*

»Natürlich«, behauptete sie.

Er benutzte die Schlüsselkarte, um die Tür zu öffnen, hielt sie Olivia auf und ignorierte erneut das Vibrieren seines Handys.

Olivia betrat vor ihm das Zimmer.

Der kleine Wohnbereich war in marineblauen und goldenen Farbtönen gehalten. Eine Glastür führte zu einem Schlafzimmer mit einem großen Doppelbett und angeschlossenem Badezimmer.

»Wie findest du es?«, erkundigte sich Cole.

Olivia schob die schweren Vorhänge beiseite und blickte auf die Straße hinaus. »Es ist wunderschön.«

Das war nicht das Wort, das Cole benutzt hätte. Er hatte schon an besseren Orten übernachtet – und an schlechteren. Doch als Olivia sich zu ihm umwandte und ihre Augen vor Freude leuchteten, wünschte er sich, er hätte sie ins Ritz eingeladen. *Nächstes Mal,* beschloss er, *wird es das Ritz – oder ein anderes Hotel, das mindestens genauso elegant ist.*

Olivia durchquerte den Raum und kam auf ihn zu. »Vielen Dank für alles.«

Er legte ihr die Hände auf die Schultern und küsste sie auf die Stirn. »Ich habe zu danken, weil du dir Zeit für mich genommen hast.«

»Das war kein Problem.«

»Was glauben die anderen, wo du bist?«

»Mein Dad und meine Cousine Jenny wissen, dass ich bei dir bin. Meiner Mutter haben wir erzählt, dass ich Jenny mit dem Baby helfe.«

Sie verschweigen ihrer Mutter also gewisse Dinge, dachte er. *Ich frage mich, ob sie mir irgendwann verraten wird, weshalb.* »Wie alt ist Jennys Baby?«

Olivias Miene wurde weich. »Sechs Monate. Ein Junge.«

»Und du bist total in ihn vernarrt.«

»Ich bin verrückt nach ihm.« Schüchtern sah sie zu ihm auf. »Jenny will, dass ich dich morgen Abend zum Essen mitbringe. Wenn du möchtest …«

»Hört sich gut an.«

»Das sagst du nur, weil du Jenny noch nicht kennengelernt hast.«

Er lachte. »Ich bin mir nicht sicher, wie ich das verstehen soll.«

»Lass es mich so ausdrücken – wenn es nach ihr ginge, wären wir schon verheiratet.«

Erneut hätte er schon wegen der bloßen Erwähnung eines Wortes, das er bisher geflissentlich gemieden hatte, beunruhigt sein sollen, doch er war es nicht. »Wirklich?«

Olivias Wangen färbten sich vor Verlegenheit rosa, und Cole fand, dass sie nie hübscher ausgesehen hatte.

»Du begreifst also, warum ich mir nicht sicher bin, ob es eine gute Idee wäre, dich dorthin mitzunehmen«, erklärte sie.

»Sie bedeutet dir viel. Ich würde sie gerne kennenlernen.«

Olivia musterte ihn mit ihren braunen Augen, um einzuschätzen, ob er das auch so meinte.

Es gefiel ihm nicht, dass sie offenbar Zweifel hatte. »Worauf hast du jetzt Lust?«, wollte er wissen.

»Würde es dich stören, wenn ich dusche?«

»Natürlich nicht.« Er berührte ihr Kinn und bedeutete ihr, den Kopf zu heben, damit er ihr ins Gesicht sehen konnte. »Du bist hier nicht mein Gast, Süße. Das hier ist unser Zimmer. Wenn du duschen möchtest, dann tu es. Ich möchte, dass du dich entspannst und genau das machst, worauf du Lust hast.«

Anscheinend hatte sie in diesem Moment Lust darauf, ihm die Arme um den Hals zu schlingen und mit ihren Lippen über seine zu reiben.

Cole hielt sich zurück, überließ ihr die Führung und war neugierig, zu sehen, was sie tun würde. Als ihre Zunge seine Unterlippe streifte, atmete er scharf ein. Er legte ihr die Hände ins Kreuz und zog sie enger an sich. Noch immer fiel es ihm schwer, sich zu beherrschen, nicht über sie herzufallen.

»Ich dachte, du wolltest duschen«, flüsterte er.

»Das werde ich auch«, erwiderte sie, rührte sich jedoch nicht von der Stelle.

»Hast du etwa vor, mich vorher umzubringen?«

Sie lachte aus vollem Herzen, und dieses Mal erreichte das Lachen ihre Augen.

Es traf ihn wie ein Schlag in die Magengrube. Er neigte den Kopf, berührte ihren Hals mit den Lippen und hätte in ihrem herrlichen Duft versinken mögen.

Sie ließ den Kopf in den Nacken fallen. »Cole«, seufzte sie.

»Hm?«

»Ich gehe jetzt duschen.«

»Okay«, erwiderte er, gab ihr aber weiterhin heiße Küsse auf den Hals.

Sie kicherte und schob ihn sanft von sich. »Ich beeile mich«, versprach sie.

»Ich bitte darum.«

Sie hob ihre Tasche auf und ging lächelnd ins Bad.

»Bist du hungrig?«, rief er durch die geschlossene Tür.

»Ein wenig.«

»Worauf hast du Lust?«

»Ich nehme das Gleiche wie das, was du dir bestellst.«

Sie war umgänglich, anspruchslos und freute sich über kleine Dinge, die andere Frauen für selbstverständlich gehalten hätten.

Wenn er nicht aufpasste, würde er sein Herz an sie verlieren, noch bevor das Wochenende vorüber war.

Wenn es ihr nicht ohnehin schon längst gehörte.

Dieser Gedanke ließ ihn plötzlich zögern, und er blieb reglos mitten im Zimmer stehen. Das einzige Geräusch war das Plätschern des Wassers im Badezimmer. Liebte er Olivia bereits? War das überhaupt möglich, nach so kurzer Bekanntschaft? Hatte er sie vielleicht schon von dem Moment an geliebt, als er aufgeblickt und ihr besorgtes Gesicht gesehen hatte? War das der Grund, weshalb keine der Frauen, mit denen er in letzter Zeit ausgegangen war, ihn im Geringsten interessierte?

Eine oder zwei Minuten verstrichen, bevor sein vibrierendes Handy ihn wieder in die Realität zurückholte. Ihm wurde klar, dass er noch immer die Karte des Zimmerservice in der Hand hielt und wie versteinert mitten im Zimmer stand.

Falls ich sie nicht schon längst liebe, dann könnte ich mein Herz an sie verlieren, gestand er sich ein. *Ich könnte sie so lieben, wie ich keine andere zuvor geliebt habe. Und ich könnte mir problemlos vorstellen, für sie mein Leben und meine Prioritäten neu zu ordnen.*

Bislang musste er keine Rücksicht auf das nehmen, was irgendjemand anders wollte oder brauchte, und er unternahm regelmäßig Reisen und blieb tagelang von zu Hause fort. War in seinem Leben genug Platz für jemanden, der ihm so wichtig war, wie Olivia es werden konnte? Doch was für ein Leben bliebe ihm, wenn Olivia kein Teil davon wurde? Noch nie hatte ihm irgendeine Frau so viel bedeutet, dass er ihr zuliebe irgendetwas geändert hätte, daher wusste er keine Antworten auf seine Fragen.

Cole schüttelte den Kopf, atmete tief durch und zwang sich dazu, die Speisekarte des Zimmerservice zu lesen. Er entschied sich für zwei Nudelgerichte, die sie sich teilen konnten, eine Flasche von dem Weißwein, den Olivia mochte, und weil er sich an seinen Vorsatz erinnerte, sie zu verwöhnen, bestellte er Schokoladenkuchen zum Dessert. Welche Frau liebte keine Schokolade?

Während er auf Olivia wartete, sah er endlich nach, wer ihn angerufen hatte. Seine schlimmsten Befürchtungen bestätigten sich: Natasha. Natasha. Natasha. Er rief Tucker an.

»Hey, Mann, was gibt's? Ich dachte, du bist dieses Wochenende weg.«

»Das bin ich auch, aber die irre Natasha stalkt mich. Sechzehn Anrufe in der letzten Stunde.«

Tucker stöhnte. »Soll das ein Scherz sein?«

»Ich wünschte, es wäre so.« Cole blickte zur Badezimmertür und senkte die Stimme, obwohl Olivia noch immer duschte. »Tucker, du musst mir helfen. Sie darf mich nicht anrufen. Nicht dieses Wochenende.«

»Warum? Was ist denn los?«

Da Cole seinem Freund bisher nichts von Olivia erzählt hatte, sagte er nur: »Es ist einfach sehr wichtig, dass sie mich dieses Wochenende verdammt noch mal in Ruhe lässt. Sprichst du mit ihr?«

»Auf keinen Fall! Wenn ich zu ihr gehe, wird sie mich eine Stunde lang über jedes Detail in deinem Leben ausquetschen. Ich komme mit ihr nicht klar.«

»Tucker, bitte. Ich brauche deine Hilfe.«

»Ruf doch ihre Eltern an. Das hat letztes Mal funktioniert.«

»Sie haben mir letzte Woche geschworen, dass ich nie wieder etwas von ihr hören würde«, erwiderte Cole bitter. Im Bad stellte Olivia die Dusche ab. »Tucker, bitte«, flehte er leise. »Tu irgendwas.«

»Na schön«, meinte Tucker widerwillig. »Ich spreche mit ihr, aber wenn du nach Hause kommst, erzählst du mir gefälligst, was an diesem verdammten Wochenende so furchtbar wichtig war. Verstanden?«

»Mach ich. Versprochen.«

»Ich melde mich wieder, sobald ich mit ihr gesprochen habe.«

»Schreib mir eine SMS.«

»Dafür schuldest du mir was, Langston.«

»Absolut.«

Als im Badezimmer der Föhn anging, beendete Cole das Gespräch und atmete mehrmals tief durch. Er konnte sich nicht noch mehr von Natasha gefallen lassen. Im Laufe der letzten Monate hatte er mehr als einmal darüber nachgedacht, sich an die Polizei zu wenden, um sie endlich aus seinem Leben zu verbannen.

Bisher hatte er diesen Schritt vermieden, da er sich die Peinlichkeit ersparen wollte, mit einer schiefgelaufenen Beziehung an die Öffentlichkeit zu gehen. Nun kam er jedoch an den Punkt, wo er es nicht länger aufschieben konnte. Wenn diese Verrückte ihm die Sache mit Olivia versaute … Er durfte gar nicht darüber nachdenken, sonst verlor er den Verstand.

Er musste sich entspannen, holte die Kopfhörer aus der Reisetasche und streckte sich auf dem Bett aus, in der Hoffnung, seine rasenden Gedanken zu beruhigen, bevor Olivia aus dem Bad kam.

ALS OLIVIA AUS DEM BADEZIMMER TRAT, hatte sie eine weiche Pyjamahose und ein seidenes Tanktop an. Sie fand Cole auf dem Bett. Er hatte die Augen geschlossen, hielt sein Handy in der Hand und trug schicke silberne Kopfhörer. Sie wünschte sich, ihn einfach so zeichnen zu können. Die Energie, die er normalerweise ausstrahlte, war verschwunden, trotzdem wirkte er in diesem Zustand genauso anziehend. Es war eine weitere Seite an ihm, ein weiterer Aspekt, den sie der wachsenden Liste seiner attraktiven Eigenschaften hinzufügen würde.

Während sie ihn beobachtete, verspürte sie ein schmerzliches Sehnen. Sie wollte ihn. Nicht nur körperlich, obwohl das definitiv dazugehörte. Nein, sie wollte *ihn*. Sie wollte ihn kennenlernen, wollte sich vergewissern, dass er ihr gehörte und dass sie zu ihm nach Hause kommen, sich auf ihn verlassen und für ihn da sein konnte.

Ihr ganzes Leben lang hatte sie sich zurückgenommen und sich nur gestattet, auf äußerst wenig zu hoffen. Als Kind hatten ihre Wunschlisten zu Weihnachten und zum Geburtstag immer bloß aus der einen Sache bestanden, ohne die sie nicht leben konnte. Ihr Vater würde irgendeinen Weg finden, sie ihr zu schenken, das hatte sie gewusst. Hätte sie jedoch mehr auf die Liste geschrieben, hätte sie womöglich nicht das bekommen, was sie sich mehr als alles andere wünschte. Niemals riskierte sie es, um mehr zu bitten, als sie ihrer Meinung nach verdient hatte.

Daher war es leichtsinnig von ihr, diesen Mann so sehr zu begehren, ihn an die erste Stelle zu setzen, ohne irgendetwas über ihn zu wissen außer seinem Namen, dass er leidenschaftlich gerne flog und ein paar Fakten über seine Familie und sein Leben. Was sie sich allerdings am meisten wünschte, war, sich immer so zu fühlen wie jetzt, während Cole einfach nur auf dem Bett lag und leise vor sich hin summte: sicher, zufrieden und lebendig – endlich, endlich lebendig.

Er öffnete die Augen und ertappte sie dabei, wie sie ihn betrachtete. Lächelnd streckte er die Hand aus, schloss seine Finger um ihre und zog sie zu sich.

Sie stieß einen kleinen Schrei aus, landete auf ihm und spürte, wie sich seine starken Arme um sie schlossen. Atemlos vor Überraschung und Verlangen blickte sie hinab in seine leuchtend blauen Augen, mit denen er zu ihr aufsah.

Er verzog die Lippen zu einem amüsierten Ausdruck. »Wie war die Dusche?«

Olivia konzentrierte sich auf seinen traumhaft schönen Mund. »Toll. Ich fühle mich schon viel besser.«

»Hmm, du riechst so gut.« Er umfasste ihre Wange und zog Olivia zu sich, um ihr einen sanften Kuss zu geben. »Das Abendessen kommt bald.«

Sie begriff, dass er ihr erlaubte, das Tempo vorzugeben. Sie rutschte ein wenig höher, um besser an seine Lippen zu kommen. Die neue Position brachte sie auch in direkten Kontakt mit seiner Erektion. Olivia sah ihm in die Augen.

Er lächelte verlegen und zuckte die Achseln. »Das heißt nichts weiter, als dass ich dich sexy finde. Aber das weißt du ja inzwischen.«

Mit einem Mal wurde sie sich ihrer eigenen Macht bewusst, presste ihren Mund auf seinen und küsste ihn stürmisch.

Cole drückte sie fester an sich und vergrub seine andere Hand in ihrem Haar, während er den Kuss vertiefte.

Olivia keuchte überrascht, als er sie unter sich rollte, ohne den Kuss zu unterbrechen. Sie spürte sein Gewicht auf sich, und noch nie zuvor hatte sie etwas so Aufregendes empfunden. Mit den Händen schlüpfte sie unter seinen Pullover und streichelte seinen warmen, glatten Rücken.

Cole erbebte unter ihrer Berührung.

Olivia wölbte ihm die Hüften entgegen, und er stöhnte.

Beide erschraken, als es an der Tür klopfte. Sie lösten sich voneinander und starrten einander an, verblüfft über die auflodernde Leidenschaft.

Cole blickte auf die Beule hinab, die sich unter dem Stoff seiner Jeans abzeichnete, und lächelte. »Vermutlich solltest besser du zu Tür gehen.«

Olivia lachte leise, schlüpfte rasch in ihren Pullover, fuhr sich mit den Fingern durch das zerzauste Haar und öffnete die Tür.

KAPITEL 8

»Glaubst du, er hat gewusst, was wir getan haben?«, fragte sie, nachdem sich die Tür wieder hinter dem Kellner geschlossen hatte.

Ihre Wangen waren gerötet, ihre Lippen rosig und geschwollen von ihren Küssen. Eine Welle des Verlangens raubte Cole beinahe den Atem. »Sicher vermutet er, dass du mich gerade verprügelt hast, weil ich flach auf dem Bett lag.«

»Cole!«

Er setzte sich auf, rutschte zur Bettkante, starrte Olivia an und wollte sich jedes Detail einprägen, jede Nuance.

»Was ist?«, fragte sie unter der Hitze seines Blicks.

»Wahrscheinlich hältst du das nur für irgendeinen Spruch, aber du bist einfach wunderschön. Ich finde es schwierig, wegzuschauen.«

Sie näherte sich ihm, schlang die Arme um ihn und schmiegte die Wange in sein Haar.

Cole umfasste ihre Taille und hauchte ihr durch den dünnen Stoff des Tanktops einen Kuss auf den Bauch.

»Wollen wir essen?«, fragte sie, und ihre Stimme klang ungewohnt zittrig.

Die Frage ernüchterte ihn und erinnerte ihn an seinen Schwur, das mit ihr langsam und vorsichtig angehen zu lassen.

»Ja.« Er stand auf, küsste sie, führte sie zum Tisch am Fenster und rückte ihr den Stuhl zurecht. Als sie sich gesetzt hatte, öffnete er die Weinflasche und schenkte zwei Gläser ein. Danach wollte er ebenfalls Platz nehmen, hielt jedoch abrupt inne.

»Moment mal. Irgendetwas fehlt.«

Verwirrt sah sie sich um. »Was denn?«

Er ging zu seiner Reisetasche und kehrte mit einer Einkaufstüte zurück, in der sich zwei lange Kerzen und ein Paar Kerzenhalter befanden, die noch immer in der Verpackung steckten.

Sprachlos schaute Olivia ihm zu.

Cole packte die Kerzen aus, zündete sie an und arrangierte sie auf dem kleinen Tisch.

»Du hast Kerzen mitgebracht«, stellte sie endlich fest.

»An dem Abend, als wir zusammen gegessen haben, fand ich es schön, dich im Kerzenlicht zu sehen«, erklärte er mit einem Achselzucken.

Olivia lehnte sich in ihrem Stuhl zurück und starrte ihn an.

»Ich wollte dir keine Angst machen … Du hast mir im Kerzenlicht einfach nur gefallen.«

»Das ist das Süßeste, was ich je gehört habe. Mir war nicht klar, dass du so romantisch bist.«

Er stöhnte. »Hör bloß auf damit.«

»Warum denn, wo es doch wahr ist?«

»So etwas hat noch nie jemand über mich gesagt, also muss es dein Einfluss sein.«

Sie lächelte, und der Ausdruck in ihren braunen Augen wurde plötzlich weich – ein Ausdruck, der verdächtig nach Liebe aussah.

Er musste sich räuspern. »Also, was hältst du davon, wenn wir jetzt essen, bevor es kalt wird?«

Olivia nickte, und er schob seinen Stuhl zu ihr, damit er neben ihr sitzen konnte. Sie fütterten einander und nahmen sich von beiden Tellern, als würden sie schon seit Jahren zusammen essen und nicht erst zum zweiten Mal.

»Welche Nudeln schmecken dir am besten?«, wollte er wissen.

»Die mit den Shrimps.«

»Mir auch.«

»Nimm dir den Rest. Ich bin satt.«

Er schenkte Wein nach. »Ich hoffe, du hast Platz für das Dessert gelassen.«

»Das sagst du mir erst jetzt?«

»Es kann warten, bis du Lust darauf hast.«

Sie erhob sich und reckte die Arme. »Vielleicht später.« Dann griff sie nach dem Handy, das er auf dem Bett hatte liegen lassen, und warf ihm einen fragenden Blick zu. »Darf ich?«

»Na klar.« Er nahm es ihr aus der Hand, gab sein Passwort ein und reichte es ihr wieder.

»Mal sehen, was du hier drauf hast. AC/DC, Aerosmith, Alanis Morissette – zumindest eine, bei der wir uns einig sind –, America, Bach, die Beatles, Boston, Bob Dylan, Bob Seger, BTO. Buffalo Springfield? Wer zum Teufel ist das denn?«

Er lächelte und sang: »*Stop, children, what's that sound ...*«

Sie hob die Hand und unterbrach ihn. »Hast du auch irgendetwas aus diesem Jahrzehnt?«

»Kendrick Lamar, Katy Perry, The Lumineers, Drake, Coldplay, Mumford & Sons, Future und jede Menge andere. Mein Geschmack ist vielseitig.«

Sie lachte. »Wenn du es so nennen willst. Welches ist dein Lieblingslied?«

Er griff sich das Handy, scrollte, bis er fand, wonach er suchte, und reichte es ihr wieder.

Während sie die Kopfhörer aufsetzte, ließ sie ihn nicht aus den Augen, bis sie der Klang des Liedes förmlich aus dem Zimmer trug. Als es vorüber war, schaltete sie die Musik aus und legte die Kopfhörer wieder auf den Tisch. »Trifft das auf dich zu? Bist du ein Desperado?«

»Vermutlich schon. Früher zumindest.«

Offenbar musste sie erst ausreichend Mut aufbringen, um ihn zu fragen: »Und jetzt?«

Er griff nach ihrer Hand und führte sie zu seinen Lippen. »Ich habe es satt, dass meine Füße im Winter kalt werden, und langsam glaube ich, dass an der Herzkönigin vielleicht etwas dran ist.«

Sie sah ihm lange in die Augen, ließ seine Hand los und stand auf, um aus dem Fenster zu blicken.

Cole folgte ihr, legte ihr die Hände auf die Schultern und küsste ihren Scheitel. »Und du? Welches ist dein Lieblingslied?«

»›Big Girls Don't Cry‹.«

»Große Mädchen weinen also nicht?«, fragte er und drehte sie zu sich, sodass sie ihm ins Gesicht sah.

Trotzig reckte sie das Kinn. »Nur die törichten.«

»Bist du wirklich so zynisch, Olivia?«

Sie zuckte die Achseln. »Ich habe meine Gründe.«

Er hob die Hand und streichelte ihr Gesicht. »Ich würde dir gerne beweisen, dass du dich sicher fühlen und zugleich töricht sein kannst. Dazu musst du allerdings einen großen Sprung wagen. Du musst mir vertrauen und ein klein wenig daran glauben.«

»Ich weiß nicht, ob ich das kann«, erwiderte sie leise. »Dabei will ich es wirklich. Ich wünschte, du wüsstest, wie gerne ich daran glauben würde, dass es möglich ist.«

Sie strahlte deutliche Sehnsucht aus. Wie hätte er es nicht spüren können?

»Aber so was passiert Frauen wie mir nicht.«

»Nur weil es bisher noch nicht geschehen ist, heißt das nicht, dass es niemals geschieht.« Er hob seine andere Hand und umfasste ihr Gesicht. »Spürst du etwas, wenn ich dich berühre? So wie das hier?«

Sie nickte – kurz, doch es war eindeutig. »Ein Prickeln«, flüsterte sie.

Seine Hand erstarrte an ihrem Gesicht. »Wirklich?«

»Es durchströmt mich von Kopf bis Fuß.«

»Als ich im Flughafen am Boden lag, mit einer Gehirnerschütterung und einer verletzten Schulter, und du mich berührt hast ... als du deine Hände an mein Gesicht gelegt hast, da hab ich es überall gespürt.« Er nutzte ihre Sprachlosigkeit und küsste sie rasch. »Denkst du etwa, so etwas passiert mir jeden Tag?«

»Ich weiß nicht. Tut es das?«

Er schüttelte den Kopf. »Noch nie zuvor, darum kann ich deine Gefühle voll verstehen.«

»Glaubst du wirklich?«, fragte sie, und ihre Miene verriet Skepsis.

»Du bist jetzt hier bei mir, weil du genauso neugierig darauf bist wie ich, herauszufinden, was das zwischen uns bedeutet, aber dein Kopf sagt dir, dass du lieber weglaufen solltest, so weit und so schnell du kannst.«

Ihre Augen wurden vor Erstaunen groß. »Woher weißt du das?«

Er lachte leise und streifte ihre Wange mit der Nasenspitze. »Weil mein Kopf mir dasselbe sagt, doch aus irgendeinem Grund kann ich mich nicht dazu durchringen, auf ihn zu hören. Als ich heute ins Flugzeug gestiegen bin, habe ich mich gefragt, was ich da eigentlich tue. Weißt du, warum ich hergekommen bin, obwohl mir mein Verstand dazu riet, die Flucht zu ergreifen?«

Sie schüttelte den Kopf.

»Weil es mein Ernst war, dass ich es nicht erwarten konnte, dich wiederzusehen. Ich habe diese Woche ständig an dich gedacht, und ich musste dich unbedingt wiedersehen, um herauszufinden, ob das, was bei unseren letzten Begegnungen geschehen ist, erneut passieren würde.«

»Und, ist es?«

Er nickte und strich mit den Lippen über ihren Hals. »Und es war sogar noch stärker als zuvor.« Ihre Haut war weich, so weich, und ihr Haar duftete nach Shampoo. Er konnte nicht genug von ihr bekommen. »Glaubst du, du könntest versuchen – einfach nur versuchen –, den Sprung mit mir zu wagen? Ich weiß nicht, wie es dir geht, aber ich möchte wirklich herausfinden, wo wir landen.«

»Ich habe Angst«, gestand sie.

»Ich werde dir nicht wehtun. Das verspreche ich.«

Während sie ihn betrachtete, konnte er ihr all ihre widerstrebenden Gedanken am Gesicht ablesen. Er durfte das Atmen nicht vergessen, während er abwartete und hoffte.

»Ich möchte den Sprung wagen. Wirklich.«

»Dann machen wir ihn gemeinsam.«

Er war sich nicht sicher, wer den ersten Schritt getan hatte, doch plötzlich lag sie in seinen Armen und küsste ihn hemmungslos, ohne Angst, und er hätte beinahe das Gleichgewicht verloren. Er hob sie hoch und stöhnte, als sie ihm die Beine um die Hüften schlang.

»Olivia«, seufzte er und drückte sie fester an sich. »Deine Sprünge gefallen mir.«

Zum ersten Mal klang ihr Lachen frei und unbeschwert. »Und mir gefällt es, wie du mich auffängst, wenn ich lande.« Erneut küsste sie ihn und rieb zärtlich mit ihren Lippen über seine.

Ihm stockte der Atem. Die Gefühle, die sie in ihm weckte, waren beinahe schmerzlich intensiv.

»Cole? Was ist los?«

Er schüttelte die Empfindung ab. »Nichts«, antwortete er lächelnd und ließ sie herunter, sodass sie wieder auf den Füßen stand. »Sollen wir uns einen Film ausleihen?«

Ein Anflug von Enttäuschung trübte ihren Blick. »Natürlich. Wenn du möchtest.«

»Sieh mich nicht so an, Süße«, sagte er mit einem tiefen Seufzen und versuchte, sich an seinen Schwur zu erinnern, langsam und behutsam vorzugehen – vorerst. »Du wagst den Sprung, und ich bin so froh darüber – und so erleichtert. Das heißt jedoch nicht, dass wir auch gleich ins Bett hüpfen müssen, oder?«

»Nein«, erwiderte sie und spielte mit seinem Haar. »Das müssen wir nicht.«

»Aber du willst es?«

Sie blickte ihn an, und er hatte das Gefühl, ihr direkt ins Herz schauen zu können. »Du etwa nicht?«

Er stöhnte. »Was glaubst du wohl? Ich will dich allerdings nicht bedrängen.«

»Wie wäre es, wenn wir uns einen Film ansehen … im Bett?«

»Hältst du das etwa für einen Kompromiss?«, wollte er wissen und musterte ihren verschmitzten Ausdruck.

»Gewissermaßen.«

Er lächelte, erfreut über ihren Mut im Angesicht so vieler Ängste. »Na, dann mal los.« Er zog sich den Pullover über den Kopf, warf ihn auf den Stuhl und langte nach dem Knopf seiner Jeans. Olivia, die ihn interessiert beobachtete, errötete und schlug die Bettdecke zurück.

Nacheinander gingen sie ins Badezimmer, und als Cole endlich nur noch mit einer Boxershorts bekleidet ins Bett schlüpfte, streckte er die Arme nach ihr aus. »Hast du etwas gefunden, das du dir ansehen möchtest?«, wollte er wissen und zog sanft ihren Kopf auf seine Brust.

»Ja.« Sie schaltete den Filmkanal ein und wählte etwas aus, was man nur als Frauenfilm bezeichnen konnte.

»Ernsthaft?«

Sie kicherte über seine Reaktion. »Du darfst den nächsten aussuchen«, erwiderte sie.

»Ich werde darauf achten, was auszusuchen, wo ständig etwas explodiert, bloß um mich an dir zu rächen.«

»Pst. Du bist zu laut, ich höre nichts.«

Cole hatte gute Absichten. Die hatte er wirklich. Doch der Film war für ihn nicht halb so interessant wie Olivia. Ihr hellrosa Tanktop machte ihn schon verrückt, seit sie es sich nach dem Duschen angezogen hatte. Er schob seine Hand darunter und strich ihr sanft mit einem Finger über das Rückgrat.

Sie atmete hörbar ein, ließ sich ansonsten allerdings nicht anmerken, dass sie sich seiner Nähe bewusst war. Dann spürte er ihre Lippen auf seinem Oberkörper, und sein Herz setzte einen Schlag aus. Als ihre Zunge seine Brustwarze streifte, wurde der Rest seiner guten Absichten von einem Verlangen verdrängt, das wie ein Feuer in ihm loderte.

»Schau dir deinen Film an«, bat er heiser.

»Ich will nicht.«

»Ich versuche, ihn mir anzusehen, aber du störst mich.«

Leise lachte sie an seiner Brust. »Lügner.«

»Olivia …«

Sie stützte sich ab, sah ihn an. »Was ist?«

»Der Film.«

Sie presste ihre Lippen auf seinen Bauch, blickte zu ihm auf, und ihre Augen funkelten übermütig. »Ich kenne ihn schon.« Hinter dem

Rücken hielt sie die Fernbedienung hoch und schaltete den Fernseher aus.

»Du hast mich ausgetrickst, um mich ins Bett zu kriegen?«

»Ich musste etwas tun. Du hast mich gebeten, den Sprung zu wagen, und als ich es getan hab, wolltest du dir einen Film ansehen.«

Er lachte, bis ihm die Tränen kamen. »Du kleine Hexe. Ich gebe mir alle Mühe, anständig zu bleiben und dich nicht zu bedrängen. Jetzt stellt sich heraus, dass du mich manipulierst.«

»Wenn du es so ausdrückst, klingt es verwerflich«, erwiderte sie und beugte sich über ihn.

Er strich ihr mit den Fingern durchs Haar. »Ich fühle mich benutzt.«

Sie lachte und beugte sich hinab, um ihn zu küssen. »Ich habe das Gefühl, dass du darüber hinwegkommen wirst.«

Er schlang die Arme um sie, hielt sie fest und küsste sie. »Ich will dich«, flüsterte er. »Ich will dich so sehr, wie ich noch nie irgendetwas gewollt habe. Niemals.«

»Ich dich auch.«

»Wir sollten warten.«

»Wahrscheinlich schon.« Sie musterte ihn und biss sich auf die Unterlippe. »Aber falls wir nicht … warten wollen … hättest du ein Kondom dabei?«

Er schluckte schwer. »Wenn ich jetzt Ja sage, wird es so aussehen, als hätte ich es darauf angelegt, obwohl ich behauptet habe, es wäre nicht so.«

»Bitte sag Ja.«

»Ja«, antwortete er lachend. »Ja!«

KAPITEL 9

Zwischen ihnen loderte heftige Leidenschaft auf. Coles Hände waren überall, und seine Zunge erforschte ihren Mund, als könne er nicht genug von ihr bekommen.

Als er sie auf den Rücken drehte und sich über sie schob, erwachten all ihre Sinne, und unzählige Eindrücke strömten auf sie ein: sein Eau de Cologne, ihr Shampoo, seine Bartstoppeln an ihrem Gesicht, die weiche Matratze unter ihr, die kühle Decke auf ihnen, das Gewicht seines Beins zwischen ihren …

Schließlich unterbrach er den Kuss und vergrub sein Gesicht an ihrem Hals.

Mit einer Hand hielt sie seinen Kopf, mit der anderen streichelte sie den großen, jetzt beinahe verblassten blauen Fleck unterhalb seiner rechten Schulter.

»Oh, Cole, deine Schulter. Das muss so wehgetan haben.«

»Ja, hat es. Mehr als mein Gesicht, wer hätte das gedacht?«

Vorsichtig streichelte sie die Haut um die Stelle.

Cole seufzte zufrieden. »Das fühlt sich gut an. Wo warst du, als ich eine Krankenschwester gebraucht hätte?«

»Ich war hier, habe mich gefragt, wie es dir geht, und mir gewünscht, dich wiederzusehen.«

Er hob den Kopf und schaute ihr im Kerzenlicht in die Augen. »Hast du dir das wirklich gewünscht?«

Sie erwiderte seinen Blick und fuhr fort, ihm über den Rücken zu streichen. »Da war ein Prickeln.«

»Richtig«, flüsterte er. »Das Prickeln.« Erneut küsste er sie, und seine Lippen glitten in einem zugleich verführerischen und feurigen Rhythmus über ihre.

Sie vergrub die Finger in seinem Haar und hielt ihn fest. Ein endloser Kuss ging in den nächsten über. Keiner von ihnen wollte aufhören.

»Gott, ich könnte dich die ganze Nacht küssen«, flüsterte er.

»Zum Glück haben wir jede Menge Nacht.«

»Stimmt.« Er stützte sich auf einen Ellbogen, glitt mit der anderen Hand unter Olivias Top und über ihren Bauch. »Du hast unglaublich weiche Haut. Wie Seide.« Er schob den Stoff hoch und küsste die Stelle, die er gerade mit der Hand berührt hatte.

Olivia schnappte nach Luft. »Cole …«

»Denkst du, wir könnten das loswerden?«, fragte er und zupfte an ihrem Oberteil.

Sie zögerte nur einen winzigen Moment, dann setzte sie sich auf und zog sich das Top über den Kopf. Als sie ihm ins Gesicht blickte, sah sie, dass seine sonst so kühlen blauen Augen jetzt vor Verlangen brannten.

Zu wissen, dass er sie genauso begehrte wie sie ihn, erfüllte sie mit Zärtlichkeit, Verlangen und Liebe. Ja, es war Liebe im Spiel. Das zu leugnen wäre töricht, und Olivia war noch nie töricht gewesen – zumindest nicht, bis sie Cole begegnet war.

Vorsichtig lockerte er seinen Griff, um ihren Busen zu umfassen und mit den Daumen über die Spitzen zu streichen. Dann senkte er den Kopf und nahm eine in den Mund.

Olivia stieß einen leisen Schrei aus. »Hör nicht auf«, flehte sie.

»Ich glaube, ich habe da noch etwas entdeckt, was ich die ganze Nacht lang küssen könnte«, murmelte er an ihrer Brust.

Es überraschte sie, dass sie in diesem Moment lachen konnte, doch als er weitermachte, ging ihr Lachen in ein Stöhnen über. Sie spürte sein Gewicht auf sich, und sie lag da und gab sich den Empfindungen hin – seine Lippen, seine Zunge, die Wärme seines Mundes. Ungeduldig wand sie sich unter ihm und drückte sich gegen seine Erektion.

Cole antwortete, indem er die Lippen fest um ihre Brustwarze schloss.

»Cole.«

»Was ist, Süße?«

»Ich fühle mich, als würde ich innerlich verbrennen«, keuchte sie.

»Dann sollten wir dir schnell den Rest deiner Sachen ausziehen.«

»Irgendwie bezweifle ich, dass es dadurch besser wird«, antwortete sie und hob die Hüften, damit er ihr Pyjamahose und Spitzenslip ausziehen konnte.

Er lehnte sich zurück und betrachtete sie. »Während ich zwei Wochen lang zu Hause festsaß, hatte ich ständig Fantasien von dem Mädchen im Flughafen«, gestand er ihr leise. »Aber nichts von dem, was ich mir ausgemalt habe, konnte mich auf die Realität vorbereiten – auf die wunderschöne, intelligente, lustige, unglaublich talentierte und unheimlich heiße Frau, die dieses Mädchen in Wahrheit ist.«

Olivia küsste ihn und schob die Finger unter den Bund seiner Hose, um sie ihm auszuziehen.

Hastig entledigte er sich seiner Shorts, drehte sich auf die Seite und zog Olivia mit sich.

Sie wollte ihn überall berühren. Seine Haut war glatt, sein Brusthaar dunkel und weich. Es gefiel ihr, dass er zwar muskulös, allerdings nicht übertrieben massig war. Mit den Fingern strich sie über seine definierten Bauchmuskeln und glitt tiefer, umfasste seine Erektion.

Er schloss die Augen, atmete lange und tief aus und gab sich offenbar große Mühe, still zu halten, damit sie ihre Neugier befriedigen konnte.

Und sie war ziemlich neugierig, während sie ihn überall streichelte, berührte und betastete.

»Liv«, seufzte er.

Bei dem Klang ihres Spitznamens, den er in diesem Moment ganz natürlich aussprach, erbebte sie.

Je mehr sie ihn streichelte, desto härter wurde er. »Tut das nicht weh?«, flüsterte sie.

»Nein. Es beweist nur mein Verlangen.« Er nahm ihr Bein und legte es sich über die Hüfte. »Nach dir.«

Voll gespannter Erwartung hielt Olivia die Luft an, während er die Fingerspitzen sanft über ihr Bein und die Innenseite ihres Schenkels gleiten ließ. Ohne nachzudenken, packte sie ihn fester, was Cole ein tiefes Stöhnen entlockte.

Er streichelte sie zwischen den Beinen, neckte sie, und als er mit zwei Fingern in sie eindrang, kam sie explosiv.

»O Gott, Cole.« Ihr Körper geriet völlig außer Kontrolle, während Wellen der Lust sie durchströmten. Noch immer keuchend klammerte sie sich an Cole und kehrte nur sehr langsam wieder auf die Erde zurück.

»Wow«, flüsterte er beeindruckt. »Ist es immer so?«

»Nein«, stieß sie hervor. »Niemals.«

Er strich ihr das feuchte Haar aus der Stirn und küsste sie auf die Lippen.

»Lass mich ein Kondom holen.«

Sie ließ ihn los, aber bloß, weil sie wusste, dass er gleich zurückkehren würde. Während sie auf dem Bett lag und auf ihn wartete, prickelte ihr ganzer Körper noch immer von den Nachwirkungen des Orgasmus. Sie spürte sie in den Füßen, in den Händen, in den Lippen, in den Brüsten und zwischen den Beinen.

Cole ließ sich auf der Bettkante nieder, um sich das Kondom überzustreifen. Als er sich Olivia zuwandte, schlang sie die Arme um ihn, und allein schon seine Küsse brachten sie fast erneut zum Höhepunkt. Als er sich über sie beugte, glaubte Olivia, verrückt werden zu müssen, wenn sie auch nur eine Minute länger warten musste.

»Bitte, Cole«, hauchte sie. »Schnell.«

Bevor er in sie eindrang, umfasste er ihr Gesicht und küsste sie auf Wangen, Nase, Stirn und schließlich auf die Lippen. Sanft wollte er sich in sie schieben, doch als er auf einen Widerstand traf, hielt er inne und starrte schockiert auf sie herab.

»Nicht aufhören.« Sie sah zu ihm auf. »Bitte, hör nicht auf.«

Die Erkenntnis schien ihm für einen Moment den Atem zu rauben, aber dann sammelte er sich. Langsam und vorsichtig bewegte er sich, bis er die Barriere überwunden hatte.

Olivia erwartete Schmerz, der jedoch nicht kam. Stattdessen verspürte sie nichts als Lust, anders als alles, was sie sich jemals erträumt hatte. Sie drückte sich an ihn und umfasste seinen Po. Für einen langen, atemlosen Augenblick verharrten sie so, miteinander verbunden, aber regungslos.

»Alles okay?«, flüsterte er und schaute besorgt auf sie herab.

»Viel besser als okay.« Sie war erleichtert, als er lächelte. »Du tust mir nicht weh, wenn du dich, du weißt schon, ein wenig bewegen möchtest«, versicherte sie ihm. Ihre Augen weiteten sich, als sie spürte, wie er in ihr noch größer wurde.

Ein Muskel zuckte in seiner Wange. »Bist du sicher?«

Sie nickte.

Zuerst bewegte er sich langsam, wurde jedoch schneller, als sie sich jedem seiner Stöße entgegenhob. Er schob ihr die Hände unter den Po, damit er genau die richtige Stelle traf, und es dauerte nicht lange, bis sie auf den nächsten Höhepunkt zusteuerte. Er senkte den Kopf, um ihre Brustspitze in den Mund zu nehmen, und das war alles, was es brauchte. Sie schrie auf, schlang die Beine um seine Hüften und hielt ihn fest, während er mit einem Aufkeuchen ebenfalls kam.

Ein letztes Mal stieß er in sie, bevor er auf ihr zusammenbrach.

Olivia hielt ihn fest, so fest, dass sie das wilde Schlagen seines Herzens spüren konnte. Der Gedanke, dass es ihretwegen so heftig pochte, erfüllte sie mit tiefer Befriedigung.

— — —

DER KOPF SCHWIRRTE IHM VOR LAUTER FRAGEN. Wo sollte er bloß anfangen? Was sollte er sagen? *Warum hat sie es mir nicht erzählt?*

Ihre Finger beschrieben kleine Kreise auf seinem Rücken.

Wie kann eine Frau heutzutage siebenundzwanzig sein, ohne jemals ...

»Bist du böse, weil ich es dir nicht gesagt habe?«, fragte sie kleinlaut.

»Natürlich nicht. Ich bin sicher vieles, aber ganz bestimmt nicht böse.«

»Was dann?«

Er hob den Kopf und schaute ihr in die Augen. »Ich bin überrascht und habe viele Fragen, doch in erster Linie fühle ich mich geehrt.«

»Wirklich?«

Er nickte. »Sogar außerordentlich. Warum hast du es mir nicht erzählt? Dann wäre ich vorsichtiger gewe...«

Sie brachte ihn mit einem Kuss zum Schweigen. »Du warst perfekt. Ich bin mir sicher, dass es für dich nicht besonders toll war, aber nächstes Mal ...«

»Wovon redest du da? ›Nicht besonders toll‹? Das war der beste Sex meines Lebens.«

»Das brauchst du nicht zu sagen.«

»Olivia«, erwiderte er entrüstet. »Ich behaupte das nicht einfach nur so. Es ist wahr.« Er löste sich von ihr, setzte sich auf und breitete die Decke über sie. »Ich bin gleich wieder da. Geh nicht weg.«

Ihr Mund verzog sich zu einem kleinen Lächeln. »Werd ich nicht.«

Cole verschwand im Badezimmer, streifte das Kondom ab und spritzte sich kaltes Wasser ins Gesicht. Er blickte in den Spiegel. Wie war es möglich, so viel zu empfinden, ohne dass es nach außen hin sichtbar war? Sein Gesicht hätte strahlen müssen wie eine Leuchtreklame am Broadway.

»Mach langsam«, flüsterte er. »Vermassle es nicht.«

Er kehrte ins Schlafzimmer zurück, wo sie auf der Seite im Bett lag und im Dunkeln durch das Fenster schaute. Ihr Haar fiel offen über das Kissen, und die Decke war ihr bis zur Taille hinabgerutscht, wodurch ihr Rücken entblößt war. Allein schon ihr Anblick weckte in ihm erneut Verlangen. Er gab sich Mühe, sich zu beherrschen, kehrte ins Bett zurück und schmiegte sich an sie.

»Woran denkst du gerade?«

»Ans Dessert.«

Er lachte. »Ich hätte auf hundert andere Dinge getippt.«

»Ich habe eine Schwäche für Schokolade.«

»Das hatte ich vermutet. Möchtest du den Kuchen jetzt essen?«

»Mhm.«

»Kommt sofort.« Er brachte ihn zusammen mit dem Wein ans Bett.

Olivia lehnte sich mit dem Rücken in die Kissen und zog sich die Decke über die Brüste.

Cole steckte ihr ein Stückchen Kuchen in den Mund.

»Oh, das ist gut.« Sie zuckte leicht zusammen, als sie ein Stück runterrutschte, um es sich bequemer zu machen.

»Tut dir irgendwas weh?«, fragte er besorgt.

»Eigentlich nicht.«

»Warum glaube ich dir nicht?« Er nahm selbst einen Bissen und gab dann wieder ihr einen. »Bist du wund, Kleines?«

»Ein wenig.«

»Ich lasse dir ein heißes Bad ein. Das hilft.«

»Nur, wenn du mitkommst.«

»Na, wenn es unbedingt sein muss.«

Sie aßen den Kuchen schweigend, doch die ganze Zeit über dachte Cole über die Dinge nach, die er sie fragen wollte, wenn er bloß die richtigen Worte finden könnte.

Sie schenkte sich Wein in das Glas, das er neben ihr auf den Tisch gestellt hatte, nahm einen großen Schluck und musterte ihn. »Was möchtest du wissen?«

Überrascht, dass sie ihn so leicht durchschaut hatte, warf er ihr einen Blick zu.

»Du hast Fragen.«

Er zuckte die Achseln. »Ein paar.«

»Das ist in Ordnung, Cole.«

Er überließ ihr den letzten Bissen und stellte den Teller auf den Tisch. »Ich frage dich in der Wanne.« Dann stand er auf, ging ins Badezimmer und drehte das Wasser auf. Im Schrank fand er einen Bademantel und brachte ihn ihr, falls sie noch nicht dazu bereit war, in seiner Gegenwart nackt herumzulaufen.

»Danke.«

Er wartete ab, bis sie sich in die Wanne gesetzt hatte, brachte die Kerzen ins Bad und schaltete das Licht aus. »Ist da noch Platz für mich?«

Sie rutschte nach vorn, damit er ebenfalls in die Wanne steigen konnte. »Na klar.«

Als er sie mit seinen langen Beinen umfing, ließ sie sich entspannt gegen seine Brust sinken.

»Hilft das heiße Wasser?«, wollte er wissen.

»Mhm.«

»Tut mir leid, dass du meinetwegen Schmerzen hast.«

»Es sind gute Schmerzen. Die beste Art sogar.«

Er seifte ihre Brüste ein und beobachtete, wie sich die Spitzen aufrichteten. »Warum hast du das noch nie zuvor getan, Liv?«

»Ich hatte bisher nicht viel Glück in der Liebe.« Sie legte den Kopf in den Nacken, um ihn anzusehen, und ergänzte: »Das heißt, bis vor Kurzem.«

»Ich kann nicht glauben, dass es in deinem Leben bisher keinen Mann gegeben hat.«

»Eigentlich gab es zwei. Mit dem einen war ich ein Jahr lang zusammen, als ich neunzehn war, und die ganze Zeit über habe ich versucht, den nötigen Mut für den nächsten Schritt aufzubringen. Fast hätte ich es geschafft, doch dann fand ich heraus, dass er mit einer anderen schlief, während er mich unter Druck setzte, ich solle ihm meine ›Liebe beweisen‹.«

Cole zog sie fester in die Arme und zwang sich dazu, ruhig zu bleiben.

»Der zweite hatte es irgendwann satt, zu warten, und beschloss, sich das zu nehmen, was er wollte.«

»Nein.«

»Zum Glück bin ich mit zwei älteren Brüdern aufgewachsen und wusste, wie ich mich wehren kann.«

»Mein Gott«, murmelte Cole. Allein beim Gedanken daran, dass ihr jemand etwas hätte antun können, verkrampfte sich sein Magen.

»Hinterher habe ich gehört, dass es ein paar Monate gedauert hat, bis er wieder aufrecht gehen konnte.«

»Erinnere mich daran, dich nicht zu verärgern.«

Sie grinste. »Ich muss wohl nicht erwähnen, dass ich nach dieser Katastrophe eine Weile gebraucht habe, um mich erneut an Männer heranzutrauen. Ich hatte jede Menge erster Dates, die nie zu irgendetwas geführt haben.«

»Deren Pech«, flüsterte er an ihrem Ohr.

»Du machst mir eine Gänsehaut«, erwiderte sie und erschauerte.

»Du solltest mal sehen, was du mit mir anstellst.«

»Ich kann es schon spüren.« Sie hob den Arm, schlang ihn Cole um den Nacken und zog ihn zu sich, um ihn zu küssen. »Ich bin so froh, dass ich auf dich gewartet habe.«

Ihm wurde warm ums Herz. »Ich auch«, antwortete er, strich mit den Händen über ihre Seiten und umfasste ihre Brüste. »Ich bin der glücklichste Mann auf der Welt, weil ich dein erster sein durfte.« Er wollte noch »und einziger« sagen, tat es jedoch nicht. Zu diesem Zeitpunkt konnte er nur darauf hoffen. »Was machen die Schmerzen?«

»Schon viel besser.«

»Willst du raus aus dem Wasser?«

»Noch eine Minute.«

Er lehnte den Kopf an den Rand der Wanne, schloss die Augen und stellte fest, dass er völlig entspannt war. Es gab keinen Ort auf der Welt, an dem er lieber sein wollte, nichts, wonach es ihn in diesem Moment verlangte. So fühlte sich Zufriedenheit an. Endlich begriff er, was ihm bei den anderen vor ihr gefehlt hatte. Bei dem Gedanken daran, dass er Olivia am Montag verlassen musste, verspürte er schon jetzt Sehnsucht. Wer konnte wissen, wann sie erneut die Chance erhielten, auf diese Art zusammen zu sein?

Das Wasser wurde schon kalt, als er endlich aufstand und nach den Handtüchern griff. Eines wickelte er sich um die Hüften, das andere hielt er Olivia hin. Sie hüllte sich darin ein, und Cole überraschte sie, indem er sie auf die Arme hob und zurück ins Bett trug.

»Und da behauptest du, nicht romantisch zu sein.« Sie zog ihn mit sich aufs Bett. »Das gerade hätte genauso gut aus dem Film ›Ein Offizier und Gentleman‹ sein können.«

Er lachte. »Ich war mal Offizier, aber es gibt einige Frauen, die der Sache mit dem Gentleman sicher widersprechen würden.«

»Hast du etwa eine Spur aus gebrochenen Herzen hinterlassen?«

»Definiere ›Spur‹.«

Olivia musste lachen und legte ihm die Arme um den Nacken. »Mehr als fünfzig?«

»Nein!«

Seine Entrüstung befeuerte ihr Gelächter. »Ich wette, es gibt Hunderte, an die du dich nicht einmal erinnerst.«

Er verdrehte die Augen. »Auf keinen Fall.«

»Ich habe meine schmutzige Wäsche gewaschen. Da ist es nur fair …«

Er sah sie besorgt an. »Versprichst du mir, dass du mich hinterher immer noch mögen wirst?«

Sie hob die Hand. »Ich schwöre es mit dem kleinen Finger.«

»Was?«

»Mein Gott, du bist wirklich alt.« Sie griff nach seiner Hand und schlang ihren kleinen Finger um seinen. »Das ist ein sehr feierliches Versprechen.«

»Wenn das so ist«, erwiderte er amüsiert. »Während meiner letzten beiden Collegejahre hatte ich eine Freundin, und im letzten Jahr dort haben wir auch zusammengelebt. Ich wollte sie heiraten. Ich habe ihr sogar einen Antrag gemacht.«

»Was ist passiert?«

»Sie hat Nein gesagt.«

»Nie im Leben!«

»Doch.«

»Eine Frau hat ernsthaft Nein gesagt, als du ihr einen Heiratsantrag gemacht hast?«

»Ja«, beharrte er und musste über ihre Verwunderung lachen.

»Sie muss wohl nicht ganz bei Verstand gewesen sein.«

»Ich enttäusche dich nur ungern, aber sie war im Vollbesitz ihrer geistigen Kräfte«, erwiderte Cole mit einem Grinsen.

»Warum hat sie dann Nein gesagt?«

»Sie wollte nicht mit einem Offizier der Navy verheiratet sein.«

»Damit hat sie dich verletzt«, stellte Olivia fest und streichelte ihm über die Wange.

»In erster Linie hat sie mich enttäuscht. Ich dachte, die Sache zwischen uns wäre etwas Besonderes, doch vermutlich waren die Gefühle ziemlich einseitig. Sonst wäre es ihr egal gewesen, womit ich meinen Lebensunterhalt verdiene, oder?«

»Richtig.«

»Manchmal denke ich noch an sie. Ich finde die Vorstellung verblüffend, dass ich ein ganz anderes Leben geführt hätte, wenn sie Ja gesagt hätte. Dann wären wir jetzt seit vierzehn Jahren verheiratet – sofern die Ehe gehalten hätte –, und wahrscheinlich hätte ich mehrere Kinder.«

»Wünschst du dir Kinder?«

»Manchmal. Aber wenn du über einen längeren Zeitraum so lebst wie ich, fragst du dich irgendwann, ob in deinem Leben überhaupt Platz ist für eine Familie.«

»Das ist so, wenn man die ganze Zeit unterwegs ist.« Mit dem Finger beschrieb sie kleine Kreise um seine Brustwarze. »Also, das war die eine …«

Er knabberte sanft an ihrem Hals. »Und dann bin ich dir begegnet.«

Sie stieß ihn in die Rippen, was ihn zusammenzucken ließ. »Netter Versuch.«

»Du lässt wirklich nicht locker, oder?«

»Ich fürchte, nein.«

»Ich erzähle es dir, doch denk daran: Du hast mit dem kleinen Finger geschworen, mich hinterher immer noch zu mögen.«

»Ich weiß.«

Er seufzte tief und blickte hinauf zur Decke. »Wahrscheinlich bin ich einer dieser Typen, die Frauen als toxisch bezeichnen. Ich meide feste Bindungen wie die Pest, aber ich bin immer ehrlich. Ich sage zu jeder Frau, mit der ich ausgehe, dass ich an nichts Ernsthaftem inter-essiert bin. Leider bringt sie das meist dazu, zu glauben, sie wäre diejenige, die mich verändert oder zähmt. Es gab ein paar, die mich hinterher als Mistkerl bezeichnet haben – obwohl ich sie ja nie belogen hatte.«

Endlich riskierte er es, sie anzuschauen, und sah, wie sie auf der Unterlippe kaute. »Du findest es schrecklich, oder?«

»Nein, aber ich wundere mich über etwas.«

»Ich traue mich fast nicht, zu fragen, worüber.«

»Darüber, dass du es nicht zu mir gesagt hast.«

»Das ist dir also aufgefallen, was?«

»Mhm. Im Grunde hast du sogar das genaue Gegenteil gesagt, in deiner Rede über den Sprung, den ich wagen soll, und so weiter.«

»So nennen wir es?«, fragte er lachend. »Die Rede über den Sprung?«

»Das ist der offizielle Name.«

Er nahm ihre Hand und zog sie an die Lippen. »Du erinnerst dich an vorhin, als ich dir erklärt habe, dass ich dich so sehr begehre wie noch nichts zuvor in meinem Leben?«

Sie nickte, und ihr Mund war vor atemloser Erwartung leicht geöffnet.

»Ich meinte das nicht bloß in körperlicher Hinsicht. Ich will dich. Ich will dich in meinem Leben, so lange, wie es sich für uns beide gut anfühlt.«

»Das ist ein ziemlich großer Sprung für jemanden, der sich vor festen Bindungen fürchtet.«

»Ein gewaltiger Sprung. Doch es scheint eine gute Nacht für große Sprünge zu sein.«

»Ja, das stimmt.«

Olivia erwachte vor Sonnenaufgang. Cole hielt sie fest im Arm, und sie lag eng an ihn geschmiegt da. Sie waren nicht dazu gekommen, die Vorhänge zuzuziehen, daher fiel sanftes Licht in das Zimmer, in dem sich im Laufe einer unvergesslichen Nacht ihr ganzes Leben verändert hatte. Sie strich Cole mit den Lippen über die Brust, bevor sie sich von ihm löste, um sein Gesicht betrachten zu können.

Er seufzte und drehte sich auf den Rücken, wachte jedoch nicht auf.

Während sie ihn anschaute, verspürte sie den überwältigenden Wunsch, ihn im Schlaf zu zeichnen. Vorsichtig schlüpfte sie aus dem Bett, zog sich sein T-Shirt über, das am Fußende hing, schlich ins Bad und holte anschließend ihren Notizblock.

Sie war fast fertig, als er sich regte.

»Hey«, murmelte er mit schläfriger Stimme. »Was machst du da?«

»Ich zeichne dich.«

Er wirkte, als wüsste er nicht, ob er gerührt oder verlegen sein sollte. »Darf ich mal sehen?«

»In einer Minute.«

»Kann ich kurz ins Bad?«

Sie lachte, ohne von ihrem Block aufzuschauen. »Nur zu.«

Er stand auf, und sie konnte nicht anders, als einen verstohlenen Blick auf seinen muskulösen Hintern zu werfen. Sie fragte sich, ob Cole ihr irgendwann erlauben würde, ihn nackt zu zeichnen. Als er wieder zurückkehrte und sich erneut ins Bett legte, war sie mit der Zeichnung fertig, verspürte allerdings einen Anflug von Schüchternheit und fühlte sich komisch dabei, sie ihm zu zeigen.

Er streckte die Arme nach ihr aus. »Komm zurück. Ich bin einsam.«

Unfähig, ihm zu widerstehen, nahm sie den Notizblock mit ins Bett.

»Das Wichtigste zuerst«, murmelte er und beugte sich vor, um sie zu küssen.

Er schmeckte nach Zahnpasta, und was als flüchtiger Kuss begonnen hatte, verwandelte sich in etwas Längeres.

»Hm«, murmelte er an ihren Lippen. »Dir auch einen guten Morgen.«

Im Laufe von nur wenigen Minuten hatte er für sie jeden zukünftigen Morgen ruiniert, der nicht genau so anfing.

Vorsichtig nahm er ihr den Block ab und hielt ihn hoch, um ihr Werk zu betrachten.

Olivias Herz klopfte heftig, während sie darauf wartete, zu hören, was er darüber dachte.

»Ich habe mich noch nie zuvor schlafend gesehen.«

»Du verwandelst dich gerade in mein Lieblingsmodell.«

»Weißt du, was mir daran so gut gefällt?«, fragte er, ohne den Blick von der Zeichnung abzuwenden. »Irgendwie ist es dir gelungen, die Intimität zwischen uns einzufangen. Jeder, der das sieht, wird sofort wissen, dass wir etwas miteinander haben.«

Olivia war sprachlos. Sein Einfühlungsvermögen verblüffte und erfreute sie. Dass er begriff, was sie hatte einfangen wollen, war das größte Geschenk unter all den Dingen, mit denen er ihr Leben bereichert hatte.

»Wenn du so etwas sagst, bringst du mich noch dazu, daran zu glauben, dass ich eine echte Künstlerin sein könnte.«

»Du bist eine Künstlerin. Malst du eigentlich auch?«

»Mit Aquarellfarben. Und da am liebsten Gebäude und Landschaften.«

»Wenn du irgendetwas malen könntest, was wäre das?«

»Die Golden Gate Bridge«, antwortete sie, ohne zu zögern. »Insgeheim bin ich von San Francisco fasziniert.«

»Es ist eine wunderschöne Stadt.«

»Du warst dort natürlich schon.«

»Ein paarmal.«

»Du hast großes Glück, dass du so viel reisen kannst.«

Er nahm erneut den Block. »Das ist wirklich unbeschreiblich gut.«

»Irgendwann möchte ich dich einmal nackt zeichnen.«

Seine Augen funkelten. »Jederzeit.«

»Die Betonung liegt auf ›zeichnen‹.«

»Ach ja?«

Lachend ließ sie den Notizblock zu Boden fallen und schlang die Arme um Cole. Voller Verlangen küsste er sie und drückte sie aufs Bett.

»Ich will deine Haut an meiner spüren«, flüsterte er und half ihr, das T-Shirt abzustreifen. »O ja, schon viel besser.«

Seine Lippen glitten von ihrem Hals zu ihren Brüsten, wo er mit der Zunge kleine Kreise beschrieb, ihr aber das verwehrte, wonach sie sich sehnte.

Sie zog an seinem Haar und hoffte, ihn damit zur richtigen Stelle zu lenken, doch er ließ sich Zeit.

Als er endlich ihre Brustspitze mit der Zunge berührte, keuchte Olivia vor Verlangen auf.

Er neckte sie weiter, zog und saugte daran. »Würde es dich stören, wenn ich den ganzen Tag hier verbringe?«

Atemlos erwiderte sie: »Ich halte das nicht mehr lange aus.«

»Spielverderberin«, brummte er, wandte sich ihrem Bauch zu und zog einen feuchten Kreis um ihren Bauchnabel. Als er weiter hinabglitt, versuchte Olivia, sich aufzusetzen. »Nicht«, bat er und hielt sie fest.

»Was tust du da?«

»Dich lieben«, murmelte er an der Innenseite ihres Oberschenkels.

Seine Worte untergruben ihren Widerstand, und sie spreizte die Beine. Als er sie dort küsste, wäre sie beinahe vom Bett gesprungen.

Er hielt sie fest und drang mit der Zunge in sie ein.

O Gott ...

»Ich hab's mir anders überlegt«, flüsterte er an ihrer Haut.

»Nein! Hör jetzt nicht auf!«

»Ich glaube, ich möchte den Tag doch lieber hier verbringen.« Er konzentrierte sich auf die Stelle, die unter seinen Liebkosungen heftig pochte, und ließ einen Finger in Olivia hineingleiten.

Wieder und wieder brachte er sie an den Rand des Höhepunkts, nur um sie atemlos keuchend zurückzulassen.

»Bitte ... Cole ...«

Dieses Mal hörte er nicht auf, und sie kam mit einem lauten Schrei.

Er küsste sie auf den Bauch, die Brüste und entlang ihres Halses. »Ich liebe es, dich so zu sehen«, flüsterte er und drückte sie fest an sich.

»Es ist peinlich«, murmelte sie an seiner Schulter.

»Es ist nicht peinlich. Ich liebe es.«

Sie schlang die Arme um ihn und drückte sich an seine Erektion. »Was ist mit dir?«

»Schon gut.«

»Ich kann dich nicht in diesem Zustand lassen«, erwiderte sie mit einem frechen Lächeln und ließ ihre Hand an ihm hinabgleiten, um ihn zu streicheln. »Das wäre nicht fair.«

»Du musst das nicht tun«, antwortete er, stöhnte jedoch, als ihr Griff fester wurde.

»Hast du nur ein Kondom mitgebracht?«

»Nein, ich habe mehr dabei, aber du bist noch wund von gestern Nacht.«

»Jetzt nicht mehr.«

»Trotzdem. Du wirst ...«

Sie fand seinen Mund und küsste ihn, ehe sie sich auf ihm ausstreckte und ihre Brüste an seinem Oberkörper rieb. »Ich will es wirklich gerne noch einmal tun«, murmelte sie und knabberte an seinen Lippen.

Verwirrt blickte er zu ihr auf, strich mit den Händen über ihren Rücken und umfasste ihren Po. »Sobald ich wieder einen klaren Gedanken fassen kann, hole ich ein Kondom.«

Olivia lachte, küsste Cole erneut voller Leidenschaft, während sie sich fordernd an ihn presste.

»Kondom«, keuchte er. »Sofort.«

Sie ließ ihn aufstehen.

Als er zurückkam, streckte er die Arme nach ihr aus.

»Kann ich wieder dahin zurück, wo ich eben war?«, fragte sie. »Nach oben?«

Er schloss die Augen und atmete tief durch. »Bist du dir sicher, dass du das noch nie zuvor getan hast?«

Sie legte ihm die Hände auf die Brust, drückte ihn sanft auf die Matratze und setzte sich rittlings auf ihn. »Ganz sicher.«

»Diese entschlossene Olivia gefällt mir. Sie ist total heiß.«

»Nur für dich.«

»Umso besser.«

»Sag mir, was ich tun soll, Cole«, bat sie, während sie sich an ihm rieb. »Ich will dir nicht wehtun.«

»Stattdessen bringst du mich um«, keuchte er und führte sie, während sie ihn in sich aufnahm.

»Oh«, hauchte sie, als er ganz in sie eingedrungen war.

»Gefällt es dir?«

»Ja.« Sie warf den Kopf zurück und neigte das Becken.

Er stöhnte und umfasste ihre Taille.

»Tut das weh?«

Er biss sich hart auf die Unterlippe und schüttelte den Kopf.

Olivia war sich nicht sicher, ob sie es richtig machte, doch anscheinend gefiel es ihm, als sie vor und zurück und schließlich auf und nieder wippte. Wenn sie danach ging, wie fest er sie an der Taille packte, dann gefiel es ihm sogar sehr.

Seine Augen waren geschlossen, seine Lippen leicht geöffnet, und sein Atem ging stoßweise.

Sie beugte sich vor, um ihn zärtlich zu küssen.

Er griff ihr ins Haar, hielt sie fest, während seine Hüften sich mit ihren bewegten.

Olivia konnte kaum glauben, dass sie schon auf einen weiteren Höhepunkt zusteuerte. Sie löste ihre Lippen von seinen und konzentrierte sich auf ihre Empfindungen, die sich zu einem erschütternden Crescendo auftürmten.

Seine Hand lag auf ihrem unteren Rücken, und Cole hielt sie fest, als er unmittelbar nach ihr kam.

Olivia sank auf ihn, vollkommen entspannt und befriedigt. Er strich ihr weiter mit den Fingern durchs Haar, was sie vor Wonne erschauern ließ.

»Unglaublich«, flüsterte er. »Der absolute Wahnsinn.«

»Nach diesem Wochenende habe ich keine Lust mehr, alleine aufzuwachen.«

»Ich auch nicht.«

»Wir werden uns nicht oft sehen«, seufzte sie.

»Uns fällt schon etwas ein.«

Sie hob den Kopf von seiner Brust, damit sie ihn anblicken konnte. »Du bist noch nicht einmal fort, und ich vermisse dich schon jetzt.«

Er umfasste ihr Gesicht mit den Händen. »Ich liebe dich, Olivia.«

Sie atmete hörbar ein, starrte ihn an, und in ihren Augen standen Tränen. »Wirklich?«

Er nickte. »Wirklich.«

»Ich liebe dich auch.«

Sein Kuss war sanft, zärtlich und verheerend. Er schloss sie in die Arme, und ihr Herz setzte einen Schlag aus, ehe es schneller klopfte.

»Hast du denn keine Angst davor, dass ich versuchen könnte, dich zu zähmen?«

Mit einem Grinsen antwortete er: »Nein.«

»Was tun wir nur, Cole?«

»Heute haben wir etwas Spaß, und morgen besuchen wir Jenny. Wenn wir wieder nach Hause kommen, werde ich dich die ganze Nacht lang lieben. Außerdem bleiben uns der morgige Tag und die morgige Nacht … Also denken wir nicht an Montag, bis es so weit ist, okay?«

»Ich versuche es«, versprach sie, doch noch während sie das sagte, fragte sie sich, ob es ihr gelingen würde.

COLE ERWACHTE EIN ZWEITES MAL, blickte auf die Uhr und begriff, dass es fast elf war. Olivia lag an ihn geschmiegt da, eines ihrer Beine zwischen seinen, eine Hand auf seiner Brust. Er vergrub die Nase in ihrem seidigen Haar, atmete ihren Duft ein und wurde von einer Welle der Liebe zu ihr erfasst. Und dann folgte Panik. Der Tag war schon fast zur Hälfte verstrichen, und ihnen blieb so wenig Zeit. Plötzlich reichte es ihm nicht mehr, sie schlafend im Arm zu halten.

Er rutschte ein Stück, um besser an ihre Lippen zu kommen, und weckte sie mit einem Kuss. Rasch schlug sie die Augen auf, und ihr Ausdruck wurde sanft, als sie ihn über sich sah.

»Du hast mich erschreckt«, flüsterte sie.

»Entschuldige, aber ich konnte keine Minute länger darauf warten, mit dir zu sprechen.«

»Worüber?«, fragte sie besorgt.

»Irgendwas. Alles. Nichts.«

Sie hob die Hand und strich über die Bartstoppeln an seiner Wange. »Mir ging es genauso, als ich vorhin vor dir aufgewacht bin.«

»Was wollen wir heute unternehmen?«

»Wir könnten mit der U-Bahn in die Stadt fahren und einen auf Tourist machen.«

»Warum sollten wir mit der U-Bahn fahren, wenn uns ein toller Mietwagen zur Verfügung steht?«

Sie lachte. »Weil es unmöglich ist, in der Innenstadt einen Parkplatz zu finden.«

Er verzog das Gesicht. »Möchtest du es denn? Du bist doch sowieso jeden Tag dort.«

»Ich liebe es, anderen meine Lieblingsstadt zu zeigen.«

»Wenn du Lust darauf hast, wäre das toll. Ich war seit meinem Abschlussjahr an der Highschool nicht mehr als Tourist hier.«

»Was, so lange?«

Er kitzelte sie, und sie brach in atemloses Gelächter aus.

Ein Klopfen an der Tür ließ sie erstarren.

»Housekeeping.«

»Verdammt«, murmelte Cole. »Ich habe gestern Abend vergessen, das Schild an die Tür zu hängen.«

Das Zimmermädchen klopfte erneut.

»Wir brauchen noch etwas Zeit«, rief Cole und hielt Olivia den Mund zu, um sie vom Lachen abzuhalten. Dann ließ er los, verschloss ihr die Lippen mit einem tiefen Kuss. »Glaubst du, du kannst jetzt ruhig sein?«, fragte er, als er den Kopf wieder hob.

Ihr Mund bebte vor unterdrücktem Gelächter. »Nein.«

»Also, wir machen es so: Erst duschen, dann Frühstück – inzwischen wohl eher Mittagessen –, und danach fahren wir in die Stadt. In Ordnung?«

»Sofern ich irgendwann einen Kaffee bekomme, klingt es perfekt.«

OLIVIA KONNTE SICH AN KEINEN TAG ERINNERN, den sie mehr genossen hätte. Sie schlenderten vom Air and Space Museum zum Hirshhorn Museum and Sculpture Garden und anschließend zu der Reihe von Denkmälern, die mit Lincoln anfing und mit Jefferson endete. Beim Jefferson Memorial angekommen setzten sie sich auf die Stufen. Von dort aus blickten sie auf das Tidal Basin hinaus, den Stausee zwischen Potomac River und Washington Channel, und teilten sich einen Becher Eis. Die Bäume leuchteten in herbstlichen Farben, und auf dem Wasser trieben herabgefallene Blätter. Die Sonne schien, konnte jedoch nichts gegen den kühlen, frischen Wind ausrichten.

»Das sind die berühmten Kirschbäume von Washington«, erklärte Olivia und deutete darauf. »Die Kirschblüte im April ist der schönste Anblick überhaupt.«

»Kann ich mir gut vorstellen.« Cole lächelte und strich ihr eine Strähne hinters Ohr. »Hast du sie schon mal gemalt?«

»Nur ungefähr hundert Mal. Aber es ist mir bisher nie gelungen, sie in ihrer ganzen Pracht einzufangen.«

»Ich wette, deine Gemälde sind mindestens so spektakulär wie deine Zeichnungen. Zeigst du sie mir irgendwann?«

»Natürlich.«

»Ich will alles sehen, was du jemals gemalt hast.«

»Sogar mein kindliches Gekritzel?«

»Alles.«

»Ich muss ein Portfolio zusammenstellen, um mich damit an der Kunsthochschule zu bewerben.« Sie lachte. »Ich kann es immer noch nicht glauben, dass ich das wirklich gesagt habe.«

»Glaub es.«

Sie strich über sein Bein. »Vielleicht könntest du mir dabei helfen, zu entscheiden, was ich ins Portfolio tun soll.«

»Sehr gerne.«

Plötzlich umwölkte sich ihr Blick.

»Was ist los?«

Sie schob einen Fuß auf der glatten Marmorstufe vor und zurück.

»Liv?«

»Ich möchte, dass du mir hilfst, aber ich will dich nicht mit nach Hause nehmen.«

»Warum nicht? Eltern mögen mich normalerweise.«

»Ganz bestimmt«, erwiderte sie lächelnd. »Es ist nur … Meine Mutter, sie ist …«

»Was denn, Kleines?«

»Sie hat Agoraphobie. Weißt du, was das heißt?«

»Sie geht nicht aus dem Haus.«

Olivia nickte. »Schon seit neun Jahren nicht mehr.«

Cole verschränkte seine Finger mit ihren. »Das muss für dich und deine Familie schlimm sein.«

Ein kicherndes junges Mädchen kam auf sie zu. »Sind Sie Captain Incredible?«, erkundigte es sich.

Olivia spürte, wie er bei dem verhassten Spitznamen zusammenzuckte, und musste sich selbst ein Kichern verkneifen.

»Ich schätze schon«, gab er zögernd zu.

Das Mädchen hielt ihm ein kleines Notizbuch unter die Nase. »Kann ich ein Autogramm haben?«

Olivia spürte, dass er über die Unterbrechung verärgert war, dennoch lächelte er dem Kind zu.

»Natürlich. Wie ist dein Name?«

»Cecile.«

Olivia beobachtete, wie er schrieb: »Für Cecile – stecke dir hohe Ziele, wage es, groß zu träumen, Cole Langston«, und dem Mädchen das Notizbuch wieder reichte. Hastig bedankte es sich und rannte zu seiner wartenden Familie zurück.

»Entschuldige bitte«, sagte er.

»Mir gefällt, was du geschrieben hast.«

Er zuckte die Achseln. »Wir haben gerade über deine Mutter gesprochen, und darüber, wie sehr ihre Krankheit eure ganze Familie belastet.«

»Die Agoraphobie ist leider nur ein kleiner Teil davon. Sie leidet außerdem unter Kaufsucht – sie kauft online, bei Shoppingsendern und am Telefon. Unser Haus ist voller Schrott. Ich kann es nicht anders ausdrücken.« Sie sah ihn an. »Du kannst da nicht mit hin. Es geht einfach nicht.«

»Dann nimm morgen den Wagen, hol alles, was du brauchst, und komm wieder ins Hotel zurück. Wir können dein Portfolio auch dort zusammenstellen.«

»Bist du sicher?«

»Ich will alles, was du willst.«

»Und es stört dich nicht, dass ich nicht möchte, dass du meine Eltern kennenlernst – oder genauer gesagt, meine Mom? Mein Dad ist echt klasse. Er würde dich mögen.«

Cole hob ihre Hand an die Lippen und küsste sie. »Ich würde ihn sehr gerne kennenlernen, damit ich ihm erklären kann, was für eine wunderschöne Tochter er hat.«

»Das sagt er mir ständig. Um ehrlich zu sein, ist er der wahre

Grund, weshalb ich noch immer dort wohne. Ich könnte es niemals zulassen, dass er sich allein mit ihr herumschlagen muss. Er ist meine erste Liebe.«

»Ich dachte, das wäre ich«, beschwerte sich Cole.

»Das bist du«, flüsterte sie. »Und das weißt du auch.«

Zärtlich rieb er seine Nase an ihrem Hals. »Können wir ins Hotel zurückfahren und eine Weile rummachen, bevor wir zu Jenny müssen?«

Sie sah auf die Uhr. »Vielleicht bleibt uns Zeit für ein oder zwei kurze Küsse.«

Er sprang auf, packte ihre Hand, eilte die Treppe hinunter und zog Olivia hinter sich her. »Taxi!«

»Cole! Taxis sind viel zu teuer. Wir können die U-Bahn nehmen.«

»Das dauert zu lange. Die Zeit können wir besser nutzen – sehr viel besser.«

KAPITEL 11

»**W**as soll ich zu dem Besuch bei Jenny anziehen?«
Olivia liebte es, seine Haut an ihrem Gesicht zu spüren. »Jeans.«

Er strich ihr mit den Fingern durch das lange Haar. »Ich kann auch schicker.«

»Nicht nötig.«

»Was, wenn sie mich nicht mag?«, wollte er wissen.

»Sie wird dich lieben«, versicherte sie ihm.

»Wir müssen los.«

»Ich weiß«, erwiderte sie, machte allerdings keine Anstalten, aufzustehen. »Ich wünschte, wir könnten heute Abend hierbleiben.«

»Willst du etwa nicht hin?«

»Doch.«

»Aber?«

»Uns wird die Zeit knapp.«

»Baby, das ist erst der Anfang. Wir sehen uns bald wieder. Das verspreche ich.«

»Wahrscheinlich erst in ein paar Wochen.«

»In zwei.«

Sie hob den Kopf. »Wirklich?«

111

»In zwei Wochen habe ich wieder das Wochenende frei. Denkst du, du könntest am Freitag abreisebereit sein?«

»Abreise? Wohin?«

»Ich kümmere mich um alles. Du wirst es schon früh genug herausfinden. Klappt das? Trotz Arbeit und Studium?«

»Ich könnte im Laden ein paar Überstunden machen.«

»Ginge es von Freitagabend bis Dienstagabend?«

»Ich würde eine Vorlesung verpassen.«

»Wird das deine Note ruinieren?«

»Ich habe keine Ahnung. Ich habe noch nie zuvor eine verpasst.«

»Noch nie?«

»Keine einzige.«

»O mein Gott! Ich bin in eine Streberin verliebt!«

Sie seufzte. »Glaubst du, du könntest das noch einmal sagen?«

»Was?«, neckte er. »Dass du eine Streberin bist?«

»Nein, das andere.«

»Dass ich in dich verliebt bin?« Er beugte sich vor, um sie zu küssen. »Meinst du das?«

»Mhm.«

»Das gefällt dir, was?«

»O ja.«

»Dann wirst du also in zwei Wochen mit mir durchbrennen?«

»Verrätst du mir vorher, wohin wir fliegen?«

»Nein.«

»Dann muss ich erst noch darüber nachdenken.«

Verwundert starrte er sie an. »Wirklich?«

»Nein«, erwiderte sie lachend. »Du bist so leichtgläubig.«

Seine Augen funkelten, und er rang mit ihr, bis sie unter ihm lag.

»Wir haben keine Zeit dafür«, erinnerte sie ihn und kicherte über den finsteren Blick, den er ihr vorzuspielen versuchte.

»Du hast Glück, dass uns deine Cousine erwartet.«

»Du machst mir keine Angst. Jetzt geh runter von mir, damit ich duschen kann.«

»Zwing mich doch«, murmelte er an ihren Lippen.

Sie strich ihm mit den Fingern über den Rücken, liebkoste ihn sanft, und er wurde zu Wachs in ihren Händen. Unvermittelt pikste sie ihn mit den Fingerspitzen in die Rippen, und sofort warf er sich zur Seite. Olivia nutzte das Überraschungsmoment aus, drehte Cole auf den Rücken, beugte sich zu ihm hinab, sodass ihre Lippen beinahe seine berührten, und flüsterte: »Zwei ältere Brüder. Leg dich nicht mit mir an.«

Seine Augen verdunkelten sich vor Verlangen. »Ziemlich beeindruckend«, gestand er und streckte die Arme nach ihr aus. »Und ziemlich sexy.«

Sie wich ihm aus und pikste ihn erneut in die Rippen. »Steh auf.«

<hr>

Das Erste, was Cole auffiel, als er das Reihenhaus von Jenny und Will betrat, waren die eingerahmten Gemälde über dem Kamin – eins zeigte das Paar am Hochzeitstag, das andere ihren gemeinsamen Sohn Billy. Offenbar waren beide von Olivia gemalt worden. Während Olivia dunkles Haar und braune Augen besaß, war ihre Cousine blond und hatte grüne Augen. Dennoch gab es eine gewisse Ähnlichkeit. Nachdem er die beiden eine Weile beobachtet hatte, entschied er, dass die eher in ihren Gesten und Gesichtsausdrücken und weniger in ihren körperlichen Merkmalen bestand.

Es freute ihn, wie Olivia strahlte, als Jenny ihr den kleinen Billy reichte. Das Baby schien ebenfalls begeistert, Olivia zu sehen. Mit seinen Fingerchen griff es nach einer ihrer Haarsträhnen.

Will ging dazwischen, bevor der Kleine ihr wehtun konnte. »Sei lieb«, rügte er seinen Sohn, der zur Antwort fröhlich gluckste.

»Was für ein niedliches Kerlchen«, fand Cole und streckte die Hand aus, um das Baby am Fuß zu kitzeln.

»Wir haben beschlossen, ihn zu behalten.« Jenny schob Olivia in Richtung Küche. »Komm und hilf mir, die Getränke zu holen.«

Nachdem die Frauen das Zimmer verlassen hatten, wandte sich Will an Cole. »Es hat dir also nicht gereicht, dass du ein attraktiver Pilot bist«, meinte er mit einem scherzhaften Grinsen. »Du musstest außerdem noch den Helden spielen, was?«

»Jeder hat sein Päckchen zu tragen.«

»Na klar«, lachte Will. »Wahrscheinlich ist dein Adressbuch so dick wie die Bibel.«

»Ich habe es kürzlich verbrannt.« Cole deutete auf die geschlossene Küchentür. »Sprechen die da drinnen etwa über mich?«

»Was glaubst du denn?«, erwiderte Will trocken. Coles Andeutung, dass die Zeit kurzer Affären hinter ihm lag, hatte ihm offenbar gefallen. »Sei froh, dass sie wenigstens das Zimmer verlassen haben. Wenn sie über mich sprechen, machen sie es direkt vor meiner Nase.«

Cole lachte. »Ich habe das Gefühl, du hast es hier nicht leicht.«

»Du hast ja keine Ahnung. Es ist unfair, dass ich hier draußen bei dir bleiben und bis nachher warten muss, um zu erfahren, was sie über dich geredet haben.«

»Da wir anscheinend für wer weiß wie lange miteinander rumsitzen müssen, gestatte mir eine Frage: Wohin soll ich Olivia morgen Abend zum Essen ausführen? Ich suche ein schönes Restaurant. Was würde ihr gefallen?«

»Das ist einfach. Sie liebt das Chart House in der Altstadt, aber sie kommt nicht oft dorthin.«

»Gut zu wissen. Danke.«

***

»Hast du mit ihm geschlafen?«

Olivia hatte noch immer Billy auf dem Arm und knabberte an einer Karotte, die sie vom Schneidbrett stibitzt hatte. »Wir teilen uns ein Hotelzimmer. Was glaubst du wohl, wo ich übernachtet habe?«

Jenny seufzte frustriert. »Das habe ich nicht gemeint, und das weißt du ganz genau.«

Olivia lachte über die Reaktion ihrer Cousine. »Ja, ich habe mit ihm geschlafen.«

»Omeingottomeingottomeingott! Endlich! Wie war's? Er ist so sexy. Verdammt sexy.«

»Wirklich? Ist mir gar nicht aufgefallen.«

»Du bist echt unmöglich.« Jenny stemmte sich die Hände in die

Hüften. »Wir können es auf die harte oder auf die sanfte Tour machen. Was ist dir lieber?«

»Warum sollten wir es auf die sanfte Tour machen, wenn die harte Tour so viel Spaß macht?«

In diesem Moment begann Billy aus vollem Herzen zu lachen.

»Siehst du, sogar dein Sohn findet es lustig.«

Jenny kitzelte das Baby am Bauch. »Verräter.« Sie nahm ihn Olivia ab und setzte ihn in seinen Hochstuhl.

Er protestierte laut, bis seine Mutter ihm einen Keks gab, an dem er knabbern konnte.

»Komm schon, Liv. Raus mit der Sprache!«

»Es war … unbeschreiblich.«

»O mein Gott!«, rief Jenny wieder.

»Leise!«, zischte Olivia. »Er wird dich hören und genau wissen, was ich dir gerade erzähle.«

Jenny ignorierte die Warnung. »Und war es, du weißt schon, schmerzhaft?«

»Überhaupt nicht so, wie ich erwartet hatte.«

»Hast du es ihm erzählt? Vorher?«

Olivia schüttelte den Kopf. »Ich wollte es wirklich, doch irgendwie kam einfach nie der richtige Zeitpunkt, um zu sagen: ›Übrigens, Cole, ich bin eine siebenundzwanzigjährige Jungfrau.‹«

Jenny kicherte. »Und, hat er es gemerkt?«

»Ja … kann man so sagen.«

»Und?«

»Anfangs war er schockiert, aber er ist cool geblieben. Er meinte, er fühle sich geehrt.«

»Was natürlich die perfekte Reaktion war.«

»Anscheinend besitzt er ein Händchen dafür, die perfekten Worte im perfekten Moment zu wählen. Ich habe ihm von Gary und Steve erzählt, also hat er zumindest verstanden, warum ich noch mit niemandem im Bett war.«

»Bist du jetzt froh, dass du gewartet hast?«

»Absolut. Ich denke, es macht einen Riesenunterschied, ob man denjenigen liebt, mit dem man schläft.«

Jenny stieß ein weiteres »O mein Gott!« aus, doch dieses Mal gab sie sich Mühe, leise zu bleiben.

»Erinnerst du dich, wie ich hin und her überlegt habe, ob ich mit Gary und Steve schlafen soll oder nicht?«

Jenny verdrehte die Augen und schenkte zwei Gläser Wein ein. »Wie könnte ich das jemals vergessen?«

»Bei Cole fiel es mir nicht schwer, weil es einfach gepasst hat. Und jetzt, wo ich weiß, wie es ist, jemanden zu lieben, begreife ich erst, dass ich die anderen überhaupt nicht geliebt habe.«

»Wie denkt er darüber?«

»Er liebt mich auch«, flüsterte Olivia, als befürchte sie, er könnte hören, wie sie ihre Geheimnisse preisgab.

Jennys Augen wurden feucht. »Oh, Liv, wirklich?«

Sie nickte. »Er ist in jeder Hinsicht ein wahr gewordener Traum.«

Jenny fiel ihr um den Hals. »Das ist der Wahnsinn! Ich habe es dir doch gesagt, oder? Du wolltest es mir nicht glauben, aber ich habe es dir gesagt!«

»Pst! Ich will nicht, dass er hört, wie albern wir uns hier drinnen aufführen.«

»So sind wir eben. Am besten gewöhnt er sich gleich daran, wenn er öfters herkommen will.«

»Ja, stimmt auch wieder.«

»Was? Was soll dieser Gesichtsausdruck?«

Olivia zuckte die Achseln. »Überall, wo wir hingehen …«

»Was?«

»Frauen. Sie werfen sich ihm an den Hals, und wenn sie mich beiseiteschubsen müssen, um an ihn heranzukommen, ist es ihnen völlig egal.«

»Ich wette, ihm ist es nicht egal.«

»Es macht ihn wütend, aber mir macht es Angst. Er hätte so viele Gelegenheiten …«

»Das bedeutet nicht, dass er sie auch nutzt.« Jenny legte sich einen Finger ans Kinn. »Du denkst immer noch darüber nach, wie es enden könnte, oder?«

»Eigentlich nicht.«

Jenny hob skeptisch eine Braue.

»Na schön. Vielleicht.«

»Warum?«

»Ich kann nicht anders«, gestand Olivia. »Ich liebe ihn so sehr, dass es mir fast schon Angst einjagt.«

»So soll es ja auch sein.«

»Aber er lebt in Chicago. Dort ist sein Lebensmittelpunkt, und wie oft werden wir einander sehen? Ich ertrage den Gedanken nicht, dass er übermorgen wieder zurückfliegt. Ich ertrage es einfach nicht«, vertraute sie Jenny an, und ihre Stimme wurde immer leiser.

Jenny strich ihr sanft über die Arme. »Wenn ihr füreinander bestimmt seid, dann findet ihr eine Lösung. Du darfst nicht zu viel über die Details nachgrübeln und solltest dich stattdessen einfach darauf einlassen.«

»Das sagt er auch.«

»Er hat recht.«

Olivia nickte. »Ich weiß.«

In dem Moment betraten Will und Cole die Küche.

»Wir haben Durst, und ihr braucht zu lange«, verkündete Will, während er für Cole und sich selbst zwei Flaschen Bier holte.

Als er Olivia ansah, merkte Cole sofort, dass sie wegen irgendetwas aufgebracht war, und ging zu ihr. »Was ist los?«

»Nichts«, versicherte sie ihm lächelnd, und bei seinem Anblick machte ihr Herz einen Satz. »Gar nichts.«

»Bist du sicher?«

Sie nickte und schloss die Augen. Als er sie auf die Wange küsste, überrollte sie eine Welle aus Gefühlen.

Er legte den Arm um sie und zog sie an sich.

Olivia blickte auf und bemerkte, dass Jenny sie anstarrte. »Was?«

»Ihr beiden seid so süß zusammen.«

»Jenny«, stöhnte Will. »Lass sie in Ruhe, ja?«

»Was habe ich denn gesagt? Das ist nichts als die Wahrheit.«

Lächelnd schaute Cole Olivia an.

»Was gibt es zum Essen?«, fragte sie in der Hoffnung, damit das Thema zu wechseln.

———

ALS SIE UM MITTERNACHT ZUM HOTEL ZURÜCKFUHREN, hatten sie die sonst verstopfte Straße zwischen Springfield und Alexandria ganz für sich.

Cole blickte ein paarmal zu Olivia hinüber und fragte sich, warum sie so still war. »Jenny und Will sind klasse. Ich mag sie wirklich.«

»Sie mögen dich auch. Hat es dich gestört, dass du dein ›Abenteuer‹ erneut erzählen musstest?«

»Ach was. Kein Problem. Was bedrückt dich denn? Hattest du keinen Spaß?«

»Es war schön. Ich bin froh, dass du sie kennengelernt hast.«

»Du und Jenny, ihr seid so lustig«, erwiderte er mit einem Grinsen. »Bei ihr benimmst du dich wie ein Teenager.« Doch statt seine Bemerkung als Kompliment aufzufassen, wirkte Olivia verlegen, was nicht seine Absicht gewesen war. Er griff nach ihrer Hand. »Das war positiv gemeint.«

»Ich weiß.«

»Was ist los, Liv?«

»Nichts«, antwortete sie schnell – ein wenig *zu* schnell.

Er ließ es auf sich beruhen, bis sie zurück im Hotel waren. Auf ihrem Zimmer ging Olivia direkt ins Badezimmer und schloss die Tür hinter sich. Verwirrt von ihrem unerwarteten Rückzug öffnete Cole eine neue Flasche Wein und stellte Musik an.

Er knöpfte sein Hemd auf, setzte sich hin und wartete. Und machte sich Sorgen. Irgendetwas stimmte nicht. Hatte sie ihre Meinung geändert? Zweifelte sie an ihm? Der Gedanke flößte ihm Angst ein. Das durfte sie nicht. Nicht, wo er sich auf ein so großes emotionales Risiko einließ.

Cole blieb gerade genug Zeit, um sich in eine beginnende Panik hineinzusteigern, als Olivia plötzlich in einem langen nachtblauen Seidennachthemd aus dem Bad kam. Der Anblick des dunklen Stoffs auf ihrer elfenbeinfarbenen Haut vertrieb sofort all seine Sorgen, und er schaute sie bewundernd an.

Sie nestelte nervös am Stoff.

Er stand auf und trat zu ihr.

Schüchtern und unsicher blickte sie mit ihren großen braunen Augen zu ihm auf.

Sein Herz klopfte heftig.

»Ich habe Jenny gebeten, mir irgendetwas auszuleihen, das sexy aussieht«, erklärte sie so leise, dass er sie nur verstand, weil er direkt vor ihr stand.

»Du bist so wunderschön, dass es mir den Atem raubt.« Mit den Händen strich er über den seidenen Stoff an ihrem Rücken. »Aber du musst nicht erst nachhelfen, um sexy zu sein.«

»Ich wollte es dir zuliebe tun.«

Er drückte sie an sich. »Warst du nervös, weil du es anziehen wolltest? Warst du vorhin deshalb so still?«

»Eigentlich nicht.«

»Was ist es dann? Ich spüre doch, dass dich irgendetwas bedrückt.«

Sie blickte zu ihm auf, und ihr Lächeln wirkte nicht länger schüchtern, sondern kokett. »Müssen wir wirklich reden?«

Er meinte spüren zu können, wie sich alles Blut aus seinem Kopf auf den Weg in Richtung Süden machte. Er berührte ihr Kinn und hob sanft ihr Gesicht. »Ja, das müssen wir.«

»Ich habe es dir zuliebe angezogen ...«

»Olivia, Kleines, ich liebe dich, und auch wenn ich gerade von deinem umwerfenden Aussehen geblendet bin – wenn du wegen irgendetwas besorgt bist, will ich wissen, was es ist. Ich will dir helfen.«

»Es ist nur ...«

»Was denn? Sag es mir.«

»Wenn ich darüber nachdenke, dass du am Montag abreist, fühle ich mich krank. Körperlich krank. Ich weiß, wir haben ausgemacht, unsere gemeinsame Zeit nicht mit solchen Gedanken zu ruinieren. Trotzdem ist das alles, woran ich denken kann.«

Er stieß ein tiefes, schmerzliches Seufzen aus und schloss sie fester in die Arme.

»Ich will es genießen. Ich will die Zeit mit dir genießen, aber alles, was ich sehen kann, sind die Hindernisse, die uns im Weg stehen. Ich frage mich einfach, wie das jemals funktionieren soll.«

»Willst du denn, dass es funktioniert?«

»Natürlich, das weißt du doch.«

»Ich will es auch. Also werden wir dafür sorgen. Wir werden einen Weg finden.«

»Aus deinem Mund klingt es so einfach.«

Er führte sie zum Bett, streckte sich darauf aus und wandte sich ihr zu. »Es wird nicht einfach. Es wird Zeiten geben, in denen wir es kaum ertragen werden, voneinander getrennt zu sein.« Er streichelte ihr Gesicht. »Aber die guten Zeiten werden so schön sein, dass wir die schlechten darüber vergessen.«

Sie nahm seine Hand und küsste die Innenfläche. »Du klingst sehr überzeugend.«

»Warum wirkst du dann noch immer so unsicher?«

»Ich gebe mir alle Mühe, optimistisch zu sein, doch das ist alles so neu für mich.« Ihre Wangen röteten sich. »Nicht nur der Sex. Einfach alles.«

»Ich weiß, Liebling.« Er schlang einen Arm um ihre Hüften und zog sie näher zu sich. »Ob du es glaubst oder nicht, für mich ist es genauso. Ich habe gewiss nicht damit gerechnet, dir zu begegnen und so viel für dich zu empfinden.«

Sie lächelte ihm zu, wirkte allerdings noch immer unsicher.

»Was denn? Du glaubst mir nicht?«

»Doch.«

»Aber …?«

»Die Hälfte aller Frauen in diesem Land wäre jetzt gern an meiner Stelle. Wie soll ich dagegen bestehen?«

»Das musst du nicht, Kleines. Du bist die Einzige, die ich will, die Einzige, an die ich denken kann.«

Mit einem erleichterten Seufzen hob sie die Hand und strich ihm das Haar aus der Stirn.

»Vielleicht geht alles zu schnell.«

»Nein«, versicherte sie ihm und beugte sich vor, um ihn zu küssen. »Nein.«

Er erbebte vor Lust und Glück, als sie mit ihren Lippen über sein Schlüsselbein strich. Dann umkreiste sie mit der Zungenspitze eine seiner Brustwarzen, und alle Gedanken daran, langsamer zu machen, verflüchtigten sich. Irgendwie landete er plötzlich auf dem Rücken und zügelte den Drang, die Oberhand zurückzugewinnen.

Da es ihr in diesem Moment offenbar wichtig war, die Kontrolle zu haben, blieb er ruhig liegen, damit sie seinen Oberkörper mit federleichten Küssen bedecken konnte. Er atmete scharf ein, als ihr Haar seinen Bauch streifte. Bald darauf folgten ihre Lippen.

»Liv«, keuchte er und streckte die Arme nach ihr aus.

»Lass dich von mir lieben, Cole.«

Er ließ den Kopf ins Kissen zurücksinken und schloss die Augen, während ihn schmerzliches Verlangen durchströmte. Dann spürte er, wie sie nach dem Knopf seiner Jeans tastete.

Atmen. Immer schön weiteratmen.

Langsam zog sie den Reißverschluss auf, über seine Erektion hinweg, und zum ersten Mal seit Jahren stand er kurz davor, einen peinlichen Unfall zu erleiden. Er stöhnte durch zusammengebissene Zähne, während sie ihm die Kleidung abstreifte.

Sie streichelte ihn – erst langsam, so langsam, dass es ihn beinahe umbrachte.

»Beim letzten Mal bin ich nicht dazu gekommen, dich wirklich anzusehen«, murmelte sie und bedachte Cole mit einem hungrigen Blick, während sie ihn mit der Hand verrückt machte.

Dann beugte sie sich hinab und küsste ihn oben auf die Kuppe. Cole fuhr hoch. »Ich kann nicht«, stieß er keuchend hervor, vergrub die Finger in ihrem Haar und versuchte, sie wieder zu sich zu ziehen. Der seidige Stoff ihres Nachthemds streifte ihn, und er zuckte zusammen. »Mein Gott.«

Olivia lachte und stieß ihn aufs Kissen zurück. »Ich bin noch nicht fertig«, beharrte sie und zog einen Schmollmund, während sie sich wieder dem widmete, was sie sich offenbar vorgenommen hatte.

»Olivia«, keuchte er. »Ich komme gleich, wenn du nicht aufhörst.«

»Ist das nicht das Ziel?«, fragte sie und schaute unter schwarzen Wimpern zu ihm auf.

»Nicht ohne dich.«

»Nur das eine Mal?« Bevor er antworten konnte, senkte sie den Kopf und schloss ihre Lippen um ihn. Ihre Zunge glitt über ihn, und er musste die Luft anhalten, um nicht die Kontrolle zu verlieren.

»Liv … hör auf«, flehte er und versuchte verzweifelt, sich zurückzuhalten.

»Das will ich aber nicht«, flüsterte sie.

Sie machte es genau richtig, ohne dass er ihr erklären musste, wie es ging – und streichelte ihn gleichzeitig fest mit der Hand, sogar noch, als sie ihn ganz tief in sich aufnahm.

Er stöhnte resigniert, gab es auf, dagegen anzukämpfen, und ließ seinen Gefühlen freien Lauf. Der Höhepunkt war intensiver als jeder, den er jemals zuvor erlebt hatte – völlige und absolute Hingabe.

Als sich anschließend ihre Blicke trafen, stand ein triumphierender Ausdruck in ihren Augen. Sie war wieder ganz die Alte, und seine Erleichterung darüber war sogar noch überwältigender als der erschütternde Orgasmus.

Er griff nach ihr und zog sie auf sich. Sein Herz klopfte so heftig, dass es in seinen Ohren pochte. Mit einem Mal fürchtete auch er sich vor dem, was der Montag bringen würde. Wie konnte er sie hier einfach zurücklassen und zum Alltag übergehen? Sollte er etwa so tun, als wäre nicht seine ganze Welt aus den Angeln geraten, seit er sie geliebt hatte?

Ihr Atem kam langsam und gleichmäßig, und er fragte sich, ob sie eingeschlafen war.

Er schlang die Arme fester um sie und küsste sie auf die Stirn. Das Zittern, das sie durchlief, zeigte ihm, dass sie hellwach war.

Dann rollte er sich mit ihr herum, bis sie unter ihm lag.

Sie öffnete den Mund, um etwas zu sagen, und er nutzte das sofort aus. Er schwelgte in dem Kuss und spürte zufrieden, wie sie ihm die Arme um den Nacken schlang.

Sie klammerte sich an ihn, und ihre Nägel hinterließen Male auf seinem Rücken. Dann ließ sie die Hände hinabgleiten, um ihn näher zu sich zu ziehen.

Währenddessen widmete er sich ihrem Hals.

»Cole.«

»Hm?«

»Ich will dich.«

Seine Lippen streiften ihre warme, weiche Haut. »Ich bin hier.«

Sie packte seinen Po, hob die Hüften und drückte sich an seine Erektion. »Jetzt.«

Verblüfft blickte er auf und sah brennendes Verlangen in ihren Augen.

»Bitte.«

Er beeilte sich, ein Kondom zu holen. Als er sich ihr wieder zuwandte, griff sie nach dem Saum ihres Nachthemds. Er hielt sie davon ab.

»Lass mich das tun.«

Er begann bei ihren Fußsohlen, zog eine Spur aus Küssen über ihre Haut und streifte ihr dabei das Nachthemd ab. Auf seinem Weg an ihrem Körper empor widmete er sich all ihren empfindsamsten Stellen. Die Art und Weise, wie er sie mit Lippen und Zunge verwöhnte, trieb sie beinahe in den Wahnsinn.

Er sehnte sich nach mehr und beschloss, dass es wichtiger war, in ihr zu sein, als ihr das Nachthemd auszuziehen. Dass er sie erneut so sehr begehrte, so kurz nach dem letzten Mal, überraschte ihn. Würde er jemals genug bekommen?

Sie griff nach seiner Hand, verschränkte ihre Finger mit seinen und lächelte zu ihm auf.

Er küsste sie auf den Mund, und ihr Atem vermischte sich. Ihr Duft, eine Kombination aus Lavendel, Vanille und etwas, das er nicht benennen konnte, berauschte seine Sinne. Er streckte die Arme und hob ihre noch immer ineinander verschränkten Hände über ihren Kopf, um durch den Stoff des seidenen Nachthemds eine ihrer Brustspitzen zu lecken.

Stöhnend schlang sie ihm die Beine um die Hüften und nahm ihn tiefer in sich auf.

»Ich liebe dich«, flüsterte sie. »Ich liebe dich so sehr.«

Er zog sich beinahe vollständig aus ihr zurück. »Ich liebe dich noch mehr.«

Sie schüttelte den Kopf und reckte sich ihm entgegen. »Das ist nicht möglich.«

»Olivia«, seufzte er und drang erneut tief in sie ein. Als ihre Atemzüge plötzlich schneller wurden und ihre Muskeln sich anspannten, wusste er, dass sie kurz vor dem Höhepunkt stand, und beschleunigte seine Stöße.

Flatternd schloss sie die Lider, riss die Augen aber fast sofort wieder auf. Sie stieß einen Schrei aus, klammerte sich an Cole und zog ihn mit sich in einen Strudel der Leidenschaft, von dem er sich vielleicht nie wieder ganz erholen würde.

Nach einem langen, faulen Morgen im Bett übergab Cole ihr am folgenden Nachmittag die Autoschlüssel. »Außer deinen Kunstwerken gibt es zwei Sachen, die du mitbringen musst.«

»Und die wären?«, fragte Olivia verwirrt.

»Ein Badeanzug.«

»Wofür?«

»Na, zum Schwimmen? Im Hotelpool?«

»Oh, okay. Ich hatte vergessen, dass es hier einen Pool gibt. Was noch?«

»Etwas, das du heute Abend zum Essen anziehen kannst. Etwas … Schickes.«

Sie schüttelte den Kopf. »Ich möchte heute Abend nicht ausgehen.«

»Und was wäre, wenn ich dich ausführe?«

»Es ist unser letzter gemeinsamer Abend.«

Er legte ihr die Hände auf die Schultern. »Für dieses Mal. Nicht für immer.«

»Ich möchte nicht.«

»Bring es auf alle Fälle mit.« Er drückte sanft ihr Kinn hoch, um ihr in die Augen zu sehen. »Tust du es mir zuliebe?«

Sie konnte ihm nichts abschlagen, wenn er sie so fragte, und das wusste er. »Okay.«

»Eine Sache noch«, ergänzte er und streifte ihre Lippen mit seinen.

»Was denn?«, fragte sie atemlos.

»Beeil dich.«

SOBALD OLIVIA ZUR TÜR HINAUS WAR, nahm Cole sein Handy und war wütend auf sich selbst, weil er sich nicht schon früher darum gekümmert hatte. Er wählte eine Nummer, die er noch immer als Kurzwahl abgespeichert hatte.

Brenda, seine Barkeeper-Freundin aus Miami, nahm beim dritten Klingeln ab. »Hey, Baby«, sagte sie in dem sinnlichen, schnurrenden Tonfall, der ihn immer angetörnt hatte. Inzwischen schürte er bei ihm nur panische Angst, Olivia könnte herausfinden, dass es andere Frauen in seinem Leben gegeben hatte. »Hatte« war das Schlüsselwort. Sobald Olivia ins Hotel zurückkehrte, wären sie alle Geschichte.

»Hey«, antwortete er, und ihm wurde schmerzlich bewusst, was er bisher zu tun versäumt hatte. Er hätte schon vor dem Wochenende mit ihr Schluss machen sollen, nicht erst jetzt. Seine einzige Entschuldigung war, dass er niemals damit gerechnet hätte, sich ernsthaft in Olivia zu verlieben – oder überhaupt in irgendeine Frau.

»Ich hoffe, du rufst an, um mir mitzuteilen, dass du gerade in der Stadt bist.«

»Äh, nein. Ich bin nicht in Miami.«

»Oh, schade.«

Cole stellte sich bildlich vor, wie sich ihre hübschen Lippen zu einem perfekten Schmollmund verzogen. Er dachte an ihr dichtes braunes Haar und ihre sinnlichen grünen Augen und versuchte, sich daran zu erinnern, was er an ihr so hinreißend gefunden hatte. Ach ja, richtig ... sie war im Bett eine Tigerin. Er schluckte den Kloß im Hals hinunter und verdrängte die Erinnerungen.

»Hör mal, tut mir leid, dass ich es am Telefon mache, aber ...«

»Es ist aus, oder?«

»Leider ja.«

»Ich hatte mir schon gedacht, dass irgendetwas ist, als du mich nicht mehr angerufen hast.«

Cole wand sich. Schon seit Wochen hatte er nicht mehr an sie gedacht. »Tut mir leid.«

»Was ist passiert? Ich dachte, zwischen uns würde es ganz gut laufen.«

Er rieb sich den Nacken und hoffte, seine Anspannung zu lösen. »Ich habe jemanden kennengelernt.«

»Wir haben uns keine Treue versprochen. Warum sollten wir jetzt damit anfangen?«

»So funktioniert es nicht.« Nach einer langen, bedeutungsschweren Pause fragte Cole: »Bist du noch dran?«

»Sag nicht, dass du ernsthaft vorhast, es mit Monogamie zu versuchen.«

»Und was, wenn doch?«

Sie lachte laut. »Ich gebe dir eine Woche. Vielleicht zwei.«

Cole schloss die Augen und stellte sich Olivias hübsches Gesicht vor. Brenda hatte unrecht, absolut unrecht. Was er mit Olivia hatte, würde länger halten. Vielleicht sogar für immer, wenn er es richtig anstellte. »Ich habe unser letztes Mal sehr genossen.«

»Ja, ja, ja, spar dir die ›Ich wünsche dir alles Gute‹-Rede.«

»Das habe ich wirklich.«

»Ich habe Kundschaft. Muss aufhören.«

»Mach's gut, Brenda.«

Das Klicken am anderen Ende der Leitung war ihre einzige Antwort. Er löschte ihre Nummer aus der Kurzwahl, bevor er erneut durch die Liste scrollte und die nächste Nummer wählte.

»Hey, Diana, hier ist Cole.«

<hr>

OLIVIA LEGTE DIE KURZE ENTFERNUNG ZUM HAUS IHRER ELTERN MIT DEM MIETWAGEN ZURÜCK, der noch immer ganz neu roch, und schwelgte in einem traumartigen Zustand, während sie im Geiste die gemeinsame Nacht mit Cole erneut durchlebte. Und den Morgen. Ein Schauer durchlief sie.

Am Himmel hingen dunkle Wolken, doch sie nahm kaum davon Notiz. Bis ihr wieder einfiel, dass Cole morgen um diese Zeit schon fort wäre und sie sich auf dem Weg zur Arbeit befände – ein ganz normaler Montag nach dem aufregendsten Wochenende ihres Lebens. Würde er an sie denken, während sein Alltag weiterging? Oh, wie sehr sie darauf hoffte.

Sie bog in die Commonwealth Avenue ein und fand einen Parkplatz auf der Straße. Es piepte zweimal, als sie den Wagen verriegelte und die Stufen zum Haus hochstieg. Drinnen hörte sie laute Stimmen, die aus der Küche drangen, und ging in Richtung des Lärms. Direkt vor der Küchentür hielt sie inne, als sie den wütenden Tonfall ihres Vaters vernahm.

»Verdammt noch mal, Mary! Ich kann einfach nicht glauben, dass du das getan hast!«

»Du hast mir die andere weggenommen«, erwiderte ihre Mutter gereizt. »Was hätte ich denn sonst tun sollen?«

»Ich habe sie dir weggenommen, weil wir kurz vor dem Bankrott stehen und du unser Geld ausgibst, als würde ich es im Keller drucken!«

»Die Karte läuft auf meinen Namen. Ich verstehe nicht, warum du so sauer bist.«

»Dein Name!«, brüllte er. »Unser Kredit!«

»Das wäre alles nicht passiert, wenn du deinen Job nicht verloren hättest. Warum konntest du nicht einfach die Klappe halten und tun, was sie von dir verlangt haben?«

Olivia schlug sich die Hand vor den Mund und unterdrückte ein lautes Keuchen. Sie warf einen Blick in die Küche und entdeckte auf dem Tisch einen Stapel Rechnungen.

»Weil diese Autos Schrott sind und ich meinen geschätzten Kunden nicht mit gutem Gewissen empfehlen konnte, sie zu kaufen.«

»Also lässt du dich stattdessen feuern. Ich hoffe, dein gutes Gewissen ist mit sich zufrieden.«

»Du machst es dir wirklich einfach, Mary.« Noch nie zuvor hatte Olivia so viel Bitterkeit in der Stimme ihres Vaters gehört. »Du sitzt in diesem Haus herum, Tag für Tag, Jahr für Jahr, und versteckst dich vor dem Leben da draußen. Du übernimmst keine Verantwortung für irgendjemanden und bist niemandem Rechenschaft schuldig.«

»Du weißt, dass ich nicht anders kann«, entgegnete sie knapp.

»Ich weiß, dass du nichts dagegen tun willst. Das ist ein Unterschied. Ein sehr großer sogar. Wir müssen das Haus verkaufen. Es ist die einzige Möglichkeit, die Gläubiger hinzuhalten, bis ich einen neuen Job finde. Und du darfst verdammt noch mal nichts mehr kaufen. Hast du mich verstanden? Keine Schmuckstücke, keinen Krempel, gar nichts. Ich werde Lebensmittel kaufen, aber sonst nichts.«

»Wir werden das Haus nicht verkaufen.« Mary klang wirklich verängstigt. »Das dürfen wir nicht.«

»Uns bleibt keine andere Wahl.«

Sie weinte. »Was wird aus Olivia?«

»Ich kümmere mich um sie, wie ich es schon immer getan habe.«

Olivia trat ein. »Du hast deinen Job verloren?«

Erschrocken fuhr Jerry herum, und sein bestürzter Gesichtsausdruck brach Olivia das Herz. »Kleines«, sagte er. »Wie lange bist du schon hier?«

»Lange genug.« Olivia starrte auf die Zettel auf dem Tisch. Auf den meisten prangte ein hellroter »Mahnung«-Stempel. »Wann ist es passiert?«

»Vor einem Monat«, gestand Jerry seufzend.

»Warum hast du es mir nicht erzählt?«

»Ich wollte nicht, dass du dir Sorgen machst.« Erschöpft fuhr er sich mit der Hand durch das graue Haar. »Ich dachte, du bist das Wochenende über weg.«

»Ich bin gekommen, um etwas zu holen.«

»Aber ich möchte nicht, dass du dir Sorgen machst, Schätzchen«, wiederholte er eindringlich. »Wir finden eine Lösung.«

»Wie denn?«

»Ich habe bei ein paar Autohändlern in der Stadt noch einige Eisen im Feuer. Ich hoffe, dass sich in den kommenden Wochen was ergibt. Doch selbst dann können wir auf keinen Fall das Haus behalten.«

»Vielleicht könnten Alex und Andy aushelfen«, schlug Olivia vor. Sicher konnten ihre beiden Brüder etwas beisteuern.

Jerry schüttelte den Kopf. »Andy muss Alimente bezahlen, und Alex hat gerade ein Haus gekauft. Ich habe sie schon gefragt.«

Er wirkte so resigniert und gedemütigt, dass Olivia den Raum durchquerte, um ihn zu umarmen.

»Tut mir leid, dass du es auf die Art erfahren musstest«, murmelte Jerry und strich ihr über das lange Haar.

Marys Schniefen verwandelte sich in ein Schluchzen. »Es muss noch etwas anderes geben, was wir tun können.«

»Es gibt aber nichts«, beschied ihr Jerry, während er sich von Olivia löste. »Schon vor einem Jahr wollte ich dir erklären, dass du endlich damit aufhören musst, Geld auszugeben. Dadurch sind wir genau an den Punkt gelangt, an dem wir uns gerade befinden.«

»Ja, gib nur mir die Schuld. Als hätte das andauernde Stänkern gegen deinen Chef nichts damit zu tun.«

»Es *ist* deine Schuld!«, warf Olivia ihrer Mutter vor. »Er schuftet die ganze Zeit, und du hast nichts Besseres zu tun, als wertlosen Mist zu kaufen, den niemand will und niemand braucht! Jetzt haben wir ein Haus voller Schrott, aber kein Haus mehr. Ich hoffe, du bist zufrieden.«

Mary bedachte ihre Tochter mit einem kalten Blick. »Das geht dich nichts an. Eine Frau in deinem Alter sollte sowieso nicht mehr zu Hause wohnen. Es wird Zeit, dass du erwachsen wirst und dein eigenes Leben führst.«

Olivia keuchte fassungslos.

»Sei still, Mary«, erwiderte Jerry in einem Tonfall, den Olivia nicht von ihm kannte. »Meine Tochter ist in meinem Haus jederzeit willkommen. Ganz egal, wo ich wohne, für sie wird es immer einen Platz geben. Was dich betrifft, bin ich mir allerdings nicht so sicher.«

»Was soll das heißen?«

»Das kannst du dir denken.« Er schob Olivia aus der Küche. »Es tut mir so leid, Kleines«, murmelte er, als sie außer Hörweite waren. »Ich wollte nicht, dass du es auf diese Weise erfährst.«

»Du verlässt sie?«, flüsterte Olivia. »Was ist aus ›In guten wie in schlechten Zeiten‹ geworden?«

»Das war, bevor ich herausgefunden hab, dass sie noch weitere fünfundzwanzigtausend Dollar Schulden mit einer weiteren Kreditkarte gemacht hat, von der ich nichts wusste. Ihretwegen sind wir insgesamt mit einhundertfünfzigtausend Dollar verschuldet, Liv.«

Olivia erbleichte. »Was?«

Er nickte, und sein Ausdruck wirkte grimmig.

»Das heißt also, auch wenn du das Haus verkaufst …«

»Wird es wahrscheinlich nicht reichen.«

Olivia ließ sich auf die unterste Treppenstufe sinken. »Mein Gott.« Sie schlug sich die Hände vors Gesicht und versuchte, alles zu verarbeiten. »Was wirst du jetzt tun?«

»Als Erstes werde ich das Haus verkaufen. Dann werde ich Mary in eine Klinik bringen, was ich schon vor langer Zeit hätte tun sollen. Anschließend muss ich einen neuen Job finden. Und zwar schnell.«

»Ich wünschte, ich könnte dir helfen«, erwiderte Olivia. »Es gibt absolut nichts, was ich tun kann.«

Er ließ sich neben ihr nieder und legte den Arm um sie. »Doch, das gibt es.«

»Ich tu alles, was du willst.«

»Bleib an der Uni, mach deinen Abschluss, leb dein Leben. Das hier ist nicht dein Problem.« Er küsste sie auf den Scheitel. »Wo auch immer ich lande, wird es immer einen Platz für dich geben.«

»Sie hat recht mit ihrer Aussage, dass eine Frau in meinem Alter nicht mehr bei ihren Eltern wohnen sollte.«

»Hör nicht auf sie«, widersprach er. »Du wohnst hier, um während deines Studiums Geld zu sparen. Das ist sehr klug von dir.«

»Ich habe mir alle Mühe gegeben, Schulden zu vermeiden. Ich wollte nicht über meine Verhältnisse leben, so wie sie es tut. Doch vielleicht wird es Zeit, mich nach einem Kredit zu erkundigen.«

»Triff jetzt keine überstürzten Entscheidungen. Es wird schon nichts über Nacht passieren.«

Für eine Weile lehnte sie den Kopf an seine Schulter. »Kommst du zurecht?«

»Aber natürlich«, antwortete er mit dem Lächeln, das ihm jahrelang dabei geholfen hatte, zahllose Autos zu verkaufen. »Ich lande immer auf den Füßen. Das weißt du doch.« Sanft drückte er ihr die Schulter und flüsterte: »Wo ist dein Pilot?«

Olivia konnte es nicht fassen, dass sie in der Aufregung ganz vergessen hatte, dass sie eigentlich schnell wieder ins Hotel zurückwollte. »Ich bin nur vorbeigekommen, um ein paar Sachen zu holen.«

»Dann mach dich auf den Weg, Kleines. Du willst doch nicht, dass er auf dich wartet.«

»Hältst du mich auf dem Laufenden, wie es jetzt weitergeht, und meldest du dich, wenn du etwas brauchst?«

»Du wirst die Erste sein, die davon erfährt. Das verspreche ich.«

Schweren Herzens gab sie ihm einen Kuss auf die Wange, stand auf und hastete die Stufen zu ihrem Zimmer hinauf. Sie kam sich wie ein Roboter vor, als sie mechanisch die Sachen einpackte, die zu holen sie hergekommen war. *Wie konnte das alles nur direkt unter meiner Nase passieren? Bin ich so egozentrisch, dass ich nicht bemerkt habe, dass mein Vater seinen Job verloren hat?*

Sie wählte ihre besten Arbeiten aus, fügte aber auch die Skizzen hinzu, die sie neulich Abend herausgesucht hatte, weil sie mit dem Gedanken gespielt hatte, sie vielleicht ins Portfolio aufzunehmen. Dann kramte sie nach ihrem Bikini, und nachdem sie ein paar Minuten ihren Wandschrank durchgeschaut hatte, fand sie etwas, das sie zum Abendessen anziehen konnte, obwohl sie noch immer darauf hoffte, Cole davon überzeugen zu können, im Hotel zu bleiben. Fünf Minuten später ging sie wieder nach unten, wo ihre Mutter bereits auf sie wartete.

»Wo hast du den Wagen her?«

»Ich habe ihn ausgeliehen.«

»Hat Jenny sich wieder ein neues Auto gekauft? Muss ja schön sein, so viel Geld zu haben.«

Die wütenden Tiraden ihrer Mutter über Jennys Eltern und deren Geld waren nichts Neues für Olivia. Jennys Vater war Justiziar, und ihre Familie war, verglichen mit der von Olivia, immer recht wohlhabend gewesen. Olivia und Jenny hatten jedoch niemals zugelassen, dass diese Tatsache zwischen ihnen stand.

»Es ist nicht ihrer.«

»Wessen Wagen ist es dann?«

»Der von meinem Freund«, antwortete Olivia und reckte trotzig das Kinn.

»Freund«, spottete Mary. »Seit wann?«

»Seit ein paar Wochen.«

»Und jetzt bist du dazu übergegangen, ihn nicht mehr nur auf der Straße zu küssen, sondern mit ihm zu schlafen?«

Olivia war froh, dass sie die Hände voll hatte. Andernfalls wäre sie versucht gewesen, ihrer Mutter eine Ohrfeige zu verpassen. »Das geht dich nichts an.«

»Männer respektieren keine Frauen, die allzu leicht zu haben sind.«

»Spar dir deine mütterlichen Ratschläge«, fuhr Olivia sie an. »Es ist zu wenig, und es kommt zu spät.«

»Wenn er so besonders ist, warum hast du ihn dann nicht mitgebracht?«

Olivia prustete, während sie das Chaos ringsum betrachtete. »Aber sicher doch.«

Marys Miene wirkte wie versteinert, als sie die Tür öffnete. »Ich will dich nicht aufhalten.«

Olivia wollte hindurchtreten, hielt jedoch inne und wandte sich an ihre Mutter. »Du brauchst Hilfe, Mom«, sagte sie leise. »Du kannst so nicht weiterleben. Niemand von uns kann das.«

»Fahr zu deinem Freund, Olivia.«

Sie spürte den wütenden Blick ihrer Mutter im Nacken, während sie die Treppe hinunterging und ihre Sachen im Wagen verstaute. Als sie sich ins Auto setzte, blickte sie auf und sah, dass Mary sie noch immer vom Inneren des Hauses aus beobachtete, das zu ihrem Gefängnis geworden war.

War Olivia in einem traumartigen Zustand nach Hause gefahren, so kehrte sie nun völlig schockiert ins Hotel zurück. Der Zeitpunkt für einen kurzen Abstecher zu ihrem Elternhaus hätte kaum schlechter sein können. Sie parkte auf der Straße vor dem Hotel und lehnte die Stirn gegen das Lenkrad. Die ganze Situation war so lächerlich, so lächerlich und erbärmlich. Sie hatte keine Ahnung, wie viel Zeit vergangen war, als plötzlich die Fahrertür geöffnet wurde. Sie erschrak.

»Baby, was ist los?« Cole schlang die Arme um sie. »Was ist passiert?«

Sie konnte ihm nicht antworten. Kraftlos sank sie gegen ihn, konnte jedoch nicht die richtigen Worte finden.

»Bist du verletzt?« Panisch betastete er ihr Gesicht, wie um sie zu untersuchen. »Hat dir jemand wehgetan?«

Sie schüttelte den Kopf und klammerte sich an seine Hand.

»Ich bin in den Supermarkt gegangen, um etwas Bier zu besorgen, und war gerade auf dem Rückweg, als ich dich hier entdeckt habe.« Seine Stimme klang nicht mehr besorgt, sondern beruhigend. »Ich bin zu dir gerannt, so schnell ich konnte.«

»Entschuldige«, antwortete sie, atmete seinen sauberen, frischen Duft ein und versuchte, das hässliche Erlebnis hinter sich zu lassen.

»Liv, du machst mir Angst.«

»Ich brauche nur eine Minute.«

»Komm schon.« Er half ihr, auszusteigen. »Ich bringe dich ins Hotel, dann kannst du dir so viel Zeit nehmen, wie du brauchst.«

»Die Sachen sind im Kofferraum.«

»Ich hole sie später.«

Er hielt sie fest im Arm, sagte aber nichts, während sie ins Hotel zurückkehrten.

Sobald sie im Zimmer waren, führte er Olivia zum Sofa. »Kann ich dir irgendetwas bringen? Ein Glas Wasser? Oder vielleicht etwas Stärkeres?«

Trotz allem lächelte sie. »Wasser wäre toll.«

Er verschwand ins Badezimmer, tauchte ein paar Sekunden später mit einem vollen Glas wieder auf, reichte es ihr und setzte sich neben sie.

»Danke.« Sie nahm einen großen Schluck und stellte es auf den

Tisch. Als sie sich zurücklehnte, schlang er den Arm um sie und zog sie an seine Brust.

»Möchtest du darüber reden?«

»Eigentlich nicht.«

»Okay.«

Weil er sie nicht dazu drängte und nicht darauf bestand, zu erfahren, was in ihr vorging, ertappte sie sich dabei, wie sie es ihm trotzdem erzählte – von den Zwillingen, die ihre Mutter verloren hatte, als Olivia fünf gewesen war, bis hin zu der Szene, in die sie vorhin bei sich zu Hause hineingeplatzt war. Als Olivia geendet hatte, war es im Zimmer dunkler geworden, doch Cole hielt sie noch immer.

»Weißt du, was ich mich manchmal frage?«, sagte sie leise.

»Was denn?«

»Wäre es wohl anders gelaufen, wenn sie überlebt hätten? Dann hätte ich eine Schwester und einen weiteren Bruder gehabt. Ich habe mir immer eine Schwester gewünscht. Zwar hatte ich Jenny, aber das ist nicht dasselbe. Sie hat zwei eigene Schwestern, und obwohl sie mir näher stand als ihnen, kamen sie an erster Stelle, verstehst du?«

»Ja, ich verstehe, was du meinst.«

»Außerdem frage ich mich, wie meine Mutter geworden wäre, wenn sie die Zwillinge nicht verloren hätte. Ich erinnere mich nur an Kleinigkeiten aus der Zeit davor. Einmal gab es eine Geburtstagsfeier. Ich bin mir nicht mehr sicher, ob sie für mich war oder für einen meiner Brüder. Meine Mutter lachte und trug einen Kuchen herein, auf dem Kerzen brannten. Nach der Totgeburt gab es keine Partys mehr. Es gab überhaupt nichts mehr.«

»Liv«, seufzte er. »Es tut mir so leid.«

»Ich habe nie verstanden, warum ihr die drei Kinder, die ihr blieben, nicht gereicht haben. Ich kann mir kaum vorstellen, wie es für sie gewesen sein muss, die Zwillinge zu verlieren. Aber waren sie ihr so wichtig, dass sie uns drei nach ihrem Verlust einfach vergessen konnte?«

»Ich weiß es nicht, Kleines. Trauer hat eine komische Wirkung auf die Menschen. Ich habe es in meiner eigenen Familie beobachtet, nachdem meine Mutter gestorben ist.«

Olivia schnappte nach Luft. »Ich kann nicht glauben, dass ich all diese schrecklichen Dinge über meine Mutter sage, obwohl deine so tragisch ums Leben gekommen ist.«

»Das eine hat mit dem anderen nichts zu tun. Jeder Mensch macht unterschiedliche Erfahrungen mit seiner Mutter.«

»Ich hatte auf jeden Fall Glück, Jennys Mom zu haben. Sie ist die Schwester meines Vaters, und sie war immer für mich da, wenn ich sie gebraucht habe. Aber sie hatte fünf eigene Kinder.«

»Also kamst du auch für sie niemals an erster Stelle.«

Olivia zuckte die Achseln. »Es war besser als nichts.«

Er berührte ihr Kinn und bedeutete ihr, ihn anzusehen. »Für mich kommst du an erster Stelle.«

Seine blauen Augen strahlten heller als je zuvor, und sie erkannte die Liebe in seinem Blick – die Liebe zu ihr. Noch immer musste sie sich an dieses Wunder gewöhnen.

»Immer«, ergänzte er.

Wie sollte er wissen, was es ihr bedeutete? Wie sollte er es jemals ahnen?

»Danke«, brachte sie hervor.

»Weißt du, was du brauchst?«, fragte er.

Sie schüttelte den Kopf.

»Eine Runde im Pool.«

»Jetzt?«

»Warum nicht? Du wirst dich besser fühlen, wenn du für eine Weile auf andere Gedanken kommst.«

»Entschuldige.« Sie setzte sich auf. »Ich ruiniere unseren letzten Tag. Es war nicht meine Absicht …«

Er legte ihr die Finger auf die Lippen und brachte sie zum Schweigen. »Tu das nicht. Entschuldige dich nicht dafür, dass du dich bei mir angelehnt hast, als du es nötig hattest. Ich weiß nicht, was ich für dich tun kann, außer dafür zu sorgen, dass du ein wenig Spaß hast, denn ich glaube, das brauchst du. Nur aus diesem Grund habe ich vorgeschlagen, schwimmen zu gehen.«

Sie streichelte seine Wange. Am Morgen hatte sie dabei zugesehen, wie er sich rasiert hatte. »Ich liebe dich.«

»Gut«, antwortete er. »Denn ich liebe dich auch. Und ich hasse es, dich unglücklich zu sehen.«

»Mir geht es schon viel besser, jetzt, wo ich wieder bei dir bin.«

Er küsste ihre Hände. »Wäre es okay, wenn ich dich für eine Minute allein lasse, um deine Sachen zu holen?«

Sie nickte. Rasch gab er ihr einen Kuss und ging.

Während er fort war, verschwand Olivia ins Bad, um sich frisch zu machen. *Was soll ich tun?* Sie wusch sich das Gesicht. *Du wirst einen Studienkredit beantragen und dir eine eigene Wohnung suchen.* So weh es auch tat, es sich einzugestehen, ihre Mutter hatte recht: Es wurde Zeit, dass sie auszog. Es würde sie schon nicht umbringen, wenn sie einen Kredit aufnahm, um die letzten ein oder zwei Jahre ihres Studiums zu bewältigen.

Zufrieden, dass sie einen Plan gefasst hatte, musste sie an ihren Vater denken und an die gewaltige Aufgabe, die vor ihm lag. Sie schwor sich, dass sie für ihn da sein würde, was auch immer er brauchte, genauso, wie er stets für sie da gewesen war.

Als Cole schwer beladen zurückkehrte, fühlte sich Olivia schon ein wenig besser. Es half immer, einen Plan zu haben.

»Ich kann es nicht erwarten, mir das anzusehen«, sagte er und trug die Tasche ins Zimmer, in der sich ihre Kunstwerke befanden. »Aber erst, nachdem wir etwas Spaß gehabt haben.« Er reichte ihr die andere Tasche mit den Kleidungsstücken. »Wäre es übertrieben, darauf zu hoffen, dass da vielleicht ein Bikini drin ist?«

Sie lächelte. »Nein.«

Glücklich seufzend schob er Olivia in Richtung Bad. »Beeil dich.«

Seine aufgeräumte Stimmung sorgte dafür, dass sich ihre Laune ebenfalls hob, während sie den knappen schwarzen Häkelbikini anzog, den Jenny ihr vor einem Jahr aus Spaß zum Geburtstag geschenkt hatte. Olivia hatte ihn noch nie getragen, ihn heute jedoch mitgenommen, denn sie hoffte, dass er Cole gefallen würde.

Als sie sich das Oberteil im Nacken zuband, war sie besorgt, dass es für einen Hotelpool womöglich zu knapp war. Sie lachte nervös, zupfte die kleinen Dreiecke zurecht, aus denen der untere Teil bestand, und staunte darüber, wie unbefangen sie schon nach ein paar Tagen mit Cole geworden war – auch wenn es ein paar äußerst bedeutende Tage gewesen waren.

Als sie das Bad verließ, las Cole gerade Nachrichten auf seinem Handy. Er hatte sich marineblaue Badeshorts angezogen und sich ein dunkles T-Shirt unter den Arm geklemmt. Olivia trat hinter ihn und küsste ihn auf den Rücken.

Er zuckte zusammen. »Hey, ich habe dich gar nicht rauskommen hören.« Rasch steckte er das Handy in die Tasche, als wäre er bei etwas Verbotenem ertappt worden, und drehte sich um.

»Alles in Ordnung?«, erkundigte sie sich.

»Ja«, antwortete er, doch ein seltsamer Ausdruck lag in seinen Augen.

Ihr Magen verkrampfte sich. »Cole?«

»Es ist nichts.« Er musterte sie und bemerkte, was sie anhatte – oder eher, was sie nicht anhatte.

»Wow.« Er atmete lange und tief aus. »Wow.«

»Ja, das hast du bereits gesagt.«

»Habe ich das?«

Sie wedelte ihm mit der Hand vor dem Gesicht herum. »Hallo? Schwimmen?«

»Richtig. Schwimmen.«

Als er sich noch immer nicht rührte, schlang sie ihm die Arme um den Nacken und stellte sich auf die Zehenspitzen, um ihn zu küssen. »Oder auch nicht.«

Leidenschaftlich erwiderte er den Kuss, und ihr wurde fast schwindlig. Er hob sie hoch, und bald war sie ganz atemlos. Dann hörte er plötzlich auf und löste sich von ihr.

»Was ist denn?«

»Entschuldige.« Er fuhr sich mit der Hand übers Gesicht. »Wir wollten schwimmen gehen.«

Olivia blickte zu ihm auf und verschränkte ihre Finger mit seinen. »Das müssen wir nicht.«

Sein Lächeln wirkte nicht ganz echt. »Ich habe dir versprochen, dass wir zusammen Spaß haben werden.«

Sie schlüpfte in ein T-Shirt und ein Paar Flipflops, folgte ihm aus dem Zimmer und fragte sich noch immer, was mit ihm los war.

Der Pool lag verlassen da, als sie dort ankamen.

»Whirlpool oder Pool?«, fragte er.

Olivia beäugte den Whirlpool interessiert.

»In den Whirlpool also.«

»Oh, das gefällt mir«, seufzte sie, während sie sich in das dampfende Wasser gleiten ließ.

Cole drückte einen Schalter an der Wand, um die Düsen einzuschalten, bevor er sich zu ihr gesellte.

»Fühlt sich gut an, was?«

Sie legte den Kopf in den Nacken. »Mhm.«

»Geht es dir etwas besser?«

Sie öffnete die Augen und nickte. »Danke. Fürs Zuhören und für alles andere.«

»Dafür bin ich doch da.«

»Weißt du …« Mit dem Zeigefinger strich sie ihm übers Kinn und am Hals entlang. »Ich bin auch da. Für dich.«

»Ich weiß.«

»Bist du dir sicher, dass alles in Ordnung ist?«

»Lass mal sehen.« Er streckte die Arme nach ihr aus. »Du trägst einen äußerst knappen Bikini, und wir haben den Whirlpool ganz für uns allein.« Er zog sie auf seinen Schoß, sodass sie ihm direkt in die Augen sah. »Ja, es ist alles in Ordnung. Um genau zu sein«, fuhr er fort, packte sie am Po und presste sie an sich, »ging es mir noch nie besser.«

Während um sie herum das Wasser sprudelte, schwelgte Olivia im Augenblick. Verliebt zu sein war der reinste Gefühlsrausch: Erregung, Furcht und Angst in rasantem Wechsel. Bei dem Gedanken hielt sie inne. *Wie bin ich darauf gekommen?* Hier zu sitzen, von Cole gehalten, war alles, was sie sich je erträumt hatte. Warum fürchtete sie sich? Weil sie besorgt war, dass es irgendwie, irgendwann enden würde. Sie fürchtete, dass er jemanden finden würde, den er lieber mochte.

Cole lehnte den Kopf an ihre Schulter.

Sie schlang den Arm um seinen Nacken. Sein Haar streifte ihr Gesicht, seine Lippen berührten ihre Schulter.

»Ich möchte dich heute Abend unbedingt ausführen«, murmelte er, und seine Küsse ließen sie wohlig erschaudern.

»Das musst du nicht. Ich bin absolut glücklich, wenn wir im Hotel bleiben und nichts tun – solange ich mit dir zusammen sein kann.«

»Tu es mir zuliebe«, bat er, glitt mit den Händen über ihre Rippen und hielt unter ihren Brüsten inne.

Olivia klammerte sich an ihn und sehnte sich verzweifelt nach ihm. »Willst du es wirklich?«

»Mhm.«

»Okay«, seufzte sie.

Er schenkte ihr ein schiefes Lächeln. »Deine Begeisterung ist nicht gerade überwältigend.«

»Ich arbeite daran.«

»Während du das tust, müssen wir uns außerdem um dein Portfolio kümmern.«

Sie umschlang ihn fester. »Noch fünf Minuten?«

»Wie wär's mit zehn?«

ole hielt ein Bild hoch, auf dem Kirschblüten das Tidal Basin vor dem Jefferson Memorial umrahmten. Olivias Gemälde waren abstrakter als ihre Zeichnungen, aber als er das Werk betrachtete, konnte er förmlich den Duft der Blüten riechen.

»Das hier. Definitiv.«

Aufgedreht lief sie durchs Zimmer, während Cole ein Bild nach dem anderen betrachtete. Er hatte keine Ahnung, wie sich Olivia jemals auf die zwanzig Stück beschränken sollte, die die Kunsthochschule angefordert hatte.

»Warum nicht dieses?« Sie hielt ein Gemälde mit der gleichen Szene hoch, doch es war von der anderen Seite des Tidal Basin aus gemalt worden.

»Mir gefällt das Bild, das den Fokus allein auf die Bäume legt«, antwortete er und ergänzte rasch: »Ich mag beide, aber wenn du nur eines davon nehmen darfst, dann würde ich mich für dieses hier entscheiden.«

Nachdenklich nagte sie an ihrer Unterlippe und wog das Für und Wider ab. »Du hast recht.«

»Es gefällt mir, wie du das sagst. Als wäre es überraschend, dass ich bei irgendetwas recht haben könnte«, bemerkte er grinsend.

Sie verdrehte die Augen.

Lachend griff er nach einem Bild, das Herbstlaub zeigte. »Wann hast du das gemalt?«

»In der Highschool. Damals war ich mit ein paar Freunden campen, am Skyline Drive, im Süden von Virginia.«

»Schon so früh«, stellte er anerkennend fest. »Ich kann es nicht fassen, dass du so etwas schon in der Highschool konntest.«

»Das war in der Junior High.« Sie hielt ein Strandgemälde hoch. »Ocean City.«

»Unglaublich.« Ihm lief das Wasser im Mund zusammen, so lebhaft konnte er sich den Duft nach frittiertem Gebäck und Hotdogs vorstellen, der von der Strandpromenade herüberwehte. »Das musst du auch nehmen.«

Sie betrachtete das Bild, als würde sie es zum ersten Mal sehen, und zuckte die Achseln. »Ich war mir nicht sicher.«

»Es ist fantastisch. Da kriege ich direkt Lust auf einen Hotdog.«

Olivia lachte. »Vielleicht kannst du dir einen beim Zimmerservice bestellen.«

Er legte ihr die Hände auf die Hüften und zog sie zu sich. »Ich bin so stolz auf dich, Liv. Darauf, dass du diesen Schritt wagst, dass du an dein Talent glaubst und es versuchst.«

Sie strich ihm mit den Fingern durchs Haar. »Ich hätte es niemals getan, wenn du mir nicht den nötigen Schubs gegeben hättest.«

»Ich habe ein gutes Gefühl dabei.«

»Reden wir noch von der Kunsthochschule?«, fragte sie lächelnd.

»Ich meine alles – die Kunsthochschule, dich, mich, uns. Das fühlt sich alles richtig an.« Obwohl sie den Blickkontakt nicht unterbrach, verblasste ihr Lächeln ein wenig. »Für dich etwa nicht?«

Er sah ihr an, dass sie versuchte, sich zusammenzureißen. »Natürlich.«

»Aber?«

Sie legte das Gemälde wieder auf den Stapel der anderen und warf ihm über die Schulter hinweg einen Blick zu. »Kein Aber.«

Mit klopfendem Herzen stand Cole auf und ging zu ihr. »Vertraust du mir wirklich, Liv?«

Sie drehte sich zu ihm, und ihre Augen blitzten aufgebracht. »Ich war mit dir im Bett, habe mit dir geschlafen – was ich noch mit keinem anderen getan habe. Und da fragst du mich so etwas?«

Er umfasste ihr Gesicht, sodass sie ihn anschauen musste. »Du wartest darauf, dass eine Katastrophe passiert«, erklärte er leise. »Du wartest darauf, dass ich mich in einen Vollidioten verwandle, weil du nicht daran glaubst, dass ich dich bedingungslos lieben kann.«

»Cole …«

Er presste seinen Mund auf ihren und gab ihr einen harten, besitzergreifenden Kuss. Dabei spürte er, wie sie die Finger in sein Hemd krallte, doch sie stieß ihn nicht fort. Stattdessen erwiderte sie den Druck seiner Lippen, als wollte sie ihm etwas beweisen – und vielleicht auch sich selbst. Er hob Olivia hoch, ohne den hitzigen Kuss zu unterbrechen.

Als er sich wieder von ihr löste, klopfte sein Herz heftig. Endlich wagte er es, sie anzusehen, und entdeckte zu seinem Schreck Angst in ihren Augen. Er ertrug die Vorstellung nicht, dass er dafür verantwortlich sein könnte.

Olivia wich seinem Blick aus. »Ich, äh, gehe jetzt duschen.«

»Liv«, sagte er und hielt sie am Arm fest. »Es tut mir leid.«

»Was denn?«

»Ich weiß es nicht genau. Was auch immer dich ständig zweifeln lässt.«

»Ich liebe dich, Cole. Daran habe ich keine Zweifel.« Sie streichelte sein Gesicht und streckte die Arme nach ihm aus, um ihn zu küssen. Dann ging sie ins Bad und schloss die Tür hinter sich.

Er sah ihr nach und wünschte sich, ihre Worte könnten ihn trösten.

OLIVIA STAND UNTER DER DUSCHE UND WUSCH SICH DEN CONDITIONER AUS DEM HAAR. Sie konnte nicht fassen, wie schnell er die Zweifel gespürt hatte, die sie mit aller Macht vor ihm hatte verbergen wollen. *Du warst schon immer eine schlechte Schauspielerin.* Ihr Vater sagte immer, dass sie ihn nicht anlügen könne, weil ihr Gesicht feuerrot anlief, sobald sie es versuchte.

Sie drehte das Wasser ab, nahm sich ein Handtuch und den Bademantel, den sie am Haken hinter der Tür aufgehängt hatte. Das Handtuch benutzte sie, um den beschlagenen Spiegel abzuwischen, und bereitete sich halbherzig darauf vor, am Abend auszugehen. Nachdem sie sich das Haar getrocknet hatte, öffnete sie die Tür und fand Cole ausgestreckt auf dem Bett liegend vor, wo er nur mit einer Badehose bekleidet Musik hörte.

Er sieht so gut aus, dachte sie und stieß ein tiefes, glückliches Seufzen aus. *Und er gehört mir – jetzt, oder eben so lange, wie es anhält.*

Sie beugte sich vor, um ihm einen Kuss auf den Bauch zu drücken.

Überrascht schnappte er nach Luft.

»Das Badezimmer gehört dir.«

Mit einem Lächeln erhob er sich vom Bett. »Deine Art, Bescheid zu sagen, gefällt mir.«

Nachdem er die Badezimmertür hinter sich geschlossen hatte, schlüpfte sie in ein eng anliegendes rotes Kleid mit tiefem Ausschnitt. Jenny meinte immer, dass Rot Olivia besonders gut stand, da sie dunkles Haar und blasse Haut hatte. Sie stieg in Stöckelschuhe und überprüfte die Gesamtwirkung im Spiegel.

Ein paar Minuten später kehrte Cole aus dem Badezimmer zurück. Er hatte sich ein Handtuch um die Hüften gewickelt. Der Dampf umwaberte ihn. Ihre Blicke trafen sich im großen Spiegel. »Wow.«

»Ist das dein Lieblingswort?«, fragte sie lächelnd, während sie einen Ohrring befestigte.

»Wenn es um dich geht, ist es das wohl. Lass mich dich von vorn betrachten.«

Sie wandte sich um.

»Wow«, wiederholte er und atmete gedehnt aus, während sein Blick an ihrem Ausschnitt hing.

Sie beugte sich vor, um ihm in die Augen zu sehen. »Ich bin hier oben.«

»Mhm.«

»Cole?«

»Mhm?«

»Hier oben, Liebling.« Sie schob den Zeigefinger unter sein Kinn und bedeutete ihm, zu ihr aufzusehen.

»Oh. Richtig.« Er leckte sich über die Lippen. »Was sagtest du gerade?«

»Tut mir leid, dass ich zweifle. Ich wünschte, ich würde es nicht tun.« Mit den Händen strich sie über seine feuchte Brustbehaarung, bis hinauf zu seinen Schultern. »Ich will die Augen schließen und dir einfach vertrauen. Und ich dachte, ich könnte es. Wirklich. Aber so bin ich nicht. Ich wünschte, es wäre anders, doch in Wahrheit bin ich vorsichtig, taste mich langsam voran, und es fehlt mir an jeglicher Spontaneität. Dabei träume ich davon, frei, locker und gelassen zu sein. Eines Tages gelingt es mir vielleicht. Im Moment ist das hier allerdings alles, wozu ich fähig bin.« Sie zögerte, bevor sie ergänzte: »Wenn dir das nicht genug ist, dann verstehe ich, wenn du …«

»Wenn ich was? Dich verlasse? Traust du mir das wirklich zu?«

»Das Problem ist, dass ich es im Grunde nicht wissen kann, oder?«

Seine Miene wirkte ungläubig, in seine Augen trat ein kalter Ausdruck, und er wandte sich von ihr ab, um sich anzuziehen. »Das ist ja echt toll.«

Olivia war wie versteinert. Schmerz, Sehnsucht und Verlustängste durchströmten sie und raubten ihr den Atem. Wie hatte das nur so schiefgehen können?

Schweigend verließen sie das Hotel.

Als er ihr die Autotür aufhielt, erinnerte sich Olivia daran, wie er sich zu ihr gebeugt hatte, um sie zu küssen, bevor sie den Flughafen verlassen hatten. Erneut war sie wie gelähmt von der Angst, Cole zu verlieren.

Sie wollte die Hände nach ihm ausstrecken, tat es jedoch nicht. Das Herz schlug ihr bis zum Hals. Die Beziehung mit ihm war das Wichtigste, was jemals in ihrem Leben geschehen war, und sie ruinierte alles.

Mit einem grimmigen Zug um den Mund saß er auf dem Fahrersitz, machte allerdings keine Anstalten, den Motor zu starten.

»Entschuldige«, flüsterte sie. »Das hast du nicht verdient. Du warst immer nur ehrlich und aufrichtig.«

»Es ist meine Schuld.«

»Wie kannst du das sagen?«

»Ich hab zu früh zu viel von dir verlangt. Wir hätten nicht das ganze Wochenende so miteinander verbringen sollen. Dafür warst du noch nicht bereit.«

»Doch, das war ich. Und ich bin es noch immer. Ich will es, Cole.« Sie starrte auf ihre Hände. »Ich will dich, mehr, als ich jemals irgendetwas gewollt habe. Das ist es, was mir solche Angst bereitet.«

»Du hast mich doch, Kleines.« Er nahm ihre Hände. »Ich weiß nicht, wie oft ich es noch betonen soll. Ich liebe dich, Olivia.«

Sie hielt den Blick gesenkt.

»Schau mich an.«

Zögernd gehorchte sie.

»Ich liebe dich.«

Tränen stiegen ihr in die Augen. »Ich weiß.«

»Du sollst wissen, dass ich das bisher bloß ein einziges Mal zu einer anderen Frau gesagt habe, und das ist schon viele Jahre her.« Er streichelte ihre Wange. »Sind das denn nur leere Worte für dich?«

»Nein.« Sie riskierte es, ihn erneut anzusehen. »Sie bedeuten mir alles.«

Er breitete die Arme aus.

»Entschuldige«, flüsterte sie an seiner Schulter. »Ich habe dich unabsichtlich verletzt. Das ist das Letzte, was ich wollte.«

»Gib uns nicht auf, Liv.«

»Das werde ich nicht.«

»Gut, denn ich werde dich in dein Lieblingsrestaurant ausführen.«

Sie hob den Kopf von seiner Schulter. »Woher kennst du denn mein Lieblingsrestaurant?«

»Ich habe meine Quellen.« Er startete den Wagen. »Und, falls es ein zusätzlicher Anreiz für dich ist: Vielleicht gebe ich meine Quellen später noch preis.«

Sie lachte leise. »Cole?«

»Was ist, Kleines?«

»Danke, dass du mich heute Abend ausführst.«

Er nahm ihre Hand und hob sie an seine Lippen. »Ist mir ein Vergnügen.«

EIGENTLICH WAR ES WUNDERBAR – der Wein, das Essen, die Kerzen und Cole. Ganz besonders Cole. Sie mochte es, wie er ihr die Hand auf den Rücken legte, während sie dem Oberkellner durch das Restaurant folgten. Es gefiel ihr, wie Cole ihr den Stuhl zurechtrückte, damit sie Platz nehmen konnte.

Olivia bemerkte, dass sich die Köpfe sämtlicher Gäste, insbesondere der weiblichen, in Coles Richtung wandten – nicht, dass er es bemerkt hätte. Aber sie bemerkte es. Und es störte sie. *Hände weg*, wollte sie rufen. *Er gehört mir!*

Olivia begriff, weshalb er so viel Aufmerksamkeit erregte, und konnte sich gut vorstellen, dass er vor seiner Berühmtheit wahrscheinlich schon genauso viele Blicke auf sich gezogen hatte. Er trug ein schwarzes Hemd und eine graue Hose, die ihm wie angegossen passte. Unter den umgekrempelten Manschetten schaute eine kostbare Silberuhr mit mehreren kleinen Ziffernblättern hervor. Cole hatte erklärt, dass sie die Zeit in vier verschiedenen Zeitzonen anzeigten. Wie das silberne Armband sein Handgelenk umschloss, wirkte auf sie unglaublich sexy.

Sie war fasziniert von seinen Fingern, während er sich Butter auf ein Stück Brot strich oder mit dem Stiel seines Weinglases spielte. Und sie waren es auch, mit denen er Olivia im Bett die unglaublichsten Gefühle bescherte oder Flugzeuge steuerte. Bei der Vorstellung musste sie kichern.

»Was ist so lustig?«

Sie schüttelte den Kopf, während aus dem Kichern ein Lachen wurde.

»Olivia, komm schon. Sag es mir.«

»Ich habe gerade über deine vielen Talente nachgedacht.«

Verwirrt zog er die Brauen zusammen. »Ich habe keine Ahnung, was du meinst, und ich bin mir nicht sicher, ob ich es überhaupt wissen will.«

Die Rettung kam, als das Essen serviert wurde: Chicken Teriyaki für sie und Lachs für ihn.

»Wie schmeckt es dir?«, wollte er wissen.

»Ausgezeichnet. Mein Leibgericht.«

»Ich habe davon gehört.«

»Darüber unterhalten wir uns später noch.«

»Mmh, Dessert.«

Sie hob eine Braue. »Schokokuchen?«

Er hielt mit der Gabel in der Hand inne. »Das ist nicht das, woran ich gedacht hätte, aber sicher, wenn du möchtest.«

»Vielleicht könnte ich beides haben?« Mit der Handfläche strich sie an seinem Schenkel entlang, und als sie ihr Ziel erreicht hatte, verschluckte er sich an seinem Wasser. »Ist das ein Ja?«

Während er hustete, blickte sie sich um, um sich zu vergewissern, dass niemand hinsah. Zum Glück kümmerte sich in dem vollen Restaurant niemand darum, was sie hier trieben.

»Äh, was machst du da?«, fragte er.

»Ich versuche nur, mich zwischen dem Kuchen und den anderen interessant klingenden Desserts zu entscheiden. Was denkst du?«

»Im Moment nicht viel.«

Sie beugte sich vor, um ihm ins Ohr zu flüstern. »Es gefällt mir, wie sich deine blauen Augen verdunkeln, wenn du angetörnt bist.«

Er packte ihre Hand. »Liv«, flüsterte er. »Das reicht.«

»Und deine Lippen. Sie öffnen sich ganz leicht, gerade weit genug, dass ich das hier machen kann.« Sie beugte sich vor und schob ihre Zungenspitze zwischen seine Lippen.

»Olivia, bitte. Ich komme ins Schwitzen.«

Ein triumphierendes Lächeln ließ ihr Gesicht aufstrahlen.

»Was natürlich dein Ziel ist«, murmelte er.

»Ich glaube, ich verzichte auf den Kuchen.«

»Eigentlich wollte ich dich zu einem Spaziergang durch die Torpedofabrik mitnehmen«, sagte er in einem rauen, beherrschten Tonfall.

»Da war ich schon.«

»Aber nicht mit mir.«

Sie hauchte ihm ins Ohr. »Was du mit mir anstellst, ist so viel besser als der Besuch in irgendeiner alten Fabrik.« Erneut küsste sie ihn und strich ihm gleichzeitig unter dem Tisch mit dem Nagel ihres Zeigefingers über die pochende Erektion.

Cole löste seine Lippen von ihren und gab dem Kellner ein Zeichen. »Die Rechnung, bitte.«

COLE ZERRTE SIE FÖRMLICH ZUM PARKPLATZ. Sobald sie seinen Wagen erreicht hatten, drückte er Olivia dagegen. Im Restaurant hatte sie ihn ganz verrückt gemacht, und nun, als sie die Arme um seinen Nacken schlang und ihr Mund sich unter seinem öffnete, gab er ihr alles. Sie schmeckte nach einer exotischen Mischung aus Wein und ihrer ganz eigenen Süße – ein Geschmack, der einen Mann den Verstand kosten konnte.

Begierde loderte in ihm auf, als er sich zwischen die einladend gespreizten Schenkel presste. Ihr Kleid störte ihn, also schob er den Rock hoch.

»Cole«, keuchte sie, denn es war kalt, und das, was sie gleich tun würden, war völlig verrückt.

Schwer atmend lehnte er die Stirn für einen Moment an ihre, bevor er Olivia die Tür öffnete und sie einsteigen ließ. Nachdem er auf dem Fahrersitz Platz genommen hatte, legte er den Kopf in den Nacken und versuchte, etwas von seiner Fassung zurückzuerlangen. Noch nie zuvor hatte irgendeine Frau so eine Wirkung auf ihn gehabt, und langsam wurde ihm klar, dass es mit keiner anderen jemals wieder so sein würde.

Er blickte auf, als er ihre Hand auf seinem Bein spürte. »Ich halte das nicht mehr aus, Liv. Du machst mich verrückt, aber du bist noch nicht bereit dafür.«

»Bring mich zurück ins Hotel. Ich will mit dir zusammen sein.«

Er wandte sich ihr zu. »Du musst das nicht tun, um mir zu beweisen …«

»Dass ich dich liebe?«

»Ich weiß, dass du mich liebst.«

»Fahr los.«

Sie brauchten sechs Minuten bis zum Hotel. Und kaum hatte sich die Zimmertür hinter ihnen geschlossen, da griff er schon nach dem Saum ihres Kleides und zog es ihr über den Kopf. Darunter entdeckte er einen schwarzen BH, einen farblich passenden Slip und durchsichtige Strümpfe, die auf halber Höhe ihrer Oberschenkel endeten.

»Wow«, murmelte er und atmete langsam aus.

Seine Miene entlockte ihr ein Lachen, und der fröhliche Klang traf ihn direkt ins Herz. Nach dem schwierigen und nervenaufreibenden Tag, den sie hinter sich hatte, wollte er sie alles vergessen lassen, und sei es auch nur für eine Weile. Als er sie mit dem Rücken an die Wand drückte, änderte sich ihr Ausdruck. Nun wirkte sie nicht mehr fröhlich, sondern erstaunt und erwartungsvoll. Cole begann an ihrem Hals und machte sich daran, jeden Zentimeter ihrer Haut mit Küssen zu bedecken.

Sie hielt sich an seinen Schultern fest. Mit den Lippen glitt er über die Oberseite ihrer vollen Brüste, die noch immer in dem spitzenbesetzten BH steckten, während er ihren glatten, flachen Bauch streichelte.

»Cole.«

Der Klang seines Namens, den sie atemlos zwischen den geöffneten Lippen hervorstieß, befeuerte sein Verlangen. »Was ist, Kleines?«

»Meine Beine fühlen sich wackelig an.«

»Das wollen wir nicht, oder?« Rasch zog er ihr den knappen Slip aus und öffnete den Verschluss ihres BHs. Er schälte sich aus dem Oberhemd, das sie bereits aufgeknöpft hatte, und ließ es zu Boden fallen.

»Nicht bewegen«, bat er, während er das Zimmer durchquerte, um ein Kondom zu holen. Als er zurückkehrte, steckte er sich das Kondom in die Hosentasche und fuhr fort, mit den Lippen eine glühende Spur über ihren Oberkörper zu ziehen. Er beschrieb einen heißen Pfad von ihrem Hals zu ihren Brüsten, über ihren Bauchnabel

und weiter hinunter. Sanft schob er ihre Füße mit seinen auseinander und kniete sich vor sie. Er spürte, dass sie bereit für ihn war,
und sein Glied begann beinahe schmerzhaft zu pochen. Am liebsten
wäre er sofort in sie eingedrungen, doch er hielt sich zurück. Noch
nicht.

Er verlor sich in ihrem Duft und in ihrem Geschmack, schob zwei
Finger in sie und umspielte sie mit der Zunge. Nach wenigen
Sekunden spürte er die Anzeichen ihres nahenden Höhepunkts. Er
liebte es, wie leicht sie für ihn kam, als wäre sie nur für ihn, ganz
allein für ihn geschaffen worden.

Sie stöhnte auf, ihre Beine zitterten, und sie stieß einen Schrei aus,
als sie explosiv kam.

Cole blickte zu ihr auf und sah, dass sie den Hinterkopf an die
Wand gelehnt hatte. Ihre Lippen waren geöffnet, ihre Brüste rosig
überhaucht. Er stand auf, streifte sich rasch den Rest seiner Kleidung
ab und zog sich das Kondom über. Dann streckte er die Arme nach
Olivia aus, hob sie hoch und setzte sie auf sich.

Er spürte, wie sie stoßweise ausatmete, als er in sie eindrang. Fast
so, als befände er sich außerhalb seines eigenen Körpers und würde
einen anderen beobachten, nahm er sie hart und schnell, direkt an der
Wand.

Sie schlang ihm die Beine um die Hüften und hielt sich an ihm fest.

Das Verlangen, die Leidenschaft, die Hitze waren überwältigend
und so intensiv, dass Cole keine Wahl blieb, als sich alles zu nehmen,
was sie ihm anbot, bis seine Lungen förmlich nach Luft schrien, was
ihn dazu zwang, seine Lippen von ihren zu lösen, um tiefe, gierige
Atemzüge zu nehmen. Immer schneller stieß er sich in sie und spürte,
wie sich ihre Muskeln enger um ihn schlossen. Der zweite Höhepunkt
rollte über sie hinweg, und als sie sich an ihn presste, folgte er ihr und
kam in einer großen, befreienden Welle, die ihn erschöpft und
benommen zurückließ.

Er lehnte die Stirn an ihre Schulter und konzentrierte sich darauf,
zu atmen. Sie hatte die Arme um ihn geschlungen und massierte mit
den Fingern seinen Nacken. Er zitterte. Vor zwei Tagen noch war sie
Jungfrau gewesen, und gerade hatte er sie wie ein Verrückter an der

Wand genommen. Er hob den Kopf und streifte sanft ihre Lippen mit seinen. »Entschuldige.«

»Wofür?«

»Dafür, dass ich so grob zu dir war. Dafür …«

Sie küsste ihn. »Ich fand es wundervoll«, flüsterte sie, und ihre Wangen röteten sich. »Entschuldige dich nicht dafür. Bitte nicht.«

Er drückte sie fest an sich, trug sie zum Bett, legte sie darauf und zog sich endlich aus ihr zurück. Nachdenklich blickte er auf sie hinab und strich ihr das Haar aus der Stirn.

»Ich habe mir geschworen, sanft zu dir zu sein, aber dann waren da dieser schwarze BH und die hier.« Er strich über die halterlosen Strümpfe, die er ihr in der Eile nicht ausgezogen hatte. »Du machst mich verrückt, Liv. Ich habe noch nie zuvor so die Kontrolle verloren.«

Sie biss sich auf die Unterlippe, musterte ihn, und vor Freude über sein Geständnis leuchteten ihre Augen. »Wirklich?«

Er hob den kleinen Finger und sagte: »Ich schwöre es.«

Lächelnd schlang sie ihren kleinen Finger um seinen und küsste ihn auf die Lippen.

»Bin gleich wieder da.« Im Badezimmer schaltete er das Licht ein, machte sich daran, das Kondom zu entfernen, erstarrte jedoch, als er ein kleines, aber nicht zu übersehendes Loch darin entdeckte.

»Scheiße!«

Olivia kroch unter die Decke und fühlte sich angenehm ermattet und befriedigt. Im Laufe des Wochenendes hatten sie sich oft geliebt, aber wenn sie an ihre gemeinsame Zeit zurückdenken würde, würde sie sich an das Mal an der Wand erinnern. Wer hätte gedacht, dass man es auch so machen konnte?

Bei dem Gedanken daran richteten sich ihre Brustspitzen auf, und sie spürte ein Prickeln zwischen den Beinen. Hoffentlich würde sich Cole im Bad beeilen.

Als er endlich wieder auftauchte, war sie mehr als bereit für ihn.

Wortlos schlüpfte er ins Bett.

Olivia legte sich auf ihn. »Ich habe dich vermisst.«

»Das merke ich«, antwortete er und schlang die Arme um sie.

»Können wir es noch mal machen?«

»Liv …«

»Oh«, erwiderte sie verlegen. »Du willst nicht.« Sie kroch von ihm herunter. »Ich wollte nicht so direkt sein.«

Er drehte sich auf die Seite und zog sie an sich. »Baby, bei mir kannst du nie zu direkt sein. Wenn du irgendetwas willst, dann nimm es dir einfach.«

»Was ist los? Ich sehe es dir an, dass etwas nicht stimmt.«

»Kleines …«

Sie stützte sich auf den Ellbogen. »Was ist? Du machst mir Angst.«

»Das Kondom, das wir gerade benutzt haben?«

Sie nickte.

»Es ist irgendwie … gerissen.«

Ihr stockte das Herz. »Was soll das heißen?«

»Also, ich fürchte, eine Schwangerschaft ist nach so was nicht ausgeschlossen, aber das ist alles, was du dir bei mir holen kannst. Ich bin erst kürzlich komplett durchgecheckt worden, und ich bin vollkommen gesund.« Er stieß die Worte eilig aus, als wollte er sie aussprechen, bevor sie ausrastete.

Sie hatte die Luft angehalten, atmete nun langsam aus, ließ sich rücklings in die Kissen fallen und starrte zur Decke hinauf. »Heißt das … ich meine, die können reißen?«, fragte sie leise. »Ist das möglich?«

»Mir ist das bisher noch nie passiert, aber ich habe schon davon gehört.«

Sie schluckte. »Denkst du, das reicht, um schwanger zu werden?«

»Ich weiß es nicht.«

Sie schwiegen, beide mit ihren eigenen Gedanken beschäftigt.

»Was ist, wenn …«

»Weißt du, ob …«

Er griff nach ihrer Hand und verschränkte seine Finger mit ihren. »Du zuerst.«

Sie wandte sich ihm zu. »Ich wollte gerade fragen, was wir machen, wenn ich wirklich schwanger bin.«

»Ich schätze, dann kriegen wir ein Baby.«

Sein Tonfall klang flapsig, doch seine Hand fühlte sich kalt an.

Nach einem weiteren längeren Schweigen schaute sie ihn an. »Was wolltest du sagen? Davor, meine ich?«

»Ich habe mich gefragt, ob du weißt, wie das mit dem Zeitpunkt der Empfängnis ist.«

»Da es für mich nie ein Thema war, habe ich keine Ahnung. Aber Jenny weiß das bestimmt.« Olivia blickte auf die Uhr und sah, dass es schon fast elf war.

»Du kannst sie morgen fragen.«

»Ja. Oder ich könnte sie jetzt anrufen.«

»Ist es nicht schon zu spät?«

»Sie ist bestimmt noch wach.« Ihre Blicke trafen sich, und sie schauten einander lange in die Augen. Schließlich wandte Olivia sich um und griff nach dem Handy. »Hey. Ich bin's.«

Cole setzte sich auf, legte den Arm um sie und lehnte den Kopf an ihre Schulter, damit er Jenny hören konnte.

»Was gibt's, Liv?«, fragte Jenny.

Olivia erzählte ihr alles.

»O nein«, meinte Jenny.

»Woher weiß ich, wann ich am ehesten schwanger werden kann?«

»Wann hat deine letzte Periode eingesetzt?«

Olivia dachte einen Moment lang nach. »Ich glaube, vor zwei Wochen.«

Jenny schwieg für einen langen Moment.

»Jen?«

»Der Zeitpunkt wäre ideal«, antwortete sie und ergänzte rasch: »Aber das hat nichts zu bedeuten, Liv. Du darfst nicht ausflippen, bevor deine Periode ausbleibt.«

Olivia nahm die Information in sich auf, und trotz Jennys Rat musste sie gegen den Impuls ankämpfen, augenblicklich auszurasten.

»Geht es dir gut?«, erkundigte sich Jenny.

»Klar«, antwortete Olivia und lachte leise. »Ich habe mich endlich entschieden, es mit Sex zu versuchen, und sieh nur, was passiert ist.«

»Muss ja ein ziemlich heftiger Versuch gewesen sein.«

Olivia drückte Coles Hand. »Das war es auch.«

»Morgen will ich alle Details hören.«

»Gute Nacht, Jenny.« Olivia legte auf und wandte sich an Cole. »Hast du das mitbekommen?«

»Ja.« Er schwieg kurz, bevor er fortfuhr: »Liv, wenn du schwanger wirst, dann kriegen wir das hin. Gemeinsam. Das verspreche ich. Du kannst auf mich zählen.«

Sie spielte mit seinen Fingern. »Macht dir das nicht furchtbare Angst – die Vorstellung, Vater zu werden?«

»Nicht, wenn du die Mutter bist.«

Als er wieder einmal im richtigen Moment genau das Richtige gesagt hatte, verschwand ihre Panik sofort, und an ihre Stelle trat eine törichte Hoffnung. Ein Baby. *Sein* Baby.

»Willst du es bekommen?«

Ihre Blicke trafen sich. »Natürlich.«

»Entschuldige. Ich hatte es mir schon gedacht, aber ich war mir nicht sicher.«

Er hatte sie daran erinnert, dass sie einander erst noch besser kennenlernen mussten, und nun bekamen sie vielleicht schon ein Baby.

»Es war ein aufregender Tag«, seufzte sie.

»Und dabei wollte ich dich dieses Wochenende nur ein wenig verwöhnen.«

»Das hast du auch.« Sie schmiegte sich in seine Arme. »Es war das wundervollste Wochenende meines ganzen Lebens.«

Seine Lippen streiften ihr Haar.

»Wirst du immer noch so denken, wenn du wirklich schwanger bist?«

»Die Dinge geschehen aus einem bestimmten Grund«, entschied sie. Das war immerhin besser, als auszurasten, oder? »Davon bin ich fest überzeugt. Du wurdest in meinem Laden niedergeschlagen, damit wir einander begegnen konnten.«

Ihre Theorie amüsierte ihn, und er wickelte sich eine ihrer Haarsträhnen um die Finger. »Und was wäre der Grund für ein Baby?«

»Vielleicht würde es mich davon abhalten, das zu ruinieren, was das Schicksal uns beschert hat.«

Er lachte leise. »Vielleicht. Fürchtest du dich jetzt davor, jemals wieder mit mir zu schlafen?«

Sie streichelte ihm das Gesicht. »Nun, da der Schaden womöglich bereits angerichtet ist ...«

Er lächelte und küsste sie zärtlich.

»Cole?«

»Hm?«, murmelte er an ihren Lippen.

»Ich will nicht, dass du sanft zu mir bist.«

Er hielt inne und starrte sie an. »Was meinst du damit?«

Olivia spürte, wie ihre Wangen heiß wurden. »Das, was du vorhin gesagt hast. Ich will dich dazu bringen …«

»Was, Kleines?«

»… dass du wieder die Kontrolle verlierst.«

Er sah sie überrascht an. »Hat dir das gefallen?«, fragte er heiser, und seine Augen verdunkelten sich vor Verlangen.

Sie nickte.

»Mir auch.« Er senkte den Mund auf ihren.

AM NÄCHSTEN MORGEN, nachdem sie geduscht und gepackt hatten, frühstückten sie im Zimmer. Olivia kämpfte mit einem Sturm von Gefühlen mit so extremen Höhen und Tiefen, dass sie sich dabei ertappte, im einen Moment lachen und im nächsten schon wieder weinen zu wollen.

Cole beobachtete sie über den Rand seiner Kaffeetasse hinweg. Er nahm einen großen Schluck, bevor er sie hinstellte und Olivias Hand nahm. »Ich habe über etwas nachgedacht und möchte dich gerne etwas fragen. Du musst mir allerdings nicht sofort antworten, okay?«

»Okay«, erwiderte Olivia, deren Neugier geweckt war.

»Bevor ich irgendetwas anderes sage, sollst du wissen, dass dies für mich das schönste Wochenende meines Lebens war. Ich liebe dich. Ich liebe es, bei dir zu sein, und jetzt, wo ich dich gefunden habe, hasse ich die Vorstellung, auch nur eine Minute ohne dich zu verbringen.«

Tränen stiegen ihr in die Augen, und sie griff nach seiner Hand. »Cole.«

Er küsste ihre Hand. »Ich weiß, dass es bei dir zu Hause gerade schwierig ist und dir an der Uni eine große Veränderung bevorsteht. Aber du sollst wissen, dass ich mir wünsche, dass du zu mir nach Chicago ziehst.«

Er legte ihr einen Finger auf die Lippen, damit sie nichts sagte. »Es wäre eine große Veränderung, das weiß ich. Dein Lebensmittelpunkt ist hier – das ist mir klar. Doch es gibt Kunsthochschulen in Chicago

– gute Schulen, die sich glücklich schätzen könnten, dich als Studentin zu haben. Und wenn du bei mir wohnen würdest, müsstest du nicht mehr arbeiten. Du könntest dich ganz auf dein Studium konzentrieren und es deutlich früher abschließen. Ich will nicht, dass du jetzt irgendetwas sagst. Denk einfach darüber nach. Wir können darüber sprechen, sobald wir uns wiedersehen.«

»Es ist so lieb, dass du mir das überhaupt anbietest«, erwiderte sie überwältigt.

»Ich habe ein großes Haus, und du könntest es einrichten, wie du willst.« Er lächelte, während er ihr den Vorschlag schmackhaft machte. »Und ich habe viele Freunde, die dich gerne kennenlernen würden. Natürlich würde ich wegen meiner Arbeit trotzdem jeden Monat vier oder fünf Nächte fort sein, aber du könntest die Zeit nutzen, um deine Hausaufgaben für die Uni zu erledigen. Dann könntest du mit mir spielen, wenn ich zu Hause bin.«

Sie musste über das Bild lächeln, das er beschrieb. Es war so verlockend, einfach Ja zu sagen, sein Angebot anzunehmen, ohne über die Konsequenzen nachzudenken.

»Wirst du es dir überlegen?«, wollte er wissen und sah sie hoffnungsvoll an.

Sie nickte und beugte sich vor, um ihn zu küssen. »Danke, dass du mich gefragt hast.«

Er zog sie auf seinen Schoß, schlang die Arme um sie und drückte sie fest an sich. »Ich erwähne es nur ungern, aber wir müssen los. Ich muss den Mittagsflug nach Chicago kriegen, damit ich um vier fliegen kann.«

»Ich weiß«, erwiderte sie, ließ ihn jedoch nicht los.

»Ab Freitag ist es bloß eine Woche«, erinnerte er sie. »Dann haben wir vier ganze Tage zusammen.«

»Bis dahin dauert es noch Jahre.«

Lachend küsste er sie auf den Hals. »Wie wäre es mit einem Kaffee am Mittwoch gegen vier? Wenn alles gut läuft, habe ich zwischen zwei Flügen eine halbe Stunde frei.«

»Hurra. Eine halbe Stunde.«

»Besser als nichts, oder?«

»Sicher.«

»Ich rufe dich heute Abend an. Ich rufe dich jeden Abend an.«

Sie wusste, dass sie es nicht länger hinauszögern konnte, erhob sich, zog den Reißverschluss ihres Koffers zu und rollte ihn zur Tür.

Cole stand auf, durchquerte den Raum und ging zu ihr. »Das ist erst der Anfang.«

Sie schmiegte sich in seine Umarmung und hielt ihn fest.

»Es wird toll. Das verspreche ich«, versicherte er ihr.

»Danke«, flüsterte sie. »Das war die schönste Zeit meines Lebens.«

»Für mich auch.«

SCHWEIGEND FUHREN SIE ZUM FLUGHAFEN. Auf dem Beifahrersitz hatte Olivia das Gefühl, als würde ihr die Luft aus den Lungen gepresst, während sie gleichzeitig versuchte zu atmen.

»Behalte den Wagen, solange du willst«, meinte Cole.

»Ich bringe ihn zurück, wenn ich heute Nachmittag zur Arbeit fahre.«

»Wie du möchtest.«

Kurze Zeit später hielt Cole am Bordstein vor der Abflughalle. Olivias Herz klopfte heftig, und ihr Magen verkrampfte sich, während sie sich mit aller Macht zusammenriss, um nicht zu weinen. Sie würde nicht weinen. Später bestimmt, aber nicht jetzt.

Cole holte seine Reisetasche aus dem Kofferraum.

Olivia stieg aus und gesellte sich auf dem Bürgersteig zu ihm. Sie hoffte, dass ihr Lächeln nicht zu gezwungen wirkte. »Bis Mittwoch?«

Als er nickte, zuckte ein Muskel an seinem Kiefer – das Einzige, wodurch er sich anmerken ließ, dass er mit seinen eigenen Gefühlen zu kämpfen hatte. Er zog sie in eine feste Umarmung.

»Ich liebe dich«, flüsterte er.

»Ich liebe dich auch.«

»Denk immer daran, falls du wieder auf die Idee kommst, es wäre hoffnungslos.«

»Das werde ich.«

Er umfasste ihr Gesicht, blickte ihr fest in die Augen und küsste sie ausführlich. Schließlich zog er sich zurück, betrachtete ein letztes Mal eindringlich ihr Gesicht und küsste sie auf die Stirn. »Bis zum nächsten Mal.«

»Ich werde hier sein.«

»Darauf verlasse ich mich.«

Sie gab sich alle Mühe, zu lächeln, während sie ihm nachsah.

Im Terminal drehte er sich noch einmal um und winkte ihr zu. Und dann war er fort.

Olivia hatte noch immer Mühe, richtig zu atmen, stieg wieder ins Auto und rief Jenny an. »Hey, wo bist du?«, fragte Olivia, als ihre Cousine abnahm.

»Bin gerade nach Hause gekommen und habe Billy für sein Mittagsschläfchen hingelegt. Was ist los?«

»Cole ist gerade weg.«

»Geht es dir gut?«

»Nicht so richtig.«

»Komm her, Liv. Sofort.«

»Um drei muss ich arbeiten.«

»Du kannst dich auch hier umziehen. Komm her.«

Der letzte Ort, an dem Olivia jetzt sein wollte, war zu Hause bei ihrer Mutter, also gab sie nach.

***

Jenny wartete an der Haustür, als Olivia eintraf. Sie warf sich ihrer Cousine in die Arme und drückte sie fest, entschlossen, die Situation durchzustehen, ohne völlig die Nerven zu verlieren.

»Ist schon gut, Süße«, tröstete Jenny sie leise. »Alles wird gut. Er ist verrückt nach dir. Sogar Will ist das aufgefallen.«

»Dieses Wochenende ist so viel passiert«, erzählte Olivia, als sie sich ein wenig erholt hatte. Sie folgte Jenny in die Küche und berichtete, was mit ihren Eltern los war.

»Einhundertfünfzigtausend?«, keuchte Jenny.

»Das hat mein Dad gesagt.«

»Mein Gott. Lassen sie sich scheiden?«

»Dieses Wort hat er nicht benutzt, doch er hat durchblicken lassen, dass es aus ist.«

»Ich kann ihm keinen Vorwurf machen.«

»Ich auch nicht. Ich weiß nicht, wie er es so lange mit ihr ausgehalten hat.«

»Er ist ein ganz Lieber«, meinte Jenny. »Er hat es verdient, glücklich zu sein.«

Olivia trank einen Schluck von dem Kaffee, den Jenny ihr eingeschenkt hatte. »Cole hat mich gebeten, zu ihm nach Chicago zu ziehen.«

»Ernsthaft? Was hast du geantwortet?«

»Bisher noch nichts. Wir werden darüber sprechen, wenn wir uns wiedersehen.«

»Und wann wird das sein?«

»Übernächsten Freitag. Wir verreisen für vier Tage.«

»Wohin?«

»Das will er mir nicht verraten. Es soll eine Überraschung werden.«

»Er ist wundervoll, Liv.«

Olivia lächelte. »Ja, nicht wahr?«

»Bist du glücklich?«

»Wenn ich mit ihm zusammen bin, dann will ich nichts anderes. Aber es war so schwer, ihn heute abreisen zu sehen. Es war das Schwerste, was ich je tun musste.«

»Was hältst du von der Idee, zu ihm zu ziehen?«

»Ich weiß nicht. Er hat es erst heute Morgen erwähnt. Ich hatte kaum Zeit, darüber nachzudenken.«

»Du musst es ja nicht sofort entscheiden.« Jenny nahm ihre Hand. »Du hast so lange auf so etwas gewartet. Ich will, dass du es genießt. Auch wenn du gerade nicht bei ihm bist, ist er da draußen und liebt dich, Liv. Das tut er wirklich.«

»Ich weiß.«

»Es ist fantastisch, oder? So geliebt zu werden?«

»Ich hätte nie geglaubt, dass mir so etwas passieren würde. Nicht auf diese Art und Weise.«

»Nun, jetzt ist es passiert, also versuche, dich zu entspannen. Es wird schon klappen.«

Olivia seufzte. »Du hast recht, und ich werde es versuchen. Es ist nur …«

»Was denn, Süße?«

»Du solltest sehen, wie ihn andere Frauen anstarren. Überall, wo wir hingehen. Ich hasse das.«

»Was sagt er dazu?«

»Meist bemerkt er es gar nicht.«

»Dann solltest du dir keine Sorgen machen. Sicher hat er ausschließlich Augen für dich.« Fragend hob Jenny eine Braue. »Und, was war mit dem Kondom?«

»Es ist gerissen.«

»Das passiert nicht einfach so. Ihr müsst es ganz schön strapaziert haben.« Jennys Ausdruck wirkte plötzlich amüsiert. »Erzähl schon.«

»Da waren ein schwarzer BH und eine Wand.«

»Ach du …! Gegen die Wand?«

Olivias fühlte, wie ihr die Röte ins Gesicht stieg.

»Wie war es?«

»Ich habe es besser verkraftet als das Kondom.«

Jenny lachte laut auf. »Du weißt aber schon, dass die Chance, dass du schwanger geworden bist, ziemlich gering ist, oder?«

»Ja, doch ein Teil von mir hofft irgendwie darauf …«

»Dass du schwanger bist?«

Olivia zuckte die Achseln. »Ist das schlimm?«

»Du willst ein Baby? Das hast du noch nie erwähnt.«

»Eines Tages auf jeden Fall, glaube ich. Ich war so auf mein Studium fixiert, dass ich im Grunde nie darüber nachgedacht habe. Auf jeden Fall will ich Cole, und ein gemeinsames Baby würde die Sache gewissermaßen besiegeln, verstehst du?«

»Eine so junge Beziehung würde es allerdings ziemlich stark belasten«, gab Jenny zu bedenken. »Was passiert, wenn du wirklich schwanger bist?«

»Er hat gemeint, wir würden uns gemeinsam darum kümmern und dass ich mir keine Sorgen machen soll.«

»Das ist sicher ein guter Rat – so lange, bis du erfährst, dass du dir wirklich Sorgen machen solltest.«

»Irgendwie glaube ich, das ist leichter gesagt als getan.« Olivia stand auf und ging zur Spüle, um ihre Tasse abzuwaschen. »Ich sollte vor der Arbeit nach Hause fahren und meine Sachen dort ausladen. Und ich muss noch den Mietwagen zurückbringen, bevor meine Schicht anfängt.«

»Liv, warum bleibst du nicht hier, bis du dir überlegt hast, was du tun wirst? Unser Gästezimmer ist frei, und ich hasse die Vorstellung, dass du dich jeden Tag mit Tante Mary herumschlagen musst.«

Olivia kaute auf der Unterlippe und dachte über Jennys Angebot nach. »Der Weg zur Metrostation ist zu weit.«

»Ich kann dich hinfahren und wieder abholen. Das stört mich nicht im Geringsten.«

»Manchmal komme ich erst ziemlich spät nach Hause.«

»Na und? Bleib hier, gönn dir eine Verschnaufpause – solange du willst.«

»Was ist mit Will?«

»Er würde unseren Klatsch bestimmt liebend gerne live mitbekommen anstatt immer nur im Nachgang.«

Olivia lachte. »Könntest du wenigstens so tun, als würdest du ihm nicht alles erzählen?«

Jenny zuckte verlegen die Achseln. »Also, was sagst du dazu? Bleib für eine Weile bei uns.«

»In Ordnung«, antwortete Olivia und umarmte ihre Cousine. »Danke.«

KAPITEL 15

Olivias Handy klingelte, als sie am Abend in der U-Bahn saß. Sie sah Coles Nummer auf dem Display, und ihr Herz setzte für einen Schlag aus.

»Hi«, meldete sie sich.

»Hey, Kleines. Wie geht es dir?«

»Inzwischen besser. Und dir?«

»Ich bin im Nebel eingeschlossen.« Er klang verärgert und müde.

»Wo?«

»In Cleveland.«

»Übernachtest du dort?«

»Wir warten noch eine Stunde, bis wir das entscheiden. Wie war dein Tag?«

»Ganz okay. Nichts Besonderes.«

»Im Laden ist also niemand niedergeschlagen worden?«

»Heute nicht«, erwiderte sie lachend. Der Klang seiner Stimme heiterte sie auf. »Ich hoffe, das war ein einmaliges Ereignis.«

»Einmal hat gereicht, oder?«

»Absolut.«

»Ich vermisse dich. Sehr sogar.«

»Ich dich auch«, antwortete sie leise. »Ich habe gerade an dich gedacht, als du angerufen hast.«

»An was denn genau?«

»Eigentlich eher an die Wand.« Ihre Wangen wurden heiß, und sie war froh, dass niemand in ihrer Nähe saß.

Er stöhnte. »Sprich nicht darüber! Ich bin bei der Arbeit.«

Sie kicherte leise. »Ich nicht.«

»Benimm dich. Also, wo bist du?«

»In der U-Bahn, auf dem Weg zu Jenny. Sie hat mich eingeladen, eine Weile bei ihr und Will zu bleiben, bis sich meine Wohnsituation geklärt hat. Im Moment halte ich es nicht aus, in der Nähe meiner Mutter zu sein – nicht nach dem, was ich gestern über sie erfahren habe.«

»Verständlich. Ich bin froh, dass du zu Jenny gehst. Das ist eine tolle Idee.«

»Sie gewährt mir Unterschlupf, bis ich weitere Pläne geschmiedet habe.«

Er lachte. »Das ist super.«

»Auch mein Dad hält es für eine gute Idee. Er will mir alles vorbeibringen, was ich von zu Hause brauche.«

»Vergiss nicht mein Angebot.«

»Wie könnte ich?«

»Ich weiß, wir haben ausgemacht, dass wir erst darüber sprechen wollen, wenn wir uns das nächste Mal sehen, aber hast du es dir schon überlegt?«

»Noch nicht.«

»Entschuldige. Ich hätte nicht nachfragen sollen.«

»Du darfst fragen.« Sie schwieg und ergänzte dann: »Du weißt, dass ich es will, oder?«

»Wirklich?«

»Cole … Natürlich will ich es. Es ist mir heute so schwergefallen, dich gehen zu sehen.« Ihre Stimme brach. »Noch nie zuvor ist mir irgendetwas so schwergefallen.«

»Wir könnten jeden Tag zusammen sein, Baby. Jeden Tag.« Sein Tonfall war drängend. »O Gott, das wäre himmlisch.«

»Finde ich auch, doch ich muss …«

»Was, Kleines?«

»Ich glaube, ich muss für eine Weile allein leben. Ich will nicht aus dem Haus meines Vaters aus- und bei dir einziehen, ohne jemals herauszufinden, ob ich für mich selbst sorgen kann.«

»Am liebsten würde ich für dich sorgen.«

»Und dafür liebe ich dich, aber ich muss es selbst tun. Würdest du mich hassen, wenn ich erst eine Weile allein leben möchte, bevor wir irgendetwas entscheiden?«

»Ja.«

Olivia keuchte auf.

Er lachte. »Ich mach doch nur Spaß. Hab ich dir Angst eingejagt?«

»Ach was. Ich wusste, dass du es nicht ernst meinst.«

»Ha!«

»Komm schnell zurück, ja? Flieg durch den Nebel, und komm zurück. Ich brauche dich.«

»Sag das nicht«, flüsterte er. »Du bringst mich um.«

»Ist ja nicht so, als hättest du kein Flugzeug, oder?«

Er lachte leise. »Stiftest du mich etwa dazu an, ein Flugzeug zu entführen?«

»Wie lange müsstest du dafür ins Gefängnis?«

»Ich glaube, ziemlich lange.«

»Mehr als zwei Wochen?«

»Sehr viel mehr.«

»Verdammt.«

»Eine Sekunde, Kleines.«

Olivia hörte, wie er mit jemandem im Hintergrund sprach.

»Hey, ich muss los. Wir haben gerade die Freigabe erhalten.«

»Und wohin fliegt ihr?«

»Nach Chicago.«

»Rufst du mich an, sobald du in Sicherheit bist?«

»Im Flugzeug bin ich sicher.«

»Sicher am Boden.«

»Es wird aber spät.«

»Ich warte.«

»In Ordnung.«

»Ich liebe dich.«

»Ich dich auch.«

***

OLIVIA LAG IN JENNYS GÄSTEZIMMER IM BETT, als zwei Stunden später das Telefon klingelte.

»In Sicherheit«, meldete sich Cole.

»Am Boden?«

»Ja, und auf dem Heimweg. Endlich.«

»Oh, gut«, erwiderte sie und atmete erleichtert aus.

»Hey, ich will nicht, dass du dir Sorgen um mich machst, wenn ich fliege. Das ist für mich so natürlich wie Atmen oder Autofahren.«

»Nur ohne Standspur.«

»Fliegen ist deutlich sicherer als Autofahren. Pro Jahr sterben viel weniger Leute in Flugzeugen als in Autos.«

»Aber trotzdem kommen Leute beim Fliegen ums Leben.«

»Ich jedenfalls nicht«, widersprach er entschieden. »Schlag dir das gleich aus dem Kopf, sonst wirst du verrückt, wenn du mit mir zusammen bist.«

»Zu spät.«

Er seufzte. »Du bist sicher müde. Warum bist du immer noch auf?«

»Ich habe auf deinen Anruf gewartet, und es fällt mir schwer, mich wieder daran zu gewöhnen, alleine zu schlafen. Vielen Dank übrigens, dass du es mir verdorben hast.«

»Gern geschehen.«

Sie hörte, wie er ein Gähnen unterdrückte. »Du bist fix und fertig, oder?«

»Ja, war ein langer Tag, und in den vergangenen Nächten hat mich jemand vom Schlafen abgehalten.«

»Du hast es genossen.«

»Darauf kannst du dein Leben verwetten.«

»Wann arbeitest du morgen?«

»Mittags habe ich einen Flug nach Orlando, anschließend geht es zuerst nach Atlanta, dann nach D. C. und anschließend zurück nach Chicago.«

»Du kommst nach D. C.?«

»Der Aufenthalt ist nur ganz kurz, also werde ich dich nicht sehen.«

Sie stöhnte. »Das ist total unfair.«

»Ich hätte es dir nicht erzählen sollen.«

»Nein, das hättest du besser nicht. Lass uns über etwas anderes sprechen. Wie sieht dein Haus aus?«

»Es ist ein Reihenhaus. Zwei Stockwerke, drei Schlafzimmer, zwei Badezimmer. Nichts Besonderes.«

Nichts Besonderes? Für Olivia klang es nach einem Palast.

»Wie ich bereits sagte«, fuhr er mit einem Lächeln in der Stimme fort, »es gibt jede Menge Platz.«

»Wenn ich auf der Suche nach einem Mitbewohner wäre, wärst du meine erste Wahl.«

»Du willst es also wirklich durchziehen? Dir eine eigene Wohnung suchen?«

»Ich denke schon.«

»Unterschreib keinen Mietvertrag, der länger als sechs Monate läuft. Versprichst du mir das?«

»Ist das lange genug, um meine Selbstständigkeit zu beweisen?«

»Eigentlich denke ich sogar, dass ein Monat reichen würde.«

»Das wäre nicht lange genug. Überleg doch mal: Wenn ich meine eigene Wohnung habe, musst du bei deinen Aufenthalten in D. C. nicht im Sheraton übernachten.«

»Das stimmt wohl. Und vielleicht könnte ich dich besuchen, wenn ich mal eine Woche freihabe.«

»Wirklich?«

»Warum nicht?«

»Sehr gerne.«

»Ich müsste allerdings erst klären, wie ich das mit meinem anderen Job vereinbaren kann.«

»Welcher andere Job?«

»Ein paarmal im Monat fliege ich krebskranke Kinder und junge Erwachsene zu ihren Behandlungen.«

»Das ist ja toll. Warum hast du mir das nicht erzählt?«

»Ich weiß nicht. Es ist einfach etwas, das ich tue, seit meine Mutter gestorben ist. Eine Kleinigkeit, die ich beitragen kann.«

»Fliegst du immer dieselben Leute?«

»Meistens. Es gibt einen Patienten, den ich zur Sloan-Kettering-Klinik in New York fliege, einen anderen fliege ich zur MD-Anderson-Klinik in Houston. Aufgrund meines Dienstplans kann ich es nicht immer einrichten, aber ich sehe sie ziemlich häufig.«

»Sie sind dir mit der Zeit sicher ans Herz gewachsen.«

»Das versuche ich zu vermeiden.«

»Und, funktioniert es?«

»Nicht so gut«, gestand er. »Es sind tolle Kinder, und obwohl sie so viel durchmachen, haben sie immer ein Lächeln und eine Umarmung für mich. Es ist ein sehr dankbarer Job.«

»Das kann ich mir vorstellen. Woher stammen die Flugzeuge, mit denen du die kranken Kinder fliegst?«

»Verschiedene Firmen hier in Chicago stellen ihre Maschinen zur Verfügung, wann immer sie sie nicht benötigen. Ich habe Fluglizenzen für drei unterschiedliche Modelle, also nehme ich immer den Flieger, der im Moment frei ist.«

»Gerade habe ich geglaubt, dich unmöglich mehr lieben zu können, und jetzt finde ich heraus, dass du noch eine ganz andere Seite hast.«

»Es ist keine große Sache, Liv.«

»Doch, für die Leute, denen du hilfst, ist es das durchaus.«

»Viele Menschen haben uns geholfen, als meine Mutter krank war.«

»War sie lange krank?«

»Von der Diagnose bis zu ihrem Tod dauerte es vier Monate.«

»O Gott«, seufzte sie. »Welche Art von Krebs hatte sie?«

»Bauchspeicheldrüse. Es war absolut schockierend. Sie war kerngesund, aber innerhalb eines Monats wurde sie todkrank. Ich habe mich von der Airline beurlauben lassen und bin zu Hause eingezogen, um mich um sie zu kümmern. Ich bin so froh, dass ich diese Zeit mit ihr verbracht habe.«

»Ihr Tod muss dich am Boden zerstört haben.«

»Die Diagnose war das Schlimmste, um ehrlich zu sein. Als meine Mutter starb, war es beinahe eine Erleichterung. Ich weiß, das muss komisch klingen, doch die Höhen und Tiefen der Behandlungen und die ganzen Arzttermine – bei denen es niemals gute Neuigkeiten gab – haben uns sämtliche Lebenskraft geraubt.«

»Das kann ich verstehen. Wie geht es deinem Dad?«

»Er hat uns alle überrascht. Früher hat er zu Hause nie einen Finger krumm gemacht, und jetzt wäscht er selbst und geht einkaufen. Er hat sogar einen Kochkurs bei der örtlichen Kirchengemeinde besucht. Zum Glück hat er viele gute Freunde, die sich um ihn kümmern, und meine Nichten und Neffen sind ständig bei ihm.«

»Glaubst du, er wird je wieder heiraten?«

»Nein. Ich glaube nicht. Sie waren fast vierzig Jahre lang glücklich miteinander.«

»Würdest du es dir wünschen?«

»Das werde ich oft gefragt. Ich hätte nichts dagegen, solange er jemanden findet, der nicht versucht, sein ganzes Leben umzukrempeln. Es gefällt ihm so, wie es ist.« Cole gähnte. »Ich sage es nur ungern, aber ich muss ins Bett, Kleines. Mir fallen gleich die Augen zu.«

»Geht mir genauso. Ich umarme gerade ein Kissen, doch das ist kein vernünftiger Ersatz.«

»Kann ich gut verstehen. Ich rufe dich morgen wieder an.«

»Ich kann es nicht erwarten. Ich liebe dich, Cole.«

»Ich dich auch. Schlaf gut.«

Sie beendete das Gespräch, drückte sich den Hörer fest an die Brust und wünschte sich, stattdessen Cole umarmen zu können. Als sie am Morgen erwachte, lag der Hörer noch immer da.

KAPITEL 16

Am nächsten Abend kam Cole um elf nach Hause. Tucker erwartete ihn schon drinnen.

»Ich habe eindeutig zu viele Wohnungsschlüssel verteilt«, brummte Cole, obwohl er froh war, seinen Freund zu sehen.

»Du bist mir ein paar Informationen schuldig, also dachte ich mir, wenn ich dich mit einem Sixpack besteche, rückst du vielleicht mit der Sprache raus.«

»Da hast du richtig gedacht.« Cole ging zum Kühlschrank und nahm sich ein Bier. »Brauchst du auch noch eins?«

»Wenn es unbedingt sein muss.«

Cole öffnete zwei Flaschen und nahm sie mit ins Wohnzimmer. Eine davon reichte er Tucker, seine eigene stellte er auf den Tisch und zog sich die Krawatte aus. Er öffnete den obersten Knopf seines Uniformhemds und blickte seinen Freund an. »Also, was willst du wissen?«

Tucker schaltete den Sportsender stumm und hob eine Braue. »Was auch immer du mir verschweigst.«

»Wie kommst du darauf, dass ich dir irgendetwas verschweige?«

Tucker verdrehte die Augen. »Lass uns die Beweisstücke betrachten. Alles beginnt mit einem geheimnisvollen Wochenende in Washington, gefolgt von einem dringenden Anruf bei deinem Sidekick und besten Kumpel Tucker, den du anflehst, sich um die irre Natasha zu kümmern, bevor sie unserem furchtlosen Helden irgendetwas versaut. Was sie dir denn genau versauen könnte, hätte unser wackerer Sidekick gerne gewusst. Die Beweise deuten auf ein romantisches Verhältnis unseres verwegenen Helden, aber der Sidekick fragt sich, warum der Held nicht mit Details herausrückt, obwohl er doch weiß, dass sein nichtsnutziger Freund bei all seinen Abenteuern mitfiebert.«

Cole konnte nicht anders und musste grinsen. Diese Wirkung hatte Tucker auf alle Menschen. »Du hast mich durchschaut.«

»Aha! Ich wusste es! Wer ist sie?«

»Olivia«, antwortete Cole lächelnd. Es machte ihn schon glücklich, nur ihren Namen auszusprechen.

»Und wann hast du Miss Olivia kennengelernt?«

»An dem Tag, an dem ich am Flughafen eins auf die Nase bekommen habe.«

»Und da hast du so lange gewartet, bis du mir von ihr erzählst? Was soll das?«

Cole zuckte die Achseln. »Ich wollte es eine Weile für mich behalten. Seit wann ist das ein Verbrechen?«

»Ich bin verletzt.«

»Davon erholst du dich schon wieder.«

Tucker musterte Cole für einen langen Moment.

»Was ist?«

»Irgendwas an dir ist anders.«

Cole konnte es nicht leugnen, also versuchte er es gar nicht.

»Hat diese Olivia vielleicht irgendetwas damit zu tun, dass mich Brenda angerufen und sich die Augen ausgeweint hat, weil du sie abserviert hast?«

Cole schluckte schwer. »Vermutlich.« Es tat ihm leid, zu hören, dass Brenda traurig gewesen war, selbst wenn es ihn überraschte. Zwischen ihnen war es nie ernst gewesen.

Tucker kratzte sich das Kinn. »Erst diese Geheimniskrämerei, dann hältst du den armen alten Tucker hin, machst mit Langzeitaffären Schluss … Das klingt wirklich ernst.«

»Ist es auch«, bestätigte Cole, ohne zu zögern.

Tucker starrte ihn an, offensichtlich zu verwundert, um etwas zu erwidern. »Könntest du das bitte wiederholen?«

»Die Sache mit Olivia. Das ist was Ernstes.«

Tucker schüttelte den Kopf, als hätte er Cole nicht richtig verstanden. »Du willst mir also sagen, dass du vorhast … diesem Mädchen treu zu sein?«

»Ja.«

»Mann, das muss ja eine tierische Kopfverletzung gewesen sein. Sie hat deinen Computer total neu gestartet.«

»Sehr lustig.«

»Glaubst du wirklich, dass du das schaffst?«

»Dass ich was schaffe?«

»Die One-Woman-Show.«

»Es ist keine Show. Ich liebe sie.«

Tucker verschluckte sich fast an seinem Bier. »Hast du gerade gesagt … Du hast doch wohl nicht gesagt … Scheiße.«

Darüber musste Cole lachen.

»Ich muss dieses Mädchen dringend treffen, so schnell wie möglich.«

»Warum so eilig?«

»Ihr ist das gelungen, was keine Frau zuvor auch nur ansatzweise geschafft hat.«

»Und was genau wäre das?«

»Sie hat dich dazu gebracht, ihr nachzulaufen. Das ist ein verdammtes Wunder, Mann. Ich muss diese unglaubliche Frau kennenlernen, damit ich mich vor ihr verneigen kann.«

Cole bewarf ihn mit einem Sofakissen. »Halt die Klappe.«

AM MITTWOCHMORGEN NAHM SICH OLIVIA VIEL ZEIT FÜR IHRE FRISUR. Und statt einer der Stoffhosen, die sie normalerweise zu ihrer königsblauen Uniformbluse trug, warf sie einen kurzen schwarzen Rock in ihre Tragetasche, um ihn sich vor Beginn ihrer Schicht anzuziehen. Jenny setzte Olivia an der U-Bahn-Station ab – eine Stunde bevor sie auf dem Campus sein musste, um sich mit der Studiengruppe aus ihrem Seminar über internationales Finanzwesen zu treffen.

Nachher hätte sie nicht sagen können, was besprochen worden war. Sie hatte kein einziges Wort mitbekommen, doch auf ihrer To-do-Liste standen mehrere Punkte, ohne dass sie sich daran erinnerte, sie aufgeschrieben zu haben.

»Ich werde langsam verrückt«, flüsterte sie lächelnd bei sich, während sie auf dem Weg zum Kunstinstitut den Hof durchquerte. Die Studienberaterin, mit der sie zuvor gesprochen hatte, war heute nicht da, also gab Olivia ihr Portfolio im Sekretariat ab. Nervös blickte sie über ihre Schulter und ertappte die Sekretärin dabei, wie sie die lederne Hülle achtlos auf einen Stapel auf dem Schreibtisch warf, als enthielte sie nicht die bedeutendsten Werke, die Olivia jemals als Künstlerin geschaffen hatte.

Tief durchatmen. Alles kommt, wie es kommen muss. Ich habe jetzt keinen Einfluss mehr darauf. Draußen blickte sie auf die Uhr. In einer Dreiviertelstunde musste sie bei der Arbeit sein, und schon in vier Stunden würde sie Cole wiedersehen. Der Gedanke weckte in ihr den Wunsch, direkt zur U-Bahn-Station zu gehen. *Wir haben nur dreißig Minuten,* ermahnte sie sich. *Dreißig Minuten!* Sie konnte es nicht erwarten.

OLIVIA HIELT IN DER FLUGHAFENHALLE NACH COLE AUSSCHAU, doch die Menschenmenge, die in den Terminal strömte, raubte ihr die Sicht. Sie stellte sich auf die Zehenspitzen, um über die Massen hinwegzusehen, die von den Gates kamen. Endlich fand ihr Blick den von Cole, und ein breites Lächeln erhellte seine Miene.

Sie versuchte, geduldig zu bleiben, und ließ ihn auf sich zukommen, aber nachdem sie bereits den ganzen Tag auf diesen Moment gewartet hatte, hielt sie es kaum aus.

Dann stand er vor ihr, und sie schmiegte sich in seine ausgestreckten Arme. Erleichterung durchströmte sie, als sie seinen einzigartigen männlichen Duft einatmete. Der Menschenstrom floss um sie herum, während sie eine ganze Weile reglos so verharrten.

Endlich ließ Cole sie los und schaute ihr in die Augen. »Komm.« Er legte ihr den Arm um die Schultern und führte sie durch den Terminal zur Lounge von Capital Airlines. Drinnen zeigte er der verblüfften Empfangsdame seinen Ausweis.

»Erster Offizier Langston«, sagte die Frau aufgeregt. »Es ist mir eine große Freude, Sie hierzuhaben.«

»Oh, äh, danke«, murmelte er. Ihre überschwängliche Begrüßung war ihm offensichtlich peinlich.

»Wenn es irgendetwas gibt, was ich für Sie tun kann – ganz gleichgültig, was –, lassen Sie es mich einfach wissen.«

Hinter Coles Rücken verdrehte Olivia die Augen. Die Frau hätte sich kaum alberner aufführen können. Obwohl Olivia die Wasserstoffblondine als dumm abtat, verkrampfte sich ihr Magen beim Gedanken daran, wie oft Cole diese Art von Aufmerksamkeit erhielt. Wie er wohl reagierte, wenn sie nicht dabei war?

»Danke«, antwortete Cole und geleitete Olivia in die Lounge.

Sie bemühte sich, ihre lähmende Unsicherheit abzuschütteln, und blickte sich in der luxuriösen Lounge um, in der sich im Moment außer ihnen niemand aufhielt. Sofas mit rot-blauem Bezug, in den Farben von Capital Airlines, waren zu Sitzbereichen angeordnet. Die Bar bot zahlreiche Getränke an, und auf einer Reihe von Monitoren liefen die wichtigsten Nachrichtensender.

»Ich habe mich schon immer gefragt, wie es hier drin wohl aussieht.«

»Wie du unschwer erkennen kannst, ist es äußerst spannend«, erwiderte Cole trocken. Er nahm sich eine Cola und bot ihr auch eine an.

»Diätcola bitte.«

Sie nahmen auf einem Sofa um die Ecke Platz, um den neugierigen Blicken der Empfangsdame zu entgehen.

Cole stellte die Getränke auf den Tisch und flüsterte: »Na los, küss mich.«

»Das musst du mir nicht zweimal sagen.«

Er berührte ihre Wange und streifte ihre Lippen sanft mit seinen.

Olivia schob ihre Hand unter seine Uniformjacke. Cole gab sich anscheinend alle Mühe, Olivia nur leicht und nicht zu heftig zu küssen, aber nachdem sie ihn tagelang nicht gesehen hatte, hatte sie kein Interesse an einem unschuldigen Kuss. Sie neckte ihn, indem sie mit der Zunge seine Unterlippe berührte. Als er sich schließlich von ihr löste, hatten sich seine Augen verdunkelt und wirkten marineblau.

»Ich kann auf keinen Fall bis nächsten Freitag darauf warten, wieder mit dir zu schlafen«, flüsterte er, als er ihr den Arm um die Schultern legte und sie zu sich zog.

»Ich fürchte bloß, du wirst warten müssen.«

»Vielleicht nicht.«

Sie hob den Kopf von seiner Schulter. »Was meinst du damit?«

»Ich versuche gerade, mit einem Kollegen einen Flug zu tauschen, damit ich nächsten Dienstag hier übernachten kann. Allerdings möchte ich dir nichts versprechen.«

»Ich werde nicht einmal daran denken, bis du es sicher weißt.«

»Aber ich werde schlafen müssen«, warnte er sie, und seine Augen funkelten amüsiert.

»Ein paar Minuten werde ich dir vielleicht gönnen.«

Er bedeckte ihre Lippen mit einem weiteren zärtlichen Kuss, der in ihr das Verlangen nach mehr weckte.

Plötzlich tauchte die Empfangsdame neben ihnen auf, und sie erschraken. Cole nahm den Arm von Olivias Schultern und setzte sich aufrecht hin.

»Kann ich Ihnen irgendetwas bringen?«, fragte die Frau und lächelte verführerisch. Ihr neugieriger Blick zuckte kurz von Cole zu Olivia, bevor sie sich wieder ihm zuwandte.

»Nein, danke«, antwortete er.

»Lassen Sie es mich wissen, sobald Sie Ihre Meinung ändern«, erwiderte sie zweideutig und ging.

Olivia war erneut übel geworden.

Während der kurzen Begegnung mit der Empfangsdame hatte sich Coles Verhalten völlig verändert.

Olivia spürte, dass er mit einem Mal auf Distanz gegangen war, und fragte: »Was hast du denn?«

»Ich hätte dich nicht herbringen sollen.«

Sie konnte es sich nicht vorstellen, doch sie musste es wissen. »Schämst du dich, mit jemandem gesehen zu werden, der hier im Flughafen eine niedere Tätigkeit ausführt?«

Nun wirkte er nicht mehr distanziert, sondern schockiert. »Was? Ob ich mich deinetwegen schäme? Mein Gott, Olivia. Ich schäme mich nicht, aber solange ich eine Uniform trage, erwartet man von mir, dass ich ein gewisses Maß an Anstand wahre. Dabei erwischt zu werden, wie ich in der Lounge der Airline mit meiner Freundin herumknutsche, passt wohl kaum ins Bild. Und der Grund, weshalb ich dich nicht hierher hätte mitnehmen dürfen, ist, dass ich heute den ganzen Tag daran denken musste, dich zu küssen. Ich hab geglaubt, hier drinnen hätten wir etwas mehr Privatsphäre als in irgendeiner Ecke des Terminals. Ich habe mich geirrt.«

»Oh.« Nun war es an ihr, sich zu schämen. Ihr wurde flau im Magen, und es tat ihr in der Seele weh. »Entschuldige, ich … ich wusste es einfach nicht.« Sie bemerkte seinen verärgerten Blick und sah, dass er die Zähne zusammenbiss. Irgendwie war es ihr gelungen, ihn zu verletzen – zum wiederholten Mal.

Er schaute auf die Uhr. »Ich muss los.«

»Jetzt schon?«

»Bis ich zurück bin, hat bereits das Boarding begonnen.«

»Geh nicht einfach so.« Sie legte ihm die Hand auf den Arm. »Bitte. Ich wollte dich nicht kränken.«

»Ich weiß, dass es keine Absicht war, aber es verletzt mich, dass du mir so etwas zutraust, und ich ertrage es nicht, dass du dir in den Kopf gesetzt hast, du wärst nicht gut genug für mich.«

Ihr stiegen Tränen in die Augen. »Entschuldige. Ich liebe dich so sehr, doch ich vermassle es ständig. Das ist das Letzte, was ich wollte.«

Er umfasste ihr Gesicht und gab ihr einen leidenschaftlichen Kuss, ohne Rücksicht darauf, wer sie dabei beobachten mochte. Als er sich wieder von ihr löste, war Olivia leicht schwindelig.

»Beantwortet das all deine Fragen?«, wollte er wissen und richtete seine dunklen Augen eindringlich auf sie.

»Ja«, erwiderte sie atemlos. »Ich denke, damit ist alles geklärt.«

»Wenn ich dich ansehe, bin ich völlig hilflos«, flüsterte er. »Ich denke an dich, vom ersten Moment an, wenn ich morgens aufwache, bis zu der Sekunde, wenn ich abends die Augen schließe. Ich liebe dich. Hör auf, es mir ausreden zu wollen, okay?«

Überwältigt von seinem Gefühlsausbruch schaffte sie es gerade noch, zu nicken.

Er küsste sie erneut. »Kommst du noch ein Stück mit?«

Er nahm ihre Hand, und sie folgte ihm, vorbei an der neugierigen Empfangsdame und zurück in den vollen Terminal. Kurz bevor sie sein Gate erreichten, blieb er stehen und zog sie fest an sich.

Olivia griff unter seine Uniformjacke, schlang die Arme um ihn und drückte ihn. »Du hast mich vorhin als deine Freundin bezeichnet.«

Er löste sich von ihr, damit er ihr in die Augen schauen konnte. »Ach wirklich? Na, was glaubst du denn, wer du bist?«

»Das hat mir gefallen.«

Er küsste sie auf die Stirn und drückte sie an sich. »Dann muss ich es wohl öfter sagen.« Er blickte über die Schulter zu der Tür, hinter der sich die Fluggastbrücke befand. Ein Mitarbeiter von Capital Airlines hatte bereits begonnen, die Passagiere ins Flugzeug zu lassen. »Ich muss gehen, Kleines. Bis zum nächsten Mal.«

»Ich werde hier sein.«

»Ich verlasse mich darauf.« Er küsste sie auf die Wange und machte sich lächelnd auf den Weg.

Olivia stand am Fenster und wartete, bis sich das Flugzeug vom Gate entfernte. Im Cockpit trug Cole eine Sonnenbrille und sprach in ein Headset. Um bessere Sicht zu haben, ging Olivia auf die andere

Seite der Tür und beobachtete, wie die glänzende rot-blaue Maschine bis zum Anfang der Startbahn fuhr, wo sie einige Minuten verharrte.

Olivia schnappte nach Luft, als das Flugzeug plötzlich vorwärtsrollte, die Startbahn entlangraste und abhob. Es war bereits außer Sichtweite, als sie die angehaltene Luft mit einem langen Seufzen ausstieß.

Sie konnte sich nicht vorstellen, wie sich dieser Moment – wenn das Flugzeug den Boden verließ – für die Menschen an Bord anfühlte. Hielten auch sie die Luft an? Sie war sich sicher, dass sie zumindest es tun würde.

Zehn Minuten zu spät kehrte sie zur Arbeit zurück, aber das war es ihr wert gewesen – absolut.

———

Als Cole das Flugzeug am Gate in Chicago anhielt, war es fast elf. Er war erschöpft und dankbar, dass er am nächsten Tag freihatte. Er plante, lange zu schlafen.

Neben ihm füllte Jake Garrison die Formulare aus, während die Flugbegleiterinnen die Passagiere verabschiedeten. Ohne von seiner Arbeit aufzublicken, fragte Jake: »Wer war denn die Schnitte in DCA?«

»Was?«, erwiderte Cole verwundert.

»Das Mädchen, Langston«, erwiderte Jake lachend. »Das Mädchen, das am Gate wie eine Halskette an dir hing?«

Cole nahm das Klemmbrett von ihm entgegen, unterschrieb auf der Linie unter Jakes Unterschrift und gab es ihm zurück. »Sie ist meine Freundin.«

»Du hast also eine richtige Freundin.«

»Habe ich doch gesagt.«

»Eine Freundin, die am Flughafen arbeitet?«

Cole sah ihn an. »Was ist so schlimm daran?«

»Gar nichts«, entgegnete Jake und hob die Hände.

»Sie arbeitet dort, solange sie studiert.«

Jake hob eine Braue. »Du bist mit einer Studentin zusammen?«

»Sie ist siebenundzwanzig, Jake.«

»Was hat sie dann noch an der Uni verloren?«

»Wegen familiärer Probleme hat sie ein paar Jahre in der harten Schule des Lebens verbracht. Sie ist eine äußerst begabte Künstlerin, die endlich anfängt, an ihr Talent zu glauben.« Er blickte auf und bemerkte, dass Jake ihn interessiert beobachtete. »Was ist?«

»Nichts.«

Cole seufzte. »Sag es einfach. Was auch immer es ist.«

»Was ist mit deinem Harem passiert?«, wollte Jake wissen.

»Diese Tage liegen hinter mir.«

»Ernsthaft?«

»Ja.«

»Hm.«

»Was soll das heißen?«

»Ach, nichts«, meinte Jake. »In meinen Augen bist du eben nicht der Typ, der sich mit nur einer Frau zufriedengibt.«

»Nun, jetzt bin ich es.« Jake war schon der zweite Freund innerhalb von zwei Tagen, der so was sagte, und Cole fragte sich, wie schlimm sein Ruf eigentlich war. Seine Frauengeschichten waren seit dem Tod seiner Mutter definitiv mehr geworden, so als würde er versuchen, damit eine innere Leere zu füllen. Was immer dahintersteckte, es hatte jedenfalls nicht funktioniert – bis er Olivia begegnet war.

Verärgert über Jakes Bemerkung löste Cole seinen Gurt und verließ seinen Sitz. Er nahm seine Uniformjacke und den Rucksack. »Bis dann.« Er befand sich bereits mitten auf der Fluggastbrücke, als er Jake rufen hörte.

»Langston! Warte. Komm schon. Warte auf mich.«

Cole blieb stehen, atmete tief durch und drehte sich um.

»Warum bist du so angepisst?«, fragte Jake.

»Wer ist denn angepisst?«

»Oh«, erwiderte Jake und lächelte wissend. »Ich versteh schon.«

»Ich bin müde, Jake, und ich habe keine Ahnung, wovon du redest.«

»Wirklich nicht?«

»So erfreulich diese Unterhaltung auch ist, fürchte ich, dass wir sie später weiterführen müssen.« Cole wandte sich ab und setzte seinen Weg über die Fluggastbrücke fort. »Mein Bett ruft.«

»Du liebst sie, oder?«

Cole blieb stehen, drehte sich allerdings nicht um. »Ja, so was in der Art.«

»Meine Bemerkung tut mir leid. Ich bin zu weit gegangen.«

»Kein Problem, Mann. Bis später.« Cole durchquerte den Terminal und dachte darüber nach, dass Jake ein netter Kerl war, mit dem er immer schon gern zusammengearbeitet hatte. Er würde ihm seine Bemerkungen nicht übel nehmen, doch es hatte ihn geärgert, zu hören, wie Jake Olivia als nichts Besonderes abgetan hatte. Andererseits – nach seinem Lebensstil in den vergangenen Jahren sollte es ihn nicht wundern, dass seine Freunde die gravierenden Veränderungen der letzten Zeit bemerkten.

Während er im Shuttlebus zum Parkplatz saß, blickte er auf die Uhr. Er wollte Olivia anrufen, aber bei ihr war es schon ein Uhr morgens. Da sie bei Jenny übernachtete, fürchtete er, das Baby aufzuwecken, wenn er sich so spät noch meldete. Statt Jennys Zorn zu riskieren, beschloss er, abzuwarten und es am Morgen zu versuchen.

Es war ohnehin besser so. Nach dem, was vorhin zwischen ihnen vorgefallen war, und nach der Unterhaltung mit Jake war Cole schlecht gelaunt. Doch er wollte wirklich gerne mit ihr sprechen, ihr eine gute Nacht wünschen und ihre Stimme hören. Also schickte er ihr eine Textnachricht: »Ruf mich an, wenn du noch wach bist.«

Er sank in den weichen Ledersitz seines neuen schwarzen Mustang GT und blieb eine Minute sitzen, in der Hoffnung, dass Olivia sich melden würde. Dann startete er den Wagen und fuhr, so schnell er konnte, nach Hause. Dabei schlug er seine persönliche Bestzeit um ganze zwei Minuten – das zufriedenstellende Ende eines ansonsten beschissenen Tages. Nun, abgesehen von Olivias traumhaftem Kuss. Allein dafür hatte sich das Aufstehen gelohnt.

Wie sehr er sich wünschte, dass sie ihn zu Hause erwartete.

Er fuhr in die Wohnanlage und parkte vor seinem Reihenhaus. Als er aufblickte, bemerkte er, dass im Wohnzimmer Licht brannte. »Was zum Teufel?«, murmelte er, während er die Stufen zur Tür nahm.

»Cole! Warte!«, rief Tucker von seiner Haustür aus.

»Wer ist da drin?«, fragte Cole und deutete auf seine eigene Tür, während gleichzeitig sein Handy klingelte. Das war bestimmt Olivia, doch er konnte erst rangehen, wenn er sich um das gekümmert hatte, was sich hier abspielte.

Tucker sprang die Treppe vor seinem Haus hinunter und nahm hastig die Stufen zu Coles Tür. »Ich wollte die Polizei rufen, als ich sie gesehen habe, aber ich wusste nicht, ob dir das recht ist.«

Cole erstarrte. »Wen hast du gesehen?«

Gequält wich Tucker seinem Blick aus. »Was glaubst du wohl?«

»Sie ist in meinem Haus?«

»Ich wusste nicht, was ich tun soll.«

Cole eilte die restlichen Stufen hinauf, schloss die Tür auf und erblickte Natasha in all ihrer Pracht, nackt und ausgestreckt auf seinem Sofa liegend, mit einer roten Rose zwischen den üppigen Brüsten.

»Ich dachte schon, du würdest nie nach Hause kommen, Liebling«, schnurrte sie.

»Tucker«, stieß Cole mit zusammengebissenen Zähnen hervor, »ruf die Polizei.«

Olivia ließ das Telefon klingeln, bis die Mailbox ranging. Danach versuchte sie es erneut, doch Cole meldete sich nicht. »Das ist ja komisch«, murmelte sie und las seine Textnachricht erneut. Er hatte sie vor einer halben Stunde abgeschickt, als sie gerade unter der Dusche gestanden hatte. Hellwach und frustriert darüber, dass er nicht ranging, nahm sie ihr Handy mit nach unten, um sich ein Glas Wasser zu holen. Sie war überrascht, Jenny in der Küche zu begegnen.

»Warum bist du noch wach?«, wollte Jenny wissen.

»Cole hat mir eine SMS geschickt und mich gebeten, ihn anzurufen, aber er geht nicht ran.«

»Wahrscheinlich ist er schon im Bett.«

»Ja, das denke ich auch. Was ist mit dir? Kannst du nicht schlafen?«

»Ich fühle mich nicht so gut.«

»Warum denn?«

»Mir ist schlecht.«

Olivia musterte ihre Cousine neugierig. »Beim letzten Mal, als dir mitten in der Nacht schlecht war …«

Jenny hob die Hand, um Olivia zum Schweigen zu bringen. »Sag es nicht. Wag nicht, es auszusprechen.« Sie brach in Tränen aus, und Olivia erschrak.

»Hey! Was ist denn los?« Olivia schlang einen Arm um Jennys bebende Schultern.

»Ich kann nicht schon wieder schwanger sein. Ich kann nicht.«

»Ist das Wunschdenken? Oder etwas anderes?«

»Liv, ich schaffe es kaum mit Billy. Wie in aller Welt soll ich mit zwei Windelträgern fertigwerden? Wir wollten warten, bis Billy drei wird.«

»Ich dachte, du nimmst die Pille.«

Jenny schüttelte den Kopf. »Ich stille Billy noch, und ich wollte erst nach dem Abstillen wieder mit der Pille anfangen. So viel zum Thema Stillen als Verhütungsmittel.«

»Du bist eine tolle Mutter, Jen. Du schaffst das genauso mit zwei Kindern.«

»Ich wünschte, ich könnte auch so optimistisch sein.«

»Was sagt Will dazu?«

»Ich habe es ihm noch nicht erzählt. Den Test habe ich heute erst gemacht. Er hatte nicht einmal den Anstand, die zehn Sekunden abzuwarten, bevor er ›positiv‹ angezeigt hat.«

Olivia gelang es nicht, ihr Kichern zu unterdrücken.

»Schon komisch, dass du dich darüber amüsierst, da du womöglich im selben Boot sitzt.«

»Danke, dass du mich daran erinnerst«, erwiderte Olivia ernüchtert.

»Erzählst du mir jetzt, was heute passiert ist? Du hast kaum ein Wort gesagt, als du heute Abend nach Hause gekommen bist.«

»Ich habe es vermasselt. Schon wieder.« Sie erzählte Jenny von dem Ereignis in der Capital-Lounge. »Er war echt sauer.«

»Das kann ich verstehen. Warum ist es dein erster Impuls, etwas Schlechtes von ihm zu denken, obwohl er vom ersten Augenblick an immer nur gut zu dir war – und übrigens k. o. geschlagen wurde, nachdem er es mit einem Typen aufgenommen hatte, der dich schikaniert hat?«

»Ich glaube, ich kann nicht anders. Die ganze Sache klingt wie aus einem Märchen, verstehst du? Ständig warte ich darauf, dass die Uhr Mitternacht schlägt und sich meine Kutsche in einen Kürbis verwandelt. Ich will es nicht, aber so bin ich eben.«

»Deine Mutter ist schuld«, erwiderte Jenny bitter. »Sie hat dein Selbstbewusstsein systematisch untergraben und dich in eine totale Pessimistin verwandelt. Am Ende wird es noch die Sache mit Cole vergiften, wenn du es nicht unter Kontrolle bekommst.«

»Das hat es bereits. Schon zum zweiten Mal habe ich ihn mit meinen Zweifeln verletzt.«

»Tu es nicht wieder, Liv. Es ist nicht seine Schuld, dass deine Mutter so ist, wie sie ist. Lass nicht zu, dass sie es dir ruiniert. Das darfst du nicht.«

»Stimmt. Am liebsten würde ich alle Ängste und Sorgen einfach vergessen.«

»Dann mach das. Mein Bauchgefühl signalisiert mir, dass Cole es wert ist.«

»Meins auch. Er sagt so liebe Dinge zu mir. Heute meinte er, dass er jedes Mal ganz hin und weg ist, wenn er mich nur ansieht.«

»Wow«, seufzte Jenny. »Das ist so romantisch.«

In diesem Moment traf Olivia eine Entscheidung. »Was zum Teufel mache ich hier? Er liebt mich. Ich liebe ihn. Vielleicht funktioniert es ja, und vielleicht hält es sogar für immer. Ich lasse mich einfach darauf ein.«

»Ich bin mir sicher, dass er darüber sehr glücklich wäre.«

»Ja, das wäre er. Kommst du zurecht?«

Jenny zuckte die Achseln. »Welche Wahl bleibt mir?«, fragte sie bedrückt. »Ich glaube, wir müssen langsam anfangen, nach einem größeren Haus zu suchen, wenn wir noch ein Baby kriegen.«

»Gibt es nicht Zwillinge in Wills Familie?«, fragte Olivia betont unschuldig und musste dann über Jennys entsetzten Gesichtsausdruck lachen.

KAPITEL 17

Am nächsten Morgen versuchte Olivia mehrmals, Cole zu erreichen, doch jedes Mal ging sofort die Mailbox ran. Erneut las sie die SMS vom Vorabend. »Nein, ich bilde es mir nicht ein«, murmelte sie. »Er hat mich gebeten, ihn anzurufen, und dann ist er von der Bildfläche verschwunden.«

»Führst du Selbstgespräche, Liv?«

Olivia drehte sich um und entdeckte Jenny, die mit zwei Kaffeetassen in der Hand am Türrahmen lehnte. Eine davon reichte sie Olivia.

»Danke. Ich kriege einfach nicht heraus, wo er steckt. Dabei weiß ich, dass er heute freihat, aber er geht nicht ans Telefon.«

»Vielleicht schläft er ja. Du würdest doch auch schlafen, wenn du freihättest.«

»Wahrscheinlich«, erwiderte Olivia und probierte einen Schluck Kaffee. »Ich dachte, wenn man schwanger ist, darf man keine koffeinhaltigen Getränke mehr trinken.«

»Nur noch heute«, seufzte Jenny. »Und, was hast du dieses Wochenende vor?«

»Am Samstag muss ich arbeiten, ansonsten nichts. Und du?«

Jenny setzte sich auf Olivias Bett. »Ich denke darüber nach, wie ich es Will beibringen soll. Irgendwelche Vorschläge?«

Olivia nahm neben ihr Platz. »Warum führst du ihn nicht schön zum Essen aus, bearbeitest ihn mit vielen Drinks und überfällst ihn dann damit? Kurz und schmerzlos.«

Jenny dachte einen Moment lang darüber nach und antwortete: »Das gefällt mir. Ich hatte mir schon überlegt, dass beträchtliche Mengen Alkohol notwendig sind, um der ganzen Sache die Schärfe zu nehmen.«

»Ich werde solange auf Billy aufpassen.«

»Bist du dir sicher? Ich kann meine Eltern fragen.«

»Ich würde mich sehr freuen, den Abend mit meinem kleinen Lieblingsracker zu verbringen.«

»Danke.«

Olivias Handy klingelte, und sie zuckte zusammen. »Hallo?«

»Olivia, hier ist Leslie Chambers von der Fakultät der Bildenden Künste an der American University.«

»Oh.« Olivia sah Jenny an, die gerade beide Kaffeetassen auf den Nachttisch stellte. »Dr. Chambers. Wie geht es Ihnen?«

»Nun, um ehrlich zu sein, ich bin verblüfft.«

Olivia spürte bereits die Enttäuschung im Bauch. »Ich fürchte, ich verstehe nicht.«

»Was zum Teufel haben Sie am Institut für Wirtschaftswissenschaft verloren?«

»Oh, äh, also …«

Dr. Chambers lachte. »Ihr Portfolio ist wirklich äußerst beeindruckend. Ihre Arbeiten verfügen über eine Reife und eine Tiefe, die mich sehr angesprochen haben.«

»Sie haben Sie wirklich angesprochen?«

»Laut und deutlich. Haben Sie schon die Formulare für den Hauptfachwechsel ausgefüllt?«

Olivia hatte das Gefühl, einen Knoten in der Zunge zu haben. »Ich habe sie letzte Woche abgegeben.«

»Gut, denn wir freuen uns, Sie ab Januar in unserem Studiengang begrüßen zu dürfen. Herzlichen Glückwunsch.«

»Oh.« Tränen ließen ihre Sicht verschwimmen, während sie versuchte, alles zu begreifen.

»Olivia? Alles in Ordnung?«

»Äh, ja. Ich bin bloß überwältigt.«

»Sie besitzen ein ganz besonderes Talent. Ich freue mich darauf, zu sehen, wohin es Sie führt.«

»Ich danke Ihnen«, erwiderte Olivia. »Vielen, vielen Dank.«

»Sie werden noch eine offizielle Zusage erhalten, und dann melde ich mich wieder bei Ihnen.«

Olivia bedankte sich erneut, beendete das Gespräch und blickte Jenny an.

»Was ist? Was hat sie gesagt?«

»Ich bin aufgenommen worden«, erklärte Olivia erschüttert.

»Wo denn?«

»An der Kunsthochschule.«

Jenny stieß einen Schrei aus und warf Olivia die Arme um den Hals. Dann schrien sie gemeinsam und wälzten sich Arm in Arm auf dem Bett, bis plötzlich Will mit Billy in der Tür auftauchte.

»Gerade, wenn ich denke, ihr zwei könntet nicht noch verrückter werden, übertrefft ihr euch selbst.«

»Liv ist an der Kunsthochschule aufgenommen worden!«

»O mein Gott!«, rief Will. »Wirklich?«

Olivia nickte, und Jenny ließ einen weiteren Freudenschrei hören.

»Das ist toll, Liv«, meinte Will. »Herzlichen Glückwunsch.«

»Was hast du hier eigentlich zu suchen?«, wollte Jenny von ihrem Mann wissen.

»Ich habe versehentlich Kaffee auf mein Hemd verschüttet, bin nach Hause gekommen, um mich umzuziehen, und habe dabei bemerkt, dass ihr zwei albernen Hühner Billy aus seinem Mittagsschlaf geweckt habt.« Er kitzelte die Füße des Kleinen.

Jenny nahm ihm das glucksende Baby ab. »Tut mir leid, Kumpel, aber Livvie und ich waren am Feiern.«

»Und wir beide haben am Samstagabend ein heißes Date«, meinte Olivia zu dem Baby.

»Mein Sohn hat noch keine Dates«, setzte Will sie in Kenntnis.

Jenny zog Will an seiner Krawatte zu sich, um ihm einen Kuss zu geben. »Nein, aber du. Samstag um sieben. Komm nicht zu spät.«

Wills Blick wanderte von Jenny zu Olivia und dann wieder zurück zu seiner Frau. »Was führt ihr beide im Schilde?«

»Nichts«, erwiderte Jenny unschuldig. »Ich will nur mit dir ausgehen. Hast du damit ein Problem?«

Will wirkte weiter skeptisch und antwortete: »Natürlich nicht, aber irgendwas ist doch. Mein Radar fängt ein riesiges Signal auf.«

»Musst du nicht zurück zur Arbeit?«, fragte Jenny.

Er berührte Jenny am Kinn, damit sie ihn ansah. »Du unterschätzt mich auf eigene Gefahr.«

»Irgendwie macht mich das an«, erwiderte Jenny und knurrte spielerisch.

»Und das«, wandte sich Olivia an Billy und nahm ihn in den Arm, »ist unser Stichwort dafür, uns aus dem Staub zu machen.«

»Nicht nötig«, erklärte Will und warf seiner Frau einen letzten vielsagenden Blick zu. »Ich gehe, aber das letzte Wort ist noch nicht gesprochen.«

»Hab einen schönen Tag, Schatz«, rief Jenny ihm nach.

Die beiden Frauen warteten, bis sie gehört hatten, wie sich die Haustür schloss. Dann brachen sie erneut lachend auf dem Bett zusammen.

***

ALS DER MITTAG OHNE EINEN ANRUF VON COLE VERSTRICH, beschloss Olivia, eine andere Taktik zu versuchen – obwohl sie sich dabei genau wie die Art von klammernder, bedürftiger Freundin vorkam, die niemals zu werden sie sich geschworen hatte. Sie rief die Auskunft in Chicago an, um herauszufinden, ob Cole dort eine Festnetznummer hinterlegt hatte, und war enttäuscht, zu erfahren, dass man keine kannte. Trotzdem weigerte sie sich, ihn erneut auf dem Handy anzurufen, ging zum Alltag über und versuchte, nicht darüber nachzudenken, warum er sich nicht meldete.

Ihre Entscheidung vom Vorabend, sich zu entspannen und sich

einfach auf die Beziehung einzulassen, war vergessen, und sie musste sich eingestehen, dass sie sauer auf ihn war. Das war genau die Art von Stress, die sie in ihrem Leben nicht gebrauchen konnte. Seine Nachricht vom Vorabend, gefolgt von zwölf Stunden Schweigen, brachte sie dazu, alles infrage zu stellen. Er hatte behauptet, nicht zu wollen, dass sie an ihm zweifelte, aber wenn das der Fall war, warum rief er dann nicht an? Außerdem war ihr in den Sinn gekommen, dass er womöglich verletzt oder krank sein könnte, was ihr noch größere Angst einjagte, als sie sich eingestehen wollte.

Als endlich gegen zwei das Telefon klingelte, war sie nicht länger verängstigt, sondern drauf und dran, stinksauer zu werden. »Hey«, meldete sie sich und versuchte, lässig und unbekümmert zu klingen.

»Hey, Kleines. Tut mir so leid, dass ich deine Anrufe verpasst habe. Als ich gestern Abend nach Hause kam, musste ich mich um jede Menge Scheiß kümmern, und als ich fertig war, war es schon zu spät, um dich zurückzurufen. Ich musste echt lange aufbleiben, und daher habe ich heute ausgeschlafen.«

»Was denn für ein Scheiß?«

Er seufzte. »Würdest du mir glauben, wenn ich dir versichere, dass du das wirklich nicht wissen willst?«

»Ehrlich gesagt: Nein, würde ich nicht.«

Nach einer langen Pause erwiderte er: »Du bist sauer.«

Ihr Magen schmerzte. »Ja, schon irgendwie.«

»Liv, es tut mir leid. Wirklich.«

»Ich hab nicht gern das Gefühl, dass da irgendetwas läuft, wovon ich nichts weiß. Du behauptest, ich könne dir vertrauen, aber dann kann ich dich nicht erreichen, obwohl du es warst, der mich gebeten hat, dich anzurufen. Was soll ich davon halten?«

»Du kannst mir vertrauen, Olivia. Ich schwöre es.«

»Das würde ich gerne.«

»Liv …«

»Warum hast du gestern Abend diese Nachricht geschickt?«

»Weil ich dich vermisst habe und dir Gute Nacht sagen wollte.«

Gegen ihren Willen schmolz das Eis in ihrem Herzen. »Ich hätte mich darüber gefreut.«

»Können wir so tun, als wäre es gestern Abend, und es noch einmal versuchen? Bitte?«

Sie war versucht, sich von seinem Charme einwickeln zu lassen, weil sie es nicht ertrug, ihm böse zu sein, doch diese Sache war ihr zu wichtig, als dass sie ihn so leicht davonkommen lassen würde.

»Es ist nicht schön, wenn ich mich den ganzen Tag lang wegen des Mannes, den ich liebe, nervös und unsicher fühle, Cole – erst recht nach einer schlaflosen Nacht.«

»Es wird nicht wieder vorkommen. Das verspreche ich.«

Sie wollte ihm unbedingt glauben und sich wieder mit ihm vertragen, also atmete sie tief durch. »Heute ist etwas ziemlich Wichtiges passiert.«

»Was denn?«

»Ich bin offiziell an der Kunsthochschule angenommen worden.«

»Liv! O mein Gott, das ist ja großartig! Ich bin so stolz auf dich.«

»Danke.«

»Wirklich tolle Neuigkeiten.«

»Ich wollte einfach … Ich wollte es dir unbedingt erzählen.«

»Entschuldige. Ich wünschte, ich könnte dich heute Abend ausführen, zur Feier des Tages.«

»Nächste Woche.«

»Ja, das machen wir. Übrigens – ich sage es nur ungern, aber Dienstagabend klappt nicht. Ich konnte niemanden finden, der mit mir tauscht.«

Olivia schluckte ihre Enttäuschung hinunter. »Das ist okay. Ich muss noch meine Hausaufgaben und alles andere fertig machen, bevor wir nächstes Wochenende verreisen. Wo fliegen wir überhaupt hin?«

»Das verrate ich nicht, und du entlockst es mir auch nicht, wenn du so beiläufig fragst.«

»Wenn du hier wärst, würde ich es schon aus dir rausbekommen.«

Er lachte. »Das glaubst du also, was?«

»Ich weiß es.«

»Liebst du mich immer noch, obwohl du dich meinetwegen den ganzen Tag über schlecht gefühlt hast?«

Er klang so lieb und ernsthaft um sie besorgt, dass sie beschloss, ihm zu vergeben. »Ich denke schon«, neckte sie.

»Das klang aber nicht sehr überzeugend.«

»Hat sich denn dein sogenannter ›Scheiß‹ jetzt erledigt?«

»Das hoffe ich wirklich.«

»Und du warst in den letzten zwölf Stunden nicht mit deiner Frau oder deiner anderen Freundin zusammen?«

»Es gibt nur dich, Liv.«

»Dann liebe ich dich immer noch.«

»Gut«, sagte er erleichtert. »Weil ich dich auch liebe. Und zwar sehr.«

»Rufst du mich nachher an?«

»Das werde ich.«

Und das tat er. Er rief an diesem Abend an, und am nächsten, während Olivia auf Billy aufpasste.

»Hey«, meldete sie sich und war außer Atem, weil sie mit dem Baby im Arm ans Telefon gerannt war.

»Was machst du gerade?«, fragte Cole.

»Also, im Moment bin ich pitschenass, weil ich versucht habe, Billy zu baden. Ich bin mir nicht mal sicher, ob er überhaupt nass geworden ist. Er ist völlig durchgedreht.«

Billy quietschte begeistert und zog an ihrem Haar.

»Heute Abend hat definitiv er die Hosen an.« Olivia setzte das Baby auf der Spielmatte am Boden ab. Erschöpft ließ sie sich auf das Sofa fallen und legte die Füße hoch. »Er macht mich fertig.«

Cole lachte.

»Ich weiß nicht, wie Jenny es schafft, alles so leicht aussehen zu lassen.«

»Sicher hat sie viel Übung darin.«

»Sie ist mit Will ausgegangen, um ihm beizubringen, dass sie wieder schwanger ist, was, wie ich gehört habe, ziemlich überraschend kommt.«

»Autsch.«

»Im Ernst – zwei Babys im Abstand von fünfzehn Monaten. Allein beim Gedanken daran schaudert mich.«

»Da wir gerade von Babys sprechen – hat sich irgendetwas Neues ergeben?«

»Noch nicht. Aber Jenny behauptet, die Chancen stünden nicht schlecht, dass alles gut geht.«

»Ja, vermutlich schon.«

»Warum klingst du so enttäuscht?«, wollte sie wissen.

»Ich habe nie viele Gedanken daran verschwendet, Kinder zu bekommen, doch jetzt, wo die Möglichkeit besteht, nun ja, macht es mir nicht so viel Angst, wie es vielleicht sollte.«

»Ich weiß, was du meinst.«

»Wirklich?«

»Wirklich.«

»Willst du damit sagen, dass du in gewisser Weise darauf hoffst, schwanger zu sein?«

»Vielleicht tue ich das wirklich«, gestand sie. »Ich weiß, dass es mein ganzes Leben – und auch deins – völlig auf den Kopf stellen würde, aber dann schaue ich Billy an, und die Möglichkeit, ein Baby zu bekommen, das dir ähnlich sieht …«

»Oder dir«, ergänzte er leise.

»Das ist doch verrückt«, erwiderte sie und lachte nervös. »Wir kennen uns kaum, und trotzdem hoffen wir darauf, zusammen ein Baby zu kriegen.«

»Wir kennen uns, Liv.«

»Gut genug, um ein Baby miteinander zu haben?«

»Definitiv.«

»Was würden wir machen, wenn ich, du weißt schon, schwanger wäre?«

»Du müsstest herziehen, um bei mir zu leben.«

»Oder du müsstest herziehen, um bei mir zu leben.«

»So oder so.«

»Würdest du das tun? Zu mir kommen?«

»Wenn es das ist, was du willst.«

Olivia war so verblüfft, dass sie nicht wusste, was sie darauf erwidern sollte. Es war ihr bisher nie in den Sinn gekommen, dass er seine Sachen packen und zu ihr ziehen könnte. Zum ersten Mal, seit sie sich auf die Beziehung mit ihm eingelassen hatte, fühlte sie sich beinahe sicher – und ein wenig hoffnungsvoll.

»Bist du noch dran?«, fragte er.

Sie räusperte sich, um nicht übertrieben gefühlvoll zu klingen. »Ja. Ich sollte wohl besser Billy ins Bett bringen.«

»Ich kann es nicht erwarten, dich nächstes Wochenende zu sehen.«

»Ich auch nicht.«

»Telefonieren wir morgen wieder?«

»Ich werde hier sein.«

»Ich will nicht, dass du dir wegen irgendetwas Sorgen machst, okay? Wenn du ein Baby bekommst, finden wir eine Lösung.«

»Ich weiß.«

»Ich liebe dich.«

»Ich dich auch.«

DIE FOLGENDE WOCHE FÜHLTE SICH WIE EINE DER LÄNGSTEN IN OLIVIAS LEBEN AN. Drei nervtötende Tage lang lernte sie für ihre Zwischenprüfung in internationaler Wirtschaft, während sie sich ständig sagte, dass sie nur noch dieses eine Semester durchstehen musste. Sobald sie anfing, Kunst zu studieren, würde ihr Studium endlich interessant werden. Nach der Prüfung am Mittwoch hatte sie ein gutes Gefühl, aber ihr Studium war das Letzte, was sie gerade interessierte. Cole sollte gegen vier landen, und anschließend würden sie dreißig Minuten miteinander haben.

Voller Vorfreude machte sie sich auf den Weg zum Flughafen, doch ihre Freude löste sich auf, als sie erfuhr, dass der Flug Verspätung hatte. Heute würde es keinen Besuch von Cole geben.

Sie war gerade schon im Laden, als Cole vom Gate aus anrief.

»Kannst du reden?«, fragte er.

»Ganz kurz nur.«

»Tut mir leid wegen heute.« Er klang ebenso enttäuscht wie sie. »Ich hatte mich wirklich darauf gefreut.«

Ihre Augen füllten sich mit Tränen. »Ich auch.«

»Bloß noch zwei Tage bis Freitag«, meinte er aufmunternd.

»Netter Versuch.«

»Hat nicht funktioniert?«

»Nicht besonders gut.« Zu wissen, dass Cole so nah und trotzdem unerreichbar war, trug nicht dazu bei, ihre Stimmung zu heben.

»Ich sage es nur ungern, aber ich muss los. Telefonieren wir heute Abend?«

»Okay.«

»Olivia?«

»Ja?«

»Wir sehen uns beim nächsten Mal. Ich schwöre es mit dem kleinen Finger.«

Sie lächelte. Bloß noch zwei Tage, dann hätten sie vier Tage zusammen – vier ganze Tage.

»Ich werde da sein.«

»Darauf verlasse ich mich.«

KAPITEL 18

Olivia lief auf und ab, während sich Nervosität und Vorfreude unter die Schmetterlinge in ihrem Bauch mischten. Es war in jeder Hinsicht falsch, sich so sehr darauf zu freuen, einen Mann zu sehen, doch sie war machtlos dagegen. Außerdem stand ihr ihr allererster Flug bevor. Noch immer hatte sie keine Ahnung, wohin es gehen sollte. Aber spielte das tatsächlich eine Rolle? Sie würde mit Cole zusammen sein, und das war alles, was zählte.

Ungeduldig lief sie vor dem Gate hin und her, an dem sie sich mit ihm treffen sollte. Es hatte eine Durchsage gegeben, dass sich seine Maschine im Anflug befände. Was auch immer das heißen mochte. Sie hatte das Ticket abgeholt, das er für sie am Schalter von Capital Airlines hinterlegt hatte, und obwohl sie brennend neugierig war, hatte sie ihr Versprechen gehalten und nicht auf das aufgedruckte Ziel geschielt. Auch als sie die Bordkarte dem Mitarbeiter an der Security reichte, hatte sie dem Drang widerstanden, einen Blick darauf zu werfen. Während sie zum ersten Mal als Reisende in der Schlange vor der Security stand, begriff sie, dass ihre Aufregung kein Wunder war. Sie würde Cole wiedersehen und obendrein zum ersten Mal fliegen. Was für ein Tag!

Cole hatte sie gebeten, warme Kleidung einzupacken – Jeans, Pullover, einen Mantel, etwas Schickes für abends und etwas Heißes fürs Bett. »Du wirst es nicht lange anbehalten, also mach dir keine Umstände«, hatte er gesagt.

Olivia lächelte, als sie an ihre Unterhaltung vom Vorabend dachte. In allen Einzelheiten hatte er geschildert, was geschehen würde, sobald sie an ihrem Ziel angelangt wären. Beim Gedanken an seine tiefe, sexy Stimme wurde ihr ganz warm. In allen intimen Details hatte er beschrieben, was er mit ihr vorhatte. Sie atmete tief durch, ließ den Blick über die Wartenden vor dem Gate schweifen und war davon überzeugt, dass man ihr ansah, was sie gerade dachte.

Sie trat ans Fenster und beobachtete, wie drei Maschinen von Capital kurz nacheinander landeten. Zwei der Flugzeuge rollten zunächst in Richtung ihres Gates, aber ihre Hoffnungen wurden enttäuscht, als sie plötzlich abbogen und ein anderes ansteuerten.

Ein paar Minuten später kam endlich die Durchsage, dass der Flug aus Chicago gelandet sei. Die Passagiere strömten aus der Maschine, doch Cole war nirgends zu entdecken. Nachdem es eine Weile ruhig gewesen war, kamen schließlich die Flugbegleiterinnen mitsamt Gepäck die Rampe herab. Olivia wollte sie schon fragen, wie lange Cole noch brauchen würde, traute sich aber nicht, ihre Unterhaltung zu unterbrechen.

Die Crew für den nächsten Flug traf bereits ein, und über die Lautsprecher wurde verkündet, dass man gleich mit dem Boarding beginnen werde. *Wo ist er?* Gerade als Olivia glaubte, den Verstand verlieren zu müssen, wenn sie eine Minute länger warten müsste, sah sie ihn über die Fluggastbrücke kommen, während er sich mit einem älteren Piloten unterhielt. Der andere sagte etwas, das Cole zum Lachen brachte, und beim Anblick seines Lächelns machte Olivias Herz einen Satz – vor Freude, Liebe und Ungeduld.

Ihre Blicke trafen sich, und sein Lächeln wurde breiter.

Sie wollte eigentlich die Coole spielen und ruhig stehen bleiben, bis er zu ihr kam, doch dann ertappte sie sich dabei, wie sie trotzdem auf ihn zuging.

Amüsiert beobachtete der andere Pilot, wie Cole und Olivia versuchten, sich nicht zu umarmen.

»Äh, Jake, das ist Olivia«, stellte Cole sie vor und konnte sich gar nicht von ihr losreißen. Sie besann sich schließlich genug, um den anderen Piloten zu begrüßen und ihm die Hand zu geben.

»Ich habe sie seit neun Tagen nicht mehr gesehen, also entschuldige mich bitte«, meinte Cole. »Denn ich kann keine Sekunde länger darauf warten, das hier zu tun.« Er schlang die Arme um sie und hob sie von den Füßen.

Verblüfft klammerte sie sich an ihn.

»Dann lasst euch von mir nicht stören«, lachte Jake. »Ich muss meinen Flug erwischen.«

Cole murmelte noch einen Abschiedsgruß, das Gesicht halb von Olivias Haar verdeckt. Lange hielt er sie fest, bis er sie vorsichtig wieder absetzte. Dann presste er seine Lippen auf ihre Stirn. »Ich geh mich umziehen, damit ich dich endlich so küssen kann, wie ich es eigentlich will.«

»Beeil dich«, erwiderte sie und schubste ihn in Richtung der Herrentoilette.

Er drückte ihre Hand. »Lauf nicht weg.«

»Nicht ohne dich.« Sie sah ihm nach und blickte dann auf die Uhr. Die Maschine startete um sieben, und bald schon würde sie herausfinden, wohin sie flogen. Sie konnte es kaum aushalten.

Ein paar Minuten später kehrte er in ausgeblichenen Jeans und einem langärmeligen braunen Button-down-Hemd zurück, das er lässig über der Hose trug. »Komm schon.« Er nahm ihre Hand. Gemeinsam zogen sie die Trolleys hinter sich her, und er führte sie durch die Flughafenhalle in den leeren Wartebereich vor einem Gate.

»Sollten wir nicht zu unserem Gate gehen?«, fragte Olivia, und ihr Herz pochte, als er sie an eine große Säule drückte, sodass er mit dem Rücken zur Menge stand.

»Das ist direkt hier«, antwortete er. »Wir werden sie schon hören.«

Sie schlang ihm die Arme um den Nacken.

Er umschloss ihre Hüften und zog sie fest an sich. Sie spürte seine Erregung, als er ihr einen heißen, drängenden, sinnlichen Kuss gab, der nach Zahnpasta und Sünde schmeckte.

Olivia kümmerte es nicht weiter, dass die Leute ihnen vielleicht zusahen – sie würde Cole erst loslassen, wenn sie genug von ihm hatte.

Als er mit seiner Zunge ihre streichelte, wurden ihr die Knie vor Verlangen weich. Sie vergrub die Hand in seinem dichten Haar und hielt es fest. Als er schließlich nur noch sanft mit den Lippen über ihre glitt, stieß sie hervor: »Zum Teufel mit der Reise – suchen wir uns ein Hotel!«

Ein Schauer durchlief seine hochgewachsene Gestalt, und Olivia gefiel die Vorstellung, dass sie der Grund dafür war.

»Gott, ich will dich«, flüsterte er und strich mit dem Mund über ihren Hals bis zu ihrem Ohr, wo er schließlich verharrte.

Dieses Mal erbebte Olivia. Sie legte ihm die Hände auf die Brust und spürte, wie sein Herz raste. »Wir könnten die Reise absagen und in zwanzig Minuten im Hotel sein.«

Er stöhnte gequält auf, und sie musste lächeln. »Bring mich nicht in Versuchung.«

»Aber ich liebe es, dich in Versuchung zu bringen.«

»Und das kannst du ziemlich gut.« Er hob ihr Kinn und blickte ihr in die Augen. »Ich liebe dich, und ich würde auch fast alles tun, um mit dir schlafen zu können. Aber ich möchte dich wirklich gern auf deinen ersten Flug mitnehmen – zu einem Ort, an dem du noch nie zuvor gewesen bist.«

»Oh, verstehe«, neckte sie ihn. »Wenn du es auf die Tour willst.«

»Aber sobald wir angekommen sind«, erwiderte er und knabberte an ihrer Unterlippe, »nimm dich in Acht.«

Sie atmete stoßweise. »Ja, das hast du gestern Abend angedeutet.«

Er schloss sie fest in die Arme. »Das halte ich niemals aus. Vielleicht muss ich dich in den Mile-High-Club einführen.«

Sie blickte zu ihm auf. »Will ich überhaupt wissen, was das bedeutet?«

Er grinste breit. »Denk doch mal nach. Eine Meile in der Luft, eine Flugzeugtoilette – fällt der Groschen?«

Sie verdrehte die Augen. »Was ich wirklich wissen will, ist, ob *du* bereits Mitglied bist.«

Er lachte. »Das verrate ich nicht.«

Sie kniff ihm in den Hintern. »Raus mit der Sprache.«

»Hey! Finger weg von meinem Po.«

»Ich liebe deinen Po.« Zum Beweis strich sie mit der Handfläche über seinen Rücken nach unten und packte zu. »Also, hast du es getan? In einem Flugzeug?«

Ihre plötzliche Keckheit überraschte ihn, und er starrte sie an. »Ich habe in Flugzeugen schon vieles getan, das gehört allerdings nicht dazu. Nun möchte ich aber gerne wissen, wo meine schüchterne Liv geblieben ist?«

»Die ist Geschichte.«

»Du bringst mein Blut zum Kochen«, teilte er ihr mit.

Sie lächelte und freute sich, dass sie diese Wirkung auf ihn hatte.

Er nahm seinen Rucksack und holte Kopfhörer heraus. »Bevor sie unseren Flug durchsagen und meine Überraschung ruinieren«, erklärte er, während er sie ihr in die Ohren steckte, »muss ich dich richtig verkabeln.« Er suchte nach einem bestimmten Lied und ergänzte: »Und nicht auf die Anzeigen am Gate schielen.«

Sie war überrascht und zugleich erfreut, Fergies »Big Girls Don't Cry« zu hören – ihr Lieblingslied, wie sie ihm neulich erst erzählt hatte.

Fragend hob er die Brauen, um zu sehen, ob ihr die Wahl gefiel.

»Danke«, sagte sie leise. Dann schloss sie die Augen und ließ den Kopf an seine Brust sinken.

Er legte einen Arm um sie, und gemeinsam lehnten sie sich an die Säule und warteten darauf, ins Flugzeug zu steigen.

Olivia hörte sich drei Lieder an, bevor er sie antippte, um ihr zu verstehen zu geben, dass es Zeit zum Gehen war. Plötzlich war sie wie gelähmt. Ihr Magen verkrampfte sich, und ihr Herz pochte.

Er spürte ihre Unsicherheit, nahm ihre Hand, drückte sie sich an die Brust, und mit den Lippen formte er die Worte: »Vertrau mir.«

Das tat sie, und weil sie es außerdem nicht erwarten konnte, herauszufinden, wie es sich anfühlte, zu fliegen, ließ sie sich von ihm zum Gate führen.

Dort reichte er der Mitarbeiterin die Bordkarten und führte Olivia die lange Fluggastbrücke entlang.

Sie atmete tief durch und bestieg zum ersten Mal in ihrem Leben ein Flugzeug.

Nachdem sie die Taschen in die Fächer über den Sitzen geräumt hatten, überließ Cole ihr den Fensterplatz und setzte sich selbst auf den in der Mitte.

Olivia deutete auf die Kopfhörer, um wortlos zu fragen, ob sie sie abnehmen durfte.

Er hob beide Hände und bedeutete ihr, dass sie sie noch zehn Minuten aufbehalten sollte.

Inzwischen beobachtete sie, wie die anderen Passagiere einstiegen, ihre Habseligkeiten verstauten und dabei so wirkten, als würden sie das jeden Tag machen. Viele von ihnen taten es wahrscheinlich auch. Sie wischte sich die verschwitzten Handflächen an ihrer Jeans ab und blickte aufs Rollfeld hinaus, wo die Bodencrew das Gepäck in den unteren Teil der Maschine lud, während zwei andere Männer gerade einen langen Schlauch von einer der Tragflächen entfernten. Sie stieß Cole an, deutete hin und hob fragend eine Braue.

»Kerosin«, formte er mit den Lippen, langte hinter sie, um nach der anderen Hälfte ihres Gurtes zu greifen, und schnallte sie an.

Ein paar Minuten später nahm er ihr die Kopfhörer ab und schaltete die Musik aus. »Ich glaube, wir sind sicher. Der Pilot hat gerade durchgesagt, dass er einen reibungslosen Flug erwartet.«

»Da bin ich erleichtert.«

»Die Jahreszeit eignet sich hervorragend zum Fliegen. Wenige Gewitter und keinerlei Schnee.«

»Gut.«

»Du bist total verkrampft, Liv«, stellte er fest und streichelte ihr den Oberschenkel. »Wie fühlst du dich gerade?«

»Aufgeregt, neugierig, verängstigt.«

Er umfasste mit seinen Händen ihre. »Hab keine Angst. Denk an das, was ich dir erzählt habe – Fliegen ist sicherer als Autofahren.«

»Und denk du an das, was ich dir geantwortet habe – hier gibt es keine Standspur.«

Er grinste nur.

Als die Flugbegleiterinnen mit den Sicherheitsanweisungen vor dem Start begannen, griff Olivia nach der Broschüre, in der die Eigenschaften der Boeing 757 aufgelistet waren.

Cole begann zu lachen.

»Was ist?«

»Niemand passt dabei auf. Man sollte es eigentlich, aber niemand tut es.«

»Warum nicht?«, fragte Olivia entsetzt. »Was ist, wenn etwas passiert?«

»Es passiert ja nichts. Das versuche ich dir schon die ganze Zeit zu erklären.«

»Der Pilot könnte einen Herzinfarkt erleiden.«

»Du hältst dich wohl für lustig, oder?«

»Sei still«, bat sie. »Ich will hören, was sie zu den Sauerstoff-masken erklären.« Sie achtete genau auf die Anweisungen. »Wenn es in der Kabine zu einem Druckabfall kommt, soll ich mir also zuerst selbst helfen, bevor ich dir helfe?«

»Na klar«, stöhnte er. »Ich werde zu sehr mit Saubermachen beschäftigt sein, nachdem du dir in die Hose gemacht hast.«

Olivia lachte, bedeutete ihm jedoch anschließend, ruhig zu sein, weil sie erfahren wollte, wie sie ihr Sitzkissen im Fall einer Wasser-landung als Schwimmkörper benutzen konnte. Als sie sich vorstellte, dass das riesige Flugzeug über dem Wasser abstürzen könnte, bekam sie wieder Angst.

Cole drückte sich ihre Hand an die Lippen. »Es passiert schon nichts, Kleines.«

»Sag das den Leuten, die im Hudson River gelandet sind.«

»So etwas geschieht nur ein einziges Mal.«

Sie versuchte krampfhaft, nicht an eine Landung im Potomac River zu denken, steckte die Broschüre zurück, holte die Kotztüte heraus und warf Cole einen Blick zu.

»Das ist was für Feiglinge.«

»Wenn das so ist …« Olivia legte sich die Tüte auf den Schoß.

»Die wirst du nicht brauchen.«

»Könntest du dieses Flugzeug fliegen?«

»Wenn ich müsste.«

»Was soll das heißen?«

»Ich habe keine Lizenz dafür, Passagiere in einer 757 zu fliegen, aber im Notfall könnte ich sie landen.«

»Jetzt fühle ich mich etwas besser.«

Amüsiert erkundigte er sich: »Woher willst du wissen, ob ich gut darin bin?«

»Du hast es mir schon oft genug erzählt«, erwiderte sie und lachte über seinen beleidigten Gesichtsausdruck. Als sich das Flugzeug in Bewegung setzte und vom Gate entfernte, schnappte sie nach Luft.

»Tief durchatmen«, erinnerte er sie. »Du schaffst das. Wir rollen ein paar Minuten zur Landebahn, also musst du noch nicht in Panik verfallen.«

»Was passiert dann?«, stieß sie hervor.

»Wie ich dir gestern Abend erklärt habe, wird der Pilot eine Durchsage machen, sobald wir die Startfreigabe erhalten haben.«

»Kennst du sie? Die Piloten?«

»Nein.«

Sie schluckte schwer.

»Baby, glaubst du ernsthaft, ich würde in diesem Flugzeug sitzen und hätte dich mitgebracht, wenn ich nicht fest davon überzeugt wäre, dass es absolut sicher ist?«

»Nein«, erwiderte sie unsicher.

»Dann versuch bitte, dich zu entspannen und es einfach zu genießen, okay?«

»Äh, natürlich … du hast gut reden. Wie oft hast du das schon gemacht? Eine Million Mal?«

Lachend klappte er die Armstütze zwischen ihnen hoch und zog sie an sich.

Olivia war dankbar für diese Geste, lehnte den Kopf an seine Schulter und konzentrierte sich auf ihre Atmung.

»Denk daran, während des Starts aus dem Fenster zu schauen. Der Anblick von D. C. bei Nacht ist unglaublich.«

»Ich werde zu sehr damit beschäftigt sein, mir nicht in die Hose zu pinkeln.«

»Ich habe mir noch nie Gedanken darüber gemacht, dass auf meinen Flügen vielleicht Passagiere sind, die nie zuvor geflogen sind. Das ist so selten heutzutage.«

Sie beobachtete die strahlenden Lichtreihen entlang des Rollfelds. »So selten wie eine siebenundzwanzigjährige Jungfrau?«

»Nein«, flüsterte er ihr ins Ohr. »Das ist eine Sache für sich. Welch ein Glück ich doch habe, all diese aufregenden ersten Male gemeinsam mit dir zu erleben.«

Olivia fand eher, dass sie es war, die sich glücklich schätzen konnte, hob den Kopf und lächelte ihn an.

»Guten Abend aus dem Cockpit«, erklang eine Stimme aus dem Lautsprecher. »Wir haben soeben die Startfreigabe erhalten. Nach Denver sind es zwei Stunden und drei Minuten. An die Flugbegleiter: Bitte nehmen Sie Ihre Sitze ein.«

Cole zuckte zusammen.

»Denver also?«

»Scheiße«, stöhnte er.

Olivia musste lachen. Es gab Orte, zu denen sie lieber geflogen wäre, aber über ein Abenteuer wie dieses würde sie sich nicht beschweren.

»Fast hätten wir es geschafft!«

»Macht nichts. Es ist mir egal, wohin wir fliegen, solange wir zusammen sind.«

Das Flugzeug setzte sich in Bewegung, und Olivia umklammerte Coles Hand.

Er hielt sie im Arm, während sie über die Startbahn rasten.

»O mein Gott«, flüsterte sie und beobachtete, wie draußen die Flughafengebäude an ihnen vorüberzogen.

»Halte die Augen auf, Kleines.«

Olivia bemühte sich, seiner Bitte zu folgen, als sie abhoben. Unten entdeckte sie das Kapitol, das Lincoln und das Jefferson Memorial und die Lichter Tausender winziger Autos auf dem Beltway. Es war das Erstaunlichste, was sie je gesehen hatte. Sie war absolut fasziniert

– bis von der Unterseite des Flugzeugs her ein lautes Geräusch ertönte und ihr kurz das Herz stehen blieb.

»Das sind nur die Räder, die eingefahren werden«, erklärte Cole mit beruhigender Stimme.

»Es ist so …«

»Was denn? Sag es mir.«

»Magisch.«

Er warf einen Blick über ihre Schulter, um aus dem Fenster zu blicken. »Das ist es wirklich, nicht wahr?«

»Dass etwas so Großes einfach abheben und durch den Himmel fliegen kann.«

»Das liegt allein an der Aerodynamik …«

Sie tätschelte sein Knie. »Verdirb es nicht.«

Er vergrub seine Nase in ihrem Haar, brachte seine Lippen dicht an ihr Ohr. »Küss mich.«

Sie blickte ihm über die Schulter und sah, dass sie die gesamte Sitzreihe für sich hatten. Außerdem – was kümmerte es sie, nachdem sie sich schon im Flughafen geküsst hatten?

Sie berührte sein Gesicht, küsste ihn sanft, wich jedoch seinen Versuchen aus, mehr zu bekommen. Sie neckte ihn mit der Zungenspitze, bis er sie beinahe um Gnade anflehte.

Das Flugzeug neigte sich nach links, und sie wurde an ihn gedrückt.

Cole nutzte die Gelegenheit, um ihr Gesicht zu umfassen und sie mit einer bisher nicht gezeigten Eindringlichkeit zu küssen.

Olivia brannte vor Verlangen. Sie befanden sich bereits in so großer Höhe, dass es ihr in den Ohren knackte, aber sie klammerte sich an Coles Hemd, in der Hoffnung, ihr Gleichgewicht zu finden.

»Ich liebe es, dich zu küssen.« Sanft strich er mit den Lippen über ihr Gesicht. »Es wird langsam zu meiner Lieblingsbeschäftigung.«

»Besser als Fliegen?«

»Mmh, das kann dir auf keinen Fall das Wasser reichen. Was habe ich mir nur dabei gedacht, ein so weit entferntes Ziel zu wählen? Wir hätten nach Newark fliegen sollen. Dann wären wir in einer Stunde da gewesen.« Er widmete sich ihrem Hals. »Erst hoch und runter, und anschließend rein und raus.«

Olivia lachte und neigte den Kopf, damit er besser an ihren Nacken kam. »Ich habe schon viel Gutes über Newark gehört«, scherzte sie.

»Ist nichts Besonderes.«

»Ich wette, dort gibt es Hotels mit großen, weichen Betten und Türen, an denen ›Bitte nicht stören‹-Schilder hängen.«

Sanft biss er in die Stelle, an der ihr Hals in die Schulter überging. Olivia stöhnte.

»Mhm, und was hast du sonst noch zu sagen?«

Als sie zur Antwort lediglich seufzte, musste er lachen. »Dann bin ich also nicht der Einzige, der hier gerade leidet?«, fragte er.

»Nein. Es gibt genug für alle.«

»Wie gefällt es dir bislang?«

»Auf meiner Liste der ersten Male kommt es sehr nah an Sex heran«, antwortete sie und schmiegte sich mit der Hüfte an seine Erektion.

Er schnappte hörbar nach Luft, hielt jedoch den Atem an, als eine Flugbegleiterin vorbeikam. »Deinetwegen werde ich noch gefeuert«, flüsterte er.

»Du meinst wohl, du wirst ganz feurig.«

»Das bin ich schon.«

»Wie lange noch bis Denver?«

Er sah auf die Uhr. »Eine Stunde zwanzig.«

»So lange halten wir es aus, oder?«

»Klar, kein Problem. Wir haben fast zwei Wochen gewartet. Welchen Unterschied machen da ein paar Stunden?«

»Eine Ewigkeit?«

»Nächstes Mal fliegen wir nach Newark. Definitiv Newark.«

Die Landung war fast so aufregend wie der Start. Der Captain hatte sie gewarnt, dass es beim Landeanflug durch die Wolken zu ein paar Turbulenzen kommen könnte, also umklammerte Olivia Coles Hand und lauschte seinen sanften, tröstenden Worten. Er verglich die Turbulenzen mit Schlaglöchern auf einer Schotterstraße, und diese bildliche Vorstellung half ihr dabei, nicht in Panik zu verfallen. Endlich durchbrachen sie die Wolkendecke, und vor ihnen in der Ferne war Denver.

»Der Flughafen liegt ein ganzes Stück außerhalb der Stadt«, erklärte Cole. »Hier draußen gibt es so gut wie nichts, deshalb ist es auch so dunkel.«

Olivia blickte in die Dunkelheit hinab und spürte, wie das Flugzeug sank. Stumm betete sie, dass die Piloten wussten, was sie taten, und achtete darauf, gleichmäßig zu atmen.

»Denk an das, was ich dir über die Landung erzählt habe – beim Aufsetzen gibt es erst einen Stoß, dann ein lautes Dröhnen, wenn sie die Schubumkehr einsetzen, um das Flugzeug zu bremsen.«

»Verstehe«, antwortete sie. »Ein Dröhnen.«

Er schaute aus dem Fenster, um zu sehen, wo sie waren. »Da sind die Anflugfeuer, also landen wir jeden Moment.«

Als Nächstes kamen die Lichter der Landebahn in Sicht, und plötzlich bremste das Flugzeug ab, bevor es sanft aufsetzte. Coles Warnungen zum Trotz erschrak Olivia, als die Triebwerke dröhnten.

»Eine perfekte Landung«, fand er und küsste ihre Hand, mit der sie seine noch immer umklammert hielt.

»Ladys und Gentlemen, willkommen in Denver. Die Ortszeit ist sieben Uhr«, verkündete die Flugbegleiterin.

»Das ist echt komisch«, fand Olivia. »Wir sind um sieben gestartet und landen um sieben.«

»Zwei Zeitzonen.«

»Wirklich seltsam.«

»An diejenigen, die mit uns nach San Francisco weiterfliegen: Bitte bleiben Sie sitzen, bis die übrigen Passagiere in Denver ausgestiegen sind. Die Reisenden mit dem Ziel San Francisco haben einen fünfundzwanzigminütigen Aufenthalt, den Sie nutzen können, um auszusteigen und sich die Beine zu vertreten. Wir bitten Sie lediglich darum, in der Nähe des Gates zu bleiben, da der Aufenthalt recht kurz ist. Wenn Denver Ihr Ziel ist, dann danken wir Ihnen dafür, dass Sie sich für Capital entschieden haben. Ihre Flugbesatzung aus Denver wünscht Ihnen einen schönen Abend und eine sichere Weiterreise.«

Olivia seufzte wehmütig. Wie sehr sie sich wünschte, nach San Francisco zu fliegen. Aber da Cole sich so viel Mühe gemacht hatte, um diese Reise zu organisieren, würde sie sich ihre Enttäuschung ihm gegenüber nicht anmerken lassen.

Als das Flugzeug am Gate hielt, griff Olivia nach ihrer Handtasche.

Cole fasste sie am Arm und hielt sie fest.

»Was ist?«

»Wir steigen hier nicht aus, Kleines.«

Ihre Augen wurden groß. »Tun wir nicht?«

Er schüttelte den Kopf.

»Fliegen wir etwa nach San Francisco?«, flüsterte sie.

»Ich hoffe, du bist einverstanden.«

Verblüfft starrte sie ihn an.

»Denver ist ganz nett, aber du hast mir erzählt, dass du gerne woandershin möchtest.«

»Noch nie zuvor hat irgendjemand so etwas für mich getan«, erwiderte sie leise.

»Ich will alles für dich tun.«

Die anderen Passagiere packten ihre Habseligkeiten zusammen und stiegen aus. Cole hielt Olivia fest. »Du weißt allerdings, was das heißt«, fuhr er nach einem langen Schweigen fort.

»Was denn?«

»Noch ein paar Stunden mehr, bis wir das Hotel erreichen.«

»Ich verspreche dir, dass du großzügig belohnt wirst, sobald wir dort sind.«

Für einen Moment war er sprachlos, doch schließlich erlangte er seine Fassung zurück. »Da ich jetzt unmöglich daran denken und erst recht nicht darüber reden kann, erzähl mir, was du in San Francisco unternehmen möchtest.«

»Ich will mit den Cable Cars fahren, Alcatraz besuchen und die Golden Gate Bridge malen. Ich will zum Coit Tower und zur Ghirardelli-Schokoladenfabrik und in Fisherman's Wharf und in Chinatown essen. Oh! Und die kurvenreichste Straße der Welt – die will ich auch sehen.«

»Du hast ja gründlich darüber nachgedacht«, erwiderte er und freute sich über ihre Begeisterung.

»Ich wollte schon nach San Francisco, seit ich ein kleines Mädchen war. Du hast keine Ahnung, was für ein großer Traum für mich wahr wird. Damit meine ich nicht nur die Reise, sondern vor allem dich.«

»Wir werden uns alles ansehen«, antwortete er und beugte sich zu ihr, um sie zu küssen. »Lass uns ein wenig spazieren gehen.«

»Was, wenn wir den Flug verpassen?«

»Das werden wir nicht. Die Besatzung wechselt, also bleibt uns jede Menge Zeit.« Er löste ihren Gurt, half ihr aus dem Sitz und führte sie aus dem Flugzeug in den Terminal.

Draußen teilten sie sich eine Brezel und ein Bier, bevor ihr Flug ausgerufen wurde. Als durchreisende Passagiere durften sie als Erste einsteigen.

Sobald sie sich wieder auf ihre Plätze gesetzt hatten, wandte sich

Cole an sie. »Was ich dich fragen wollte: Was hat Will zu dem neuen Baby gesagt?«

»Jenny meinte, er wäre so schockiert gewesen, dass sie fast den Rettungsdienst hätte rufen müssen, um ihn wiederbeleben zu lassen.«

Cole lachte. »Armer Kerl.«

»Ja, aber der arme Kerl war schließlich dabei, als es passiert ist, also braucht er einem nicht allzu sehr leidzutun.«

»Stimmt. Wenigstens geht es ihm nicht wie mir. Bei meinem Tempo trainiere ich mit fünfzig die Baseballmannschaft in der Little League.«

»Du wirst auch mit fünfzig nicht zu bremsen sein.«

Amüsiert hob er eine Braue. »Meinst du?«

»Ja. Du hast zu viel Energie, um dich von einer Zahl aufhalten zu lassen.«

»Das werden wir dann sehen, oder?«

Sie blickte zu ihm auf und bemerkte, dass er sie interessiert beobachtete und auf ihre Reaktion wartete. »Ich weiß es nicht.«

»Willst du nicht mehr mit mir zusammen sein, wenn ich mal fünfzig bin?«

»Ich möchte nicht voreilig sein.«

»Ja, das wäre sicher unklug«, erwiderte er, aber sie hörte deutlich eine Spur von Bitterkeit aus seinem Tonfall heraus.

»Cole. Tu das nicht.«

»Warum nicht? Du tust es doch auch.«

»Du bist unfair. Ich kenne dich gerade mal einen Monat. Es tut mir leid, wenn ich noch nicht bereit bin, über die Zukunft zu sprechen.«

»Glaubst du, du wirst es jemals sein?«

»Ich hoffe es.« Sie nahm seine Hand. »Du bist das Beste, was mir je passiert ist, aber wir befinden uns in ganz unterschiedlichen Lebensphasen. Du bist schon bereit, sesshaft zu werden, doch ich muss erst ein paar Dinge erledigen, bevor ich so weit bin.«

»Warum kannst du nicht beides gleichzeitig machen? Glaubst du wirklich, ich würde dir bei deinem Studium und deiner Karriere im Weg stehen?«

Olivia seufzte. Sie hatte keine Lust, sich darüber zu unterhalten –

nicht, während sie auf dem Weg nach San Francisco waren, um vier kostbare Tage miteinander zu verbringen.

Das Flugzeug entfernte sich vom Gate. Beim zweiten Mal war der Start nicht mehr ganz so magisch, weil Cole sie dabei nicht im Arm hielt. Stattdessen war er damit beschäftigt, schweigend vor sich hin zu brüten, und dachte nicht daran, dass dies erst ihr zweiter Flug war. Olivia rang die Hände im Schoß, als das Flugzeug über die Startbahn raste. Erst als vor ihren Augen kleine Punkte zu tanzen begannen, begriff sie, dass sie die Luft anhielt.

Cole streckte die Hand aus und legte sie auf ihre.

»Ich will mit dir zusammen sein, Cole«, sagte sie leise, als das Flugzeug abhob. »Ich wünsche es mir mehr als alles andere. Kann das für den Moment nicht reichen?«

»Ich fürchte, das muss es wohl.«

Olivia lehnte den Kopf an den Sitz. »Ich bin nicht die Einzige, die sich bedeckt hält.«

Er wandte sich ihr zu. »Was soll das heißen?«

»Nun, beginnen wir mit deinem mehr als zwölf Stunden andauernden Schweigen, weil du dich um irgendeinen ›Scheiß‹ kümmern musstest, von dem ich besser nichts wissen sollte.«

»Das ist nicht das Gleiche.«

»Ach nein?«, fragte sie, obwohl sie am liebsten geschrien hätte: *Warum streiten wir uns eigentlich?*

»Du weißt nicht, wovon du redest.«

»Nein, das weiß ich wirklich nicht, weil du es mir nicht verraten willst.«

In diesem Moment sah sie, dass Verlangen nicht das einzige Gefühl war, bei dem sich seine Augen verdunkelten.

»Willst du wirklich hören, dass ich eine Ex-Freundin habe, die sich weigert, zu akzeptieren, dass ich jetzt mit einer anderen zusammen bin?«

Olivia starrte auf ihre Hände hinab, die gefaltet in ihrem Schoß lagen. »Eigentlich nicht.«

»Das dachte ich mir, darum habe ich es dir nicht erzählt.«

»Warum tun wir das?«, fragte sie leise. »Die ganze Zeit habe ich dieser Reise mit dir entgegengefiebert, und ich hätte wirklich nicht gedacht, dass wir uns gleich streiten würden.«

»Ich will mich nicht mit dir streiten, Liv. Das ist das Letzte, was ich möchte.«

»Können wir einen Waffenstillstand schließen, damit wir unsere Reise genießen können?« Sie zwang sich, zu lächeln. »Vier Tage lang keine ernsten Gespräche?«

Er musterte sie. »Dreieinhalb.«

»Also ruinieren wir nur unseren letzten Tag?«

Er lächelte sie schief an und war dabei so sexy, dass ihr Mund ganz trocken wurde. »So lautet der Plan.«

Sie hielt ihm die Hand hin. »Abgemacht?«

Er hakte seinen kleinen Finger um ihren, drückte ihr die Lippen auf die Hand und antwortete: »Abgemacht.«

»Cole?« Eine Frau mit schriller Stimme unterbrach sie.

Olivia beobachtete, wie sein Ausdruck im Bruchteil einer Sekunde von »entspannt« zu »erschrocken« und schließlich zu »beschämt« wechselte, als er zu der Flugbegleiterin aufblickte, die neben ihnen im Gang stand.

»Dachte ich mir doch, dass du es bist.« Die hübsche Blondine musterte Cole überaus interessiert, sah kurz in Olivias Richtung und dann wieder zu Cole.

»Tara«, antwortete er mit erstickter Stimme, die ganz anders klang als sonst. »Wie geht es dir?«

»Prima.« Ihr Ton änderte sich. »Ich habe dich vermisst! Wo warst du?«

Olivia verfolgte die Unterhaltung mit wachsender Sorge und Unbehagen.

»Da und dort. Äh, das ist Olivia. Olivia, das ist Tara.«

»Freut mich, dich kennenzulernen«, sagte Olivia.

»Mhm.« Tara wandte sich wieder an Cole. »Du hast versprochen, anzurufen, aber dann habe ich nichts mehr von dir gehört.« Schmollend legte sie ihm die Hand auf die Schulter. »Dabei habe ich dich immer in Schutz genommen, wenn die Leute dich als das ›Langston-Luder‹ bezeichnet haben.«

»Ich bin eben sehr beschäftigt«, erwiderte er angespannt.

Olivia verspürte den heftigen Wunsch, in ihrem Sitz zu versinken.

»Beschäftigt«, antwortete Tara kichernd. »Ja, ich wette, das bist du. Wir sollten uns treffen, wenn du das nächste Mal in Denver bist.«

Olivia konnte nicht fassen, wie dreist die Frau war.

»Ich bin jetzt mit Olivia zusammen.«

»Und?«

»Also gibt es für mich keine anderen Frauen mehr.«

»Na ja, du weißt, wo du mich findest, wenn du auf sie keine Lust mehr hast.«

Sein Ausdruck wurde hart. »Bitte nimm deine Hand weg, und geh wieder an die Arbeit. Ich würde mich nur ungern bei deinen Vorgesetzten über dein unangemessenes Verhalten beschweren.«

»Dir ist die Berühmtheit wohl zu Kopf gestiegen«, entgegnete Tara knapp, folgte jedoch seiner Bitte. »Viel Glück, Olivia. Du wirst es brauchen.«

Als Tara davonstolzierte, raste Olivias Herz, und ihr Magen rebellierte.

»Tut mir leid.« Cole biss die Zähne aufeinander. »Wir hatten uns mal getroffen, aber anscheinend hat sie geglaubt, es hätte mehr bedeutet.«

»Was heißt ›getroffen‹?«

Sie sah ihm sein Unbehagen deutlich an, als er mit den Achseln zuckte. »Du weißt schon.«

»Du hast mit ihr geschlafen.«

»Einmal.«

»Und danach hast du sie nicht mehr angerufen?«

»Ich dachte, wir wüssten beide, worauf wir uns einlassen. Ich hab ihr gesagt, dass ich nichts Ernstes will.«

»Du hättest sie wenigstens anrufen können.«

»Du hast mir mit dem kleinen Finger geschworen, dass du mich nicht aufgrund meiner Vergangenheit hassen würdest«, erinnerte er sic.

»Das war, bevor ich damit persönlich konfrontiert wurde.«

»Und jetzt? Fühlst du dich von mir abgestoßen?«

»Nein, sie tut mir einfach nur leid.«

»Sie war gerade total respektlos dir gegenüber, und trotzdem tut sie dir leid?«

»Ich wäre untröstlich gewesen, wenn du mich nicht mehr angerufen hättest, nachdem wir das Wochenende miteinander verbracht haben.«

»Das ist etwas anderes, Liv«, seufzte er. »Bei uns ist alles ganz anders.«

»Warum?«

»Alles, was ich weiß, ist, dass ich dich so brauche, wie ich noch nie irgendjemanden gebraucht habe. Ich kann nicht erklären, warum es mit dir anders ist. Es ist einfach so.«

Olivia dachte über seine Worte nach und lehnte den Kopf an seine Schulter.

»Glaubst du mir?«

»Das möchte ich wirklich.«

Er küsste sie auf den Scheitel. »Ich liebe dich«, flüsterte er. »Dich, und nur dich.«

Sie schloss die Augen und atmete tief durch, um ihr rasendes Herz zu beruhigen. Er hatte andere Frauen gehabt. Langston-Luder. Okay, sogar *viele* andere Frauen. Doch er behauptete, dass er bloß sie wollte. Wie lange es auch immer halten mochte, sie würde versuchen, es zu genießen.

OLIVIA STAND DER MUND OFFEN, als sie vor dem Fairmont Hotel in Nob Hill hielten. »Nie im Leben übernachten wir hier.«

»Also, ich schon, und eigentlich hatte ich darauf gehofft, dass du mitkommst.«

Sie legte sich die Hand auf die Brust, als könnte sie damit ihren heftigen Herzschlag beruhigen, der zu zwei Teilen von Freude und zu einem Teil von der Aufregung herrührte. »Cole.«

»Kommst du?«, fragte er und fasste nach ihrer Hand.

Olivia verschränkte ihre Finger mit seinen.

Er half ihr aus dem Taxi und bezahlte den Fahrpreis. Inzwischen holte ein livrierter Page ihre Taschen aus dem Kofferraum.

Drinnen war die vornehme Lobby mit der berühmten großen Treppe für Olivia fast zu viel, um alles auf einmal in sich aufzunehmen: hohe Marmorsäulen, prächtige Topfpflanzen, sanfte Beleuchtung und goldene Akzente. Selbst die Decke verfügte über kunstvolle Zierleisten. Olivia hatte noch nie zuvor etwas Schöneres gesehen.

»Wie Sie gewünscht haben, Mr Langston, haben wir Ihnen einen Signature Room im Tower reserviert, von dem aus Sie die Aussicht auf die Stadt und auf San Francisco Bay genießen können«, erklärte die Empfangschefin gerade, als Olivia wieder hinhörte.

Cole reichte der Frau seine American-Express-Karte.

»Vielen Dank.«

Sie folgten dem Pagen zum Aufzug. Das Zimmer war elegant und einfach umwerfend, wie alles, was Olivia hier bisher gesehen hatte. Sofort wandte sie sich zum Fenster, und beim Anblick der Stadt, die sich vor ihr erstreckte, schnappte sie nach Luft.

Der Page wünschte ihnen einen schönen Abend und schloss beim Hinausgehen die Tür hinter sich.

Cole trat hinter sie und legte ihr die Hände auf die Schultern. »Wie gefällt es dir?«

»Es ist überwältigend.« Sie wandte sich ihm zu. »Ich kann nicht glauben, dass du das getan hast.«

»Ich wollte dir etwas ganz Besonderes bieten.«

»Es ist wunderschön – sogar noch viel mehr als das –, und mir fehlen die Worte. Ich hoffe, du weißt, dass ich mit dem Holiday Inn genauso zufrieden gewesen wäre.«

Er schlang die Arme um sie. »Das weiß ich, und darum hat es Spaß gemacht, die Latte ein wenig höher zu legen.«

Sie prustete. »Ein wenig?«

»Okay, deutlich höher.«

»Ich komme mir wie Aschenputtel vor.« Sie stellte sich auf die Zehenspitzen, um ihn zu küssen. »Was passiert, wenn die Uhr Mitternacht schlägt?«

»Vielleicht wachst du dann auf und findest dich im Holiday Inn wieder.«

Lachend küsste sie ihn erneut. »Diese Reise, dieses tolle Hotel … Das ist das Schönste, was jemals irgendjemand für mich getan hat. Danke.«

»Ist mir ein Vergnügen.«

»Da wir gerade von deinem Vergnügen sprechen …« Langsam knöpfte sie sein Hemd auf und rieb die Nase zärtlich über seine entblößte Haut.

»Liv.« Er nahm ihre Hände, um sie daran zu hindern. »Hast du keinen Hunger?«

»Nein.« Sie nestelte am Knopf seiner Jeans. »Und du?«

»Eigentlich war ich hungrig.«

»Und jetzt?«

»Ich glaube, ich habe den Appetit verloren.«

Sie machte einen Schritt zurück, um ihn davon abzuhalten, bei ihrem Verführungsversuch die Oberhand zurückzuerlangen. »Nicht anfassen.«

»Was? Warum?«

»Weil ich hier den Ton angebe.« Sie schob ihm das Hemd über die Schultern, trat hinter ihn und küsste ihn zärtlich auf den Rücken. »Mmh, ich liebe deinen Körper.«

Er erbebte. »Liv. Komm schon.«

»Wo willst du denn hin?«

»Das weißt du doch.«

»Dort landen wir früher oder später sowieso.«

»Ich wäre für ›früher‹.«

Sie zog ihm die Jeans herunter und streichelte seine muskulösen Oberschenkel. »Ich bin für ›später‹, und da ich gerade das Sagen habe, ist meine Stimme ausschlaggebend.«

Stöhnend ließ er den Kopf in den Nacken fallen.

Sie führte ihn zu dem hohen Bett und ließ eine Hand auf einem der Mahagonipfosten ruhen, während sie Cole musterte.

»Denk nicht einmal daran.«

»Oh, was für schmutzige Gedanken. Das gefällt mir.«

»Rache ist süß, und du bestimmst nicht mehr lange.«

»Vielleicht nicht, aber im Moment schon.«

»Das hast du schon gesagt. Jetzt, da du mich in der Hand hast – was willst du mit mir anstellen?«

Er beobachtete jede ihrer Bewegungen, und sie zog sich den Pulli über den Kopf. »Ich war mir nicht sicher, ob Lavendel die richtige Farbe für einen BH ist.« Mit der Fingerspitze strich sie sich über die Spitzenkörbchen. »Was denkst du?«

Coles Adamsapfel bewegte sich, als er schluckte, und mit seinem sengenden Blick brannte er ihr förmlich Löcher in den BH. »Habe ich schon erwähnt, dass ich Lavendel liebe?«

»Ausgezeichnet«, erwiderte sie und warf ihre Jeans auf die restliche Kleidung am Boden.

»Erst recht, wenn alles farblich aufeinander abgestimmt ist. Ist das, äh, ein Stringtanga?«

»Mhm.«

»O mein Gott«, murmelte er und atmete langsam aus.

Sie legte ihm die Hände auf die Schultern, drückte ihn sanft aufs Bett und küsste ihn. Mit der Zunge vertiefte sie den Kuss und genoss es, zu hören, wie er dabei einen erstickten Laut ausstieß.

»Lass mich dich anfassen, Liv«, flehte er, und seine Stimme war rau vor Verlangen.

»Noch nicht.« Sie zog eine Spur aus Küssen von seinem Kinn über den Hals nach unten, streichelte seinen Oberkörper und streifte mit der Zungenspitze seine Brustwarze. Er krallte die Finger in die Bettdecke, und seine Atemzüge klangen angestrengt. Mit einem zufriedenen Lächeln glitt sie weiter hinab, zu seinen definierten Bauchmuskeln.

»Erinnerst du dich daran, wie ich gesagt habe, dass du reichlich belohnt werden würdest?«

»Ja«, stieß er hervor.

»Ich versuche noch, die beste Methode zu finden.« Sie streifte ihm die Boxershorts ab und warf sie sich über die Schulter. »Es gibt so viele Möglichkeiten. Wie das hier, für den Anfang.« Sie umschloss ihn mit der Hand und beugte sich hinab, um an ihm zu lecken.

Seine Hüften zuckten nach oben. »Liv«, zischte er. »Bitte.«

Sie nahm ihn in den Mund und bewegte Hand und Zunge zugleich.

Seine schweren Atemzüge verrieten ihr, dass sie hier irgendwas richtig machte. Plötzlich packte er sie an den Schultern. »Baby, warte.«

»Warum?«

»Komm her.« Er zog sie zu sich hinauf.

»Ich war mit deiner Belohnung noch nicht fertig«, schmollte sie.

»Findest du nicht, der lavendelfarbene Stringtanga reicht?« Sanft legte er ihr die Hände aufs Gesicht und küsste sie. »Hast du jetzt genug bestimmt, was passiert?«

»Vorerst.«

Er drehte sie so schnell auf den Rücken, dass sie nicht darauf vorbereitet war, als er über sie herfiel. Der lavendelfarbene BH flog quer durchs Zimmer. Cole umfasste ihre Brüste, saugte fest erst an der einen Spitze und dann an der anderen.

»Cole!«

»Hm?« Mit der Zunge malte er Muster auf ihre Haut.

Kraftlos ließ sie die Arme aufs Bett fallen. »Ich hab's vergessen.«

»Du hast die schönsten Brüste der Welt. Habe ich dir das schon jemals gesagt?«

»Äh, nein, ich glaube nicht.«

»Ist dir schon aufgefallen, dass sie genau in meine Hände passen, als wären sie wie für mich gemacht?«

Sie streckte die Arme nach ihm aus. »Schlaf mit mir, Cole.«

»Bestimmst du wieder?«

»Meine Kräfte funktionieren nur, wenn du auf mich hörst.«

»Gerne.« Er rollte sich zur Seite, stand auf und kehrte mit einem Kondom zurück. »Extra reißfest. Da bist du sicher erleichtert.«

Olivia lachte und breitete die Arme aus. »Wer hätte gedacht, dass es sie auch in ›extra reißfest‹ gibt?«

»Ich nicht, so viel steht fest.« Er streifte ihr den Tanga ab und hielt ihn hoch, um ihn sich genauer anzusehen. »Den musst du mir bei Gelegenheit noch mal vorführen.«

»Ich habe ein paar davon.«

Seine strahlend blauen Augen, die sie so sehr liebte, verdunkelten sich vor Verlangen. »Hast du sie auch dabei?«

»Na ja, zu Hause in der Schublade würden sie mir nicht viel nützen. Also, willst du dich den ganzen Abend lang unterhalten, oder wollen wir endlich weitermachen?«

»Oh, wir werden weitermachen. Und dann werden wir es miteinander machen.«

»Gott sei Dank.«

KAPITEL 20

Olivia kam drei Mal. Bevor Cole es ihr bewies, hätte sie nicht geglaubt, dass das überhaupt möglich wäre. Aber nun lag sie zitternd und bebend unter ihm, und dabei waren sie noch nicht einmal beim besten Part angelangt. Olivia fühlte sich so befriedigt und entspannt, dass sie fast eingeschlafen wäre, wenn er nicht diesen Augenblick gewählt hätte, um endlich in sie einzudringen.

Während sie ihm die Beine um die Hüften schlang, um ihn tief in sich aufzunehmen, beobachtete sie ihn. Irgendetwas war anders, und wenn sie nicht so sehr damit beschäftigt gewesen wäre, markerschütternde Orgasmen zu haben, wäre es ihr vielleicht schon früher aufgefallen.

Er hielt sich zurück.

Sogar während er leidenschaftlich mit ihr schlief, beherrschte er sich. Von dem verwegenen, hingebungsvollen Liebhaber, der sie in Washington gegen die Wand genommen hatte, gab es keine Spur mehr.

Die Erkenntnis, dass er es für nötig hielt, sich vor ihr zu schützen, machte Olivia traurig. Sie streichelte sein Gesicht und zog ihn zu sich, um ihm einen langen, sehnsuchtsvollen Kuss zu geben. »Dreh dich um«, flüsterte sie.

Er schüttelte den Kopf.

»Doch«, beharrte sie und drückte gegen seine Schultern, bis er tat, was sie wollte.

Dabei hielt er sie eng umschlungen und nahm sie mit, sodass sie oben war.

Olivia ließ nichts unversucht. Sie bewegte sich langsam, strich ihm mit den Fingernägeln über den Brustkorb, wölbte den Rücken, um ihn tief in sich aufzunehmen. Dabei sah sie Cole in die Augen, wartete und hoffte. Als es im langsamen Tempo nicht funktionierte, versuchte sie es schneller.

Seine Atemzüge beschleunigten sich, und er grub ihr die Finger in die Hüften, aber er schien weiter entschlossen, nicht die Kontrolle zu verlieren, was sie frustrierte. Als er endlich kam, war es längst nicht so überwältigend wie letztes Mal, sondern eher ein zahmer Schluss- punkt von zivilisiertem Sex.

Olivia wollte schreien. Sie wollte ihn nicht zahm. Sie wollte ihn wieder so haben, wie er zuvor gewesen war, als er sie hemmungslos geliebt hatte – bis sie ihm einen Grund geliefert hatte, sich zurückzu- halten, um nicht mit leeren Händen dazustehen, sobald sie ihn verließ.

Warum sollte er sich auch nicht davor fürchten? Sie hatte ihm zweifellos genug Anhaltspunkte dafür geliefert, besorgt zu sein. *Ich bin ängstlich und zögerlich, warum sollte es ihm nicht genauso gehen? Ich kann nicht beides haben: mich einerseits halbherzig auf ihn einlassen und im Gegenzug von ihm erwarten, es voll und ganz zu tun. Es wäre dumm von ihm, ein solches Risiko einzugehen, und das ist er gewiss nicht.*

Er streichelte ihr über den Rücken, während sie auf ihm lag und den Duft seines Eau de Cologne einatmete.

»Geht es dir gut?«, fragte er.

»Mhm. Und dir?«

»Ging mir noch nie besser.«

»Du musst hungrig sein.«

»Ein wenig. Wir könnten etwas bestellen.«

Sie glitt von ihm hinunter und zog die Decke über sie beide. »Was auch immer du willst.«

»Was ist los, Liv?«

Verblüfft sah sie ihn an. »Nichts.«

Er drehte sich auf den Rücken, fuhr sich mit der Hand durchs Haar und starrte zur Decke. »Wollen wir jetzt Spielchen spielen?«

»Nein, das wollen wir nicht.«

Er setzte sich auf. »Okay. Du weißt, wo du mich findest, wenn du mir endlich verraten möchtest, was dich stört.« Mit diesen Worten marschierte er ins Badezimmer und schloss die Tür mit einem lauten Knall.

Olivia presste sich ein großes, flauschiges Kissen vor die Brust und kämpfte mit einem dicken Kloß in ihrem Hals. Warum lief alles nur so schrecklich schief?

AM NÄCHSTEN MORGEN erwachte sie zur MELODIE VON »ODE AN DIE FREUDE«. Da Cole am entfernten Ende des großen Bettes schlief, weckte sie ihn nicht auf, als sie aufstand. Rasch durchsuchte sie das große, dunkle Hotelzimmer nach ihrer Handtasche, bevor Cole durch das Klingeln aufwachte. Als sie das Handy endlich gefunden hatte, nahm sie sich nicht die Zeit, erst nachzuschauen, wer anrief.

»Hallo?«, flüsterte sie. Auf dem Weg ins Bad blickte sie auf die Uhr und erkannte, dass es Viertel vor sechs war. Leise schloss sie die Tür.

»Hallo, Kleines. Habe ich dich geweckt?«

»Oh. Hallo, Dad.« Sie rieb sich den Schlaf aus den Augen, unterdrückte ein Gähnen und zog sich einen dicken Hotelbademantel über das seidene Nachthemd. »Macht nichts. Was gibt's denn?«

»Wo bist du nach deinem geheimnisvollen Flug gelandet?«

»In San Francisco.«

»Oh, das ist ja toll, Livvie! Da wolltest du doch schon immer hin. Wie ist es?«

»Was ich bisher gesehen habe, ist schön.«

»Ach, Mist, es ist noch ziemlich früh bei euch!«

»Mach dir keinen Kopf. Ich bin immer noch auf Ostküstenzeit. Was ist denn los?«

»Kleines, ich erzähle es dir nur ungern, während du verreist bist, aber ich wollte dich wissen lassen, dass Mom sich in eine Klinik hat einweisen lassen. Es ist eine renommierte Einrichtung in Südvirginia, von der wir viel Gutes gehört haben.«

Erstaunt ließ Olivia sich auf dem geschlossenen Toilettendeckel nieder. »Seit wann ist sie dort?«

»Seit gestern.«

»Warum hast du es mir nicht längst erzählt?«, rief sie. »Dann wäre ich bei dir gewesen!«

»Der Arzt hat am Donnerstag angerufen und uns mitgeteilt, dass ein Platz frei wird, darum ging es recht schnell. Und ich wusste doch, wie sehr du dich auf deine Reise gefreut hast.«

»Dad! Du hättest es mir sagen sollen!«

»Glaub mir, Liv, es war besser, dass du nichts davon gewusst hast.«

»Warum?«, fragte sie vorsichtig. »Was ist denn passiert?«

»Nun, sie ist nicht ganz freiwillig gegangen.«

»O Gott«, seufzte sie.

»Die Formulare hat sie selbst unterschrieben, aber dann ist sie ausgerastet, als wir sie aus dem Haus begleitet haben. Letztendlich mussten ihr zwangsweise Beruhigungsmittel verabreicht werden.« Er stockte. »Es war schrecklich.«

Olivia stiegen Tränen in die Augen. »Daddy …«

»Es geht mir gut, Kleines. Wir hätten das schon vor Jahren machen sollen.«

»Wie lange wird sie dortbleiben?«

»Für den Anfang dreißig Tage. Danach wird man sie neu beurteilen.«

»Darfst du sie besuchen?«

»Ich bezweifle, dass sie mich sehen will. Im Moment denkt sie, ich wäre die Wurzel allen Übels, da ich ihr keine andere Wahl gelassen habe. Ich hab ihr gesagt: ›Entweder gehst du in die Klinik, oder ich lasse mich scheiden.‹«

»Du versuchst doch nur, das zu tun, was für sie das Beste ist.«

»So sieht sie es aber nicht. Es tut mir so leid, dass ich dich jetzt damit belaste, doch ich wollte nicht, dass du es von deinen Brüdern oder von Jenny erfährst.«

»Möchtest du, dass ich nach Hause komme? Wenn du mich brauchst, bin ich heute Nachmittag bei dir.«

»Nein, Kleines. Das ist nicht nötig, trotzdem danke. Mir geht es gut. Nächsten Montag habe ich ein zweites Vorstellungsgespräch bei einem Cadillac-Händler in Springfield. Ich habe das Gefühl, es ist reine Formsache und der Job gehört mir im Grunde schon.«

»Sie können sich glücklich schätzen, dich zu bekommen. Das ist genau dein Ding.«

»Das ist es wirklich. Außerdem habe ich heute einen Makler-termin wegen des Hauses, und ich habe eine Frau gefunden, die es zu einem niedrigen Preis entrümpelt. Sie wird versuchen, für den ganzen Schrott so viel wie möglich rauszuholen, also ist es zumindest kein Totalverlust.«

»Ich ertrage es nicht, dass du das alles alleine stemmen musst. Wenn ich wieder da bin, kann ich dir mit dem Haus helfen.«

»Mach dir keine Sorgen, Livvie. Dieses Wochenende kommt Andy und hilft mir, die Möbel einzulagern, bis ich eine neue Wohnung gefunden habe. Der Rest ist Müll. Entweder werfen wir ihn weg, oder wir verkaufen ihn.«

»Jenny und ich haben uns neulich eine Wohnung angesehen, die das Richtige für mich wäre, bis ich weiß, was ich machen will. Sie haben mir gesagt, ich könnte gegen Ende der Woche einziehen.« Sie blickte zur Tür, dachte an Cole, der nebenan schlief, und erinnerte sich daran, dass er sie gefragt hatte, ob sie bei ihm wohnen wolle. Sie fragte sich, ob das Angebot immer noch galt. »Sobald ich nach Hause komme, hole ich meine Sachen.«

»Es eilt nicht. Ich bin mir sicher, dass es einen oder zwei Monate dauert, bis das Haus verkauft ist.«

»Und was wird aus dir und Mom, wenn sie entlassen wird?«

»Ich denke, das hängt davon ab, ob die Therapie wirkt.«

»Ganz egal, was passiert, du weißt, dass du mich hast, oder? Und Andy und Alex. Wir sind immer für dich da.«

»Danke, Schatz. Deine Brüder haben dasselbe gesagt. Ich kann mich glücklich schätzen, drei so tolle Kinder zu haben, die es alle zu was gebracht haben, trotz der Umstände, unter denen sie aufgewachsen sind.«

»Wirst du es mich wissen lassen, wenn du irgendetwas brauchst?«

»Sicher. Bitte mach dir keine Sorgen. Es wird alles gut. Das verspreche ich.«

»Ich hab dich lieb.«

»Ich dich auch. Genieß die Zeit mit deinem Piloten, hast du gehört? Richte ihm aus, dass dein alter Herr ihn treffen möchte, wenn er das nächste Mal in D. C. ist.«

»Mach ich. Tschüss, Daddy.« Olivia beendete das Gespräch und umklammerte das Handy, während sie über die Neuigkeiten nachdachte. Sie hatte keine Ahnung, wie lange sie so dasaß, bis ihr klar wurde, dass sie nicht mehr allein war.

»Was ist los?«, fragte Cole vom Türrahmen aus.

Olivia räusperte sich. »Das war mein Dad. Meine Mutter ist seit gestern in einer ›renommierten Einrichtung‹. Ich weiß, dass es zu ihrem Besten ist, aber mein Dad klang furchtbar.«

Cole nahm ihre Hand und führte Olivia aus dem Bad und zu einem großen, bequemen Sessel am Fenster. Dort zog er sie auf seinen Schoß und schloss sie in die Arme. »Willst du wieder nach Hause? Ich würde das absolut verstehen.«

»Er würde ausflippen, wenn ich seinetwegen vorzeitig nach Hause zurückkehre.«

»Was kann ich tun?«

Sie lehnte den Kopf an seine Schulter und seufzte tief. »Das hier ist schon mal ziemlich gut.«

»Ich bin aufgewacht, und du warst nicht da«, flüsterte er und streifte ihre Stirn mit den Lippen. »Ich war besorgt, bis ich dich im Badezimmer sprechen gehört habe.«

»Hast du gedacht, ich wäre weggelaufen?«, fragte sie im Scherz.

»Ich war mir nicht sicher.«

»Ich werde nicht weglaufen, Cole. Und es macht mich traurig, dass du mir das zutraust.«

»Wir haben noch dreieinhalb Tage, bis ernsthafte Gespräche erlaubt sind«, erinnerte er sie.

»Stimmt.« Sie fuhr ihm mit den Fingern durchs Haar und hob den Kopf, um ihn zu küssen.

»Möchtest du für eine Weile ins Bett zurück?«

»Zum Schlafen?«, fragte sie und versuchte, ihm ein Lächeln zu entlocken.

»Was immer du willst.«

»Ich fühle mich ernsthaft zwischen dir und einer Stelle direkt vor dem Hotel hin- und hergerissen.«

Verwirrt runzelte er die Stirn. »Welche Stelle?«

»Die einzige Stelle in der ganzen Stadt, wo sämtliche Cable-Car-Linien zusammenlaufen.«

Er lachte. »Ich würde es nicht wagen, mit den Cable Cars zu konkurrieren. Was hältst du davon, früh aufzubrechen?«

***

ZWÖLF STUNDEN SPÄTER KEHRTEN SIE INS HOTEL ZURÜCK, schwer beladen mit Tüten und Souvenirs.

»Du wirst einen zweiten Koffer brauchen, um den ganzen Kram nach Hause zu transportieren«, stellte Cole fest, während er seinen Teil der Einkäufe auf dem Sofa ablud.

»Ich habe es echt übertrieben, oder?«

»Du hattest deinen Spaß. Das ist alles, was zählt.«

Sie zuckte die Achseln und betrachtete den Berg aus Einkaufstaschen.

»Was ist?«

»Ich will nur nicht …«

»Was denn, Kleines? Sprich mit mir.«

»Ich will nicht so enden wie meine Mutter, verstehst du? Ich hätte nicht so viel Geld für Dinge verschwenden sollen, die ich im Grunde nicht brauche.«

Er ging zu ihr und legte ihr die Hände auf die Schultern. »Wann hast du so etwas zuletzt getan?«

Sie kaute auf der Unterlippe und dachte darüber nach. »Äh, noch nie?«

»Na also. Eine einmalige Kauforgie heißt noch lange nicht, dass du so wirst wie deine Mutter.«

»Wahrscheinlich hast du recht.«

»Jetzt habe ich eine sehr wichtige Frage an dich.«

»Und zwar?«

»Ist noch etwas von dieser dunklen Schokolade übrig, oder hast du schon alles aufgegessen?«

Sie lächelte. »Vielleicht habe ich noch eine Tafel, die ich mir mit dir teilen könnte.« Sie suchte die Ghirardelli-Tüte heraus und setzte sich neben ihn aufs Sofa. Dann brach sie ein Stück Schokolade ab und fütterte ihn damit.

»Mmh, die ist so lecker.« Er lehnte den Kopf zurück. »Was hat dir heute am besten gefallen?«

»Ich fand Alcatraz toll. Kannst du dir vorstellen, wie es gewesen sein muss, daraus auszubrechen?«

»Auf keinen Fall. Hast du mal den Film gesehen?«

»Nein.«

»Dann müssen wir ihn bei Gelegenheit mal ausleihen. Es ist ein toller Film.«

»Die Cable Cars haben mir auch gefallen.«

»Nach der vierten Fahrt wurde mir klar, dass du sie magst.«

»Die Hügel hier sind klasse, oder?«

»Ich muss mich noch immer von der Wanderung durch die Lombard Street erholen. Während alle anderen die kurvige Straße hinabgelaufen sind, mussten wir ja unbedingt bergauf gehen.«

»Ich wollte eine authentische Erfahrung.«

»Die wirst du morgen in deinen Waden spüren.«

Sie zuckte die Achseln. »Das war es mir wert, weil ich den Gipfel des Hügels vor dir erreicht habe. Da oben hat man dir dein Alter wirklich angemerkt, Opa.«

»Sei still!« Er lachte und stieß sie in die Rippen.

Sie lächelte. »Union Square war auch cool. Können wir morgen noch einmal nach Fisherman's Wharf? Ich glaube, ich würde dort gerne ein paar Skizzen anfertigen.«

Er durchwühlte den Berg ihrer Einkäufe. Als er gefunden hatte, wonach er suchte, zog er die Tüte unter den anderen hervor und reichte sie ihr. »Du hast erwähnt, dass du die Brücke malen möchtest, richtig?«

Olivia spähte in die Tüte und stieß einen Freudenschrei aus, als sie darin Aquarellfarben, Pinsel und einen Block mit Papier in Profiqualität entdeckte. »Wo hast du das denn her?«

»Ich habe es besorgt, während du in Union Square in diesem Schmuckgeschäft warst.«

Sie schlang die Arme um Cole und bedeckte sein Gesicht mit Küssen. »Du bist so aufmerksam.«

Er verzog das Gesicht. »Das ist fast so schlimm wie ›romantisch‹.«

»Du bist beides.«

»Wenn du meinst.«

Olivia stand auf, stellte die Tüte auf den Tisch und wandte sich wieder Cole zu, um sich rittlings auf seinen Schoß zu setzen.

»Oh, was ist denn das?«, fragte er grinsend, umfasste ihren Po und drückte sie fest an sich.

»Damit«, murmelte sie und berührte seine Lippen mit ihren, »will ich dir sagen, dass heute der schönste Tag meines Lebens war.«

»Der allerschönste Tag?«

Sie nickte. »Und dafür habe ich dir zu danken.«

»Jeder Tag, den ich mit dir verbringen kann, ist für mich der schönste Tag.«

»Ich liebe dich, und ich werde das hier niemals vergessen«, flüsterte sie und presste ihren Mund auf seinen.

Als seine Zunge ihre fand, stöhnte er leise. Er umfasste Olivias Brüste und strich mit den Daumen über ihre Brustspitzen.

Olivia schnappte nach Luft.

»Ich habe mir überlegt, dass wir zum Abendessen ausgehen sollten«, schlug er vor, während seine Lippen über ihren Hals glitten. »Wir müssen noch deine Aufnahme in die Kunsthochschule feiern.«

»Können wir das vielleicht morgen machen?«

»Klar.« Sanft knabberte er an ihrem Ohrläppchen. »Hast du für heute Abend andere Pläne?«

»Wie wäre es damit, dass wir uns ausziehen und die ganze Nacht im Bett verbringen?«

Er verharrte reglos. »Ich ertrage es nicht, wenn du so um den heißen Brei herumredest, Liv.«

Sie lachte, zog an seinem Hemd und rieb sich an seiner Erektion. »Ist das ein Ja?«

Als Antwort auf ihre Frage sprang er auf und trug sie zum Bett. Dort legte er sich auf sie und presste seine Lippen auf ihre. Gemeinsam rollten sie in einer leidenschaftlichen Umarmung über die Matratze, bis Olivia einen Lachanfall bekam.

»Was zum Teufel ist so lustig?«

»Ich habe das schon in Filmen gesehen, aber ich hatte keine Ahnung, dass man tatsächlich über das Bett rollen kann, ohne dabei den Kuss zu unterbrechen.«

Beim Anblick seines sexy Lächelns blieb ihr beinahe das Herz stehen.

»Willst du es noch mal tun?«

»Mhm.«

Dieses Mal landeten sie gefährlich nah an der Bettkante.

»Das ist ein tiefer Sturz«, bemerkte er und schaute zu Boden.

Ihre Lippen schwebten über seinem sexy unrasierten Kinn.

»Cole?«

»Ja?«

»Können wir uns jetzt ausziehen?«

»Sicher, wenn es sein muss.«

Sie lachte und zog ihm das Hemd über den Kopf.

KAPITEL 21

Coles Plan scheiterte kläglich. Seit ihrem Streit im Flugzeug hatte er versucht, eine schützende Mauer um sein Herz zu errichten. Nur für alle Fälle. Aber Olivia machte es ihm unmöglich, auf Distanz zu bleiben. Ihre ansteckende Freude beim Entdecken der Stadt, die sie schon lange hatte besuchen wollen, der Wettstreit, wer als Erstes am oberen Ende der Lombard Street ankam, und ihre Sorgen, so zu werden wie ihre Mutter – all das hatte seinen erbärmlichen Versuch, sein Herz zu schützen, sabotiert. Nun war er wehrlos, als ihre Lippen über seinen Bauch glitten.

Sein ganzes Leben hatte er auf diese Frau gewartet, doch er hätte nie geglaubt, dass es so viele Komplikationen und Herausforderungen geben würde, wenn er endlich die Richtige fand. Wenn er sie zu sehr bedrängte, würde er sie verlieren. Das wusste er. Also hatte er versucht, sich zurückzuhalten, und auch dabei versagt, denn sie hatte es gespürt und war verletzt gewesen.

Vielleicht musste er es einfach wagen. Wenn er ihr alles gab und sie ihn am Ende dennoch verließ, hatte er sich hinterher wenigstens nichts vorzuwerfen. Sicher, es war ein Risiko, aber er war bereit, es ihr zuliebe einzugehen.

Er sah zu, wie sie ihn völlig entkleidete und schließlich nach dem

Saum ihres eigenen Pullovers griff. Sie hatte keine Ahnung, wie sinnlich sie wirkte, mit ihrer hellen Haut, dem langen dunklen Haar, das ihr über die Schultern fiel, und den üppigen Brüsten unter dem Spitzen-BH. Als sie hinter sich fasste, um den BH zu öffnen, hielt Cole sie davon ab, zog sie neben sich aufs Bett und beugte sich über sie.

»Lass mich«, flüsterte er.

Ihre Wangen röteten sich, und ihre Atemzüge verlangsamten sich, während sie abwartete, was er tun würde.

Cole senkte den Kopf und tastete mit den Lippen unter dem Spitzenstoff nach ihrer Brust. Der verführerische Duft ihrer Bodylotion befeuerte sein Verlangen, während er Olivia liebkoste. Als er es schließlich nicht mehr ertrug, noch eine Minute länger zu warten, griff er hinter sie und öffnete den BH mit einer Hand. Ungeduldig warf er ihn beiseite und blickte auf Olivia hinab. Er liebte es, wie ihre hübschen rosafarbenen Brustspitzen dunkler wurden, wenn sie erregt war.

Langsam beschrieb er mit der Zunge Kreise auf ihrer Haut, um sie verrückt zu machen. Und es schien zu funktionieren.

Olivia fuhr ihm mit den Fingern durchs Haar und versuchte, ihn dorthin zu führen, wo sie ihn haben wollte. »Cole.«

»Hm?«

»Komm schon«, flehte sie.

Er lachte an ihrer Brust, machte jedoch keine Anstalten, ihr das zu geben, was sie wollte.

»Du bist nicht nett.«

Er blickte zu ihr auf. »Nein?«

»Du weißt, dass du es nicht bist.«

»Na, wenn du deshalb schmollen willst.« Er widmete sich ihrer aufgerichteten Brustspitze. Mit Zunge, Zähnen und Lippen gab er ihr alles, was sie wollte, und noch mehr. Er lauschte ihrem Stöhnen und Keuchen und kam zu dem Schluss, dass sie nicht länger schmollte. Anschließend kümmerte er sich genauso um ihre andere Brust, bevor er sich weiter vorarbeitete. Olivia war dermaßen für ihn bereit, dass schon wenige Berührungen seiner Zunge genügten, um sie abheben zu lassen.

Er streifte sich ein Kondom über und drang in sie ein.

Ihre Augen waren geschlossen, ihre Lippen geöffnet, und ihre Handflächen ruhten an beiden Seiten ihres Kopfes. Sie gab sich ihrer Leidenschaft bedingungslos hin, sodass Cole für einen Moment die Augen schließen musste, um nicht zu früh zu kommen. Er wollte noch mehr von ihr, bevor er sich gehen ließ.

»Hey«, flüsterte er.

»Mhm.«

»Sieh mich an.«

Sie öffnete die Lider.

»Schon besser«, antwortete er und drückte sanft seine Lippen auf ihre. »Ich will nicht, dass du einschläfst.« Hart stieß er zu.

Ihr Lachen vermischte sich mit einem weiteren Stöhnen. »Als ob ich jetzt schlafen könnte.« Sie schlang ihm die Arme um den Nacken und suchte nach seinem Mund.

Cole verlangsamte seine Hüftbewegungen und versank in dem Kuss. Ihre Brüste waren an seinen Oberkörper gepresst, ihre Beine hielten ihn fest umschlungen, während sie mit der Zunge seine umkreiste.

Der Kuss dauerte ewig. Dieses Mal hielt er sich nicht zurück, kostete jede Empfindung aus.

Sie wand sich unter ihm und bettelte um mehr.

Ohne den Kuss zu unterbrechen, bewegte er sich wieder schneller.

Olivia löste ihre Lippen von seinen und schnappte hörbar nach Luft.

Er spürte ihr Zittern und drang tiefer in sie ein, weil er wusste, dass sie kurz vor ihrem nächsten Höhepunkt stand.

Mit den Händen packte sie seinen Po.

»Komm schon, Baby«, flüsterte er. »Komm für mich.«

Augenblicke später stieß sie einen Schrei aus, und er gab auf – seine Selbstbeherrschung, seinen Versuch, distanziert zu bleiben, seine Pläne, eine Mauer um sein Herz zu errichten. Er kam und wusste, dass er den Kampf verloren hatte. Ihm wurde klar, dass es ihn zerstören würde, wenn sie ihn jetzt verließe.

Dieses Mal war es anders gewesen. Cole war anders gewesen – mehr wie der Mann, mit dem sie in Washington geschlafen hatte. Olivia seufzte zufrieden. Sie hatten die Krise überwunden, und das erfüllte sie mit unsäglicher Erleichterung.

Nach dem gemeinsamen Tag war sie fester als je zuvor entschlossen, dafür zu sorgen, dass diese Beziehung funktionierte, allen Hindernissen zum Trotz. Dann lagen zwischen ihnen eben eine gewisse Entfernung und ein paar Jahre Altersunterschied. Und ja, sie befanden sich in unterschiedlichen Lebensphasen. Doch nichts davon spielte im Vergleich zu ihrer Liebe zu ihm irgendeine Rolle.

Sie öffnete die Augen und ließ den Blick erneut durch das aufwendig eingerichtete Zimmer schweifen. Er hatte es ihr zuliebe gebucht. Nun lag er hinter ihr und hielt sie eng umschlungen, seine Atmung ging langsam und gleichmäßig. Während sie ihre Finger mit seinen verschränkte, fragte sie sich, ob er schlief.

Er drückte ihre Hand. »Woran denkst du?«, murmelte er.

»An dich.«

Er unterdrückte ein Gähnen und zog sie enger an sich. »Warum denn an mich?«

»Ich denke nur daran, wie sehr ich mich über diese Reise freue und über alles, was du getan hast, um sie zu ermöglichen.«

»Ich bin froh, dass du es genießt.«

»Du warst schon einmal hier, das weiß ich, deshalb macht es dir vielleicht nicht so viel Spaß …«

»Dich dabei zu beobachten, wie du die Stadt zum ersten Mal entdeckst, ist der größte Spaß, den ich jemals hatte.«

Sie drehte sich auf den Rücken, um ihn anzuschauen. »Eigentlich war ich mir sicher, dass du schläfst.«

»Ich war auch kurz vorm Einschlafen, aber ich konnte deine Gedanken förmlich hören.«

»Sind sie so laut?«

»Ziemlich«, antwortete er, rutschte ein Stück und bettete den Kopf auf ihre Brust. »Raus mit der Sprache.«

Sie spielte mit seinem Haar. »Ich habe Angst, dass ich die gute Stimmung verderbe.«

Er hielt inne. »Wirst du mir etwa mitteilen, dass du mit mir fertig bist?«

»Nein, natürlich nicht«, erwiderte sie und kicherte leise.

»Hast du deine ganzen Orgasmen nur vorgetäuscht?«

Sie boxte ihn in die Schulter. »Definitiv nicht.«

»Dann, glaube ich, kann ich es verkraften, was auch immer es ist.«

Sie atmete tief durch und bedeutete ihm, den Kopf zu heben, damit sie ihn ansehen konnte. »Ich habe neulich einen Mietvertrag für eine Wohnung unterschrieben.«

»Du hattest erwähnt, dass du das vielleicht tun würdest, also bin ich nicht völlig überrascht. Für wie lange?«

»Für ein Jahr, allerdings mit einer einmonatigen Kündigungsfrist.«

»Klingt vernünftig.«

»Bist du nicht böse?«

»Natürlich nicht. Es wäre mir lieber, wenn du bei mir wohnen würdest, aber ich verstehe, warum du es tun musst.«

»Du verstehst es? Wirklich?«

»Natürlich.«

Olivia seufzte erleichtert auf.

Ihre Nervosität amüsierte ihn, und er wickelte sich eine Locke ihres Haars um den Zeigefinger. »Du warst wohl ziemlich besorgt, was?«

Sie nickte. »Du hast mich auf diese tolle Reise mitgenommen und mir so ein liebes Angebot gemacht, bei dir einzuziehen. Ich möchte nicht, dass du denkst, ich wüsste das nicht zu schätzen.«

»Das weiß ich doch. Und ich habe dich nicht mitgenommen, um dich davon zu überzeugen, bei mir einzuziehen. Das ist etwas ganz anderes, und du bist noch nicht dafür bereit. Das ist okay für mich.«

»Die Wohnung liegt in Alexandria, also kannst du bei mir übernachten, wann immer du in der Stadt bist.«

»Und vielleicht könntest du während der Weihnachtsferien nach Chicago kommen? Dich mit allem vertraut machen? Sehen, was du davon hältst? Für später natürlich.«

Sie lächelte über seinen Versuch, sich zurückzuhalten. »Sehr gerne.«

»Wann ziehst du ein?«

»Es hieß, ich könnte die Wohnung gegen Ende der Woche bekommen.«

»Möchtest du, dass ich dir beim Umzug helfe?«

»Würdest du das tun?«

Er zuckte die Achseln. »Ich habe diese Woche frei, also könnte ich für ein paar Tage in D. C. bleiben.«

»Was ist mit den kranken Kindern, die du zu ihren Behandlungen fliegst?«

»Das ist immer nur dienstags, darum habe ich ihnen bereits mitgeteilt, dass ich diese Woche nicht kann, weil wir hierherfliegen wollten.«

Olivia warf ihm begeistert die Arme um den Hals.

»Du möchtest es also?«

»Ja«, antwortete sie und küsste ihn leidenschaftlich.

Nach einer Minute löste er sich von ihr. »Was, wenn du ein Baby bekommst?«, fragte er vorsichtig.

»Dann bleibt uns jede Menge Zeit, uns darauf vorzubereiten.«

»Ich möchte nichts verpassen.« Er legte ihr die Hand auf den flachen Bauch. »Ich möchte in jeder Sekunde dabei sein.«

Olivia bedeckte seine Hand mit ihrer. »Hast du etwa vor, deinen Job zu kündigen?«, fragte sie lächelnd.

»Nein, aber wenn du mit meinem Baby schwanger bist, möchte ich, dass wir zusammenziehen, damit ich mich um euch kümmern kann. Um euch beide.«

Sie betrachtete ihn für einen langen Moment. »Werde ich irgendwann morgens aufwachen und herausfinden, dass sich meine Kutsche in einen Kürbis verwandelt hat und die ganze Sache nur ein Traum war?«

Er nahm sie in den Arm und drückte sie fest an sich. »Auf keinen Fall.«

Sie presste ihm die Lippen auf die Brust und schmiegte sich in seine Umarmung. »Falls es doch ein Traum ist, dann einer, der wahr geworden ist.«

»Für mich auch, Kleines. Für mich auch.«

———

Am nächsten Morgen mieteten sie einen Wagen und fuhren über die Golden Gate Bridge nach Marin County. Sie parkten in Sausalito, um durch die Künstlerstadt zu laufen. Olivia blickte durch das Fenster einer Galerie, in der abstrakte Gemälde und Skulpturen ausgestellt wurden.

»Möchtest du hineingehen?«, fragte Cole.

Sie schüttelte den Kopf.

»Warum nicht?«

»Orte wie dieser machen mich nur neidisch«, gestand sie. »Die sind so etwas wie private Clubs, bei denen ich niemals Mitglied werden darf.«

»Das ist doch bescheuert! Du hast mehr Talent im kleinen Finger als manche dieser Leute im ganzen Körper. Sieh dir das an.« Er deutete auf eine Skulptur. »Was zum Teufel ist das?« Er beugte sich vor, um einen genaueren Blick darauf zu werfen. »Zwanzig Riesen? Dafür?«

Olivia lachte über seine Entrüstung.

»Sobald du an der Kunstakademie bist, ergeben sich alle möglichen Beziehungen und Chancen. Ich wette, dass du in weniger als einem Jahr deine eigene Ausstellung haben wirst.«

»Du tust meinem Selbstwertgefühl wirklich gut.«

Er legte den Arm um sie. »Lass uns reingehen und über die unverschämten Preise lachen, die man dort verlangt. Dann können wir uns überlegen, wie viel du eines Tages wert sein wirst.«

Sie besuchten jede Galerie in der Stadt. »Ich glaube, ich kann mich bald zur Ruhe setzen«, schloss Cole, als sie sich zum Mittagessen niederließen. »Du wirst schwerreich sein.«

»Darf ich dich trotzdem behalten?«

»Ich kümmere mich um unsere fünf Kinder.«

»Fünf?«

»Warum nicht?« Er las die Karte. »Dir bleiben noch viele Jahre, bevor deine biologische Uhr zu ticken anfängt.«

»Du hast sie nicht alle, wenn du ernsthaft glaubst, dass ich fünf Kinder kriege.«

»Na schön. Dann eben vier.«

»Zwei, wenn du Glück hast.«

Er grinste. »Du hast gerade zugestimmt, zwei Kinder von mir zu bekommen.«

»Hey! Du hast mich ausgetrickst!«

»Wenn es nötig ist.«

»Also, lass mich das klarstellen – du wirst das Fliegen aufgeben, um zu Hause bei unseren beiden Kindern zu bleiben?«

Sein Lächeln verblasste. »Mit ›das Fliegen aufgeben‹, meinst du da etwa …«

Olivia lachte laut auf. »Habe ich es mir doch gedacht.«

»Wie konnte das nur so nach hinten losgehen?«

»Offenbar bist du nicht so schlau, wie du dachtest.«

Während des Mittagessens schmollte er, was Olivia offenbar wahnsinnig komisch fand. Als die Rechnung kam, griff sie danach.

»Gib her«, sagte er.

Sie hielt sie außerhalb seiner Reichweite. »Lass mich zahlen. Es ist das Mindeste, was ich tun kann, nachdem du dich bereit erklärt hast, das Fliegen aufzugeben, damit ich meine Träume verfolgen kann.«

»Ich habe das Gefühl, dass ich das noch bitter bereuen werde«, murmelte er, während er ihr aus dem Restaurant nach draußen folgte.

»Keine Sorge, Süßer. Dir bleiben noch neun Monate – inzwischen wohl eher acht –, um dir die Seele aus dem Leib zu fliegen, bevor Junior zur Welt kommt und dich wieder auf den Boden der Tatsachen zurückholt.«

Er starrte sie finster an. »Amüsierst du dich gut?«

»Ich habe einen Riesenspaß.« Sie hakte sich bei ihm unter. »Was machen wir als Nächstes?«

EINE HALBE STUNDE SPÄTER WARTETE COLE DRAUSSEN AUF OLIVIA, während sie ein Schuhgeschäft durchstöberte. Es war ein klarer, warmer Tag, und der Himmel strahlte. Der berühmte Nebel von San Francisco hatte anscheinend beschlossen, ausnahmsweise einmal blauzumachen, statt die Stadt in einen Schleier zu hüllen, und Cole hatte noch nie einen herrlicheren Tag in Nordkalifornien erlebt.

Dass er alles so genoss, war zum Großteil natürlich seiner Begleiterin zu verdanken, in deren Gegenwart sich jeder Tag wie Weihnachten anfühlte. Außerdem fiel ihm auf, dass die Leute ihn zwar erkannten, ihn aber nicht ansprachen, wie sie es an der Ostküste zu tun pflegten. Die Bewohner der Westküste waren Promis anscheinend gewohnt und gingen gelassener mit ihnen um.

»Cole.«

Er löste sich von der Betrachtung des Himmels, senkte den Kopf und blickte Chelsea Harper in die Augen. *O Gott. Gibt es irgendwo einen Mann auf der Welt, der größeres Pech hat als ich?*

»Chelsea.«

Die umwerfende Rothaarige schlang die Arme ihn, und während er die Umarmung erwiderte, geriet sein Herz vor Nervosität aus dem Takt. Er konnte sich lebhaft vorstellen, wie es auf Olivia wirken musste.

»Es ist schön, dich zu treffen«, meinte Chelsea. »Du siehst toll aus, wie immer.«

»Du auch. Wie geht's dir?«

»Ein wenig besser.« Ein trauriges Lächeln zeigte sich auf ihrem hübschen Gesicht. »Ich vermisse dich, aber ich versuche, darüber hinwegzukommen.«

»Es tut mir so leid, was passiert ist.«

»Wir haben uns von dem ganzen Captain-Incredible-Zauber blenden lassen«, stellte sie fest, und ihr Ausdruck wirkte reuig. »Inzwischen habe ich begriffen, dass es von Anfang an unter keinem guten Stern stand.«

Cole hatte keine Ahnung, was er darauf erwidern sollte, also stellte er die Frage, die auf der Hand lag. »Was machst du hier?« Soweit er wusste, wohnte sie in Portland, Oregon.

»Ich habe beschlossen, dass ich einen Neuanfang brauche. Meine Schwester lebt hier, also bin ich letzten Monat hergezogen. Ich arbeite in einer Galerie.« Mit einem schüchternen Lächeln ergänzte sie: »Und ich schreibe wieder.«

Er war überrascht, dass sie ihr nicht schon vorhin begegnet waren, als sie die Galerien besucht hatten. »Ich bin so froh, das zu hören. Ich habe an dich gedacht …«

Sie legte ihm die Hand auf den Arm, und er verstummte. »Bitte sag nichts, wovon du glaubst, ich müsste es hören. Das wird mir nicht helfen.«

Cole schaute ihr in die grünen Augen und erinnerte sich daran, wie sehr er sich bemüht hatte, sich in dieses Juwel von Frau zu verlieben.

»Äh, Cole?«

Der Klang von Olivias Stimme riss ihn aus seinen Gedanken und holte ihn ins Hier und Jetzt zurück. Bevor er jedoch den Blick abwandte, bemerkte er einen Anflug von Schmerz in Chelseas Augen.

Er legte den Arm um Olivia. »Das ist Olivia Robison. Olivia, Chelsea Harper. Wir haben uns nach der Landung während des Blizzards kennengelernt. Sie war eine Passagierin des Fluges.«

»Ich erinnere mich, etwas über euch beide gelesen zu haben.« Olivias Ausdruck blieb neutral, als sie Chelsea die Hand gab. »Freut mich, dich kennenzulernen.«

»Ebenso«, antwortete Chelsea.

Coles Magen verkrampfte sich, als er die Anspannung in Olivias Stimme hörte. Sie musste es langsam müde sein, ständig seinen Ex-Freundinnen zu begegnen. Was, wenn sie irgendwann die Nase voll hatte? Bei der Vorstellung verschlimmerten sich die Schmerzen in seiner Magengegend.

»Also«, meinte Chelsea, »ich gehe besser wieder an die Arbeit. Ich habe mich wirklich gefreut, dich zu treffen, Cole.«

»Hat mich auch gefreut.«

Chelsea musterte das Paar. »Macht es gut.«

Cole schaute ihr nach, bis sie durch eine Tür im nächsten Häuserblock verschwand. Dann erst wagte er es, Olivia anzusehen, die den Blick fest auf das Gebäude gerichtet hatte.

»Sie ist sehr hübsch.«

»Ja.«

»Sie war in dich verliebt.«

»Das auch.«

Olivia verschränkte die Arme und sah endlich zu ihm auf. »Was ist passiert?«

»Ich habe sie nicht geliebt«, gestand er und zuckte hilflos die Achseln. »Ich wollte es, aber ich konnte es einfach nicht.«

»Warum nicht? Sie wirkt total nett.«

»Das war sie. Ich meine, das ist sie auch. Doch irgendetwas hat gefehlt.« Er steckte Olivia eine Strähne hinters Ohr und streichelte ihr über die Wange, in der Hoffnung, ihre Angst zu zerstreuen, die er deutlich spürte. »Es hat mich sehr belastet, verstehst du? Da war diese Frau, die in jeder Hinsicht perfekt für mich gewesen wäre, aber ich konnte sie trotzdem nicht lieben. In dem Moment habe ich zum ersten Mal wirklich geglaubt, dass mit mir etwas nicht stimmt, dass ich irgendwelche schwerwiegenden Defizite habe. Doch das war es nicht.«

»Wo lag das Problem?«

Erneut blickte er zu der Galerie, in der Chelsea arbeitete, bevor er Olivia anschaute. »Sie war nicht du.«

»Cole.«

»Bestimmt hältst du das wegen der Begegnung eben nur für irgendeine Floskel, aber ich schwöre, es ist die Wahrheit. Ich habe nie begriffen, was mir gefehlt hat, bis ich dir begegnet bin.« Er deutete auf das Gebäude mit der Galerie. »Sie wollte mehr, als ich zu geben bereit war. Ich weiß noch, dass ich nach dem Ende unserer Beziehung überzeugt war, es gäbe keine Hoffnung für mich, wenn ich Chelsea nicht lieben konnte. Verstehst du? Als sie mich verlassen hat, dachte ich, ich müsste traurig, einsam oder enttäuscht sein. Doch das war ich nicht. Ich habe gar nichts empfunden.«

Er nahm Olivias Gesicht zwischen seine Hände. »Wenn du mich

verlassen würdest, würde ich das niemals verkraften. Daher weiß ich, dass bei uns alles anders ist.«

»Das will ich so gerne glauben.«

Er verspürte einen Anflug von Panik. »Du kannst es glauben. Ich schwöre es dir, Olivia.«

»Ich werde dich nicht anlügen und behaupten, dass mich deine Vergangenheit nicht stört, denn das tut sie. Es tut weh, wenn ich mir vorstelle, dass du mit anderen Frauen zusammen warst.«

»Dann hör auf damit. Denk nur an uns beide, denn du bist die Einzige, mit der ich zusammen sein will.« Vorsichtig hob er ihren Kopf an, damit er ihr in die Augen sehen konnte. »Glaubst du mir?«

»Ich versuche es«, antwortete sie leise. »Aber ich habe immer noch Angst.«

»Wovor?«

»Dass du jemanden findest, den du lieber magst.«

Er ignorierte die Passanten auf dem Bürgersteig und gab ihr einen leidenschaftlichen Kuss. »Das wird niemals geschehen.«

»Frauen werfen sich dir überall, wo du hingehst, an den Hals.« Sie wandte den Blick ab. »Du hättest so viele Gelegenheiten.«

»Von denen mich keine jemals reizen könnte.« Cole begriff plötzlich, dass dies das wichtigste Gespräch seines Lebens war. »Nicht, wenn es dich in meinem Leben gibt. Nicht, wenn ich endlich all das habe, was ich mir jemals gewünscht habe.«

Es berührte ihn, zu sehen, wie sie so offensichtlich mit ihren Gefühlen kämpfte. Doch es machte ihn traurig, dass sie jetzt einen Grund mehr hatte, an seiner Liebe zu ihr zu zweifeln.

»Wie wäre es, wenn wir mit unserem Programm weitermachen?«, fragte er und zwang sich zu einem fröhlichen Tonfall. »Bist du bereit, die Brücke zu malen?«

Sie nickte, aber er merkte ihr noch immer die Besorgnis an, die ihr förmlich ins Gesicht geschrieben stand.

»Es wird alles gut werden, Liv. Das verspreche ich.«

Sie versuchte zu lächeln. »Gehen wir.«

—

Sie fuhren zum Golden Gate Park, wo das grelle Sonnenlicht den Nebel daran hinderte, die Brücke zu verschleiern.

»Möchtest du sie von dieser Seite malen oder lieber von der anderen?«, erkundigte sich Cole.

Fasziniert von dem Anblick antwortete Olivia: »Mir gefällt die Stelle hier.«

Er trat hinter sie, legte ihr die Hände auf die Schultern und beugte sich vor, sodass sein Kinn auf ihrem Scheitel ruhte. »Soll ich für eine Weile verschwinden?«

»Das musst du nicht.«

»Du möchtest doch sicher nicht, dass ich dir dabei zuschaue.«

»Es würde mich nicht stören.«

»Wirklich? Ich dachte, ihr Künstler macht immer ein großes Geheimnis aus der Entstehung eurer Werke.«

»Andere vielleicht. Ich nicht.« Sie stellte sich auf die Zehenspitzen, um ihn zu küssen. »Erst recht nicht, wenn du es bist, der mir zusieht.«

»Ich fühle mich geehrt.« Er küsste sie wieder und machte sich auf den Weg, um die Malsachen aus dem Kofferraum zu holen. »Ich hätte dir auch eine Staffelei besorgen sollen«, stellte er fest, während er den Campingtisch begutachtete, den sie ausgesucht hatte.

»Und wie hätten wir sie nach Hause transportieren sollen?«

»Na ja, ich kenne da ein paar Leute bei der Airline.«

»Der Tisch reicht völlig.«

»Brauchst du sonst noch irgendetwas?«

Sie öffnete die Flasche Wasser, die sie für die Aquarellfarben besorgt hatten. »Sonst nichts.«

»Ist dir auch warm genug?«

»Es geht mir gut«, versicherte sie lächelnd. Sie konnte nicht glauben, wo sie war und was sie gleich tun würde. »Ich hoffe, dir wird nicht langweilig.«

Er beugte sich hinab, um sie auf die Wange zu küssen. »Nimm dir Zeit. Minuten, Stunden, solange du brauchst.«

Sie drückte seine Hand, die auf ihrer Schulter lag. »Danke.« Dann breitete sie alle benötigten Utensilien auf dem Tisch aus.

»Riechst du etwa an der Farbe?«

»Ich liebe den Geruch von frischer Farbe.« Sie hielt sie ihm hin, damit auch er daran schnuppern konnte.

Angeekelt verzog er das Gesicht. »Igitt.«

»Es ist etwas für Kenner.«

»Offensichtlich. Ich werde spazieren gehen, damit ich deinen Groove nicht störe.«

»Das brauchst du nicht.«

»Ich weiß.« Er küsste sie auf die Nasenspitze. »Viel Spaß. Ich bin bald zurück.«

»Okay.« Olivia sah ihm nach und wandte sich dann der Brücke zu.

Einige Minuten lang betrachtete sie das Bauwerk, doch ihre Gedanken schweiften ab und drehten sich bald um die Begegnung in Sausalito. Noch eine Frau aus Coles Vergangenheit. Seine Ex-Freundinnen waren anscheinend überall. Wenn Olivia klug war, würde sie so schnell wie möglich vor ihm weglaufen, bevor er ihr dasselbe antat wie den anderen.

Während sie über die Situation nachgrübelte, musste sie immer wieder an das denken, was ihr Vater immer zu sagen pflegte: Urteile stets nach dem, was du mit eigenen Augen siehst. Mit anderen Worten: Bewerte die Menschen danach, wie sie dich behandeln, nicht danach, was andere über sie sagen. Wenn sie Cole allein nach seinem Verhalten ihr gegenüber beurteilen wollte, verdiente er einen Orden.

Hier saß sie nun im Golden Gate Park und war kurz davor, die Brücke zu malen, von deren Anblick sie fast ihr ganzes Leben lang geträumt hatte. Cole hatte es ihr ermöglicht, sie endlich einmal live zu erleben. Er war mit ihr hergeflogen, hatte die Farben besorgt und ihr so viel Zeit geschenkt, wie sie brauchte, um ihrer Leidenschaft zu frönen. Obendrein hatte er sie dazu ermutigt, sich an der Kunsthochschule zu bewerben. So kannte sie Cole, und nicht anders. Sie würde ihn lieben und ihm vertrauen, es sei denn, er lieferte ihr einen guten Grund, es nicht zu tun.

Fest entschlossen, an ihn und ihre gemeinsame Beziehung zu glauben, tunkte Olivia den Pinsel ins Wasser und machte sich ans Werk.

Eine Stunde lang folgte Cole dem Panoramaweg mit Blick über die Bucht, während er gegen den Drang ankämpfte, umzudrehen und nachzusehen, was Olivia malte. Doch er lief weiter, weil er ihr genug Zeit dafür lassen wollte, ohne Ablenkung zu arbeiten.

Unterwegs dachte er über Chelsea und ihre kurze Affäre nach der Landung im Schnee nach. Die Medien hatten sich regelrecht auf die Romanze zwischen dem heldenhaften Piloten und der dankbaren Passagierin gestürzt. Gemeinsam waren sie auf den Covern von zwei Zeitschriften abgebildet gewesen, und man hatte sie überall wiedererkannt. Inmitten des ganzen Trubels war es ihnen schwergefallen, Zeit füreinander zu finden, und Cole hatte vergeblich versucht, zu ergründen, warum er unfähig war, sich in eine so wundervolle Frau wie Chelsea ernsthaft zu verlieben.

Die Affäre hatte so plötzlich geendet, wie sie begonnen hatte, als Chelsea ihn irgendwann direkt gefragt hatte, ob er sie liebte oder ob er zumindest glaubte, sie jemals lieben zu können. Er hatte nichts erwidert, und das war natürlich Antwort genug gewesen. Ihr verletzter Gesichtsausdruck, als ihr klar geworden war, dass er nicht das Gleiche empfand wie sie, hatte ihn noch lange verfolgt. Seitdem hatte er sie nicht wiedergesehen und nichts mehr von ihr gehört. Bis heute. Und natürlich hatte er ihr ausgerechnet jetzt wieder über den Weg laufen müssen, während er mit Olivia hier war.

Cole schämte sich seiner vielen bedeutungslosen Affären in der Vergangenheit, aber die Zeit mit Chelsea bereute er nicht. Er hatte alles versucht, damit es funktionierte. Zu einem gewissen Zeitpunkt wäre es ihm beinahe gelungen, sich einzureden, er wäre verliebt. Doch der nagende Zweifel, dass irgendetwas Grundlegendes und Wichtiges fehlte, hatte ihn daran gehindert, die Worte auszusprechen, die Chelsea hatte hören wollen. Erst seit seiner Begegnung mit Olivia hatte er begriffen, was ihm bei Chelsea gefehlt hatte, und nun, da er es gefunden hatte, würde er alles dafür tun, es zu behalten.

Er schaute auf und begriff, dass er sich weiter als beabsichtigt von Olivia entfernt hatte. Sofort wandte er sich um und kehrte zurück. Als er näher kam, sah er einen älteren Mann mit Olivia sprechen. Er hielt einen kleinen weißen Hund an einer Leine, der zu seinen Füßen saß und geduldig wartete, während sein Herrchen redete und dabei lebhaft gestikulierte. Olivia hing förmlich an den Lippen des Mannes.

Coles Herzschlag beschleunigte sich, und er rannte los. *Was habe ich mir nur dabei gedacht? Ich hätte sie nicht so lange an einem fremden Ort allein lassen sollen.*

»Hey!«, rief er, um sie wissen zu lassen, dass er zurückkam.

Sie blickte fröhlich lächelnd zu ihm. »Cole! Du wirst es nicht glauben!«

Er erreichte den Campingtisch und schob sich zwischen Olivia und den hochgewachsenen, distinguiert wirkenden Mann mit weißem Haar und freundlichen blauen Augen. Der Fremde wirkte gar nicht wie der perverse Lüstling, den Cole sich aus größerer Entfernung ausgemalt hatte.

»Das ist Cole, mein, äh, Freund.« Olivias Wangen röteten sich. »Das ist Victor James. Er führt hier jeden Sonntag seinen Hund spazieren.«

Noch immer beäugte Cole den anderen Mann misstrauisch, schüttelte ihm jedoch die Hand.

»Ich kenne Sie von irgendwoher«, meinte Victor und runzelte nachdenklich die Stirn, während er Cole musterte.

»Er ist der Pilot, der während dieses Blizzards das Flugzeug gelandet und anschließend das Leben des Kapitäns gerettet hat«, erklärte Olivia.

»Captain Incredible!«, rief Victor. »Natürlich!«

Cole wand sich innerlich und hoffte, diesen blöden Spitznamen nie wieder hören zu müssen. »Schuldig im Sinne der Anklage.«

»Es ist mir eine große Ehre, einen echten amerikanischen Helden kennenzulernen«, sagte Victor und schüttelte ihm die Hand. »Gerade habe ich Olivia erzählt, dass ich eine große Sammlung von Kunstwerken aus San Francisco besitze, und ich liebe ihre Darstellung der Brücke. Olivia ist außerordentlich talentiert.«

»Ja.« Coles Herz überschlug sich fast, weil er sich so für sie freute. »Das ist sie wirklich.« Er senkte den Blick auf den Tisch und musste zweimal hinsehen. Das Aquarell war atemberaubend. Es zeigte die Brücke und noch viel mehr: Schattierungen, Strukturen und Tiefe. All das hatte sie in bloß einer Stunde erschaffen. »Oh, Liv. Wow.«

»Genau meine Meinung, junger Mann. Tatsächlich wollte ich Ihrer hübschen Freundin gerade eintausend Dollar dafür anbieten.«

Olivia schnappte nach Luft. »Was?«

Victor begutachtete das Gemälde erneut eingehend. »Sie haben recht«, ergänzte er nachdenklich. »Eintausend sind nicht genug. Wie wäre es mit dreitausend?«

»Sie akzeptiert«, antwortete Cole, als er begriff, dass Olivia vor Schreck verstummt war. »Dreitausend also.«

Victor langte in seine Brusttasche. »Ich habe nur eintausend Dollar in bar bei mir. Kann ich Ihnen über den Restbetrag einen Scheck ausstellen?«

»Sehr gerne.«

Cole nahm die zehn Hundertdollarscheine entgegen und buchstabierte Olivias Nachnamen. Victor riss den Scheck aus dem Scheckbuch und reichte ihn Cole.

»Aber«, stieß Olivia hervor, »es ist noch nicht fertig.«

»Ich liebe es, genau so, wie es ist«, beharrte Victor.

»Signiere es«, bat Cole leise.

Verwirrt starrte Olivia ihn an. »Was?«

»Signiere es«, wiederholte er mit zusammengebissenen Zähnen.

»Oh. Richtig.« Sie tauchte den Pinsel in die blaue Farbe und schrieb ihren Namen in die Ecke.

Cole bemerkte, dass ihre Hand dabei leicht zitterte. Er hob das Bild vom Tisch und hielt es hoch. »Warten Sie eine Minute, bis es getrocknet ist.«

Als der weiße Zwergpudel begriff, dass sie ihren Spaziergang fortsetzen würden, begann er um die Füße seines Herrchens zu tänzeln.

»Es hat mich gefreut, dass ich mit Ihnen ins Geschäft gekommen bin, Olivia.« Victor hielt ihr seine Visitenkarte hin. »Ich wäre daran interessiert, mehr von Ihren Arbeiten zu sehen, insbesondere Werke mit regionalem Bezug.«

Da Olivia inzwischen nicht nur verstummt war, sondern wie versteinert wirkte, nahm Cole die Karte von Victor entgegen und reichte ihm das Bild. »Sie arbeitet gerade an einem Gemälde von Fisherman's Wharf. Ich sage ihrem Agenten, dass er sich bei Ihnen melden soll.«

»Tun Sie das bitte.« Victor schnalzte mit der Zunge, womit er die Aufmerksamkeit des Hundes weckte. »Komm mit, Tootles. Wir müssen einen Bilderrahmen besorgen.«

Nachdem die beiden gegangen waren, schloss Cole Olivia in die Arme und wirbelte sie umher.

»O mein Gott«, flüsterte sie und klammerte sich an ihn. »Ist das gerade wirklich passiert?«

»Was? Dass du dreitausend Dollar verdient hast oder dass du mich als deinen Freund vorgestellt hast? Ich bin mir nicht sicher, welcher Teil mir besser gefallen hat.«

»Cole, er hat mir dreitausend Dollar für mein Aquarell gezahlt. Das ist das erste Mal …«

»Ich weiß, Baby.« Er wischte ihr eine Träne von der Wange und lächelte. »Du hattest einen Kunden. Einen echten, lebenden Kunden.« Er beugte sich vor, küsste sie sanft, nahm ihre Hand, legte ihr die Geldscheine und den Scheck hinein und schloss ihre und seine Hand darum. »Ich bin so stolz auf dich, dass ich platzen könnte.«

»Bevor du platzt, würdest du mir zwei Fragen beantworten?«

»Schieß los.«

»Wer ist mein Agent, und was erwartet er an Provision?«

Cole warf den Kopf in den Nacken und lachte schallend.

OLIVIA SCHWEBTE WIE AUF WOLKEN. Inzwischen hatte sie die Geschichte vier Mal erzählt – ihrem Dad, ihren beiden Brüdern und Jenny –, und sie war ihr noch immer nicht langweilig geworden. Dreitausend Dollar für eines ihrer Bilder! Das hätte sie sich in ihren wildesten Träumen nicht ausmalen können, und das Geld verschaffte ihr ein hübsches finanzielles Polster, das sich bei dem bevorstehenden Umzug in die neue Wohnung als nützlich erweisen würde.

Cole, der sich genauso freute, wartete geduldig ab, während sie ihre Anrufe tätigte. Nachdem sie das Gespräch mit ihrem Bruder Andy beendet hatte, durchquerte sie das Zimmer, um sich neben Cole aufs Sofa fallen zu lassen. Das Bündel aus Geldscheinen und der zusammengefaltete Scheck lagen vor ihnen auf dem Tisch.

»Ich kann es noch immer nicht glauben«, seufzte sie und starrte das Geld an.

»Stell dir vor, wir haben auch noch den ganzen morgigen Tag. Du kannst Fisherman's Wharf, Chinatown und Pacific Heights malen. Bei der Geschwindigkeit, mit der du arbeitest, wette ich, dass du deine Einnahmen bis zu unserer Abreise verdreifachen wirst.«

»Ich wüsste überhaupt nicht, was ich mit so viel Geld anfangen soll.«

»Als Erstes wirst du deine Steuern zahlen.«

»Wirklich?«

»Du musst dem Finanzamt deine Einnahmen melden.«

»Und wie soll ich das anstellen?«

»Mach dir keine Sorgen. Ein Freund von mir ist Steuerberater. Ich werde dich ihm vorstellen.«

»Es sind nur dreitausend Dollar, Cole. Dafür brauche ich keinen Buchhalter.«

»Das ist erst der Anfang, Olivia, und du brauchst sehr wohl einen.«

»Wenn du meinst.«

»Hey, ich bin doch dein Agent, oder? Du musst auf mich hören.«

»Wie viel wird mich das kosten?«, fragte sie misstrauisch.

Sein Mund verzog sich zu einem sinnlichen Lächeln. »Ich lasse mich gern in Dienstleistungen bezahlen.«

Sie verdrehte die Augen. »Mensch, da hab ich ja Glück.«

»Nein, ich habe Glück. Ich gehe mit dem nächsten Superstar der Kunstszene ins Bett.«

»Ich ziehe es vor, Geschäftliches und Privates streng getrennt zu halten. Wenn du also mein Agent sein willst, dann müssen wir uns im Schlafzimmer zurückhalten.«

»Wenn das so ist, dann kündige ich.«

Olivia lachte und streckte die Arme nach ihm aus.

Sanft strich er mit den Lippen über ihre Wange. »Bist du glücklich?«

»Ich hätte nie gedacht, dass es möglich wäre, so glücklich zu sein. Du hast mein ganzes Leben verändert. Das ist dir bewusst, oder?«

Er schüttelte den Kopf. »Ich hab nichts getan. Das warst du.«

»Du hast an mich geglaubt, lange bevor ich es getan habe.«

»Vielleicht, doch es ist dein Talent, das dir all diese Türen öffnet, und heute Abend werden wir dich und all deine guten Neuigkeiten feiern.«

Sacht ließ sie ihre Zungenspitze über seinen Hals gleiten. »Könnten wir vielleicht als Erstes eine kleine private Feier abhalten?«

»Woran hattest du gedacht?«

Sie flüsterte ihm ihren Vorschlag ins Ohr.

Er räusperte sich. »Womöglich passt das noch in den Zeitplan.«

»Bist du nicht froh, dass du mein Ex-Agent bist?«

»O ja.«

Cole kam in einem dunkelblauen Anzug mit gestärktem weißen Hemd und einer königsblauen Krawatte aus dem Badezimmer.

Olivia starrte ihn an.

»Was ist?«

»Wie du es ausdrücken würdest: Wow.«

»Gleichfalls, meine Liebe.« Er knabberte an ihrem Hals und strich mit dem Zeigefinger über den tiefen Ausschnitt ihres schwarzen Kleides.

Hoffentlich bemerkte er nicht, dass es das Kleid war, das sie schon bei ihrem Abendessen am Flughafen getragen hatte. Zumindest schien er im Moment nichts außer ihrem Dekolleté wahrzunehmen. »Wo gehen wir hin?«

»In ein Restaurant, das der Concierge empfohlen hat. Asiatische Fusion Cuisine – was auch immer das sein soll.«

»Ich finde, das klingt gut.«

Er legte ihr eine Stola um die nackten Schultern. »Du siehst umwerfend aus, Liv. Alle Männer dort werden sich nach dir umdrehen.«

»Und einige Frauen werden sich nach dir umdrehen – wie immer.« Sie rückte seine Krawatte zurecht und legte ihre Hände an seine Wangen, um ihn zu küssen. Während sie ihm den Lippenstift wegwischte, musterte sie sein attraktives Gesicht.

»Du starrst mich schon wieder an«, bemerkte er und zeigte das schiefe Lächeln, das sie so sehr liebte.

»Ich kriege einfach nicht genug von dir.«

Er schlang die Arme um sie und gab ihr einen Kuss, der rasch außer Kontrolle geriet. Als er sich wieder von ihr löste, wirkte er überwältigt.

»Du musst es nur sagen. Wir können gerne hierbleiben«, meinte sie.

»Nein. Wir gehen aus und feiern.«

Sie legte ihm die Hand auf den Arm. »Ich brauche bloß dich, um zu feiern.«

»Ich liebe dich.« Er küsste sie erst auf die Wangen, dann auf die Lippen. »Habe ich das in letzter Zeit erwähnt?«

»Nicht in der vergangenen halben Stunde oder so.«

»Ich möchte nicht nachlassen.«

»Ist schon gut. Du hast es mir erst vor Kurzem ziemlich deutlich bewiesen.«

»Mmh«, brummte er ihr ins Ohr. »Nur ziemlich?«

Sie kicherte. »Sehr deutlich.« Der Gedanke daran weckte in ihr den Wunsch nach mehr, aber da Cole fest entschlossen schien, auszugehen, drehte sie ihn herum und schob ihn in Richtung Tür.

Nach dem Abendessen gingen sie zum Tanzen in die bekannte »Top of the Mark«-Skylounge. »Ich würde das so gerne malen«, seufzte Olivia, während sie sich mit Cole zu den Klängen von Jazzmusik wiegte. Sie blickte ihm über die Schulter und sah die funkelnden Lichter der Stadt, die sich kilometerweit unter dem neunzehn Stockwerke hohen Wahrzeichen erstreckten.

»Wir könnten es bestimmt so einrichten, dass du morgen wieder herkommen kannst.«

»Ich meinte die nächtliche Aussicht.«

»Könntest du sie dir einprägen und malen, wenn wir zurück im Zimmer sind?«

»Stört dich das denn nicht?«

»Warum sollte es? Ich muss mich mit deinen guten und deinen schlechten Seiten abfinden, wenn ich mit dir zusammenbleiben will.«

Olivia lachte leise. Begeistert hatte sie festgestellt, dass Cole ein eleganter und geschmeidiger Tänzer war. Sein Eau de Cologne – ein herber, würziger Duft, der perfekt zu ihm passte – füllte ihre Sinne, und das Gefühl seiner Erektion, die sich an ihren Körper drängte, war eine allgegenwärtige Erinnerung an ihre Leidenschaft füreinander.

»Weißt du noch, wie ich dir gesagt habe, gestern wäre der schönste Tag meines Lebens gewesen?«, fragte sie.

»Mhm.«

»Ich kann nicht fassen, dass es überhaupt möglich ist, aber der heutige Tag war sogar noch schöner.«

Cole zog sie näher zu sich. »Ich frage mich, was dir der morgige Tag bringen wird.«

Sie schaute hoch und sah, dass er die Augen geschlossen hatte.

Seine Miene wirkte völlig entspannt. »Diesen Moment kann nichts übertreffen.«

Er hob die Lider und beugte sich vor, um sie zu küssen. »Man kann nie wissen.«

Zusammen tranken sie Apple Martinis und tanzten eine Stunde lang in der Skylounge, bevor sie wieder zum Fairmont schlenderten. Im Aufzug legte Cole den Arm um Olivia. Sie lehnte den Kopf an seine Brust. »Danke für einen weiteren unvergesslichen Abend.«

»Ich beglückwünsche dich zu all deinen guten Neuigkeiten.«

Sie unterdrückte ein Gähnen. »Sie wären nicht halb so gut, wenn ich sie nicht mit dir teilen könnte.«

»Bist du zu müde zum Arbeiten?« Er öffnete die Tür ihres Zimmers und ließ sie als Erste eintreten.

»Ich habe dir doch gesagt, dass der zweite Martini keine gute Idee war.«

Cole zog sich die Krawatte aus und knöpfte sein Hemd auf. »Du brauchst etwas Schlaf, um Kräfte zu sammeln. Dann kannst du morgen früh aufstehen und dich an die Arbeit machen.«

Sie hob die Hand und streichelte seine Wange. »Du hast recht. Es ist schon zu spät, um jetzt noch mit irgendetwas anzufangen.«

Er hob eine Braue. »Irgendetwas?«

Sie lachte. »Ich meinte, es ist zu spät zum Malen.«

»Schon besser.«

Während er sein Jackett auszog, ging Olivia ins Bad, um sich das letzte der seidenen Nachthemden anzuziehen, die sie für die Reise eingepackt hatte. Es war schwarz und spitzenbesetzt und reichte ihr bis zur Mitte der Oberschenkel. Sie schlüpfte in den passenden Tanga und wusch sich das Make-up aus dem Gesicht. Vor Vorfreude ganz fahrig, bürstete sie sich das Haar und putzte sich die Zähne.

Mit Cole fühlte sich jedes Mal wie das erste Mal an. Dass sie mit einem so umwerfenden, liebevollen und aufmerksamen Mann zusammen sein konnte, wann immer sie es wollte, war etwas, woran sie sich erst noch gewöhnen musste. Ebenso wie daran, dass er sie liebte, und zwar aufrichtig. Vielleicht hatte sie doch endlich den Sprung gewagt. Eines wusste sie mit Sicherheit: Wenn sie sich entscheiden müsste, würde sie gerne auf all die anderen unglaublichen Dinge verzichten, die sie in letzter Zeit erlebt hatte, wenn sie dafür nur Cole behalten konnte.

Als sie das Bad verließ, sah sie, dass er das Licht gedimmt und sich das Hemd ausgezogen hatte. Mit den Händen in den Hosentaschen stand er vor dem großen Fenster. Für einen Moment genoss sie den Anblick seiner breiten, muskulösen Schultern, seiner schmalen Hüften und des straffen Pos.

Oh, wie ich diese Pobacken liebe, dachte sie und widerstand dem Drang, zu kichern. Sie schlang die Arme um Cole und drückte ihm die Lippen auf den Rücken.

»Woran denkst du gerade?«

Er überraschte sie, indem er antwortete: »An meine Mutter.« Dann legte er seine Hände auf ihre und ergänzte: »Sie hätte dich geliebt. Es tut mir leid, dass du sie niemals kennenlernen wirst.«

»Mir auch.«

»Ich möchte dich mit meinem Dad und dem Rest meiner Familie bekannt machen, wenn du mich nach Weihnachten besuchst.« Er wandte sich ihr zu. »Wäre das okay?«

»Sehr gerne. Mein Dad möchte dich ebenfalls kennenlernen.«

»Ein weiterer großer Schritt«, erwiderte Cole und lächelte. Seine Augen verdunkelten sich, als er endlich bemerkte, was sie trug. »O Mann.« Er neigte den Kopf, um sie genauer zu betrachten. »Wow.«

Sie lächelte. »Dein Lieblingswort.«

»Erst seit ich dir begegnet bin.«

Sie schlang ihm die Arme um den Hals und strich ihm mit der Zungenspitze über die Unterlippe. »Ich will dich«, flüsterte sie.

Er zog sie an sich, sodass sie seine Erektion spürte. »Du hast mich. Ich gehöre ganz allein dir.«

»Lass uns ins Bett gehen.«

»Obwohl es hier eine einwandfreie Wand gibt?«

»Ich habe gelernt, dass Wände nur Ärger bedeuten.«

Grinsend presste er seine Lippen auf ihre und gab ihr einen heißen, leidenschaftlichen Kuss voller Sehnsucht. Dann hob er Olivia hoch, und sie schlang ihm die Beine um die Hüften.

»Da wir gerade von Ärger sprechen«, flüsterte sie an seinen Lippen. »Ist es schon Mitternacht?«

Verwirrt von der Frage blickte er auf die Uhr. »Es ist zehn nach. Warum? Ist deine Ausgehzeit bald vorüber?«

»Nein, aber ich bin wirklich spät dran.«

Verständnislos runzelte er die Stirn. »Spät?«

»Ganz offiziell.«

Sie sah, wie sein Ausdruck weich wurde, als er es begriff, und es war einer der besten in einer Reihe von unvergesslichen Momenten, die sie mit ihm erlebt hatte.

»Wirklich?«, fragte er, und seine Stimme war ganz rau vor Rührung.

Sie nickte, legte ihm die Hand auf die Brust und spürte, wie sein Herz pochte.

»Kommt das manchmal vor?«

»Nie. Mein Körper arbeitet so präzise wie ein Uhrwerk.«

Dieses Mal war sein Kuss wild und besitzergreifend. »Vielleicht haben wir es mit unseren ganzen ›Aktivitäten‹ dieses Wochenende in die Flucht geschlagen.«

Sie lachte. »Das bezweifle ich. Ich warte noch einen oder zwei Tage ab, und dann mache ich einen Test.«

»Müssen wir wirklich so lange warten?«

»Ich bin erst einen Tag überfällig. Und du solltest eigentlich einen Nervenzusammenbruch kriegen und darauf hoffen, dass es nicht wahr ist.«

»Wer sagt das? Ich will, dass es wahr ist. Ich wünsche es mir so sehr.«

»Ich mir auch.«

Lange Zeit lagen sie einander in den Armen und waren völlig in Gedanken und Träume versunken, von denen Olivia niemals geglaubt hätte, dass sie in Erfüllung gehen würden.

»Cole?«

»Hm?«

»Es hat nur zehn Minuten gedauert, den gestrigen Tag zu übertreffen.«

KAPITEL 23

Cole legte Olivia aufs Bett, beugte sich über sie und neckte sie, indem er ihre Lippen leicht mit seinen berührte. »Was willst du?«

»Dich.« Sie streckte die Arme nach ihm aus und versuchte, ihn auf sich zu ziehen. »Nur dich.«

Er schüttelte den Kopf und küsste sie auf den Hals. »Du musst es mir schon sagen.«

»Cole …« Sie stöhnte, als er an ihr zu knabbern begann.

»Was ist?«, flüsterte er ihr ins Ohr.

Olivia wand sich unter ihm, während er sie mit seiner Zungenspitze an ihrem Ohr fast in den Wahnsinn trieb. Zahllose Empfindungen durchströmten sie, ihre Brustspitzen kribbelten, und sie spürte Hitze zwischen den Beinen. Sie streichelte die harten Muskeln seiner Brust und seiner Schultern.

»Ich brauche dich. Hör auf, mich zu ärgern.«

»Warum? Es macht so viel Spaß.«

Sie kniff die Augen zu, als eine beinahe schmerzhafte Welle des Verlangens sie erfasste.

»Wem, ist die Frage.«

Er lachte leise und strich mit den Lippen über eine ihrer Brustspitzen, die sich unter dem seidenen Stoff ihres Nachthemds versteckte.

Olivia hatte nicht damit gerechnet und wäre beinahe vom Bett gefallen. Sie krallte ihm die Finger ins Haar und drückte ihn an ihre Brust.

»Sag schon«, drängte er sie. »Heute Abend geht es nur um dich, also muss ich wissen, was du willst.«

Sie errötete vom Gesicht bis zu den Brüsten. »Ich will dich.« Mit leiser Stimme ergänzte sie: »In mir.«

»Welchen Teil von mir?«

Sie stieß einen verzweifelten Laut aus, während er fortfuhr, mit ihrer Brust zu spielen. »Alles.«

Er schob die dünne Seide ihres Tangas beiseite, drang mit zwei Fingern in sie ein, und sie kam sofort. Er tauchte mit der Zunge in ihren offenen Mund ein und ahmte die drängende Bewegung seiner Finger nach.

»O Gott, Liv«, flüsterte er. »Du bist so heiß.«

Sie spürte, wie Cole ihr das Nachthemd und den Tanga abstreifte, anschließend zog er sich selbst aus. Als sich sein heißer Mund über ihrer empfindlichen Brustspitze schloss, wäre Olivia beinahe wieder gekommen. Sie streckte die Hand aus und legte sie um seine pochende Erektion, doch Cole bremste sie, bevor sie ihn streicheln konnte.

»Nicht, Baby«, bat er mit rauer Stimme. »Ich halte es so schon kaum mehr aus.«

»Dann warte nicht länger«, erwiderte sie und wollte ihn endlich in sich spüren.

»Noch nicht.« Er ließ heiße kleine Küsse auf ihren Bauch herabregnen. »Du hast noch nicht alles bekommen, worum du gebeten hast.«

Er schob ihre Knie weit auseinander, neckte sie mit endlosen Streicheleinheiten seiner Zunge an ihren Schenkeln und hielt jedes Mal kurz vor der Stelle inne, an der sie ihn haben wollte. Dann endlich begann er, sie dort sanft, aber entschieden zu liebkosen.

Olivia krallte die Finger in die Bettdecke und hob die Hüften als

Antwort auf seine fordernden Zungenstöße. Ihr war so heiß, dass sie fürchtete, zu verbrennen, wenn er so weitermachte. Die Hitze steigerte sich, bis sie beinahe unerträglich wurde. Und dann meinte Olivia zu bersten. Während des Höhepunkts blieb er bei ihr und ließ sie erst los, als sie sanft wieder auf der Erde gelandet war. Im Rausch der Gefühle hatte sie die Augen fest zugekniffen. Dass es möglich war, so viel zu empfinden, sogar noch mehr als zuvor, faszinierte sie.

Er setzte sich auf, um nach einem Kondom auf dem Nachttisch zugreifen, doch sie hielt ihn davon ab.

Fragend hob er eine Braue.

»Ich möchte dich spüren.« Sanft zog sie an ihm. »Nur dich.«

»Liv, das sollten wir nicht tun.«

»Welche Rolle spielt es jetzt noch?« Sie setzte sich auf, drückte ihn aufs Bett und setzte sich rittlings auf ihn.

»Warte, Kleines.«

»Pst.« Sie beugte sich vor, um ihn zu küssen, und presste sich an sein hartes Glied.

Er stöhnte, hielt Olivia fest und drang mit einer fließenden Bewegung in sie ein.

Sie schnappte nach Luft und versuchte, ihn ganz in sich aufzunehmen. Dabei warf sie den Kopf zurück und genoss es, vollkommen von ihm ausgefüllt zu sein. Lange verharrte sie reglos und stützte sich mit den Händen auf seiner Brust ab. Dann fing sie an, sich so zu bewegen, wie es ihm gefiel.

Sie blickte auf ihn hinab, bemerkte, dass er die Augen geschlossen hatte und sich auf die Unterlippe biss. Sie griff nach seinen Händen, verschränkte ihre Finger mit seinen und hielt ihn fest, während sie die Hüften vor- und zurückbewegte.

»Liv«, keuchte er. »Du bringst mich noch um.«

»Gut«, antwortete sie und behielt das Tempo bei.

Er drückte ihre Hände, riss die Augen auf und sah Olivia im schwachen Licht an.

Sie hob ihre ineinander verschränkten Hände und stützte sich rechts und links von seinem Kopf ab. Dann beugte sie sich vor, küsste ihn sanft, ohne ihn dabei aus den Augen zu lassen oder bei ihren Bewegungen innezuhalten.

Er überraschte sie, als er sich plötzlich mit ihr herumwälzte, ohne sich von ihr zu lösen.

Wild stieß er in sie hinein, und beglückt stellte sie fest, dass sie ihm erneut die Selbstbeherrschung geraubt hatte. So mochte sie ihn am liebsten: wild und entschlossen, sich alles zu nehmen, was er wollte. Alles.

Er beugte sich vor, saugte fest an einer ihrer Brustspitzen und brachte sie zu einem Höhepunkt, der sie von Kopf bis Fuß erschütterte. Dann schob er die Hände unter ihren Po, hielt sie fest und stieß ein letztes Mal tief in sie hinein, bevor er sich gehen ließ und einen Schrei ausstieß, der unmittelbar seiner Seele entsprang.

Olivia schlang die Arme um ihn, schloss die Augen und schlief ein, während sie noch mit ihm vereint war.

COLE MACHTE SICH SORGEN, dass er sie womöglich erdrückte. Er gab ihr einen Kuss seitlich auf die Brust, die sich in einem gleichmäßigen Rhythmus hob und senkte.

»Tu ich dir weh?« Als keine Antwort kam, hob er den Kopf. »Liv?«

Er lächelte, als ihm klar wurde, dass sie eingeschlafen war. Kein Wunder, dass sie erschöpft war. Sie faszinierte ihn. Noch nie zuvor war er mit einer Frau zusammen gewesen, die jedes Mal, wenn sie miteinander schliefen, nicht weniger als drei Orgasmen bekam. Er fragte sich, ob es nur ein weiteres Anzeichen dafür war, dass sie eben füreinander geschaffen waren. Vielleicht hatte er so etwas noch nie zuvor erlebt, weil er bisher mit den falschen Frauen Liebe gemacht – oder besser gesagt, Sex gehabt – hatte.

Außerdem hatte er es bisher nie ungeschützt getan, und nun, da er wusste, was er verpasst hatte … Nachdem er wusste, wie es sich anfühlte, ohne irgendwas zwischen ihnen in Olivia zu versinken, würde es ihm verdammt schwerfallen, wieder zu den Kondomen zurückzukehren.

Sanft gab er ihr einen Kuss auf das Schlüsselbein und sah, wie sie die hübschen rosafarbenen Lippen öffnete und sie leicht bewegte. Träumte sie von ihm? Er hoffte es. Vorsichtig löste er sich von ihr und griff nach der weichen Chenilledecke am Fußende des Bettes, um Olivia damit zuzudecken. Anschließend gab er ihr einen Kuss auf die Wange, und bloß für den Fall, dass sie noch nicht fest eingeschlafen war, flüsterte er: »Ich liebe dich.«

Sie murmelte etwas und schmiegte sich an ihn.

Er hielt sie für eine Weile im Arm, bis er schließlich aufstand, um zu duschen.

Während er sich von dem heißen Wasserstrahl massieren ließ, dachte er daran, wie sie sich über den Verkauf ihres Bildes gefreut hatte. Daran, wie sie gestrahlt hatte, als sie ihren Lieben daheim die Geschichte erzählt hatte. Er erinnerte sich an ihre beinahe kindliche Begeisterung über das exotische Essen am Abend und an ihr Staunen über die Aussicht vom »Top of the Mark« aus. Er liebte sie so sehr. Und nun würde es vielleicht sogar bald ein Baby geben, das er lieben konnte.

Zum ersten Mal, seit seine Ex-Freundin vom College damals seinen Heiratsantrag abgelehnt hatte, konnte er sich vorstellen, die Frage erneut zu stellen. Er lachte in sich hinein, als er daran dachte, was seine Mutter wohl dazu gesagt hätte. Schon vor langer Zeit hatte sie es aufgegeben, darauf zu hoffen, dass ihr ältester Sohn jemals sesshaft werden würde. Und nun war er bereit, sich an eine Frau zu binden, die er erst seit sechs Wochen kannte. Ja, seine Mutter hätte sich gefreut.

In einer Situation wie dieser spielte Zeit keine Rolle, überlegte er. Ihm war von Anfang an klar gewesen, dass Olivia etwas Besonderes war. In den ersten Minuten ihrer Bekanntschaft hatte sie ihm ihr Herz offenbart, und nichts, was seitdem geschehen war, hatte diesen entscheidenden ersten Eindruck geschmälert. Wenn überhaupt, dann hatte sie ihm jedes Mal aufs Neue bewiesen, dass es richtig von ihm gewesen war, zurückzukehren, um nach ihr zu suchen, nachdem er zwei Wochen lang ständig an sie hatte denken müssen.

Diese Art von Verliebtheit machte ihn schwindlig und atemlos, genau wie das Fliegen von Kampfjets, wenn jede Bewegung sorgfältig bedacht werden musste. Das Letzte, was er wollte, war, Olivia zu vertreiben, indem er sie zu früh und zu sehr bedrängte.

Sie hatte recht damit, dass sie sich in unterschiedlichen Lebensphasen befanden. Nun, da er Olivia in seinem Leben hatte, war Cole bereit, sich auf all die Dinge einzulassen, die er jahrelang verschmäht hatte. Doch das war nicht das, was Olivia wollte. Jedenfalls *noch* nicht. Wenn sie allerdings wirklich ein Baby bekamen, würde das die Sache beschleunigen.

Er drehte das Wasser ab und schlang sich ein Handtuch um die Hüften. Dann nahm er ein kleineres Handtuch, um sich das Haar zu trocknen, und ging ins Schlafzimmer, um sich zu vergewissern, dass Olivia nicht verschwunden war.

Sie schlief auf ihrer Seite und hatte sich die Hand unter die Wange geschoben. Ihr seidiges dunkles Haar lag ausgebreitet auf dem Kissen und bildete einen scharfen Kontrast zur schneeweißen Bettwäsche.

Cole wollte sie in seine Arme schließen und niemals wieder loslassen. Für einen Mann, der sein ganzes Leben lang feste Bindungen gemieden hatte, war das ein neues und unerwartetes Gefühl. Außerdem hatte er immer peinlich genau darauf geachtet, sicherzustellen, dass er keine ungeplanten Kinder zeugte. Ihretwegen machte ihm jetzt nichts davon mehr Angst. Nein, das Einzige, wovor er sich jetzt noch wahrhaft fürchtete, war, dass sie ihn verließ.

OLIVIA WACHTE GEGEN HALB DREI AUF UND HATTE FÜR EINEN MOMENT DIE ORIENTIERUNG VERLOREN. Das Letzte, woran sie sich erinnerte, war der leidenschaftliche Sex mit Cole, und anschließend … nichts mehr. War sie tatsächlich direkt danach eingeschlafen? Das war irgendwie peinlich. *Hoffentlich denkt er nicht, es hätte mir nicht gefallen oder ich hätte es langweilig gefunden. Nichts könnte weiter von der Wahrheit entfernt sein.* Er wirkte so süß und friedlich, wie er da auf dem Rücken lag, einen Arm über dem Kopf. Sie wollte ihn aufwecken, um sich bei ihm zu entschuldigen, aber sie brachte es nicht übers Herz, ihn zu stören.

Stattdessen stand sie auf, um sich ein Glas Wasser zu holen, war jedoch überrascht, als sie spürte, wie zwischen ihren Beinen eine klebrige Flüssigkeit hinablief. *O nein! Nein, nein, nein!* Die Enttäuschung überwältigte sie. Bis zu diesem Augenblick hatte sie nicht geahnt, wie sehr sie sich das Baby gewünscht hatte, obwohl sie noch nicht einmal sicher gewusst hatte, ob sie es wirklich unter dem Herzen trug. Dann fiel ihr wieder ein, dass sie kein Kondom benutzt hatten und dass es vielleicht, nur vielleicht, nicht ihre Periode, sondern etwas anderes war.

Sie schloss die Augen und flüsterte ein Gebet. »Bitte, bitte, bitte.« Langsam öffnete sie die Augen und brauchte einen Moment, um es genau zu erkennen. Sie musste zweimal hinsehen, um sich sicher zu sein. Es war nicht ihre Periode. Die Erleichterung war so überwältigend, dass Olivia die Augen schloss, um das Gefühl zu verarbeiten. Als sie schließlich geduscht und sich ein sauberes T-Shirt und eine frische Unterhose angezogen hatte, war sie hellwach und von Nervosität erfüllt.

Während sie einen großen Schluck aus einer Wasserflasche nahm, beschloss sie, eine Weile zu malen, bis sie wieder müde wurde. Sie packte die Farben auf dem großen Schreibtisch aus und machte sich an die Arbeit.

Cole fand sie dort gegen acht am nächsten Morgen. Jede freie Oberfläche im Zimmer war mit trocknenden Gemälden belegt.

»Meine Güte, Liv«, murmelte er, als er ihre Interpretation der Aussicht vom »Top of the Mark« aus entdeckte. »Warst du die ganze Nacht wach?«

Verblüfft sah sie zu ihm auf. »Was?«

»Hast du die ganze Nacht gearbeitet?«

»Seit drei Uhr.«

»Nachdem du so plötzlich eingeschlafen warst, habe ich geglaubt, du wärst restlos weggetreten.«

»Es tut mir so leid. Ich hoffe, du dachtest nicht …«

Er lächelte. »Dass ich dich bis an den Rand der Erschöpfung geliebt habe?«

Sie errötete verlegen. »Na ja, das hast du.«

»Keine Sorge«, erwiderte er und strich ihr mit dem Zeigefinger über die Wange. »Du konntest also nicht schlafen?«

»Ich bin aufgewacht und hab gedacht …«

Er legte das Bild hin, das er betrachtet hatte, und nahm sich das von Fisherman's Wharf. »Was hast du gedacht?«

»Ich hätte meine Periode bekommen.«

Er sah ihr in die Augen. »Aber das war nicht so?«

»Nein.«

Sie merkte ihm die Erleichterung an und verstand genau, was er empfand.

»Gut.« Er beugte sich vor, um sie auf die Stirn zu küssen. »Wie wäre es mit Kaffee?«

Sie lächelte zu ihm auf. »Sehr gerne.«

»Ich rufe den Zimmerservice.«

»Cole?«

Er wandte sich ihr wieder zu.

»Sind sie denn gut?« Sie biss sich auf die Unterlippe. »Die Bilder?«

»Lass es mich so ausdrücken: Nachdem ich uns einen Kaffee bestellt habe, werde ich deinen Kunden anrufen. Er wird sehen wollen, was du alles gemalt hast.«

Victor lud Olivia und Cole zum Dinner zu sich nach Hause ein. Er wohnte in einem modernen Haus auf einem Hügel oberhalb von Sausalito, von wo aus man die Bucht, die Golden Gate Bridge und die weiter entfernte Stadt überblickte. Victor und sein Partner Paolo waren seit zwanzig Jahren zusammen und lebten seit über fünfzehn Jahren in dem Haus. Paolo machte viel Aufhebens um das Treffen mit ihnen, und anschließend zeigten sie Olivia sofort ihr eingerahmtes Gemälde an der Wand des Arbeitszimmers.

Als Cole sah, dass es an einer so prominenten Stelle hing und Teil einer riesigen und vielseitigen Kunstsammlung war, bekam er Herzklopfen, weil er sich so sehr für Olivia freute. Er nahm ihre Hand, und ihre Blicke trafen sich. Sie teilten diese Freude miteinander, und das machte den Moment umso schöner.

»Wir haben gehört, dass es noch mehr davon gibt«, sagte Paolo und rieb sich die Hände. Er hatte dunkles Haar, olivfarbene Haut und sprach mit breitem spanischen Akzent, obwohl er erzählt hatte, dass er den Großteil seines Lebens als Erwachsener in den Vereinigten Staaten verbracht hatte. »Gestern kam Victor von seinem Spaziergang nach Hause und war total begeistert von der neuen Künstlerin, die er entdeckt hatte.« Mit Paolos Akzent klang das i in Victors Namen gedehnt. »Wir haben uns so gefreut, als wir heute von Ihnen gehört haben.«

»Sie müssen Paolo entschuldigen.« Victor legte seinem Partner die Hand auf die Schulter. »Er ist total ausgeflippt, als er Ihr Aquarell gesehen hat, also kann er es kaum erwarten, zu erfahren, was Sie noch gemalt haben.«

Cole reichte Victor die Mappe, die sie vorhin gekauft hatten, um die neuesten Werke zu transportieren. Während die beiden Männer über den Bildern brüteten, hatte Cole einen Arm fest um Olivia gelegt.

Irgendwann blickte Paolo zu Olivia auf, und seine Augen glänzten.

Cole spürte, wie sie zitterte, also beugte er sich zu ihr und hauchte ihr einen Kuss auf die Wange.

Endlich gelangten sie zum Ende der Mappe. »Wir machen eine Ausstellung«, verkündete Paolo.

»Eine Ausstellung?«, wiederholte Olivia.

»In unserer Galerie in der Stadt«, erklärte er. »Lassen Sie mich nachdenken, was haben wir gerade, November? Wie wäre es im März? Haben Sie noch weitere Werke?«

Olivia war wieder verstummt, also antwortete Cole für sie. »Sie verfügt über eine große Sammlung von Gemälden. Sie fertigt auch großartige Zeichnungen an.«

»Was für Zeichnungen?«, wollte Victor wissen.

»Alles Mögliche, aber hauptsächlich Porträts«, brachte Olivia hervor.

»Warum demonstrierst du es ihnen nicht, Liv?«, schlug Cole vor. Alle Blicke richteten sich auf ihn. »Geben Sie ihr fünfzehn Minuten Zeit, und Sie erhalten etwas, was Sie auf ewig zu schätzen wissen werden.«

»Ich habe meinen Skizzenblock nicht dabei«, stammelte Olivia.

»Wir hätten einen hier«, antwortete Victor. »Allerdings nur, wenn Sie möchten. Wir haben Sie nicht hierher eingeladen, damit Sie arbeiten.«

»Ich würde mich freuen, Sie beide zu zeichnen.«

»Wahrscheinlich mag sie Ihre Knochenstruktur«, ergänzte Cole trocken.

Beide Männer lachten.

»Das habe ich mal zu Cole gesagt. Er ist sich immer noch nicht sicher, ob es ein Kompliment war.«

»Gehen wir in die Bibliothek«, schlug Paolo vor. »Bevor Sie gekommen sind, hat Victor Feuer im Kamin gemacht, also sollte es dort warm und gemütlich sein.«

Der Zwergpudel folgte ihnen auf dem Fuß. Cole und Olivia durchquerten mit den beiden Männern das ebenerdige Haus, in dem ein Raum in den nächsten überging. Victor und Paolo hatten mit einer faszinierenden Mischung aus antiken und modernen Möbeln eine gemütliche, aber dennoch stilsichere Einrichtung geschaffen, durchsetzt mit allen möglichen Kunstwerken.

Die Bibliothek verfügte über zwei Bücherwände. An den übrigen Wänden befanden sich Fenster, die so angeordnet waren, dass man den Ausblick auf Sausalito und auf das weiter entfernte San Francisco genießen konnte. Der Sonnenuntergang und das Kaminfeuer tauchten den Raum in ein sanftes Licht.

»Was für ein tolles Haus!«, fand Olivia.

»Wir lieben es«, antwortete Victor. »Hier können wir uns zurückziehen, wann immer wir möchten, und sind trotzdem nah genug an beiden Städten, um innerhalb kürzester Zeit dort zu sein.«

»Oh, da kommt Marta«, erklärte Paolo, als eine junge Hispanoamerikanerin das Zimmer betrat. Er stellte sie Cole und Olivia als ihre Köchin, Haushälterin und Assistentin vor.

»Wie wäre es mit einem Glas des besten Weines aus dem Napa Valley?«, schlug Victor vor.

Als Cole und Olivia zustimmend nickten, ging Marta, um den Wein zu holen.

»Also«, erkundigte sich Paolo, »wo sollen wir uns hinsetzen?«

Olivia sah sich im Raum um und entschied sich für das Zweiersofa.

Victor überreichte ihr einen Skizzenblock und mehrere hochwertige Stifte, von denen Olivia begeistert war. »Sind das die Richtigen?«, fragte er.

»Äh, ja«, erwiderte sie lächelnd.

»Müssen wir still halten?«, fragte Paolo begeistert. »Ich habe noch nie zuvor Modell gesessen.«

»Bleiben Sie einfach ganz natürlich.« Olivia nahm auf dem Sofa gegenüber Platz.

Cole stellte sich hinter sie, damit er zusehen konnte, ohne im Weg zu sein.

»Seit wann haben Sie die Galerie schon?«, fragte sie, als sie zu zeichnen begann.

Die beiden Männer schauten einander an. »Seit zehn Jahren?«, fragte Victor seinen Partner.

»Seit elf.«

»Ja, du hast recht. Ich vergesse es immer. Die Galerie ist Paolos Baby. Ich bin nur stiller Teilhaber.«

Paolo verdrehte die Augen. »Still, von wegen.«

Sie lachten gemeinsam, voller Liebe zueinander. Cole hegte keinerlei Zweifel, dass Olivia diesen Moment einfangen würde.

»Was machen Sie beruflich, Victor?«, erkundigte sie sich.

»Ich kümmere mich um den geschäftlichen Part der Galerie, damit Paolo in künstlerischen Belangen freie Hand hat. Er ist derjenige, der wirklich ein Auge für Talent besitzt.«

»Da bin ich mir nicht sicher«, mischte sich Paolo ein. »Wer hat denn Olivia Robison entdeckt?«

»Nun«, antwortete Victor bescheiden, »im Laufe der Jahre habe ich mir ein paar Sachen von dir abgeschaut.«

Paolo tätschelte Victor das Knie. »Er hat ein scharfes Auge. Lassen Sie sich von ihm nichts anderes erzählen.«

»Da werden wir sicher nicht widersprechen«, meinte Cole, und alle lachten.

Marta brachte Wein, und Olivias Hand flog förmlich über das blütenweiße Papier.

Victor schenkte zweiundneunziger Merlot in drei Gläser ein. Olivia hatte freundlich abgelehnt, und Cole lächelte in sich hinein, als er begriff, dass sie nichts trank, weil sie womöglich schwanger war. »Außerdem berate ich einige Klienten in Finanzfragen«, räumte Victor ein.

»Er ist äußerst erfolgreich«, ergänzte Paolo. »Er sollte auch Ihr Vermögen managen, sobald wir anfangen, mit Ihren Werken Geld zu scheffeln.«

Olivia hielt inne und blickte auf. »Scheffeln?«

»Meine Liebe«, begann Paolo mit einem breiten, charmanten Lächeln, »mit mir werden Sie haufenweise Geld verdienen.«

»Wollen wir darauf trinken?«, fragte Victor.

Als Cole mit ihnen anstieß, warf er einen Blick zu Olivia, die vollkommen verblüfft dastand.

An ihrem letzten gemeinsamen Morgen in San Francisco wachte Cole mit dem Gesicht nach unten auf. Er lag allein im Bett, sein Schädel brummte, und die Zunge klebte ihm am Gaumen. Auf dem Nachttisch stand noch immer die Champagnerflasche, die sie am Abend zusammen geleert hatten, nachdem Victor und Paolo ihnen als Anzahlung auf Olivias zukünftige Einkünfte einen Scheck in Höhe von fünfundzwanzigtausend Dollar überreicht hatten. Da Olivia nur einen kleinen Schluck probiert hatte, ging Cole davon aus, dass er den Großteil der Flasche allein ausgetrunken haben musste. Wie zur Bestätigung rebellierte sein Magen, und er musste Galle runterschlucken.

Da Olivia gerade im Bad war, ließ er stöhnend eine zweite Welle der Übelkeit über sich hinwegrollen. Wann hatte er sich zuletzt übergeben müssen, weil er zu viel getrunken hatte? Das musste schon Jahre her sein. In der Hoffnung, sich von dem pochenden Schädel und den Bauchschmerzen abzulenken, dachte Cole an den Abend zurück, den sie mit dem schillernden Männerpaar verbracht hatten. Wie viele Flaschen von Napas bestem Wein hatten sie zu dritt geleert? Irgendwann hatte er nicht mehr mitgezählt. Kein Wunder, dass er sich heute so schrecklich fühlte.

Das Paar war von Olivias Porträt begeistert gewesen, und Paolo waren vor Rührung sogar ein paar Tränen gekommen. Während Marta das köstliche Abendessen serviert hatte, hatte Paolo ihnen dargelegt, wie er sich Olivias Karriere vorstellte. Dabei hatte sie so überwältigt gewirkt, dass Cole sich fragte, ob sie auch nur einen einzigen Bissen herunterbekommen hatte. In der Folge war ihr die winzige Menge Champagner direkt zu Kopf gestiegen. Noch nie zuvor hatte er sie so hibbelig erlebt wie nach dem Empfang von Paolos großzügigem Scheck.

Fünfundzwanzigtausend Dollar! Genau genommen achtundzwanzig, wenn sie die dreitausend mitzählten, die Olivia bereits von Victor erhalten hatte. Das Geld würde ihr ein finanzielles Polster verschaffen, wie sie es nie zuvor besessen hatte. Vielleicht konnte sie nun weniger arbeiten und dafür mehr Vorlesungen besuchen, damit sie ihr Studium schneller abschließen konnte. Da Cole sich vorgenommen hatte, mit seinem Heiratsantrag bis dahin abzuwarten, heiterte ihn diese Vorstellung auf, trug jedoch nicht dazu bei, seine Übelkeit zu lindern.

Langsam setzte er sich auf und hoffte darauf, dass die veränderte Position und die Schwerkraft helfen würden, seinen Magen zu beruhigen. Sein Schädel pochte weiter, und er blieb still sitzen, um es besser ertragen zu können. Außer dem laufenden Wasser im Bad hörte er noch etwas: leises Schluchzen. Besorgt sprang er auf und eilte zur Badezimmertür, musste die Zähne zusammenbeißen, als Schmerz in seinem Kopf explodierte. Dann klopfte er.

»Liv?« Als keine Antwort kam, klopfte er erneut. »Kleines?« Sie sagte weiter nichts, also öffnete er die Tür und sah, dass Olivia zusammengekrümmt auf dem geschlossenen Toilettendeckel saß. »Hey.« Er ging vor ihr auf die Knie. »Was ist los?«

Sie zuckte zusammen.

»Ist dir schlecht? Vom Champagner?«

Sie zog den Hotelbademantel enger um sich, und ihr Gesicht wirkte so blass, dass es förmlich mit dem weißen Stoff verschmolz. »Da ist kein Baby«, flüsterte sie, und ihre Augen füllten sich erneut mit Tränen.

»O Kleines«, seufzte er. »Komm her.« Erneut drohte sie, in sich zusammenzusinken, darum drückte er sie fest an sich. »Ist schon gut. Wenn die Zeit reif ist, kriegen wir so viele Babys, wie du willst.«

»Ich wollte es. Ich weiß, es gibt eine Million Gründe, warum es zum jetzigen Zeitpunkt keine gute Idee gewesen wäre, aber ich wollte es.«

»Ich weiß. Ich wollte es auch.« Das Ausmaß seiner Enttäuschung überraschte ihn, und er blieb lange mit Olivia auf dem Boden des Badezimmers sitzen, doch ihr Schluchzen wurde nicht weniger. »Kleines, du brichst mir das Herz. Wir kriegen ein Baby. Wir können es wieder versuchen, sobald du willst. Wen kümmert schon die Logistik? Wir finden eine Lösung.«

»Ich wollte es für dich. Du hast schon so viel für mich getan. Es war etwas, das ich für dich hätte tun können.«

Ihre Worte berührten ihn tief. Er strich ihr das Haar aus dem Gesicht und wischte ihr die Tränen von den Wangen. »Liv«, flüsterte er. »Du hast mir schon so viel gegeben, was ich nie zuvor hatte. Uns bleibt alle Zeit der Welt dafür, Babys zu bekommen.«

»Ich war mir so sicher, dass ich schwanger bin. Ich war mir wirklich sicher.«

»Du hast dir Hoffnungen gemacht.«

»Ja, erst recht, nachdem du dich so darüber gefreut hattest.« Sie blickte zu ihm auf und fragte: »Bist du traurig?«

Er nickte. »Ich hatte mir auch Hoffnungen gemacht. Aber weißt du, was?«

»Was?«

»Es gibt immer einen nächsten Monat.«

»Also schlagen wir alle Vorsicht in den Wind und versuchen es?«

»Warum nicht?«

Sie musste trotz ihrer Tränen lachen und musterte ihn. Zum ersten Mal, seit er das Bad betreten hatte, schien sie ihn wirklich wahrzunehmen. »Du bist ja ganz grün im Gesicht.«

»Ich habe den schlimmsten Kater meines Lebens.«

»Ich auch, dabei habe ich bloß ganz wenig getrunken, weil ich dachte, ich sei schwanger.«

»In der letzten halben Stunde habe ich alles versucht, um mich nicht zu übergeben.«

»Wenn wir das nächste Mal feiern, gibt es keinen Champagner.«

»Ist in Ordnung, solange wir trotzdem das andere machen.« Er wackelte vielsagend mit den Brauen. »Ich habe dich noch nie so wild erlebt.«

Sie zuckte zusammen. »Ich will nicht einmal daran denken. Es ist so peinlich.«

»Ich werde es niemals vergessen«, erwiderte er mit einem anzüglichen Grinsen. »Erst recht nicht den Striptease.«

Sie stöhnte, als sie sich daran erinnerte. »Der Erfolg stellt komische Sachen mit mir an. Haben sie mir gestern Abend wirklich fünfundzwanzigtausend Dollar gegeben, oder habe ich das wegen des Champagners nur geträumt?«

»Ich liebe die Dinge, die der Erfolg mit dir anstellt, und ja, sie haben dir das Geld wirklich gegeben. Ich bin mir nicht sicher, ob du dich an die Details erinnerst, da du so benommen warst, doch sie haben darauf bestanden, um dein Portfolio behalten zu dürfen.«

»Sind sie nicht das reizendste Paar aller Zeiten?«

»Ich hätte nie gedacht, dass ich so etwas mal über zwei Männer sagen würde, aber das sind sie wirklich. Nach den paar Stunden gestern kommt es mir vor, als würde ich sie schon ewig kennen.«

»Mir auch.«

»Deine Karriere ist bei ihnen in guten Händen.«

»Ich weiß.«

»Ich wünschte, mir würde etwas einfallen, womit ich dich aufheitern kann. Der Tag heute soll wieder einer der schönsten werden, die du je erlebt hast.«

Sie lehnte den Kopf an seine Schulter. »Das wird er auch. Gib mir nur ein oder zwei Stunden Zeit.«

»In Ordnung. Gibt es sonst noch etwas, das du heute unternehmen willst, bevor wir zurückfliegen?«

»Eigentlich nicht. Wann müssen wir zum Flughafen?«

»Gegen zwei.«

»Dann lass uns noch für eine Weile ins Bett gehen.«

OLIVIA WAR AUF DEM RÜCKFLUG STILL. In den letzten vier Tagen war so viel geschehen, dass sie eine Weile brauchen würde, um es zu verarbeiten.

»Alles in Ordnung?«, erkundigte sich Cole.

»Es geht mir besser.«

»Mir auch.« Er machte eine Pause, bevor er ergänzte: »Und was ist mit der anderen Sache?«

»Mir wurde gerade klar, dass ich nun besser begreife, wie sich meine Mutter gefühlt haben muss, nachdem sie die Zwillinge verloren hatte. Ich war nicht mal schwanger und habe es wie einen schrecklichen Verlust empfunden. Stell dir nur vor, wie es für sie gewesen sein muss.«

»Das kann ich nicht.«

»Das heißt nicht, dass ich verstehe, warum sie uns so behandelt hat, aber ich begreife nun, wie sehr es sie getroffen haben muss, zwei Babys zu verlieren.«

Cole umfasste ihre Hand. »Ich hoffe, in der Klinik geht es ihr gut.«

»Ich auch. Mein Dad darf in der ersten Woche keinen Kontakt zu ihr haben, daher wissen wir nichts.« Sie verstummte und atmete tief durch. »Ich habe keine Ahnung, was er tun wird, wenn es nicht funktioniert. Nach allem, was war, kann er nicht mit ihr zusammenbleiben. Schließlich hat er noch zu viele Jahre vor sich, um so weiterzumachen.«

»Na ja, wir drücken die Daumen, dass es funktioniert.«

Sie lächelte ihm zu.

»Was ist?«

»Es gefällt mir, wie du das sagst – als wärst du ebenfalls davon betroffen.«

»Das bin ich doch auch. Ich will, dass du glücklich bist, und es ist klar, dass die Probleme deiner Mutter dein Leben überschattet haben.«

»Ja, das stimmt.« Sie streichelte seine Wange. »Ich liebe dich«, flüsterte sie. »Ich möchte dir für diese Reise, für den Aufenthalt im

Fairmont, für einfach alles danken. Ich werde es immer in Erinnerung behalten.«

»Geht mir genauso.« Er nahm ihre Hand und drückte einen Kuss auf die Handfläche. »Und bald schon wirst du hierher zurückkommen, um dich auf deine Ausstellung vorzubereiten.«

»Hoffentlich kannst du mich begleiten. Ich kann mir nicht vorstellen, ohne dich herzufliegen.«

»Du wirst so sehr mit deiner Arbeit beschäftigt sein, dass du für mich gar keine Zeit haben wirst.«

»Für dich werde ich immer Zeit haben.«

»Das sagst du jetzt. Wart ab, bis du in der Kunstwelt für eine Sensation gesorgt hast. Dann muss ich mit deinen Leuten erst einen Termin vereinbaren, um mit dir ein Schäferstündchen verbringen zu können.«

Darüber musste sie lachen. »Halt die Klappe.«

Er schlang den Arm um sie und knabberte an ihrem Ohrläppchen. »Stört es Jenny denn nicht, dass du einen Gast mitbringst?«

»Überhaupt nicht. Sie ist einer deiner größten Fans. Außerdem sind es nur noch ein oder zwei Tage, bis wir in meine neue Wohnung ziehen können.«

»Stimmt. Wir müssen aber leise sein. Wir wollen doch nicht, dass Jenny herausfindet, wie laut du schreist.«

Sie verdrehte die Augen. »Denk daran, dass wir für ein paar Tage außer Betrieb sind.«

»Was meinst du damit?«

»Hallo? Die monatlichen Beschwerden?«

»Glaubst du wirklich, das wird mich abhalten?«

Sie warf ihm einen skeptischen Blick zu.

»Da irrst du dich, Baby.«

<hr>

Nach Mitternacht betraten sie auf Zehenspitzen das Haus von Jenny und Will. Dabei nahmen sie nur das Wichtigste mit nach oben, um so wenig Lärm wie möglich zu machen, doch als sie die Treppe hinaufschlichen, musste Olivia kichern.

Cole hielt ihr den Mund zu und folgte ihr ins Gästezimmer. Dort schloss er die Tür hinter sich. »Während der gesamten Taxifahrt hierher hältst du mir einen Vortrag darüber, dass wir ruhig sein müssen, und dann bist du diejenige, die Krach macht.«

»Ich konnte nicht anders«, erklärte sie. »Ich kam mir wie ein Teenager vor, der seinen Freund ins Zimmer schmuggelt, während die Eltern schlafen.«

Er schlang einen Arm um ihren Nacken. »Seinen geilen Freund.«

»Ich dachte, dir ist schlecht.« Sie trat einen Schritt zurück. »Der Champagner und so?«

»Ich habe mich schon erholt.«

»Cole, warte.«

Er gab ihr heiße, leidenschaftliche Küsse auf den Hals. »Zieh dich aus, ja?«

»Ich werde nicht mit dir schlafen, während ich meine Tage habe. Vergiss es.«

»Bestimmt nicht.« Er zog an ihrer Kleidung, bis er ein Stück ihrer zarten Haut entblößt hatte. »Mmh, davon habe ich geträumt, während ich stundenlang neben dir gesessen und deinen Duft eingeatmet habe, der mich verrückt macht.«

Sie blickte ihm in die Augen, die sich vor Belustigung, Sehnsucht und Entschlossenheit verdunkelt hatten. Auf keinen Fall konnte sie das tun. Oder doch?

»Hey.« Er wartete ab, bis sie zu ihm aufsah. »Vertraust du mir?«

»Das weißt du doch. Das musst du nicht fragen.«

»Dann zieh dich aus. Ich verspreche, dass es dir gefallen wird.«

Weil sie in seinem Blick nicht nur Verlangen, sondern auch Liebe erkannte, griff sie nach dem Saum ihres Pullis und zog ihn sich über den Kopf. Sie knöpfte ihre Jeans auf und streifte sie ab. Cole ließ sie nicht aus den Augen, als sie sich an den Rücken fasste, um ihren BH zu öffnen.

»Das ist nicht fair«, meinte sie, als sie sich, bloß noch mit ihrem

Slip bekleidet, zu Cole umdrehte. »Du hast nicht einmal deine Jacke ausgezogen.«

Er schlüpfte aus seiner Lederjacke und ließ sie zu Boden fallen. »Bist du jetzt glücklich?«

»Nein.« Sie verschränkte die Arme vor ihrem Busen. »Mehr.«

Er grinste schief, knöpfte sich erst das Hemd und dann die Jeans auf. Schließlich trug er nur noch Boxershorts und breitete einladend die Arme aus. Er seufzte, als Olivia sich an ihn schmiegte. »So gefällt mir das.«

Sie atmete seinen warmen, maskulinen Duft ein und musste lächeln, als sie die Erleichterung in seiner Stimme vernahm. In einem affektierten Tonfall sagte sie: »Gestattet Ihr mir einen kurzen Ausflug aufs stille Örtchen, Mylord?«

Cole musste lachen. »Nur, wenn du dich beeilst. Der Ständer deines Lords verlangt deine sofortige Aufmerksamkeit.«

»Dann will ich Euch nicht warten lassen.« Olivia überraschte ihn, indem sie ihn durch den Stoff seiner Unterwäsche hindurch streichelte.

Cole schnappte nach Luft.

Sie küsste ihn auf die Wange. »Bin gleich wieder da.«

Als er sich mit einem lauten Stöhnen aufs Bett fallen ließ, unterdrückte Olivia ein Kichern und eilte in das benachbarte Badezimmer. Ein paar Minuten später kehrte sie zurück und sah, dass er bereits ins Bett geschlüpft war und sie unter der Decke erwartete. Er streckte die Hand nach ihr aus. »Du vertraust mir, erinnerst du dich?«

Olivia nahm seine Hand, kroch ins Bett und schmiegte sich an ihn. »Es ist nicht ganz so wie das Bett, das wir im Fairmont hatten, oder?«

»Wir brauchen kein großes Bett. Wir benutzen ohnehin bloß einen Bruchteil davon.«

»Stimmt.« Olivias Magen zog sich vor Nervosität zusammen, während sie abwartete, was Cole mit ihr vorhatte.

»Entspann dich«, sagte er sanft und ließ seine Hand über ihren Bauch bis hinauf zu ihren Brüsten gleiten.

»Ich kann nicht. Deinetwegen bin ich völlig verspannt.«

»Das ist Sinn der Sache.«

Olivia konnte nicht anders und musste lachen. »Du bist ja verrückt. Das weißt du, oder?«

»Das hab ich schon mal gehört.« Er rutschte ein Stück, beugte sich über sie und streifte ihre Lippen so sanft mit seinen, dass sie die Berührung kaum spürte. »Küss mich.«

Sie umfasste sein Gesicht und zog ihn zu sich herab. Der Kuss raubte ihr sämtliche Kraft und erfüllte ihr Innerstes mit Hitze.

Mit der Zunge erforschte er ihren Mund, während er mit der Hand zärtlich ihre Brust umfing.

Olivia bog den Rücken durch und reckte sich ihm entgegen.

Cole löste seine Lippen von ihren und widmete sich wieder ihrer Brust.

Irgendwie war es noch intensiver, noch heftiger als sonst – vielleicht aufgrund ihrer Periode. Sie krallte sich in sein Haar und kniff die Augen zu, während sie sich der schwindelerregenden Lust hingab. Noch immer konnte sie es nicht fassen, dass sie sich von ihm dazu hatte überreden lassen. Aber was sie wirklich nicht glauben konnte, war der Höhepunkt, den sie kommen fühlte, als Cole mit der Zunge ihre überempfindlichen Brustspitzen umkreiste.

»Ist das okay?«, fragte er und sah sie aus dunkelblauen Augen an.
»Mhm.«

Er lächelte, schob sich vorsichtig zwischen ihre Beine und presste sich an den Stoff ihres Slips, um sich gleich darauf wieder ihren Brüsten zu widmen. Er drückte sich an sie, ließ dann wieder nach und rieb sich an ihr, während er mit der Zunge ihre Brustspitzen verwöhnte.

Atemlos bewegte sich Olivia mit ihm – höher, höher, bis sie kam.

Er verschloss ihr den Mund mit seinem, um ihren Schrei zu ersticken. Zärtlich barg er das Gesicht in ihrem Haar und flüsterte: »Also, das war es, was ich meinte.«

Ihr Lachen war leise, ihr Atem ging schwer. »Ich weiß nicht, wie du das gemacht hast.«

»Zaubertricks dürfen nicht verraten werden.«

»Ich kann mir nicht vorstellen, dass irgendein anderer Mann jemals solche Gefühle in mir wecken könnte.«

Sein Lächeln verlor etwas von seinem Strahlen, als er auf sie hinabblickte.

Sie strich ihm mit den Fingerspitzen über die Lippen. »Was ist?«

»Wirst du dich jemals fragen?«

»Was denn?«

»Wie es mit anderen Männern wäre?«

»Cole«, seufzte sie und zog seinen Kopf an ihre Brust. »Warum in aller Welt sollte ich mich das fragen, wo ich doch dich habe?«

Er zuckte mit den Achseln. »Es wäre nur natürlich, wenn du neugierig wärst.«

»Ich bin kein bisschen neugierig. Tatsächlich weiß ich jetzt, warum ich so lange gewartet habe.«

»Wirklich?«

»Weil ich auf dich gewartet habe, und ich bin ganz bestimmt nicht neugierig darauf, wie es mit einem anderen wäre. Das werde ich niemals sein.«

»Das ist gut, denn ich habe dich von dem Augenblick an geliebt, als du dich damals im Flughafen über mich gebeugt hast, und der Gedanke an dich mit einem anderen …«

Sie brachte ihn mit einem Kuss zum Schweigen. »Dazu wird es nicht kommen.« Sie gab ihm einen weiteren Kuss. »Du hast mich wirklich schon die ganze Zeit geliebt?«

Er nickte. »Was ist mit dir? Wann hast du es gewusst?«

»Als ich dein Gesicht berührt und das Prickeln gespürt habe. Ich wusste es sofort.«

»Es war, als wäre ich vom Blitz getroffen worden.«

»Ging mir genauso.«

»Es ist etwas ganz Besonderes. Das mit uns beiden.« Er blickte sie an, und sie meinte, sich in seinen blauen Augen zu verlieren. »Das weißt du doch, oder?«

»Ja.«

»Machst du dir immer noch Sorgen darüber, wie es enden wird?«

»Nicht mehr so sehr.«

»Ich werde erst glücklich sein, wenn du mir versicherst, dass all deine Sorgen verschwunden sind.«

Sie versetzte ihm einen Stoß, der ihn rücklings aufs Bett sandte, und beugte sich über ihn. »Bald bin ich so weit.«

»Was wird das denn?«, fragte er, als sie Küsse auf seinen Oberkörper und seinen Bauch regnen ließ.

»Das, Mylord, bedeutet, dass Ihr an der Reihe seid.«

KAPITEL 25

Am Ende der Woche zog Olivia aus dem Haus ihrer Eltern aus und in ihre eigene Wohnung. Cole, ihr Vater, Jenny und Will halfen dabei. Ihr Vater hatte ihr ein Sofa und Beistelltische geschenkt, obendrein überließ er ihr den Esstisch und die dazugehörigen Stühle aus dem Haus. Außerdem nahm Olivia die Möbel aus ihrem Zimmer und den Fernseher mit. Die neue Wohnung war perfekt für einen Singlehaushalt: Sie bestand aus einem großen Wohnzimmer mit offener Küche und Essbereich, einem renovierten Bad und einem ausreichend großen Schlafzimmer.

Bald hatte Olivia der kleinen Wohnung ihren persönlichen Stempel aufgedrückt. Ihrem Wunsch entsprechend strich Cole das Wohnzimmer in einem dunklen Taupe und das Schlafzimmer in einem blassen Rosaton. Im Schlafzimmer hängte er ihre liebsten Städteposter auf, im Wohnzimmer einige ihrer Aquarelle. Auf dem Kaminsims arrangierte sie ihr gerahmtes Lieblingsporträt von Cole und darum herum die kleinen Cable Cars, die sie in San Francisco gekauft hatte.

Das Beste war jedoch die große Terrasse, die sich ans Wohnzimmer anschloss. Olivia hatte vor, viel dort draußen zu malen, sobald das Wetter es erlaubte. Bis dahin stellte sie die Staffelei vor dem großen Fenster im Wohnzimmer auf.

»Nachmittags hast du da viel Licht«, bemerkte Cole.

»Mhm.«

Er legte den Arm um sie und küsste sie auf den Scheitel. »Kopf hoch. Du hast diese tolle Wohnung ganz für dich allein. Noch ein Traum von dir, der endlich wahr geworden ist. Das hast du selbst gesagt.«

»Ich weiß. Trotzdem wünschte ich, du müsstest nicht gehen.« Sie hatten eine ganze Woche miteinander verbracht, und nun, da die gemeinsame Zeit vorüber war, ahnte Olivia, dass sie nach dem tagelangen Höhenflug in ein tiefes Loch fallen würde.

»Es dauert nicht einmal eine Woche, dann bin ich wieder zurück.« Er runzelte die Stirn und warf ihr einen gespielt strengen Blick zu. »Und bis dahin erwarte ich von dir, dass du alles ausgepackt hast.«

»Ich weiß deine Hilfe zu schätzen. Es ist zwar nicht das, was du wolltest ...«

Er legte ihr den Zeigefinger auf die Lippen. »Ich will alles, was du willst. Wenn du das hier für eine Weile brauchst, ist das okay. Ich laufe ja nicht weg.«

»Na ja, du fliegst zurück nach Chicago«, entgegnete sie betrübt. »Und zwar jeden Moment.«

»Das meinte ich nicht, wie dir auch sehr wohl klar ist. Wann immer du bereit bist, den nächsten Schritt zu wagen, weißt du, wo du mich findest.«

»Danke für dein Verständnis. Aber ich muss das für mich tun. Ich hab zu lange zu Hause gewohnt, und ich weiß, ich hätte es irgendwann bereut, wenn ich niemals meine eigene Wohnung gehabt hätte.«

»Das versteh ich schon, Süße. Keine Sorge.«

Sie lächelte ihn an. »Das heißt nicht, dass ich nicht bereit bin, sie mit dir zu teilen.« Sie holte einen Schlüssel aus ihrer Tasche und drückte ihn Cole in die Hand. »Damit kannst du kommen und gehen, wie du möchtest.«

»Auch für ein Schäferstündchen um Mitternacht zwischen zwei

Flügen?«, fragte er mit einem unartigen Grinsen. Ihr Angebot gefiel ihm sichtlich.

»Ich nehme alles, was ich kriegen kann.«

»Danke.« Er beugte sich vor, um sie zu küssen, und drückte sie für einen langen Moment an sich. »Hast du schon entschieden, wie du deinen Job und dein Studium unter einen Hut bringen willst?«

»Ich glaube schon.« Sie atmete tief durch. »Ich wage einen großen Schritt und werde nur noch halbtags arbeiten, damit ich nächstes Semester drei Vorlesungen besuchen kann. Wenn ich das durchhalte, sollte ich es schaffen, innerhalb eines Jahres meinen Abschluss zu machen – sofern ich den ganzen Sommer durcharbeite.«

»Das sollte klappen, erst recht, wenn Paolo mit seiner Prognose richtigliegt. Nach deiner Ausstellung ist es dir vielleicht möglich, den Job ganz zu kündigen und in Vollzeit zu studieren.«

Sie schüttelte den Kopf. »Darauf kann ich mich nicht verlassen.«

»Ich denke schon, dass du das kannst. Victor und Paolo sind ebenfalls dieser Meinung. Genau wie dein Dad. Soll ich weitermachen?«

»Ich will nicht, dass du dich hinter meinem Rücken mit meinem Dad verschwörst.«

»Warum nicht? Er und ich wissen, was gut für dich ist.«

»Vielleicht solltest du deinem neuen besten Freund ausrichten, dass ich sehr wohl auf mich selbst aufpassen kann, vielen Dank auch.«

Er lächelte ihr charmant zu. »Aber warum solltest du das tun, wo du doch uns hast?«

Sie schlang ihm die Arme um den Hals und küsste ihn leidenschaftlich. »Haben wir noch Zeit, bevor du losmusst?«

Sein Stöhnen war durchdringend. »Ich sage es nur ungern, aber wir müssen uns sofort auf den Weg machen, wenn du darauf bestehst, die U-Bahn und kein Taxi zu nehmen.«

»Taxis sind zu teuer.«

»Das von der Frau, die diese Woche achtundzwanzig Riesen verdient hat.«

»Und du hast wahrscheinlich halb so viel für das Fairmont ausgegeben.«

»Nicht mal annähernd«, erwiderte er.

»Die U-Bahn.«

»Wenn wir ein Taxi nehmen, bleibt uns genug Zeit für einen Quickie.«

»Wirklich?«

»Aha! Ich merke, deine Sparsamkeit hat Grenzen.«

Sie lächelte anzüglich. »Ich habe Prioritäten.«

Seine Augen verdunkelten sich, und er biss die Zähne zusammen. »Hör auf. Wir haben keine Zeit dafür.«

Mit den Händen strich sie ihm über die Brust, bis hinauf zu den Schultern, und gab ihm einen Kuss auf den Hals. »Wir könnten es ganz schnell machen.« Sie knabberte an seiner Unterlippe. Er geriet in Versuchung, das konnte sie sehen. Doch dann riss er sich zusammen und erinnerte sie daran, dass sie wirklich keine Zeit hatten. Seufzend ließ sie ihn los und folgte ihm ins Schlafzimmer.

»Wenn du also nur halbtags arbeitest«, fuhr er fort, als er den Reißverschluss seiner Reisetasche zuzog, »dann gibt es keine Kaffee-Dates am Flughafen mehr, was?«

»Warum sagst du das?«

»Du wirst nicht mehr so oft dort sein.«

»Wenn du da bist, werde ich auch da sein. Ich werde sogar darauf achten, mir bei der Planung für das nächste Semester den Mittwochnachmittag frei zu halten.«

»Das wäre super. Ich habe nächste Woche frei. Soll ich dich besuchen?«

»Unbedingt! Aber was ist mit Flights for Life?«

Er schlüpfte in seine Jacke. »Ich werde ihnen mitteilen, dass sich meine Arbeitszeiten geändert haben, und die Termine jede Woche neu ausmachen. Sie freuen sich über alles, was ich für sie tun kann, und es gibt viele andere Piloten, die für sie fliegen.« Er zog den Reißverschluss seiner Jacke zu. »Bist du fertig?«

»Nein.«

Cole holte ihren Mantel und hielt ihn ihr hin. »Ich bin wieder hier, bevor du Zeit hast, mich zu vermissen.«

»Nein, das glaube ich nicht.«

Er schloss sie in die Arme. »Warum bleibst du nicht einfach hier, Kleines? Es ist nicht nötig, dass du mich zum Flughafen begleitest.«

»So bleibt uns noch eine halbe Stunde zusammen.«

»Du musst das nicht tun.«

Sie zwang sich, zu lächeln. »Ich will es aber. Gehen wir.«

Während der kurzen U-Bahn-Fahrt zum Flughafen waren sie beide still und in ihre eigenen Gedanken vertieft. Weil Olivia an diesem Tag nicht arbeitete, konnte sie Cole nicht bis zum Gate begleiten.

»Hoffentlich sehe ich dich am Mittwoch gegen vier«, sagte er, als sie sich der Schlange vor der Security näherten.

»Ich werde mir keine allzu großen Hoffnungen machen.«

»Denk positiv. Capital ist die pünktlichste Airline der Branche.«

Sie verdrehte die Augen. »Spar dir die Werbung.«

Lächelnd zog er sie an sich. »Ich werde dich vermissen.«

»Danke«, flüsterte sie. »Für die Reise, fürs Streichen und dafür, dass du mir beim Umzug geholfen hast. Für alles.«

»Es hat Spaß gemacht – jede einzelne Minute davon. Überleg dir, wohin du als Nächstes möchtest. Vielleicht nach New York?«

»Die Anzahl der Flüge, die du spendieren kannst, muss doch begrenzt sein.«

»Ich kann unbegrenzt fliegen, aber zwölfmal im Jahr dürfen mich Freunde und Familienmitglieder begleiten.«

»Du solltest die Flüge deiner Familie schenken.«

»Mein Dad interessiert sich nicht fürs Reisen. Letztes Jahr habe ich meinen Bruder mitsamt Familie nach Disneyland geschickt, im Jahr zuvor meine Schwester und deren Familie. Darum gehören die diesjährigen Flüge ganz allein dir.«

Sie umarmte ihn. »Rufst du mich an, wenn du zu Hause bist?«

»Versprochen.«

»Geht es nur mir so, oder wird der Abschied mit jedem Mal schwerer?«

»Es geht nicht nur dir so.« Er umfasste ihr Gesicht und küsste sie zärtlich. »Sehe ich dich beim nächsten Mal?«

»Ich werde genau hier sein.«

»Darauf verlasse ich mich.« Er küsste sie erneut. »Ich liebe dich.«

»Ich dich auch.«

Sie zog an seiner Hand, stellte sich auf die Zehenspitzen, um ihn ein letztes Mal zu küssen, und ließ ihn dann zögerlich los.

Im Laufe des nächsten Monats trafen sie sich in den Wochen, in denen er arbeitete, mittwochs regelmäßig zum Kaffee. Freitagabends kam Cole zu Besuch und blieb oft bis in die folgende Woche hinein.

Während eines seiner kurzen Aufenthalte in Washington kam er vorbei, schloss ihre Wohnungstür auf, schlüpfte zu Olivia ins Bett und liebte sie leidenschaftlich. Eine halbe Stunde nach seiner Ankunft war er eingeschlafen, und als sie am nächsten Morgen aufwachte, war er bereits fort. Da er so viel Zeit in ihrer Wohnung verbrachte, kaufte Olivia ihm eine Lampe und einen Wecker für seine Seite des Bettes. Die Situation war nicht ideal, aber sie verbrachten mehr Zeit miteinander als manche Paare, die in derselben Stadt wohnten. Vorläufig klappte es.

Anfang Dezember wurde ihr Elternhaus verkauft. Olivia und ihre Brüder halfen ihrem Vater beim Umzug in das bescheidene Reihenhaus, das er gemietet hatte, bis er wieder auf die Beine kam. Ihre Mutter hatte sich bereit erklärt, einen weiteren Monat in der Klinik zu bleiben, und Olivias Vater erzählte, dass Mary anscheinend Fortschritte machte.

Olivia hatte sich nicht dazu durchringen können, ihre Mutter zu besuchen. Cole hatte ihr angeboten, sie zu begleiten, wenn er das nächste Mal in der Stadt war, und sie hatte geantwortet, sie wolle darüber nachdenken. In ihrem Leben lief alles gerade so gut, dass sie die Vorstellung nicht ertrug, ihr Glück von den Problemen ihrer Mutter schmälern zu lassen.

Drei Tage vor Weihnachten legte Olivia die letzte Prüfung im Seminar über internationale Wirtschaft ab und verabschiedete sich von ihren Freunden und Professoren an der Wirtschaftshochschule.

Sie hüpfte förmlich die Stufen des Kogod Building hinunter und hätte am liebsten laut hinausgeschrien, dass sie nun offiziell Kunst im Hauptfach studierte!

Da sie das jedoch nicht tun konnte, rief sie Cole an, um ihm von den Neuigkeiten zu erzählen.

»Wie ist es gelaufen?«, wollte er wissen.

»Wen kümmert das? Es ist vorbei!«

»Dich kümmert es, sonst hättest du nicht wie verrückt dafür gelernt.«

»Wie fühlst du dich?« Wegen einer schlimmen Erkältung war er seit einer Woche zu Hause und hatte bei jedem ihrer Gespräche elend und mürrisch geklungen.

»Furchtbar.«

»Armes Baby. Bald bin ich bei dir, um mich um dich zu kümmern. Noch drei Tage.«

»Das ist zu lang.«

Olivia lächelte über seinen gereizten Tonfall. Wer auch immer den Spruch geprägt hatte, dass Männer lausige Patienten abgaben, war offenbar noch nie einem kranken Piloten begegnet. »Wie gut, dass du nächste Woche freihast, sodass du dich erholen kannst.«

»Ja, ist sicher besser so. Heute hat Flights for Life angerufen und gefragt, ob ich am Dienstag einen Flug übernehmen kann.«

»Wirst du bis dahin in der Lage sein, zu fliegen?«

»Das hoffe ich. Was hältst du von Houston?«

»Schwer zu sagen, weil ich noch nie dort war.«

»Ich würde dort übernachten, weil das Kind für eine Nacht im Krankenhaus aufgenommen wird. Möchtest du mich begleiten? Meine Co-Pilotin sein?«

»Du würdest uns also nach Houston fliegen?«

Sein Lachen wurde von einem Husten unterbrochen. »Das war die Idee dahinter. Aber wenn du keine Lust hast, gebe ich Bescheid, dass ich nicht kann.«

»Du hast meinetwegen schon so viele Wochen verpasst. Ich möchte nicht, dass du erneut absagen musst.«

»Ist das ein Ja?«

»Natürlich«, versicherte sie zuversichtlicher, als sie sich fühlte. »Warum nicht?«

Er lachte über ihr Zögern. »Vielleicht wirst du verschont, wenn diese verdammte Erkältung nicht rechtzeitig verschwindet.«

»Fliegst du trotzdem über Weihnachten nach Hause?«

»Ja. Es würde meinem Dad das Herz brechen, wenn ich nicht kommen würde.«

»Wir machen unsere eigene Weihnachtsfeier, wenn ich dich besuche.«

»Darauf kannst du wetten. Beeil dich, ja? Du musst mich mit Erkältungsbalsam einreiben und mir Hühnersuppe kochen.«

Sie schnaubte. »Ich bin Künstlerin, keine Krankenschwester.«

»Na hör mal einer an.«

»Was denn? Ich mache doch nur Spaß. Ich kann es nicht abwarten, dich gesund zu pflegen.«

»Damit meinte ich eher, dass du dich selbst als Künstlerin bezeichnet hast. Noch vor ein paar Monaten wäre dir das nicht über die Lippen gekommen.«

»Stimmt«, erwiderte sie, überrascht von der Erkenntnis und der Vorstellung, dass sie sich nun in erster Linie als Künstlerin betrachtete.

»Hast du mit Paolo gesprochen?«

»Ganz kurz heute Morgen. Die Vernissage für die Ausstellung soll am achtzehnten März stattfinden.«

»Ich werde mir Urlaub nehmen, damit ich dabei sein kann.«

»Das wäre toll. Alle hier sprechen davon, nach San Francisco zu fliegen.«

»Das hoffe ich doch. Es ist eine große Sache.«

»Ich kriege Bauchschmerzen, wenn ich bloß daran denke.«

»Es wird super laufen. Mach dir keine Sorgen.« Er bekam einen Niesanfall.

»Gesundheit«, sagte sie und verzog das Gesicht. »Ich lasse dich jetzt lieber in Ruhe.«

»Ich melde mich später.«

»Keinen Stress. Konzentriere dich lieber darauf, gesund zu werden.«

»Ich hoffe, du steckst dich nicht bei mir an.«

»Vorsichtshalber werde ich dich nicht küssen.«

»Den Teufel wirst du tun.«

Olivia musste über seine heisere Stimme und seinen entschiedenen Tonfall lachen. »Wir sprechen uns morgen.«

Er musste erneut niesen, bevor er antwortete: »Schlaf gut.«

AN HEILIGABEND, nachdem seine Geschwister mitsamt ihren Familien gegangen waren, nahm Cole im Wohnzimmer im Fernsehsessel seiner Mutter Platz, schloss die Augen und hoffte, damit das Pochen in seinem Schädel zu lindern.

»Du siehst ja furchtbar aus, Junge«, bemerkte sein Vater, der mit einer dampfenden Tasse Tee ins Zimmer kam. Verlegen lächelte er und ergänzte: »Ich dachte, das hilft dir vielleicht.«

Gerührt nahm Cole den Zitronentee an, den seine Mutter immer gekocht hatte, wenn jemand krank gewesen war. »Danke.«

»Deine Mutter hat immer gesagt, Zitronentee hilft gegen alles.«

»Ja«, erwiderte Cole und spürte einen Kloß im Hals, wie schon mehrmals während dieses langen Tags zu Hause. Ihm war aufgefallen, dass sein Vater versucht hatte, alles so wie Coles Mutter zu dekorieren. Der Baum stand genau dort, wo er immer stand, links vom Kamin. Ihr Ahornkranz hing an der Eingangstür, und LED-Kerzen zierten alle Fenster. Cole war seinem Vater dankbar, dass er ihnen ein normales Weihnachtsfest bieten wollte, und wusste, dass es seinen Geschwistern genauso erging. Doch auch nach zwei Jahren war nichts an diesem Fest normal, und diese Tatsache war ihnen allen schmerzlich bewusst.

Cole stellte seinen Tee ab und stand auf. »Ich bin gleich wieder da.« Er ging in sein altes Zimmer und kehrte eine Minute später mit einem eingepackten Geschenk zurück, das er seinem Vater überreichte.

»Noch eins? Hast du dir etwa einen Goldesel zugelegt?«

Cole lächelte. »Dieses habe ich umsonst bekommen.«

»Wirklich?« Joe riss das Geschenkpapier auf. »Oh. Oh, wow. Sieh dir das an.« Er packte die gerahmte Zeichnung aus, die Olivia von seinem Sohn angefertigt hatte, und seine Augen schimmerten feucht.

»Was hältst du davon?«

Joe wischte imaginäre Staubkörner vom Glas. »Wer auch immer das gezeichnet hat, kennt dich wirklich gut.«

»Zu dem Zeitpunkt kannte sie mich noch gar nicht *so* gut.«

»Trotzdem hat sie dich gut getroffen. Sogar dein arrogantes kleines Grinsen.«

Cole lachte. »Ich wusste, dass dir das Bild gefallen würde.«

»Es ist wundervoll.« Joe konnte nicht aufhören, es anzustarren. »Sie hat wirklich Talent.«

»Das sage ich ihr ständig.«

Joe stellte das Bild auf dem Tisch neben seinem Stuhl ab und wandte sich an Cole. »Und wer ist sie?«

»Olivia.« Allein schon das Aussprechen ihres Namens erfüllte ihn mit Sehnsucht. Wie gern hätte er die Feiertage mit ihr verbracht! Vielleicht nächstes Jahr.

»Und, ist diese Olivia wichtig?«

»Äußerst wichtig sogar.«

Joe war sichtlich erfreut. »Was du nicht sagst. Na, das wird aber auch Zeit!«

Cole lachte und bekam einen Hustenanfall. »Ich hatte so ein Gefühl, dass du das sagen würdest.«

»Und wann lerne ich diese äußerst wichtige Olivia kennen?«

»Sie fliegt morgen her. Ich dachte mir, dass ich sie vielleicht nächstes Wochenende mitbringe, wenn es dir recht ist.«

Joe legte seine Hand auf die seines Sohnes. »Das ist mir mehr als recht.«

———

AM FOLGENDEN NACHMITTAG TRAF OLIVIA IN CHICAGO EIN. »OH«, seufzte sie, als sie Cole entdeckte, der an einer Wand hinter dem Securitybereich lehnte. »Du siehst schrecklich aus.«

»Freut mich auch, dich wiederzusehen, Babe.« Er schloss sie in die Arme und küsste sie auf die Wange.

»Du glühst ja förmlich! Du hättest zu Hause bleiben sollen. Ich hätte ein Taxi nehmen können.«

»Da du Taxis nicht magst und es keine Bahn gibt, die bis zu mir nach Hause fährt, dachte ich mir, dass ich dich besser abholen sollte.« Er nahm ihre Tasche und führte Olivia zum Aufzug. »Wie war der Flug?«

»Irgendwie unheimlich.«

»Warum? War er unruhig?«

»Eigentlich nicht.«

»Wovor hattest du dann Angst?«

»Ich hatte keinen persönlichen Piloten dabei, der mir jedes seltsame Geräusch erklärt hätte.«

Lächelnd legte er ihr den Arm um die Schultern. »Es gibt nichts, wovor du dich fürchten musst.« Seine Nase war so verstopft, dass er ganz fremd klang. »Das habe ich dir doch schon gesagt.«

»Sicher, wenn man so ist wie du, dann gibt es nichts, wovor man sich fürchten muss.«

Sein Lachen wurde von einem lauten Husten unterbrochen. »Mein Gott, ich bin eine wandelnde Bazillenfabrik. Du solltest dich so weit wie möglich von mir fernhalten.«

»Auf keinen Fall.«

»Freut mich zu hören.« Er führte sie zum Parkhaus. »Ich bin so enttäuscht. Ich wollte so viel mit dir unternehmen, wenn du hier bist, aber jetzt habe ich auf gar nichts Lust.«

»Ist schon in Ordnung. Es reicht mir völlig, mich mit dir aufs Sofa zu kuscheln und einen Film nach dem anderen anzuschauen, bis es dir besser geht.«

»Ich finde, das hört sich gut an.« Er holte den Schlüssel aus seiner Jackentasche. Olivias Augen wurden groß, als sie sah, wie die Rücklichter eines schwarz glänzenden Mustang GT aufleuchteten. »Das gibt's doch nicht.«

»Aber sicher.«

Sie strich über die Heckflosse. »Oh! Er ist umwerfend.«

»Ich liebe ihn«, gestand Cole, während er ihre Tasche im Kofferraum verstaute. »Ich wollte schon immer einen haben, und letzten Sommer habe ich mich endlich getraut.«

»Ich hätte mir denken können, dass du auf Muscle-Cars stehst«, neckte sie. »Bei deiner Vorliebe für Geschwindigkeit und so weiter. Möchtest du, dass ich fahre? Immerhin fühlst du dich nicht gut.«

Er hielt ihr die Beifahrertür auf. »Äh, nein. Geht schon.«

Sie verschränkte die Arme und musterte ihn. »Du willst mir dein Baby nicht anvertrauen, was?«

»Das habe ich nie behauptet. Es ist nur so, dass noch nie jemand anders ...«

Olivia musste lachen. »Du hast noch nie jemand anderem erlaubt, dein Auto zu fahren, oder?«

Seine Wangen röteten sich. »Nein.«

»Hm.« Sie streckte die Hand aus. »Beweise mir deine Liebe.«

»Liv.«

»Du bist krank. Ich bin hier, um mich um dich zu kümmern. Das Mindeste, was du tun kannst, nachdem ich den weiten Weg hinter mir habe, ist, mir zu erlauben, dich nach Hause zu fahren.«

»Da bin ich mir nicht so sicher.«

»Den Schlüssel bitte.«

»Wann bist du überhaupt zum letzten Mal gefahren?«

Darüber musste sie nachdenken. »An dem Wochenende, als du in D. C. den Toyota gemietet hast.«

»Dann bist du aus der Übung.«

»Und du stehst unter dem Einfluss von Erkältungsmedikamenten. Was ist schlimmer?« Als er darauf keine Antwort wusste, spielte sie ihren Trumpf aus. »Ich dachte, du vertraust mir.«

»Das tue ich, aber nicht ...«

»Wenn es um dein Auto geht?« Sie schnappte sich den Schlüssel und marschierte zur Fahrerseite.

»Liv.«

Gott, was war er doch für ein Jammerlappen, wenn er krank war!

»Komm schon«, flehte er.

»Willst du einfach nur rumstehen, oder willst du mit?«

»Da du keine Ahnung hast, wohin du fahren musst, werde ich dich wohl begleiten.«

Mit einem triumphierenden Lächeln nahm Olivia auf dem Fahrersitz Platz und machte sich daran, sämtliche Spiegel einzustellen. Dabei hörte sie Cole leise stöhnen.

»Pass mit der Kupplung auf. Die ist launisch.«

»Keine Sorge, Kleiner. Ich fahre schon mit Gangschaltung, seit ich fünfzehn war. Mein Dad kennt sich mit Autos aus, du erinnerst dich?« Sie ließ den Wagen an und lehnte sich eine Minute lang zurück, um dem Dröhnen des kräftigen Motors zu lauschen. »Wow. Ich hoffe, dass wir auf dem Weg zu dir über die Interstate müssen.«

Dieses Mal versuchte er nicht, sein Stöhnen zu unterdrücken.

»Oh, prima!« Sie legte den Rückwärtsgang ein und fuhr mit quietschenden Reifen aus der Parklücke.

»Wenn ich vorher krank war«, murmelte er, als sie neben dem Kassenhäuschen hielten, »dann bin ich jetzt tot.«

»Halt die Klappe, und bezahl den Mann.«

ALS SIE EINE KNAPPE HALBE STUNDE SPÄTER SEINE WOHNANLAGE ERREICHTEN, wirkte Cole sogar noch blasser als zuvor.

»Das war echt toll«, seufzte Olivia, stellte den Motor aus und gab Cole den Schlüssel zurück.

»Ja«, erwiderte er, und sein Tonfall triefte förmlich vor Sarkasmus. »Echt toll. Ich hoffe, du hast es genossen, die Schwäche eines kranken Menschen auszunutzen, denn das wird dir kein zweites Mal gelingen.«

»Das war es mir absolut wert. Ich habe noch nie ein so cooles Auto gefahren.«

Sein Tonfall wurde etwas milder. »Du bist wirklich gut mit dem Schaltknüppel.«

Sie schenkte ihm ein breites Lächeln und folgte ihm die Stufen zu seinem Reihenhaus hinauf. »Sprechen wir immer noch über das Auto?«

Er musste so sehr lachen, dass er wieder einen Hustenanfall bekam. »Bring mich nicht zum Lachen!«

»Ich gebe mir Mühe«, antwortete sie und zwang sich dazu, ernst zu wirken. Sie war so unglaublich froh, ihn wiederzusehen, dass es ihr völlig egal war, ob er eine wandelnde Bazillenfabrik war. »Oh, wie schön!« Sie ging voraus, betrat das Wohnzimmer und musterte die dunklen Ledermöbel, die Glastische und den Flachbildfernseher. Alles im Haus wirkte maskulin, doch es gab auch ein paar feminine Elemente, wie die Blumen auf dem Esszimmertisch und die Vorhänge an den Fenstern. »Hast du die ausgesucht?«

»Mit etwas Hilfe von meiner Mutter und meiner Schwester. Aber das meiste ist von mir. Gefällt es dir?«

»Ich liebe es.«

»Also könntest du dir – eines Tages irgendwann – vorstellen, hier zu wohnen?«

»Sei ehrlich: Hast du dein Haus professionell dekorieren lassen, damit ich sofort hier einziehen will?«

»Nein«, antwortete er grinsend, »aber es wäre eine gute Taktik gewesen.« Er schlang die Arme um sie. »Ich habe dich so vermisst.«

»Ich dich auch.«

Er küsste sie auf den Hals, das Kinn und die Wange, knabberte an ihrem Ohrläppchen, achtete jedoch darauf, ihren Mund zu meiden. »Ich würde dich am liebsten sofort mit nach oben nehmen, in mein Bett, aber ich glaube, das schaffe ich heute Abend nicht. Bist du enttäuscht, wenn wir einfach nur faulenzen?«

»Natürlich nicht.« Sie half ihm aus dem Mantel und schob ihn zum Sofa. »Ich mache uns etwas zu essen, während du ein Nickerchen hältst.«

»Du weißt doch gar nicht, wo alles ist.«

»Ich finde mich schon zurecht.« Sie strich ihm mit der Handfläche über die Augen, damit er sie schloss. »Schlaf jetzt.«

Er folgte ihrer Aufforderung. »Ich will nicht schlafen, wenn du hier bist. Ich will mit dir zusammen sein.«

»Wir haben eine ganze Woche. Ich laufe ja nicht weg.«

»Schwörst du es mir?«

Sie küsste ihn kurz auf die Lippen und hakte ihren kleinen Finger um seinen. »Ich schwöre es.«

KAPITEL 26

Olivia sagte sich, dass es nicht als Herumschnüffeln galt. Schließlich wusste Cole, dass sie hier war, und konnte sich bestimmt denken, dass sie neugierig war, oder? Wahrscheinlich hätte ihre gesamte Wohnung in sein Esszimmer und seine Küche gepasst, die aus Edelstahlgeräten, Arbeitsflächen aus braunem Granit und Schränken aus dunklem Holz bestand. Olivia strich mit der Handfläche über den glatten Stein und hielt inne, um die Fotos am Kühlschrank zu betrachten.

Die drei Jahre alte Weihnachtskarte der Langstons war mit den Worten »Liebe Grüße von Joe, Irene und dem Rest der Familie« unterschrieben worden. Auf dem Foto hatte Cole zwei blonde Kinder im Arm. Olivia musterte die vier anderen jungen Erwachsenen und entdeckte die beiden, bei denen es sich um seinen Bruder Josh und seine Schwester Amanda handeln musste. Sie freute sich schon darauf, sie nächstes Wochenende kennenzulernen.

Olivia nahm sich einen Moment, um seine Mutter zu betrachten – eine lächelnde Frau, die vor Lebenskraft zu strotzen schien. In ihrem Blick erkannte Olivia den Schalk, den sie an Cole so sehr liebte. Sie fand, dass er mehr nach seiner Mutter als nach seinem Vater kam.

Auf einem anderen Foto, das Cole mit seinen Eltern zeigte, trug er einen Fliegeranzug und einen braunen Uniformhut der Navy mit einem goldenen Anstecker an der Seite. Der Rest der Kühlschranktür war voller Schulfotos von seinen drei Nichten und zwei Neffen. Außerdem hingen dort Schnappschüsse von Cole mit den Kindern, die ihren Onkel zweifellos anbeteten.

Als Olivia ins Wohnzimmer zurückkehrte, sah sie, dass Cole eingeschlafen war. *Der Arme*, dachte sie und strich ihm sanft mit den Fingern durchs Haar. Er war immer so energiegeladen, dass es seltsam war, ihn so erschöpft zu erleben. Vermutlich würde er eine Weile schlafen, also trug sie ihre Tasche nach oben, wo sich drei weitere Zimmer befanden. Vom Flur aus gelangte man in ein Badezimmer.

Im ersten Raum entdeckte sie einen Heimtrainer und ein Sofa, das wahrscheinlich als Gästebett genutzt werden konnte. Im zweiten befand sich ein sorgfältig eingerichteter Computerarbeitsplatz. An den Wänden entdeckte sie Fotos, Gedenktafeln und Erinnerungsstücke aus seinem zehnjährigen Dienst bei der Navy.

Vor einem der Bilder blieb sie stehen, um es genauer zu betrachten. Es zeigte ihn im Cockpit eines Kampfjets, dessen Rumpf den Schriftzug »Lt. Cmdr. Cole ›Jackpot‹ Langston« trug. Sie musste ihn unbedingt fragen, wie er zu diesem Spitznamen gekommen war.

Auf dem Schreibtisch entdeckte sie etwas, das wie ein Fotoalbum aussah, und beschloss, kurz einen Blick hineinzuwerfen. Auf der Innenseite des Buchdeckels las sie eine Widmung: »Für Cole, der für uns schon immer ein Held war – schon lange bevor es der Rest der Welt begriffen hat. In Liebe, Dad«.

Gerührt von den Worten seines Vaters blätterte Olivia die Seiten durch, auf die Berichte über Coles heldenhafte Tat im vergangenen Januar geklebt worden waren. Er war auf den Titelseiten zahlreicher Zeitschriften gewesen, darunter »People«, »Us«, »Time« und »Vanity Fair«. Verschiedene Artikel waren aus den großen Zeitungen des Landes ausgeschnitten worden. Einige davon handelten von seiner kurzen, aber dramatischen Beziehung zu der Passagierin Chelsea Harper.

Auf der letzten Seite klebte ein Foto von Cole. Sein Arm ruhte auf den Schultern des Kapitäns, den er gerettet hatte, und beide grinsten breit in die Kamera. Das Foto war vom Kapitän signiert worden: »Für meinen neuen besten Freund Cole Langston. Ich habe dir alles zu verdanken. Bob Greenman«.

»Wow«, murmelte Olivia, als sie das Album noch einmal langsamer durchblätterte. Es war ihr gelungen, seinen Status als Held von seiner Person zu trennen, doch alles schwarz auf weiß zu sehen war eine Erinnerung daran, wie berühmt er tatsächlich war. Nachdem sie sich das Album ein zweites Mal angeschaut hatte, klappte sie es zu und begab sich in das nächste Zimmer.

Im ganzen Haus entdeckte sie gerahmte Kunstwerke und andere Souvenirs, die Cole von seinen Reisen mitgebracht hatte. Sie wollte die Geschichte hinter jedem einzelnen davon erfahren.

Sein Schlafzimmer war ganz in Brauntönen mit einigen roten Akzenten eingerichtet. Das dunkle, kirschrote Kopfende seines Kingsize-Betts war so hübsch, dass Olivia nicht widerstehen konnte und es berührte, um zu prüfen, ob es sich so weich anfühlte, wie es aussah. Und das tat es.

Sie konnte sich nicht vorstellen, jemals ein so schönes Haus wie dieses zu besitzen. Zwar hatte sie bereits damit gerechnet, dass Cole es sich nett eingerichtet hatte, doch sie hätte nicht geglaubt, dass er über einen so ausgefeilten und stilsicheren Geschmack verfügte. Rückblickend hätte sie es ahnen sollen, allein schon deshalb, weil es ihm gelang, selbst in Jeans und Pulli wie ein Model aus einer »GQ«-Anzeige zu wirken. Sie ließ ihre Tasche im Schlafzimmer stehen und begutachtete das zugehörige Badezimmer.

Vom Flur aus führte eine weitere Treppe in den zweiten Stock, der als Abstellraum diente. Zahlreiche Kartons unterschiedlicher Größe stapelten sich auf dem offenen Dachboden.

Nachdem ihre Neugier zumindest vorübergehend gestillt war, kehrte Olivia nach unten zurück, um sich in der Küche umzusehen, und stellte fest, dass Cole vor ihrer Ankunft eingekauft hatte. Sie machte Salat und kochte Nudeln. Da sie erst nach allem suchen musste, nahm die Zubereitung der einfachen Mahlzeit fast eine Stunde in Anspruch.

Während sie den Tisch deckte, klingelte sein Handy, das auf dem Küchentresen lag und ans Ladekabel angeschlossen war. Olivia starrte es an und rang innerlich mit sich, ob sie rangehen sollte. Schließlich griff sie nach dem Handy.

»Hallo?« Schweigen. »Hallo?« Sie hatte das seltsame Gefühl, als wäre jemand dran – jemand, der absichtlich schwieg. Sie spürte ein seltsames Prickeln im Nacken, beendete den Anruf und wollte nachsehen, wer angerufen hatte, doch die Nummer war unterdrückt. Schnell schüttelte sie das eigenartige Gefühl ab und hob den Deckel vom Topf, um zu checken, ob die Nudeln schon gar waren.

Als das Essen fertig war, schaute sie nach Cole. Sie ging neben ihm in die Knie, streichelte ihm das Gesicht und gab ihm einen Kuss auf die warme Stirn.

»Hey«, murmelte er, als er aufwachte, und rieb sich das Gesicht. »Wie spät ist es?«

»Fast sieben.«

Er verzog das Gesicht und versuchte, die Müdigkeit abzuschütteln. »Entschuldige.«

»Macht nichts. Fühlst du dich besser?«

»Ein wenig.« Er hob die Hand und wickelte sich eine ihrer Locken um den Zeigefinger. »Ich habe gerade ein Déjà-vu.«

Sie lächelte. »Ich spüre das Prickeln noch immer.«

»Ich auch.«

Sie konnte ihm nicht länger widerstehen, beugte sich vor und küsste ihn.

»Liv, Süße, warte. Ich möchte nicht, dass du das auch bekommst.«

»Ich bin bereit, das Risiko einzugehen.« Sie berührte seine Lippen mit der Zungenspitze. »Außerdem bist du wahrscheinlich gar nicht mehr ansteckend.«

Er vergrub die Finger in ihrem Haar und zog sie zu sich, um sie sanft und vorsichtig zu küssen.

Da sie ihn jedoch fast zwei Wochen lang nicht gesehen hatte, war sie weder an sanften noch an vorsichtigen Küssen interessiert, also suchte sie mit der Zunge nach seiner.

Er zog sich zurück. »Ich kann dir das nicht antun. Es ist schrecklich.«

Lächelnd erhob sie sich und legte sich der Länge nach auf ihn. »Ich erinnere mich, dass ich das auch schon mal gesagt habe, und weiß, dass ein gewisser Lord trotzdem darauf bestanden hat.«

Er schlang die Arme um sie. »Das hier ist etwas anderes. Du könntest krank werden.«

»Ich will nur einen einzigen anständigen Kuss, anschließend füttere und pflege ich dich.«

Er hob eine Braue und warf ihr einen interessierten Blick zu. »Wie genau willst du mich denn pflegen?«

»Wenn du mich nicht küsst, wirst du es niemals herausfinden.«

»Oh, na schön. Wenn es unbedingt sein muss. Aber sag hinterher nicht, ich hätte dich nicht gewarnt.«

»Du opferst dich ja richtig für mich auf.«

Lachend umfasste er ihren Hinterkopf und gab ihr, was sie wollte.

***

NACH DEM ABENDESSEN ÜBERREICHTEN SIE SICH DIE WEIHNACHTSGESCHENKE. Olivia hatte ein Buch über Doppeldecker ausgesucht, von dem sie glaubte, dass es ihm gefallen könnte, und einen Pullover, der ihm hoffentlich passte. Und dann war da noch ein weiteres Geschenk, bei dem sie es kaum abwarten konnte, es ihm zu geben.

Cole öffnete die ersten beiden Geschenke mit fast kindlicher Freude. Das Buch kam unheimlich gut an, und als er sich gleich darin vertiefen wollte, musste sie ihn daran erinnern, dass es weitere Geschenke gab. Er packte den Pullover aus und zog ihn über sein T-Shirt.

»Oh, gut«, bemerkte sie zufrieden, als sie sah, dass die Farbe wie erhofft mit seiner Augenfarbe harmonierte. »Er passt.«

»Perfekt. Er gefällt mir. Danke.«

»Ich habe noch ein Geschenk für dich.«

Er ließ sich von ihrer Vorfreude anstecken, schüttelte es und lauschte aufmerksam auf Hinweise.

»Jetzt mach es endlich auf.«

Lächelnd riss er das Papier auf und hielt inne. »Oh, wow.« Die gerahmte Zeichnung zeigte sie beide, und im Hintergrund waren sämtliche Highlights ihrer Reise nach San Francisco zu sehen. »Das ist einfach unglaublich. Da ist alles dabei: die Brücke, die Cable Cars, das ›Top of the Mark‹, das Fairmont, Victor und Paolo, Sausalito. Wahnsinn.«

Er betrachtete es ausgiebig und streckte dann die Arme nach ihr aus. »Abgesehen von dir ist das das schönste Geschenk, das ich je bekommen habe. Vielen Dank.«

»Freut mich, dass es dir gefällt.«

»Ich liebe es. Gerade als ich dachte, das ganze Ausmaß deines Talents zu kennen, hast du dich selbst übertroffen.« Er stand auf, entfernte die Karte von Ägypten, die über seinem Kamin gehangen hatte, und ersetzte sie durch ihre Zeichnung. »Was hältst du davon?«

»Es wirkt, als würde es dorthin gehören.«

»Ja, das tut es wirklich, und ich bin froh, zu sehen, dass du es auch signiert hast.«

»Damit geht mir mein Agent ständig auf die Nerven. Er besteht darauf, dass ich alle meine Werke signiere.«

»Ein weiser Mann.« Er nahm zwei kleine Päckchen vom Tisch. »Jetzt bist du dran. Dieses zuerst.«

Olivia spannte ihn ein wenig auf die Folter, indem sie das Päckchen schüttelte, genau wie er es zuvor mit ihrem getan hatte. Dann entfernte sie die rote Geschenkfolie. »Oh! Kopfhörer wie deine. Prima!«

»Ich dachte, die könntest du gut während all der langen Flüge zu deiner Galerie in San Francisco gebrauchen. Ein Musik-Abo ist auch dabei.«

Sie schlang ihm die Arme um den Hals und küsste ihn auf die Wange. »Vielen Dank! Ich habe natürlich keine Ahnung, wie so etwas funktioniert.«

Er amüsierte sich über ihre Begeisterung und zwickte sie sanft in die Nase. »Ich zeige dir, wie es geht.« Dann reichte er ihr das andere Geschenk. »Jetzt mach das hier auf.«

»Den Gesichtsausdruck hast du immer, wenn du irgendetwas im Schilde führst.«

Unschuldig hob er die Hände. »Ich führe gar nichts im Schilde. Pack einfach dein Geschenk aus.«

Sie hatte das Gefühl, als wäre es von besonderer Bedeutung. Ihre Hand zitterte leicht, als sie das Papier von einer Schmuckschachtel entfernte. Fragend blickte sie zu ihm auf. »Was ist das?«

»Mach es auf.«

Sie atmete tief durch, um ihr rasendes Herz zu beruhigen, und klappte die Schachtel auf. Im Inneren befanden sich Diamantohrringe. Ziemlich große sogar. Sie schnappte nach Luft. »Cole!«

»Gefallen sie dir?«

»Sie sind atemberaubend, aber das ist viel zu viel. Ich habe dir nur einen Pulli geschenkt.«

»Olivia«, erwiderte er leise, »ich möchte, dass du sie bekommst.« Er nahm die Schachtel von ihr entgegen und holte die Ohrringe heraus. »Ich würde sie dir gerne anstecken, aber ich habe keine Ahnung, wie das geht.« Er streckte die Hand aus und legte sie ihr in die Handfläche. »Mach du es.«

Mit zittrigen Fingern entfernte Olivia ihre Ohrringe und ersetzte sie durch die neuen.

Cole neigte den Kopf. »Lass mich mal sehen.«

Sie fasste ihr Haar zu einem Pferdeschwanz zusammen und hob es hoch.

»Umwerfend«, fand er und musterte sie zufrieden. »Wirst du sie bei deiner Ausstellung tragen? Damit sie dir Glück bringen?«

»Ich werde sie nie wieder abnehmen.«

Sein Mundwinkel verzog sich zu dem sexy schiefen Lächeln, bei dem sie immer dahinschmolz.

»Vielen Dank.«

»Gern geschehen. Ich habe auch zu danken.«

Für einen langen, atemlosen Moment saßen sie einfach da und schauten einander an. Dann näherte er sich ihr. Bevor sie sichs versah, lag sie unter ihm, und er hatte offenbar vergessen, wie besorgt er gewesen war, dass er sie anstecken könnte. Während er sie leidenschaftlich küsste, wurde ihr vor Verlangen beinahe schwindlig. Der Kuss schien ewig zu dauern, und sie schlang die Beine um seine Hüften, um ihn fest an sich zu ziehen.

»Lass uns zu Bett gehen«, flüsterte er.

»Ich dachte, du fühlst dich heute Abend nicht fit genug«, scherzte sie.

Er drängte sich an sie, während er ihr Gesicht und ihren Hals mit Küssen bedeckte. »Etwas Schlaf, etwas zu essen, ein wenig von dir, und ich bin wie neugeboren.«

Vielleicht war er das wirklich, doch seine Augen glänzten noch immer fiebrig. »Wir müssen das nicht tun. Du fühlst dich nicht gut.«

»Ich fühle mich schon viel besser, jetzt, wo du hier bist. Außerdem«, widersprach er und fuhr fort, ihr heiße Küsse auf den Hals zu geben, »will ich dich mit nichts als diesen Ohrringen sehen.«

»Cole?«

Er war damit beschäftigt, sanft an ihrem Nacken zu knabbern. »Hm?«

»Als du geschlafen hast, hat dein Handy geklingelt. Ich war mir nicht sicher, was ich tun sollte, aber als ich abgenommen habe, war niemand dran. Oder genauer gesagt: Es war jemand dran, doch er hat nicht geantwortet.«

Er hielt inne und hob den Kopf, um sie anzuschauen. »Woher weißt du, ob jemand dran war?«

Sie kam nicht umhin, seinen Gesichtsausdruck zu bemerken. »Es war nur so ein Gefühl«, antwortete sie und spürte, wie sich ihr Magen verkrampfte. »Entschuldige. Ich hätte wahrscheinlich nicht rangehen sollen.«

»Natürlich darfst du rangehen. Es macht mir nichts aus.«

»Die Nummer war unterdrückt«, ergänzte sie. »Weißt du, wer es war?«

»Nein.«

Vielleicht lag es an der Schnelligkeit, mit der er das Wort ausgesprochen hatte – oder auch daran, wie sich dabei der Ausdruck in seinen Augen verändert hatte –, aber Olivia hatte keinerlei Zweifel daran, dass er log. Er wusste ganz genau, wer angerufen hatte.

OLIVIA STRICH SICH DAS HAAR HINTER DIE OHREN, stand vor dem Badezimmerspiegel und betrachtete erneut die funkelnden Ohrringe. *O Gott, sie sind umwerfend.* Sie versuchte, sich vorzustellen, wie Cole im Juweliergeschäft gewesen war, um solch ein extravagantes Geschenk für sie auszusuchen. Sie mussten ein Vermögen gekostet haben! Wie sehr sie sich wünschte, ihr wundervoller Abend wäre nicht durch diesen Anruf und die Lüge ruiniert worden.

Sie bürstete sich das Haar. *Warum lügt er mich an? Ich frage mich, ob es diese Ex-Freundin war, die er erwähnt hat – die Frau, die ihn nicht in Ruhe lässt. Aber warum sagt er es dann nicht einfach? Vielleicht sollte ich ihn nach ihr fragen und ihn wissen lassen, dass er mit mir darüber reden kann. Nein. Würde er wollen, dass ich davon weiß, hätte er mir davon erzählt. Ich ertrage es nicht, dass er mich angelogen hat! Und es war völlig klar, dass es eine Lüge war.*

»Liv! Was machst du da drin? Ich vermisse dich.«

»Ich komme.«

Ihr Blick fiel auf die glitzernden Ohrringe. *Er liebt mich. Das weiß ich. Ich muss darauf vertrauen, dass er mir erzählt, was los ist, wenn er dazu bereit ist. Bis dahin muss ich versuchen, mich in Geduld zu fassen.*

Sie öffnete die Badezimmertür und sah, dass Cole sie bereits im Bett erwartete.

»Alles in Ordnung?«, fragte er und streckte die Hand nach ihr aus.

»Ja.« Sie nahm seine Hand und schlüpfte ins Bett.

Er neigte den Kopf und musterte sie. »Bist du sicher?«

Sie nickte und lehnte den Kopf an seine Brust. »Du klingst schon etwas besser.«

»Ich habe Medikamente genommen. Es ist nur schlimm, wenn die Wirkung nachlässt.«

Mit der Hand strich sie ihm über Brust und Bauch, und ihr wurde klar, dass ihr die nötige Geduld fehlte. Sie musste es endlich wissen. »Cole?«

»Hm?«

Sie holte tief Luft und versuchte, all ihren Mut aufzubringen.

»Was ist, Süße?«

»Wenn es in deinem Leben ein Problem gäbe – etwas Verstörendes, Schwieriges oder einfach bloß Ärgerliches –, dann würdest du mir doch davon erzählen, oder?«

Seine Atmung veränderte sich. »Warum fragst du?«

»Weil ich das Gefühl habe, dass es da etwas gibt, das du mir verschweigst – etwas von Bedeutung.«

Er seufzte und fuhr sich mit einer Hand durchs Haar. »Ich hatte da ein Problem«, antwortete er schließlich nach einer langen Pause, während deren Olivia keine Ahnung hatte, was er als Nächstes sagen würde. »Ich habe es gelöst, und jetzt möchte ich keine zwei Sekunden meiner wertvollen Zeit mit dir daran verschwenden, darüber zu sprechen.«

Olivia dachte einen Moment lang darüber nach. »Wäre es möglich, dass die Person, mit der du dieses ›Problem‹ hattest, auch diejenige war, die vorhin angerufen hat?«

»Das hoffe ich nicht, aber ja, es wäre möglich.« Er drehte sich zur Seite, damit er sie ansehen konnte. »Süße, bitte glaub mir, wenn ich dir versichere, dass es nichts mit dir oder mit uns zu tun hat.«

»Ich möchte nicht, dass du mich behandelst, als wäre ich zerbrechlich und könnte die Wahrheit nicht ertragen. Ich habe mit dir über meine Mutter, über meine Familie, über einfach alles geredet. Du hast mir so sehr geholfen, und ich würde gern dasselbe für dich tun. Du sollst das Gefühl haben, mit mir über alles sprechen zu können.«

»Das habe ich auch.«

»Allerdings nicht in dieser Sache?«

Er wollte es. Das merkte sie ihm an.

»Nicht jetzt, okay? Aber bald. Das verspreche ich.«

»Schwörst du es mit dem kleinen Finger?«

Lächelnd hakte er seinen kleinen Finger um ihren. »Auf jeden Fall.«

Zufrieden damit, dass er es ihr irgendwann erzählen würde, beschloss sie, sich keine weiteren Sorgen zu machen, und genoss es einfach, wieder in seinen Armen zu liegen.

»Hey.« Er stieß sanft mit der Nasenspitze an ihre Wange. »Alles in Ordnung?«

»Ja«, erwiderte sie und verschränkte ihre Finger mit seinen.

»Das hoffe ich, weil ich dich verdammt noch mal liebe, Liv. Ich konnte es nicht erwarten, dich heute zu sehen.«

»Ich konnte es ebenfalls nicht erwarten, endlich herzukommen. Ich hasse es, von dir getrennt zu sein.«

Er veränderte seine Position, sodass er auf ihr lag. »Sobald du für einen Ortswechsel bereit bist …«

Lächelnd hob sie die Hände, um sein glatt rasiertes Gesicht zu streicheln. »Du gibst einfach nicht auf, oder?«

»Erst, wenn du jede Nacht hier bei mir schläfst.« Er schob ihr das Nachthemd bis zur Taille hinauf, und seine Augen verdunkelten sich vor Lust, als er entdeckte, dass sie nichts darunter trug. Er presste seine Lippen in einem Kuss auf ihre, der sie daran erinnerte, wie sehr sie ihn liebte. Und als er mit den Fingern in sie eindrang, erinnerte sie sich daran, wie sehr sie ihn wollte.

Keuchend öffnete sie die Schenkel und gab sich ihm voll und ganz hin.

»Liv, Kleines.« Seine Miene wirkte angespannt. »Ich will dich so sehr.«

Sie schloss die Hand um ihn und wies ihm den Weg.

»Warte«, bat er, und seine Stimme klang aufgrund der Erkältung heiser. »Kein Kondom?«

»Wir legen es darauf an, weißt du nicht mehr?«

»Bist du sicher?«

Hätte er ihr die Frage noch vor einer halben Stunde gestellt, hätte sie verneint. Doch sie hatte beschlossen, ihm zu vertrauen – und auf die Gefühle zu vertrauen, die sie vom ersten Moment an füreinander empfunden hatten. Es war echt. Daran hatte sie keinerlei Zweifel. »Ich bin mir sicher.«

Er drang in sie ein und seufzte glücklich. »O Gott, nichts auf der Welt fühlt sich so gut an.«

Da er ihr den Atem geraubt hatte, konnte sie nichts darauf erwidern. Stattdessen fuhr sie ihm mit den Fingern durchs Haar, während sie ihm mit der anderen Hand über den Rücken streichelte. Alles schien sich in Zeitlupe zu bewegen, als wäre die Zeit ganz allein ihretwegen stehen geblieben.

Sie spürte seine Lippen an ihrer Kehle, während er zärtliche Worte flüsterte, die sie direkt ins Herz trafen.

Olivia fühlte sich, als wenn sie schwebte. Es musste ein Traum sein, aus dem sie jeden Moment aufwachen würde.

Mit einem Mal zog er sich aus ihr zurück. Sie öffnete mit flatternden Lidern die Augen und sah, dass er ihr ins Gesicht starrte und sie beobachtete. Erneut drang er tief in sie ein, und sie stöhnte, als der Höhepunkt sie mit einer Macht erfasste, die sie im ganzen Körper spürte. »Cole.«

»Sag es, Liv«, flüsterte er. »Sag's mir.«

»Ich liebe dich. Nur dich. Für immer.«

Wieder füllte er sie aus und verlor sich schließlich in ihr. Als er wieder zu Atem kam, hob er den Kopf von ihrer Schulter und berührte ihre Lippen mit seinen.

Ihre Blicke trafen sich, und ihnen wurde klar, dass etwas Bedeutsames geschehen war. Sie hatten schon oft miteinander geschlafen, doch dieses Mal war alles anders gewesen, und sie wussten es beide.

KAPITEL 27

Am Montagabend lud Cole mehrere seiner engsten Freunde auf eine Pizza zu sich ein, damit sie Olivia kennenlernen konnten.

Er hatte sie bereits vor Tuckers Überschwänglichkeit gewarnt, aber trotzdem war sie nicht auf die ungestüme Umarmung vorbereitet, als Cole sie einander vorstellte.

»Du bist eine Göttin«, verkündete Tucker, als er wieder von ihr abließ. »Natürlich. Ich wusste doch, dass du irgendeine Art von mystischer Figur sein musst, wenn es dir gelungen ist, diesen Typen vom Markt zu nehmen.«

Olivia sah noch rechtzeitig zu Cole, um zu bemerken, wie er seinem Freund einen warnenden Blick zuwarf. »Klappe, Tucker.«

»Was denn?«, fragte Tucker mit unschuldsvoller Miene, über die Olivia kichern musste. »Ich sage nur die Wahrheit.« Er legte den Arm um sie und führte sie weg von Cole. »Komm mit, Süße. Erzähl mir alles darüber, wie du es geschafft hast. Du hast ihn mit irgendeinem Zauber belegt, oder?«

Eine Stunde später stellte Tucker Cole in der Küche zur Rede. »Warum bist du ihr als Erster begegnet?«

Cole warf seinem Freund erneut einen finsteren Blick zu. »Hände weg.«

»Sie ist umwerfend.« Tucker hob anerkennend seine Bierflasche. »Ich verstehe absolut, warum sie es geschafft hat, einen Frauenhelden wie dich in einen treuen Partner zu verwandeln.«

»Ich bin froh, dass du sie magst.«

»Und ich kann es nicht erwarten, auf eurer Hochzeit zu tanzen.«

Cole grinste. »Ich auch nicht.«

Amüsiert schüttelte Tucker den Kopf. »Wer hätte das gedacht, was?«

»Ich jedenfalls nicht. So viel ist sicher.«

Tuckers Lächeln wich plötzlicher Nachdenklichkeit.

»Was ist?«

Er blickte Cole an, und sein Ausdruck wirkte sehr viel ernster, als Cole es ihm zugetraut hätte. »Kann ich dich etwas fragen?«

»Natürlich«, erwiderte Cole.

»Es geht um Brenda.«

Verblüfft fragte Cole: »Was ist mit ihr?«

»Seit du mit ihr Schluss gemacht hast, haben wir, weißt du … geredet. Am Telefon.« Tucker errötete. »Fast jeden Tag.«

Noch nie zuvor hatte Cole seinen sonst so unbekümmerten Freund derart nervös erlebt. »Und?«

»Sie überlegt, herzufliegen. Vielleicht. Für einen Besuch.«

»Bei wem?«

»Bei mir. Was glaubst du denn?«

»Ich wollte bloß sichergehen, dass sie nicht zu mir will«, erwiderte Cole nur halb im Spaß.

Tucker presste die Lippen aufeinander. »Nicht alles dreht sich um dich.«

»Das habe ich nie behauptet. Ich hoffe nur, dass sie nicht, du weißt schon …«

»Mich benutzt, um an dich ranzukommen?«

Cole hätte es vielleicht etwas anders ausgedrückt.

Tucker schnaubte verächtlich. »Du kannst dir wirklich nicht vorstellen, dass sie sich tatsächlich für mich interessiert, oder?«

»Du drehst mir die Worte im Mund um, Tucker. Warum sollte sie nicht an dir interessiert sein? Ich will nur nicht, dass du verletzt wirst.«

»Sie ist nicht wie Natasha.«

»Natürlich nicht.« Cole bereute es, so misstrauisch gewesen zu sein. Seine Erfahrungen mit Natasha hatten ihn paranoid werden lassen. »Ich würde mich freuen, wenn ihr beide zusammenkommt.«

Tuckers Miene hellte sich auf. »Wirklich? Das würdest du?«

»Na sicher. Allerdings ist es echt blöd, wenn man so weit voneinander entfernt lebt. Vertrau mir.«

»Wir haben uns ein paarmal darüber unterhalten. Je nachdem, wie es läuft, wäre sie vielleicht bereit, umzuziehen.«

»Von Miami nach Chicago?« Cole verzog das Gesicht. »Dann muss es wirklich Liebe sein.«

Tucker errötete erneut. »Würdest du es bitte nicht beschreien? Bitte?«

»Ich gebe mir Mühe«, erwiderte Cole ernst und verkniff sich ein Lachen.

»Also würde es dich wirklich nicht stören, wenn ich mit ihr ausgehe?«

Cole spähte ins Wohnzimmer und fing Olivias Blick auf. Sie lächelte ihm zu, und sein Herz setzte für einen Schlag aus. »Absolut nicht, nein.«

<hr>

AM DIENSTAG HATTE SICH COLE AUSREICHEND VON SEINER ERKÄLTUNG ERHOLT, um den nächsten Flug für Flights for Life nach Houston zu übernehmen. Sie packten eine Tasche für die Übernachtung und machten sich gegen zehn auf den Weg zum Flughafen O'Hare. Amüsiert hatte Olivia Coles Routine vor dem Flug verfolgt, die zunächst aus einer halben Stunde auf dem Laufband bestand. Danach absolvierte er zwanzig Minuten Hanteltraining und machte einhundert Sit-ups. Anschließend duschte er, aß zwei Rühreier mit zwei

Scheiben Weizentoast und trank zwei Tassen Kaffee, exakt neunzig Minuten vor dem Start.

»Machst du das jeden Tag?«, fragte sie während der Fahrt zum Flughafen.

»Nur wenn ich morgens fliege.«

»Nicht dein Ernst.«

»Es gehören noch weitere Schritte dazu.«

»Noch weitere?«

Seine Verlegenheit ließ ihn sehr niedlich wirken. »Du weißt schon, zuerst den linken Schuh anziehen, zuerst die linke Manschette zuknöpfen.«

»Du bist abergläubisch!«

»Nein, überhaupt nicht.«

»Doch! Und das nach all deinen Ansprachen darüber, wie sicher das Fliegen ist. Du bist ein Heuchler.«

»Ich kann nicht anders«, erwiderte er und lächelte beschämt. »Es liegt mir im Blut. Meine Mutter war extrem abergläubisch.«

»In welcher Hinsicht bist du es sonst noch?«, wollte sie wissen und war fasziniert von dieser neuen, unerwartet verletzlichen Seite von ihm.

»Wenn ich dir das verrate, wirst du niemals mit mir fliegen.«

Olivia wandte sich ihm zu. »Jetzt musst du es mir erst recht sagen.«

»Schwörst du mit dem kleinen Finger, dass du mich heute trotzdem begleitest?«

Sie musterte ihn für einen langen Moment, bevor sie ihm den kleinen Finger hinhielt.

Er hakte seinen Finger um ihren und bedachte sie mit einem Blick, der sie mitten ins Herz traf. »Ein Unglück kommt selten allein. Meist sind es drei Ereignisse, die aufeinanderfolgen.«

»Manchmal.«

»Meistens. Meine Mutter war fest davon überzeugt.«

»Und?«

»Also warte ich auf das dritte große Ereignis. Der Blizzard, der Schlag ins Gesicht – das sind zwei.«

Olivia ließ seine Hand los. »Jetzt jagst du mir Angst ein.«

»Du hast es geschworen! Du kannst nicht mehr zurück.«

»Ich kann es nicht fassen, dass du mir das nur wenige Minuten vor unserem Abflug erzählst.«

»Es wird schon nichts passieren.«

»Ich bin nicht gerade zuversichtlich.«

»Vergiss einfach, was ich gesagt habe«, bat er, während er die Tasche aus dem Kofferraum holte und den Wagen abschloss. »Ich weiß nicht, was mich geritten hat, dir das ausgerechnet heute zu erzählen.«

Olivia funkelte ihn vorwurfsvoll an und folgte ihm ins Innere des Flughafens. Sie betraten das Rollfeld und durchquerten ein Labyrinth aus geparkten Flugzeugen, bis sie zu der PiperJet gelangten, die schon auf sie wartete. Beim Anblick der Maschine blieb Olivia wie angewurzelt stehen.

»Was ist?«, fragte Cole.

»Wir steigen in diese Maschine?«

»Ja. Warum?«

»Sie ist so furchtbar klein.«

Er lachte und schlang einen Arm um sie. »Sei kein Feigling. Warte hier. Ich bin gleich wieder da, okay?«

»Okay.«

Er küsste sie auf die Stirn und ergänzte: »Nicht zu viel grübeln, verstanden?«

»In Ordnung.« Sie sah ihm nach und konzentrierte sich auf seinen knackigen Hintern, um nicht an das kleine Flugzeug denken zu müssen, an das sie sich gerade lehnte. Das kleine Flugzeug, in das sie gleich einsteigen würde. Das kleine Flugzeug, das er mit ihr darin fliegen würde. *Nicht grübeln*, ermahnte sie sich.

Ein paar Minuten später kam Cole mit einem Mädchen im Rollstuhl zurück. Das Kind war vielleicht zehn, höchstens elf Jahre alt. Seine Eltern und sein jüngerer Bruder waren ebenfalls dabei. Olivia tat beim Anblick des kranken Mädchens das Herz weh, obwohl es sichtlich begeistert war, Cole zu sehen, und sich lebhaft gestikulierend mit ihm unterhielt, während er es zum Flugzeug schob.

»Grace«, sagte er, »das ist Olivia. Sie wird uns heute begleiten.«

»Ist sie deine Freundin?«

Er schaute das Kind ernst an. »Ja, das ist sie. Ist das für dich in Ordnung?«

»Ich denke schon. Du bist sowieso schon etwas zu alt für mich.«

»Hey!«

Grace' tief liegende Augen strahlten. »Schön, dich kennenzulernen.« Sie hielt Olivia zur Begrüßung die Hand hin.

»Freut mich ebenfalls. Deine Ohrringe gefallen mir.«

»Du trägst da aber auch ein paar hübsche Klunker. Waren sie ein Weihnachtsgeschenk?«

Lächelnd antwortete Olivia: »Ja.«

Grace blickte Cole an. »Nicht schlecht.«

»Freut mich, dass sie dir gefallen.« Er stellte Olivia Grace' Familie vor und ließ anschließend alle einsteigen. Die vier Passagiere saßen sich jeweils zu zweit gegenüber. Cole verstaute Grace' Rollstuhl im Laderaum im Bauch des Flugzeugs.

Vom Sitz des Co-Piloten aus beobachtete Olivia, wie Cole einmal um die Maschine herumging und dabei verschiedene Teile überprüfte, indem er dagegenklopfte oder mit der Fußspitze dagegentrat. Nachdem er die Inspektion außen beendet hatte, führte er die gleiche Prozedur im Inneren des Flugzeugs durch. Anschließend startete er den Motor, tippte irgendetwas auf der Tastatur vor ihm, setzte sich ein Headset auf und bat den Tower um Starterlaubnis.

Während er auf die Freigabe wartete, warf er Olivia einen Blick zu. »Alles okay?«

Sie nickte, obwohl ihr Magen Purzelbäume schlug. *Aller guten Dinge sind drei. Hör auf!*

Er nahm ein weiteres Headset und reichte es ihr. »Möchtest du mithören?«

»Sehr gerne.«

Sie rollten vorwärts. Cole betätigte eine schwindelerregende Anzahl von Schaltern, Anzeigen und Knöpfen, während er mit den Fluglotsen sprach.

Olivia konnte dem schnellen Wortwechsel zwischen Cole und

dem Tower nicht ganz folgen, doch sie meinte, verstanden zu haben, dass man ihm eine Startbahn zugeteilt hatte.

Ein paar Minuten lang rollten sie einer Capital-737 hinterher, die direkt vor ihnen startete.

Cole schob das Mikrofon beiseite, neigte den Kopf und rief den Passagieren zu: »Wir haben Startfreigabe erhalten. Seid ihr bereit?«

»Bereit«, erwiderte Grace.

Olivia fand, dass der Start im Cockpit ein ganz anderes Erlebnis war. Als sie abhoben, konnte sie den Blick nicht von Cole wenden, der das Flugzeug nach oben und aus dem geschäftigen Luftraum des O'Hare-Flughafens steuerte. Sein attraktives Gesicht wirkte konzentriert, jede seiner Bewegungen war geplant und präzise. Sie empfand Bewunderung und Respekt für ihn – nicht nur aufgrund der Professionalität, mit der er flog, sondern auch, weil er es Grace und ihrer Familie zuliebe tat.

Sie waren schon fast eine halbe Stunde in der Luft, als sie endlich wieder seine Stimme hörte und begriff, dass er mit ihr sprach.

»Geht es dir gut?«

»Mir geht es prima. Ich liebe die Aussicht von hier oben.« Der Tag war klar und sonnig, und sie flogen über einer dünnen Wolkendecke. »Ich habe vergessen, zu fragen, wie lange wir in der Luft sein werden.«

»Fast drei Stunden.«

»Warum machst du gar nichts? Solltest du nicht das Flugzeug steuern?«

»Das erledigt der Autopilot.«

»Weiß denn dieser Autopilot, was er tut?«

Cole schmunzelte. »Das will ich doch hoffen.«

»Du bringst uns also in die Luft und überlässt alles andere Mr Autopilot. So langsam verstehe ich, wie das funktioniert.«

»Du warst beeindruckt. Gib es zu.«

»Für eine oder zwei Minuten, aber jetzt, wo ich weiß, dass du im Grunde gar nichts machst, habe ich es überwunden.«

»Dann kannst du ja Mr Autopilot sagen, wie wir landen sollen.«

»Da ihr beide anscheinend so viel Spaß zusammen habt, überlasse ich es dir.«

Er lachte und stellte etwas bei einer Anzeige ein.

»Warum hat man dich in der Navy ›Jackpot‹ genannt?«

»Woher weißt du das?«

»Von einem Foto an der Wand deines Arbeitszimmers.«

Verlegen antwortete er: »Weil ich nie irgendetwas verfehlt habe.«

»Was zum Beispiel?«

»Meine Ziele während des Trainings: beim Landen, beim Schießen, bei Landungen auf Flugzeugträgern.«

»Nie?«

»Zumindest sehr selten.«

»Ist das ungewöhnlich?«

Er zuckte die Achseln. »Ich denke schon.«

»Es ist einmalig, oder?«

»So weit würde ich nicht gehen.«

»Ich wette, du hast auch bei den Frauen immer voll ins Schwarze getroffen, Jackpot.«

»Wenn du meinst.« Er verdrehte die Augen. »Mit dem Spitznamen hatte das allerdings nichts zu tun.«

»Na sicher, bestimmt nicht.« Olivia lachte, weil ihm die Unterhaltung sichtlich unangenehm war. »Gab es viele?«

»Was? Ziele?«

»Frauen. Vor der ganzen Captain-Incredible-Geschichte?«

Er sah sie an. »Ein paar.«

»Reden wir von einem Dutzend? Zwei? Drei?«

»Welche Rolle spielt das?«, fragte er. »Jetzt gibt es nur noch dich.«

Olivia knabberte an ihrem Daumennagel und wünschte sich, sie hätte den Mut, ihre unzähligen Fragen zu stellen.

»Was ist?«

»Wie lange ist es her, dass du mit der Letzten Schluss gemacht hast?« Als er nicht antwortete, warf sie einen Blick zu ihm hinüber und bemerkte, dass um seinen Mund ein angespannter Zug lag.

»Erst kürzlich.«

Beunruhigt schnappte sie nach Luft. »Was meinst du damit?«

»Hör mal, Liv, ich habe dir doch gesagt – ich war ein ziemlicher Mistkerl.« Er nahm ihre Hand und führte sie an seine Lippen. »Aber ich habe mich geändert, seit ich dir begegnet bin.«

»Also gab es keine andere, seit wir, du weißt schon …«

»Nein! Großer Gott, nein.«

Olivia war sich nicht bewusst gewesen, dass sie den Atem angehalten hatte. Nun atmete sie erleichtert aus. »Was, wenn du dich irgendwann mit nur einer Frau langweilst, nachdem du schon so viele hattest?«

»Baby, ich kriege nie genug von dir, nicht einmal, wenn ich die nächsten sechzig Jahre mit dir verbringe. Ich habe noch nie annähernd so etwas empfunden, wie wenn ich bei dir bin.«

Erfreut und erleichtert über seine Erklärung lehnte sie sich zurück.

»Alles in Ordnung zwischen uns?«, wollte er wissen.

Sie drückte seine Hand und ließ sie dann wieder los, um sich ihren Pferdeschwanz neu zu binden. »Alles prima. Danke, dass du meine Fragen beantwortet hast.«

»Jederzeit.«

Olivia blickte über die Schulter zu den Passagieren. »Was hat Grace denn?«

»Leukämie«, seufzte er. »Sie dachten, sie hätte die Krankheit besiegt, doch vor ungefähr sechs Monaten hatte sie einen Rückfall.« Er senkte die Stimme. »Ich habe sie schon seit einer Weile nicht mehr geflogen, darum war ich schockiert, wie schlecht sie aussieht. Im Laufe des letzten Monats hat sie all ihre Haare verloren – schon zum zweiten Mal.«

Bekümmert schüttelte Olivia den Kopf. »Und trotzdem wirkt sie so zuversichtlich und fröhlich.«

»Ich weiß. Darum ist sie einer von meinen Lieblingen. In der MD-Anderson-Krebsklinik wird sie bestmöglich behandelt, also gibt es noch Hoffnung.«

»Es muss schwer für dich sein, von Krebskranken umgeben zu sein, nach allem, was mit deiner Mutter passiert ist.«

»Manchmal ist es das auch. Es ruft sämtliche Erinnerungen an die

Zeit wach, als sie sich Behandlungen unterziehen musste, von denen wir ahnten, dass sie nichts nützen würden. Aber ich glaube, sie fände gut, was ich hier tue. Es ist ein gutes Gefühl, Kranken zu helfen, selbst wenn es oft schwer ist.«

Olivia reichte ihm die Hand.

Cole nahm sie, sah Olivia an und schenkte ihr das schiefe Lächeln, das sie so sehr liebte.

Sie hatte sich Sorgen darüber gemacht, wie es sein würde, in einem so kleinen Flugzeug unterwegs zu sein, doch während sie Händchen haltend durch den Himmel flogen, wurde ihr klar, dass dies eine weitere unvergessliche Erfahrung mit ihm war.

ALS SIE SICH HOUSTON NÄHERTEN, sprach Cole erneut mit der Flugsicherung. Nachdem er den Wetterbericht erhalten hatte, wandte er sich an Grace und ihre Familie. »Der Landeanflug könnte etwas holprig werden. Es gibt ein paar Regenschauer in der Gegend. Aber nichts, weswegen man besorgt sein müsste.«

»Okay«, antwortete Grace' Vater.

»Bleibt angeschnallt«, ergänzte Cole.

In einiger Entfernung konnte Olivia bereits die dunklen Wolken ausmachen. Sie rang die feuchten Hände im Schoß und versuchte, nicht an die Zahl Drei zu denken.

»Hey.«

Sie blickte zu ihm hinüber.

»Das ist nichts Schlimmes. Ich schwöre es mit dem kleinen Finger.«

Sie war dankbar für seinen Versuch, sie auf andere Gedanken zu bringen, und zwang sich ihm zuliebe zu einem Lächeln. Dann konzentrierte sie sich auf ihre Atmung und ließ Cole in Ruhe, damit er das Flugzeug steuern konnte. Er hatte ihr erzählt, dass es in Houston zwei Hauptflughäfen gab: George Bush Intercontinental und William P. Hobby, der näher an der MD-Anderson-Klinik lag.

Holpernd und schlingernd durchflog die Piper die Gewitterwolken.

Olivia wurde himmelangst. Im Inneren der Wolken war es so dunkel, dass es ihr nicht wie zwei Uhr nachmittags, sondern wie mitten in der Nacht vorkam. Gerade als sie glaubte, durchdrehen zu müssen, wenn sie sich noch eine Sekunde länger zusammennehmen musste, tauchten sie endlich aus den Wolken auf.

Als Olivia durch den Regenschleier die Landebahn vor sich sah, hätte sie am liebsten vor Erleichterung geweint. Sie spürte, wie sie an Höhe verloren, und beobachtete fasziniert, wie Cole genau auf der gestrichelten Linie aufsetzte. Jackpot. Sie atmete lange und tief aus und versuchte, sich zu entspannen, während sie zur Parkposition rollten. Ein Wagen wartete bereits auf Grace und ihre Familie, und Cole half ihnen beim Aussteigen, bevor er zu Olivia zurückkehrte.

Er hielt ihr die Hand hin. »Nicht schlimm, oder?«, fragte er grinsend.

Sie nahm seine Hand und hoffte, dass ihre Beine sie tragen würden. »Natürlich nicht.«

»Hattest du Angst? Ich würde es verstehen. Du kannst es ruhig zugeben.«

»Angst ist etwas für Feiglinge. Ich hatte volles Vertrauen in dich.«

Er lachte und stieß ihr zärtlich mit der Faust ans Kinn. »Wie du meinst, du tapferes Mädchen.«

AM NÄCHSTEN TAG FLOGEN SIE ZU ZWEIT NACH CHICAGO ZURÜCK. GRACE' Vater hatte Cole am Morgen angerufen und ihm mitgeteilt, dass es zu Komplikationen gekommen war und Grace erst im Laufe der Woche wieder heimdurfte. Cole hatte ihnen angeboten, sie abzuholen, wann immer sie bereit waren, nach Hause zurückzukehren.

»Ich hätte auch auf sie gewartet«, erzählte er Olivia, »aber der Eigentümer des Flugzeugs benötigt es morgen.«

»Also wirst du sie mit einer anderen Maschine abholen?«

»Wahrscheinlich. Tut mir leid, dass es diese Woche so viel Zeit verschlingt.«

»Bitte entschuldige dich nicht. Es ist für eine gute Sache.« Sie verstummte, unsicher, ob sie fragen sollte. »Hat er nicht erwähnt, welche Art von Komplikationen es gab?«

»Nein.«

Sie spürte, dass ihn die Neuigkeit bedrückte, also versuchte sie, ihn abzulenken. »Houston war klasse.«

»Es ist eine tolle Stadt.«

»Seit ich dich kenne, habe ich in mehr Hotels übernachtet als vorher in meinem ganzen Leben.«

»Morgen zeige ich dir Chicago.«

»Oder wir könnten zu Hause bleiben und gar nichts machen. Du musst mich nicht unterhalten. Der Flug war abenteuerlich genug, und es reicht mir für eine Weile.«

»Ach, komm schon. Das war gar nichts.«

Sie hob eine Braue. »Wollen wir wirklich wieder darüber diskutieren?«

Am nächsten Tag lag Chicago unter einer Schneedecke, und weil Cole noch immer hustete, bestand Olivia darauf, dass sie zu Hause blieben. Da Tucker und die meisten von Coles anderen Freunden im Skiurlaub waren, hatten sie viel Zeit und Ruhe füreinander.

Cole meldete sich am Abend bei Grace' Vater und erfuhr, dass ihr Großvater die Familie in Houston besuchte. Grace sollte am nächsten Morgen entlassen werden, also traf Cole sämtliche Vorbereitungen, um die Familie gegen Mittag zu treffen.

»Verdammt«, murmelte er, als er auflegte. »Ich kann dich dieses Mal nicht mitnehmen. Der Großvater begleitet uns zurück nach Chicago.«

»Kein Problem. Ich kann hierbleiben und ein wenig malen. Ich schulde Paolo noch ein paar Stücke für die Ausstellung, also mach dir meinetwegen keine Sorgen.«

»Bist du dir sicher? Ich werde fast den ganzen Tag lang weg sein.«

»Ich bin mir sicher.«

Er vergrub sein Gesicht in ihrem Haar und zog sie fest an sich.

»Ich will keine Minute von dir getrennt sein, erst recht nicht einen ganzen Tag.«

Olivia lehnte den Kopf an seine Brust, genoss es, in seinen Armen zu liegen und zu wissen, dass es keinen Ort auf der Welt gab, an dem sie lieber wäre.

»Wir sollten besser zu Bett gehen. Du musst früh aufstehen.«

»Es ist erst acht.«

»Ich habe nicht gesagt, dass wir schlafen sollen.«

»Oh, na wenn das so ist.«

Olivia stieß vor Überraschung einen kleinen Schrei aus, als Cole sie sich über die Schulter warf und lachend die Treppe hinauftrug.

ALS SIE AM NÄCHSTEN MORGEN ERWACHTE, war er fort. Sie legte sich auf sein Kissen, atmete seinen Duft ein und fragte sich, wie viele Stunden sie warten musste, bis sie wieder mit ihm zusammen sein konnte. Er hatte gesagt, er würde spätestens gegen fünf wieder zurück sein, aber es bestand immer die Möglichkeit einer Verspätung.

Sie dachte an ihn und blieb noch eine Weile liegen. Anschließend stand sie auf, duschte und zog sich das alte T-Shirt an, das er ihr zum Malen geliehen hatte. Nach dem Frühstück verteilte sie Zeitungspapier auf dem Esstisch und packte ihre Farben aus.

Kurze Zeit später hörte sie, wie ein Schlüssel in der Tür umgedreht wurde. Ihr erster Gedanke war, dass Grace erneut Komplikationen gehabt haben musste. Warum sollte Cole sonst schon so früh zurück sein? Sie sprang auf und ging ins Wohnzimmer. Im selben Moment betrat eine hochgewachsene blonde Frau, die einen Trolley hinter sich herzog, das Haus.

Die Fremde trug einen langen schwarzen Ledermantel, der an der Taille zugebunden war. Ihr Haar war auf modische Art hochgesteckt, und ihre Diamantohrringe übertrafen die von Olivia, was die Größe anging. Über der Schulter hatte sie etwas aus der chemischen Reinigung, und ein Stapel Briefe klemmte unter ihrem Arm.

Sie legte den Schlüssel auf den Tisch hinter der Tür, blickte auf und entdeckte Olivia. »Hallo«, sagte sie mit einem herzlichen Lächeln. »Du musst Olivia sein, die Freundin von Coles Schwester aus Washington, richtig? Er hat erwähnt, dass du diese Woche vielleicht hier übernachtest, während du an einem Studienprojekt arbeitest.«

Olivia blieb wie angewurzelt stehen.

»Entschuldige.« Sie sprach mit einem Akzent, der texanisch klang. »Ich muss dich total erschreckt haben.« Sie hielt ihr die Hand hin und ergänzte: »Ich bin Natasha. Coles Verlobte.«

Vor Schreck und Verwirrung war Olivia verstummt. Sie ließ zu, dass die andere Frau ihre Hand ergriff und schüttelte. *Das ist völlig unmöglich. Oder?*

»Wo ist er eigentlich? Ich dachte, er hätte diese Woche frei.«

»Houston«, murmelte Olivia.

»Oh, Flights for Life. Wie eigenartig. Normalerweise ist das immer dienstags. Außerdem ist er doch krank. Ich bin überrascht, dass er fliegen konnte.«

Olivia ließ die Fremde nicht aus den Augen, während sie ihren Mantel in der Garderobe verstaute. Sie war zweifellos die schönste Frau, die Olivia je gesehen hatte, und fühlte sich hier offenbar ganz wie zu Hause.

»Du wirkst, als wäre dir ein Gespenst begegnet«, bemerkte Natasha und lachte leise. »Entschuldige, wenn ich dich erschreckt habe. Cole hat dir nicht erzählt, dass ich heute zu Hause sein würde, weil er es nicht wusste. Über die Feiertage war ich in Europa, um meine Familie zu besuchen, aber ich habe ihn zu sehr vermisst, um bis Neujahr fortzubleiben, also habe ich beschlossen, ihn zu überraschen. Außerdem haben wir noch so viel zu tun, weil wir im April heiraten. Ich muss ihn unbedingt erwischen, wenn er zu Hause ist. Diesen Mann dazu zu bringen, eine Entscheidung zu treffen, ist so, als würde man versuchen, Wackelpudding festzunageln.«

Olivia bekam kaum noch Luft, denn sie hatte das Gefühl, als laste mit einem Mal ein schweres Gewicht auf ihrer Brust.

»Cole hat mir erzählt, dass du Künstlerin bist.« Natasha trug einen pflaumenfarbenen Hosenanzug, der wahrscheinlich von Chanel stammte, und musterte Olivia von Kopf bis Fuß. »Du hast wohl gerade, äh, gearbeitet.«

In dem übergroßen T-Shirt und der Jogginghose kam sich Olivia wie eine Vogelscheuche vor. Am liebsten hätte sie sich irgendwo verkrochen und wäre vor Entsetzen und Fassungslosigkeit gestorben.

»Ich fürchte, ich verstehe nicht«, brachte sie endlich hervor. »Er hat keine Verlobte.«

Natasha schob das Kinn vor, und ihr Ausdruck war undeutbar. »Wir hatten einen kleinen Streit, vor ungefähr einem Monat.« Sie machte eine wegwerfende Geste. »Doch wir werden darüber hinwegkommen. Das tun wir immer. Wenn man schon so lange zusammen ist wie wir, gibt es zwangsläufig ab und zu Spannungen.«

Olivias Mund klappte auf, als sie den riesigen Verlobungsring an Natashas Finger entdeckte. *O mein Gott, bitte sag mir, dass es ein böser Traum ist. Bitte.*

»Olivia? Alles in Ordnung?« Natasha eilte zu ihr und half ihr, auf dem Sofa Platz zu nehmen. »Du siehst aus, als müsstest du dich gleich übergeben.«

Da Olivia mit aller Macht versuchte, ihre aufkommende Übelkeit zu unterdrücken, musste Natasha sie nicht überreden, sich zu setzen.

»Oh, Kleines.« Natashas Stimme triefte vor Mitgefühl, als sie Olivias Rücken streichelte. »Hast du Gefühle für ihn? Ich meine, ich kann es nachvollziehen. Er ist einfach umwerfend, nicht wahr?« Natasha seufzte. »Ich hoffe, er hat dich nicht dazu gebracht, zu glauben … Na ja, Männer können solche Mistkerle sein, oder? Seitdem ich meine Sachen hergebracht habe – das im zweiten Stock sind meine Kisten –, hat er sich komisch verhalten, allerdings hätte ich ihm nicht zugetraut, dass er noch eine letzte Affäre anfängt. Wie enttäuschend.«

»Eine letzte Affäre«, stammelte Olivia.

»Ich bin mir sicher, dass er dich sogar seinen Freunden vorgestellt hat. Wahrscheinlich haben sie so getan, als würden sie dich mögen, aber vertrau mir, sobald etwas schiefgeht, werden sie sich von dir abwenden. Sie waren nur nett zu dir, weil sie nicht wollen, dass er mich heiratet. Wie gut, dass wir ihr Einverständnis nicht benötigen.«

Olivia war es innerlich ganz kalt geworden, und plötzlich wusste sie, dass sie sofort gehen musste, wenn sie sich nicht auf Natashas Chanel-Anzug erbrechen wollte. »Entschuldige bitte.« Sie eilte die Treppe hinauf. In Coles Schlafzimmer zog sie sich eine Jeans und einen Pulli an und stopfte den Rest ihrer Habseligkeiten in die Tasche. Die neuen Kopfhörer, die auf seinem Nachttisch lagen, ließ sie zurück.

Mit zitternden Händen bestellte sie eine Fahrt bei Uber und sagte sich immer wieder, dass sie sich vor allem darauf konzentrieren musste, hier rauszukommen. Anschließend konnte sie immer noch die Beherrschung verlieren.

Fünfzehn Minuten später hörte sie draußen ein Hupen und ging nach unten. Während sie sich den Mantel anzog, fragte sie sich, wohin Coles Verlobte verschwunden war. Der Duft ihres französischen Parfüms hing noch in der Luft, also musste sie in der Nähe sein. Olivia war es egal. Sie hatte mehr als genug erfahren. Ein letztes Mal ließ sie den Blick durch das Zimmer schweifen, in dem sie so viele schöne Stunden miteinander verbracht hatten – und wo die ganze Sache über ihr zusammengebrochen war –, ging durch die Tür, die Stufen hinab und stieg in das wartende Auto ein.

Erst als der Fahrer losgefahren war und sie sich ein Stück vom Haus entfernt hatten, gestattete sie es sich, in Tränen auszubrechen.

KAPITEL 28

Olivias Handy klingelte um sechs Uhr. In Chicago war es gerade vier.

»Willst du denn nicht mit ihm reden?«, fragte Jenny.

Olivia versuchte, die Tränen fortzuwischen, die ihr ununterbrochen über die Wangen liefen. »Was gibt es noch zu sagen?«

»Ich glaube das keine Sekunde lang. Die ganze Zeit über soll er also eine Verlobte gehabt haben? Das kaufe ich ihr nicht ab.«

»Du hast sie nicht gesehen. Sie kam rein, als würde das Haus ihr gehören, und an der linken Hand trug sie einen riesigen Diamanten.«

»Wenn sie dort wohnt, warum sollte er dich dann fragen, ob du bei ihm einziehst?«

»Weil er wusste, dass ich Nein sagen würde«, antwortete Olivia bitter. »Ich gehe hier zur Uni, und mein Lebensmittelpunkt befindet sich hier.« Während des Rückflugs nach Washington – mit einer anderen Airline – hatte sie reichlich Zeit gehabt, jeden Moment zu analysieren, den sie miteinander verbracht hatten, jede Sekunde seiner »letzten Affäre«. »Ich wusste, dass irgendwas ist. Ich hätte nie an so etwas gedacht, aber ich wusste, da war etwas.«

Ihr Handy klingelte erneut.

»Wenn du jetzt nicht rangehst, tue ich es«, drohte Jenny.

»Bitte nicht.«

Jenny warf ihr einen trotzigen Blick zu, griff nach dem Handy und schaltete den Lautsprecher ein. »Cole, hier ist Jenny.«

»Jenny?«

»Olivia ist bei mir zu Hause.«

»Was? Was zum Teufel?«

»Sie ist Natasha begegnet.«

Er keuchte. »O mein Gott. Sorg dafür, dass sie bei dir bleibt. Ich bin schon unterwegs.« Die Verbindung brach ab.

Jenny beendete den Anruf und schaute Olivia an.

»Ich will ihn nicht sehen.«

»Irgendetwas an der Sache stinkt zum Himmel, wenn du mich fragst. Du schuldest ihm eine Chance, es dir zu erklären.«

»Ich schulde ihm überhaupt nichts!« Erneut brach Olivia zusammen und schluchzte auf. »Ich hätte wissen sollen, dass so etwas passieren würde. Wo auch immer wir hingehen, werfen sich ihm atemberaubend schöne Frauen an den Hals, oder es tauchen irgendwelche Ex-Freundinnen von ihm auf. Wie soll ich dagegen bitte ankommen? Ich habe es satt, es zu versuchen!«

Jenny nahm sie in den Arm. »Liv, Kleines, ich weiß, es war ein schrecklicher Tag, und du hast einen furchtbaren Schock erlitten, aber wenn du ihn nicht triffst, wirst du dich ständig fragen, was er vielleicht gesagt hätte. Ich weiß doch, wie er dich ansieht. Er liebt dich. Da bin ich mir sicher.«

»Ich war mir auch sicher, aber jetzt frage ich mich, woher ich wissen soll, ob irgendetwas von dem, was er behauptet, wahr ist.«

»Du wirst es spüren.«

»Ich fühle mich, als müsste ich sterben«, flüsterte sie und lehnte den Kopf an Jennys Schulter. »Mein Herz tut so weh.«

»Ich weiß, Süße. Ich weiß.«

GEGEN ZEHN KAM COLE DIE STUFEN ZU JENNYS HAUS HERAUFGESTÜRMT.

Sie öffnete ihm die Tür und führte ihn ins Wohnzimmer, wo Olivia auf dem Sofa schlief.

»Nichts von dem, was Natasha behauptet hat, ist wahr«, begann er leise, doch er klang verzweifelt. »Ich schwöre es bei Gott.«

»Leider bin ich nicht diejenige, die du überzeugen musst.«

»Sie hat ihr geglaubt.« Coles Blick fiel auf Olivia, und er bemerkte, dass ihr Gesicht vom vielen Weinen gerötet und verquollen war.

»Ja, sie muss eine ziemlich überzeugende Vorstellung abgeliefert haben.«

»Sie ist völlig irre. Seit Monaten versuche ich schon, sie loszuwerden. Schon lange, bevor ich Liv begegnet bin.«

»Kann ich dir irgendetwas anbieten?«, fragte Jenny. »Etwas zu essen? Vielleicht etwas Starkes zu trinken?«

»Nein, danke. Tut mir leid, dass ich so reingeplatzt bin. Wenn sie bereit ist, mit mir mitzukommen, fahre ich sie in ihre Wohnung. Hättest du etwas dagegen, wenn wir uns dein Auto leihen? Wie bringen es morgen wieder zurück.«

»Ich hole die Schlüssel.«

Sie verließ das Zimmer, und Cole trat zu Olivia, kniete sich vor sie. Mit der Hand strich er ihr über das seidige Haar und küsste sie auf die Stirn. »Liv«, flüsterte er.

Flatternd öffneten sich ihre Lider, und sie begrüßte ihn mit einem sanften, verträumten Lächeln. Aber dann sah er ihr Lächeln verblassen, als sie sich an alles erinnerte. Sie setzte sich auf und rückte so weit wie möglich von ihm weg. »Du hättest nicht herkommen sollen.«

»Wir müssen reden. Lass uns zu dir fahren. Jenny leiht uns ihr Auto.«

»Mit dir fahre ich nirgendwohin.«

Angst schnürte ihm die Kehle zu und machte es ihm schwer, zu atmen. »Doch, das wirst du.«

Jenny kehrte mit dem Schlüssel zurück und hielt ihn Cole hin.

Cole nahm ihn, ohne den Blick von Olivia zu wenden. »Ich werde nicht gehen, bis du mit mir sprichst. Entweder tun wir es hier und wecken vielleicht Billy auf, oder wir gehen in deine Wohnung. Aber wir werden reden.«

Olivia zögerte lange, doch schließlich stand sie auf und schlüpfte in ihre Schuhe und ihren Mantel.

Jenny umarmte sie und flüsterte ihr etwas ins Ohr.

Olivia nickte und ging zur Tür hinaus.

»Danke«, sagte Cole zu Jenny.

Sie drückte seinen Arm. »Viel Glück.«

AUF DER FAHRT NACH ALEXANDRIA FIEL KEIN WORT. Als sie bei ihrer Wohnung eintrafen, benutzte Cole seinen Schlüssel, um die Tür zu öffnen, und hielt sie Olivia auf.

Sie trat vor ihm ein und hängte ihren Mantel an den Haken in der kleinen Diele. Sie hatte das Gefühl, durch Treibsand zu waten, und setzte Kaffee auf, in der Hoffnung, dass ihr nach einer Tasse etwas wärmer werden würde.

Aus dem Augenwinkel beobachtete sie, dass Cole auf und ab lief wie ein Tiger im Käfig, bereit zum Sprung. Ihr fiel außerdem auf, wie erschöpft er wirkte. Sie weigerte sich allerdings, in irgendeiner Weise Mitleid für ihn zu empfinden. Diese Zeiten waren vorüber.

»Bist du jetzt bereit, mir zuzuhören?«, fragte er nach einem langen Schweigen.

Sie wandte ihm weiterhin den Rücken zu und trank einen Schluck Kaffee, doch er half nicht.

»Olivia.«

Endlich drehte sie sich zu Cole um und zwang sich, ihn anzuse-hen. »Was auch immer du zu sagen hast, spielt keine Rolle. Warum sparen wir uns das Theater nicht einfach und beenden es hier? Du hattest deine letzte Affäre. Was willst du noch von mir?«

Er wirkte fassungslos. »Hat Natasha das behauptet? Ja, du warst meine letzte Affäre – die letzte, die ich jemals haben wollte, bevor ich dich heirate, Olivia.«

»Was ist mit eurer Hochzeit? Sie soll angeblich im April stattfinden.«

Ungläubig schüttelte er den Kopf. »Es gibt keine Hochzeit.«

»Natasha hat einen Ring getragen.«

»Den hat sie aber nicht von mir! Ich bin nie verlobt gewesen, und die einzige Frau, mit der ich verlobt sein will, bist du.«

Bei diesen Worten verlor Olivia die Beherrschung. »Sie hatte einen Schlüssel, ihr Gepäck und deine Post dabei! Sie kannte deinen Terminplan und wusste, dass du krank warst. Erwartest du wirklich von mir, zu glauben, dass da nichts zwischen euch läuft?«

Er kam auf sie zu und legte ihr die Hand auf den Arm. »Würdest du dich bitte setzen? Lass es mich dir erklären.«

Sie schüttelte ihn ab. »Ich wüsste nicht, was ich dir jetzt noch glauben soll.«

»Da läuft nichts mit ihr. Nicht mehr. Nicht, seit ich dir begegnet bin.«

»Also hattet ihr etwas miteinander?«

»Setzen wir uns.« Er führte sie zum Sofa und nahm neben ihr Platz. »Ich hätte dir von ihr erzählen sollen«, begann er und seufzte tief. »Das weiß ich. Neulich Abend hätte ich es beinahe getan, als du mich gefragt hast, aber du hast so ängstlich gewirkt, und es lief so gut zwischen uns. Ich wollte dir keinen Grund liefern, daran zu zweifeln.«

»Na«, schnaubte sie, »das ist ja gründlich nach hinten losgegangen, was?«

»Liv, sie ist total verrückt. Sie klammert sich an Männer, und sobald sie mit ihr Schluss machen, dreht sie durch. Erst nachdem ich mich von ihr getrennt hatte, habe ich herausgefunden, dass sie das schon häufiger getan hat.«

Olivia war sich nicht sicher, ob sie es wissen wollte, doch sie konnte nicht anders und fragte nach. »Was hat sie getan?«

Frustriert fuhr er sich mit der Hand durchs Haar und atmete lang gezogen aus. »Vor etwa zwei Jahren habe ich sie über ein paar Freunde kennengelernt. Wir haben uns ab und zu getroffen, aber es war nichts Ernstes. Ich habe dasselbe zu ihr gesagt, was ich zu allen anderen gesagt habe: ›Ich bin nicht auf der Suche nach etwas Festem, ich will einfach nur Spaß haben und möchte nicht, dass dabei irgendjemand verletzt wird.‹ Für eine Weile war alles okay. Wir hatten Spaß, verstehst du? Dann wurde meine Mutter krank. Alles ging so schnell. Sie ist zum Arzt, weil sie sich nicht gut fühlte. Man hat sie an einen Spezialisten überwiesen, und am nächsten Tag haben wir erfahren, dass sie todkrank war.«

Seine Trauer war so tief, selbst nach so langer Zeit, dass Olivia ihn berühren wollte, doch sie tat es nicht.

»Ich hatte es ziemlich eilig, zu meiner Familie nach Indiana zurückzukehren. Also rief ich Natasha an und bat sie darum, sich um meinen Kühlschrank, die Post und alles andere zu kümmern. Ich habe einen Hausschlüssel für sie unter der Fußmatte deponiert und die Stadt verlassen. Während meine Mutter krank war, ist Natasha mehrmals nach Lafayette geflogen, um mir die Post und frische Kleidung zu bringen. Sie hat jedes Mal etwas zu essen mitgebracht und war äußerst hilfsbereit, was ich sehr zu schätzen wusste. Als meine Mutter starb, ist Natasha sogar zur Beerdigung gekommen. Aber ich war zu dem Zeitpunkt so verwirrt, dass ich mich kaum an ihre Anwesenheit dort erinnere.

Nach der Beerdigung bin ich zwei Wochen bei meinem Vater geblieben, danach musste ich wieder zur Arbeit. Zu dem Zeitpunkt war ich fast vier Monate lang beurlaubt gewesen. Ich fühlte mich abgestumpft und musste mich für eine Weile auf die Arbeit konzentrieren. Natasha passte das nicht. Sie hatte monatelang auf mich gewartet und wollte wieder Spaß haben, so wie vorher.

Wir haben uns oft gestritten, was ich zu dem Zeitpunkt nicht gebrauchen konnte, also habe ich mit ihr Schluss gemacht. Da ist sie völlig ausgeflippt. Ich meine, sie ist wirklich durchgedreht, was das erste Anzeichen dafür war, dass mit ihr irgendetwas nicht stimmte. Ich hatte gerade meine Mutter verloren, und Natasha tat so, als würde sich alles nur um sie drehen.«

Olivia wollte nicht von seiner Geschichte gerührt sein, war es aber dennoch.

»Ich habe nicht mehr reagiert, wenn sie angerufen hat, und habe ihre Nachrichten ignoriert. Sicher hätte ich die Sache geschickter handhaben können, ich hatte bloß gerade andere Dinge im Kopf. Ein paar Wochen vergingen, ohne dass sie sich gemeldet hätte, doch dann fing sie an, zu den unmöglichsten Zeiten bei mir zu Hause aufzutauchen. Manchmal war sie betrunken, manchmal nicht, aber es endete immer mit Geschrei. Einmal haben meine Nachbarn die Polizei gerufen, und sie erhielt eine Verwarnung.

So ging es monatelang weiter, bis ich es nicht mehr ausgehalten habe. Ich habe ihre Eltern angerufen und sie darum gebeten, mit ihr zu reden. Sie waren tief erschüttert, als sie erfahren haben, was passiert war. Da fand ich heraus, dass ich nicht der erste Mann war, an den sie sich auf diese ungesunde Art geklammert hatte. Ihre Eltern haben sich der Sache angenommen, und danach habe ich monatelang nichts mehr von ihr gehört. Ich dachte schon, ich wäre sie endgültig los.«

»Was ist dann passiert?«

»Dann kamen die beiden Wochen, in denen ich krankgeschrieben war, nachdem ich im Laden niedergeschlagen wurde.«

Olivia nickte.

»Sie ist wieder aufgetaucht, hat geweint und mich angefleht, ihr noch eine Chance zu geben. Ich beschloss, dieses Mal ganz klar zu sein. Also habe ich ihr gesagt, ich hätte eine Frau kennengelernt, in die ich mich verliebt hätte.«

Olivia schnappte nach Luft. »Das hast du ihr erzählt, noch bevor du mich wiedergesehen hattest?«

Er nahm ihre Hand und hielt sie fest. »Weil ich es bereits wusste, Liv. Du bist die Richtige für mich. Das habe ich sofort gespürt.«

Tränen stiegen ihr in die Augen, doch sie schüttelte den Kopf. »Das sagst du nur, weil du glaubst, dass es das ist, was ich hören will.«

»Es ist die Wahrheit!«

»Woher soll ich das wissen?«, rief sie und entriss ihm ihre Hand.

Wütend und frustriert biss er die Zähne aufeinander und rang sichtlich mit sich, um ruhig zu bleiben. »Lass mich ausreden, anschließend kannst du dir deine Meinung bilden.«

Sie wischte sich die Tränen fort und vergrub das Gesicht in den Händen. Noch nie in ihrem ganzen Leben hatte sie etwas so Qualvolles durchstehen müssen.

»Erinnerst du dich an das Wochenende, an dem wir uns zum

Abendessen am Flughafen getroffen haben? Weißt du noch, dass ich dich erst am Sonntagabend angerufen habe und du schon befürchtet hattest, ich würde mich gar nicht mehr melden?«

Sie blickte zu ihm auf und nickte.

»Am nächsten Morgen hatte ich um acht einen Flug nach Orlando, und alles, woran ich denken konnte, warst du. Ständig ging mir durch den Kopf, wie sehr ich es geliebt hatte, bei dir zu sein. Als ich landete, erhielt ich eine dringende Nachricht von einer Mitarbeiterin der Airline, dass Natashas Vater versuchen würde, mich zu erreichen. Ich habe aufs Handy geschaut und hatte vier wirre Nachrichten von Natasha und zwei verzweifelt klingende Nachrichten von ihrem Vater erhalten. Offenbar hatte sie sich in ihrer Wohnung verbarrikadiert und drohte damit, sich umzubringen, wenn sie mich nicht mehr sehen könnte.«

Schockiert starrte Olivia ihn an. »Was hast du getan?«

»Ich wollte mir deshalb später keine Vorwürfe machen müssen, also habe ich eine Notfallvertretung organisiert und den nächsten Flug zurück nach Chicago genommen. Das restliche Wochenende habe ich damit verbracht, Natasha gut zuzureden, ihre Wohnung zu verlassen und sich in eine Klinik einweisen zu lassen, um Hilfe zu erhalten. Ihre Eltern haben sich überschwänglich für mein Kommen bedankt und mir versprochen, dass ich nie wieder etwas von ihnen hören würde. Das Erste, was ich getan habe, nachdem ich die Klinik verlassen hatte, war, dich anzurufen.«

»Warum hast du es mir nicht erzählt?«

»Olivia«, sagte er mit einem ironischen Lächeln, das seine Augen nicht erreichte. »Erinnerst du dich nicht mehr daran, wie es anfangs zwischen uns war? Ich war so sehr damit beschäftigt, dich davon zu überzeugen, dass meine Gefühle für dich echt und aufrichtig waren, dass ich es nicht gewagt hätte, dich damit zu konfrontieren. Du hättest wahrscheinlich die Flucht ergriffen.«

Sie konnte nicht leugnen, dass er damit nicht ganz unrecht hatte. »Als wir an unserem ersten Wochenende zusammen waren, hat sie dir Nachrichten hinterlassen, nicht wahr? Ich bin aus dem Badezimmer gekommen, und du hast gerade deine Mailbox abgehört. Ich habe gespürt, dass dich etwas beschäftigt hat, aber du hast behauptet, es wäre nichts.«

Er nickte. »Sie stand unter dem Einfluss irgendwelcher Medikamente, darum konnte ich nicht einmal verstehen, was sie gesagt hat. An jenem Tag warst du wegen der Auseinandersetzung mit deinen Eltern aufgewühlt, darum wollte ich dich nicht damit belasten. Erinnerst du dich noch an den Abend, als ich dir geschrieben und dich darum gebeten habe, mich anzurufen?« Er machte eine kurze Pause. »Ich habe nicht abgenommen, als du angerufen hast, denn als ich nach Hause gekommen bin, fand ich Natasha ausgestreckt auf meinem Sofa, nackt und mit einer roten Rose zwischen den Brüsten.«

Olivia keuchte entsetzt auf.

»Da hatte ich endgültig genug. Ich habe die Polizei gerufen, bin zur Wache gefahren und habe Natasha wegen Einbruchs angezeigt. Weil sie aber einen Schlüssel besaß, hat sich die Polizei geweigert, der Sache nachzugehen. An jenem Abend habe ich endlich den Schlüssel zurückbekommen und war mir sicher, dass ich Natasha zum letzten Mal gesehen hätte. Es ist mir gar nicht in den Sinn gekommen, dass sie sich womöglich Ersatzschlüssel hatte anfertigen lassen. Ich hätte es ahnen sollen. Eigentlich hatte ich vor, das Schloss auszutauschen, bin dann nur nicht dazu gekommen, da ich in letzter Zeit so viel unterwegs war. Irgendwie hat Natasha herausgefunden, dass du mich besuchst. Wir haben viele gemeinsame Freunde, und die meisten haben keine Ahnung, was ich ihretwegen durchmachen musste. Sie kann es von jedem meiner Freunde erfahren haben.«

»Sie wusste viel über mich.«

»Was zum Beispiel?«

»Dass ich in Washington lebe und Künstlerin bin.«

»Weil ich es meinen Freunden gegenüber erwähnt habe.«

Leise ergänzte Olivia: »Sie hat behauptet, du hättest ihr erzählt, ich wäre eine Freundin deiner Schwester und würde diese Woche bei dir übernachten, während ich in Chicago an einem Projekt für mein Studium arbeite.«

Er senkte den Kopf. »Liv, das sind alles Lügen. Ich habe mit ihr nie über dich gesprochen, außer um ihr mitzuteilen, dass ich dich kennengelernt und mich in dich verliebt habe. Das ist alles. Ich schwöre es bei Gott.«

»Sie hat gesagt, die Kisten im zweiten Stock würden ihr gehören.«

Seine Augen funkelten zornig. »In diesen Kisten befinden sich Dinge, die meiner Mutter gehört haben. Mein Vater hat es nicht ertragen, sie länger bei sich im Haus zu haben, und wir konnten uns nicht davon trennen.«

»Woher wusste sie, dass du krank warst?«, fragte Olivia, während das Eis in ihrem Inneren langsam schmolz.

»Sie hat diese Woche angerufen, als ich geschlafen habe. Ich habe abgenommen und glaubte erst, du wärst es. Sie muss gehört haben, dass ich erkältet klang.« Er stemmte die Hände in die Hüften und starrte sie zornig an. »Was noch? Gegen welche Lügen muss ich mich noch verteidigen?«

»Ist das dein Ernst? Wenn du mir gleich von ihr erzählt hättest, dann müssten wir jetzt nicht diese Unterhaltung führen!«

Er schnaubte ungläubig. »Wenn ich dir von ihr erzählt hätte, wäre zwischen uns schon längst Schluss gewesen.«

Etwas an der Art, wie er die Worte aussprach, ließ ihr Herz in tausend Stücke zerspringen. »Das werden wir wohl niemals erfahren, nicht wahr?«

»Wahrscheinlich nicht.«

»Und was bedeutet das für uns?«

Er nahm seine Jacke, zog sie langsam an, ließ Olivia dabei nicht aus den Augen. »Ich kann nicht mit jemandem zusammen sein, der mir so etwas zutraut. Es war schon häufiger dein erster Impuls, das Schlechteste von mir zu denken. Entweder vertraust du mir - oder eben nicht. Anscheinend tust du es nicht, und ich bin es leid, dich davon überzeugen zu müssen, dass du es kannst.«

»Das ist nicht fair!«, rief Olivia und sprang auf. »Was sollte ich denn davon halten, als sie plötzlich angetanzt kam und behauptet hat, deine Verlobte zu sein?«

»Du hättest mich anrufen und fragen können, anstatt ihr zu glauben und wegzulaufen! Du hättest mir ein wenig vertrauen können, nach allem, was wir miteinander geteilt haben!«

»Du hättest mir auch vertrauen können.«

»Er tut mir leid, dass ich versucht habe, dich vor etwas Hässlichem zu schützen, nach allem, was du mit deiner Familie durchgemacht hast. Es tut mir leid, dass ich deine Bedürfnisse über meine eigenen gestellt habe. Diesen Fehler werde ich jedenfalls nicht noch einmal begehen.«

Er löste den Schlüssel zu ihrer Wohnung von seinem Schlüsselbund, legte ihn auf den Tresen und ging zur Tür. Seine Hand ruhte auf dem Knauf, und er wandte sich noch einmal an Olivia. »Ich wollte alles mit dir. Ich wollte dich heiraten, eine Familie mit dir gründen, mein Leben mit dir verbringen. So sehr habe ich dich geliebt. Glückwunsch. Es ist dir endlich gelungen, es mir auszureden.«

»Cole!« Sein Name blieb fast hinter dem riesigen Kloß in ihrem Hals stecken. »Bitte geh nicht.«

Er zögerte, doch nur für einen Moment. Dann öffnete er die Tür und war fort.

Olivia glitt zu Boden und brach in hilfloses, schmerzliches Schluchzen aus.

Am nächsten Tag erwachte sie mit der schlimmsten Erkältung, die sie jemals gehabt hatte.

KAPITEL 29

Olivia hatte nicht gewusst, dass es möglich war, so zu leiden. Im Laufe des folgenden Monats schleppte sie sich von Tag zu Tag, ohne irgendetwas zu empfinden, zu schmecken oder überhaupt viel wahrzunehmen. Das Semester fing wieder an, aber wenn es nach Olivia gegangen wäre, hätte sie genauso gut wieder ins wirtschaftswissenschaftliche Institut zurückkehren können, anstatt ihren Traum zu verfolgen. Welche Rolle spielte es, wenn Cole nicht da war, um die Freude mit ihr zu teilen?

Das Schlimmste war jedoch, dass Olivia seit dem furchtbaren Streit nichts mehr gezeichnet oder gemalt hatte. Ihr Talent schien gleichzeitig mit ihrer Liebe verkümmert zu sein.

Noch nie zuvor war ihr so deutlich aufgefallen, dass sich jedes Lied um gebrochene Herzen und verlorene Liebe drehte. Zu den unmöglichsten Tages- und Nachtzeiten ertappte sie sich dabei, in den Spiegel zu starren, während ihr Tränen über die Wangen liefen. Anscheinend hatte sie abgenommen, denn ihr Dad und Jenny drängten sie ständig, etwas zu essen. Aber sie hatte auf nichts Lust, also kümmerte sie sich meistens nicht darum.

Als sie ihre Periode bekam, überfiel sie erneut Trauer, wegen all der Dinge, die niemals sein würden. Sie träumte von den dunkelhaarigen, blauäugigen Babys, die sie mit Cole gehabt hätte, und wachte jedes Mal mit schmerzendem Herzen auf.

Gut einen Monat nachdem sie Schluss gemacht hatten, bekam sie ein Paket von Cole. Sie riss es auf und fand darin das Gemälde, an dem sie gerade gearbeitet hatte, als Natasha hereingeplatzt war und alles ruiniert hatte. Außerdem befanden sich ihre Farben, ihre Pinsel und die Kopfhörer darin, die Cole ihr geschenkt hatte. Das war alles. Keine Nachricht, kein Wort, nichts, um ihr mitzuteilen, dass er sie vermisste oder an sie dachte.

Sie zerriss das Gemälde in kleine Fetzen und warf es in den Müll. Aber sie brachte es nicht über sich, die Kopfhörer wegzuwerfen, also steckte sie sie in dieselbe Schublade, in der sie bereits die Diamantohrringe verstaut hatte, und versuchte zu vergessen, dass sie da waren.

Eine Woche später erfuhr sie von ihrem Vater, dass ihre Mutter sie unbedingt treffen wollte. Olivia hatte sie seit dem furchtbaren Streit im vergangenen Herbst nicht mehr gesehen. Mary war schon seit einer Weile zu Hause, und nach allem, was Olivia von verschiedenen Leuten gehört hatte, hatte sie eine bemerkenswerte Veränderung durchgemacht. Trotzdem musste Olivia all ihren Mut zusammennehmen, um ihre Eltern zu besuchen.

Fast hätte sie ihre Mutter nicht wiedererkannt, als sie das saubere, ordentliche Haus betrat. »Mom?«

Mary erhob sich, und es war nicht zu übersehen, dass sie seit ihrer letzten Begegnung beinahe zwanzig Kilo abgenommen hatte. Außerdem war da ein Funkeln in ihren Augen, das Olivia von früher nicht kannte. Sie war sich bewusst, dass sie ihre Mutter anstarrte, doch sie konnte nicht anders.

Mary streckte die Arme nach ihr aus. »Livvie.«

Olivia ließ sich von ihrer Mutter umarmen und unterdrückte ein Schluchzen. In letzter Zeit hatte sie so viel geweint, dass es für den Rest ihres Lebens reichte.

»Es ist so schön, dich hierzuhaben«, erklärte Mary, als sie sich von ihr löste.

»Wo ist Dad?«

»Noch bei der Arbeit. Allein diese Woche hat er drei Autos an den Mann gebracht. Seine Arbeitgeber sind begeistert von ihm. Er ist genau dort, wo er hingehört, und verkauft Cadillacs.«

»Das ist prima.« Sie nahmen zusammen auf dem Sofa Platz. »Du siehst toll aus. Ich kann es gar nicht glauben.«

»Ich fühle mich auch ziemlich gut. Jeden Tag gehe ich spazieren. Langsam mache ich Fortschritte.«

»Ich freue mich so für dich.«

»Aber du bist furchtbar unglücklich, oder? Das kann ich dir an den Augen ablesen.«

Olivia spürte, wie ihr Kinn zu zittern begann, doch sie wollte nicht schon wieder weinen. Das musste aufhören. »Ich werde es schon überleben.«

»Es tut mir so leid, dass es zwischen dir und deinem Piloten nicht funktioniert hat.« Als Olivia überrascht aufblickte, erklärte Mary: »Dad hat es mir erzählt. Sei nicht böse auf ihn.«

Olivia zuckte die Achseln. »Es war meine Schuld. Ich habe Cole vertrieben, weil ich ihm nicht vertraut habe.«

»Er muss dir einen guten Grund dafür geliefert haben.«

»Nicht mit Absicht. Genau genommen habe ich während unserer ganzen gemeinsamen Zeit nach irgendetwas gesucht, und als dann tatsächlich etwas passiert ist, habe ich gleich das Schlimmste vermutet. Das hat ihn verletzt.«

»Uns allen unterlaufen Fehler, Kleines. Wenn er dich liebt, wird er es irgendwann begreifen.«

Olivia schüttelte den Kopf. »Es ist vorbei.«

»Dad macht sich große Sorgen um dich. Er hat erzählt, dass du kaum etwas isst. Ich sehe, dass du zu viel abgenommen hast.«

»Momentan kann ich mich weder fürs Essen noch für irgendetwas anderes begeistern.«

»Mein armes Baby.« Mary schloss Olivia in die Arme, die sich an ihre Mutter schmiegte, als hätte sie das schon ihr ganzes Leben lang getan. »Darf ich dir einen Rat geben, obwohl ich wahrscheinlich nicht das Recht dazu habe?«

Olivia sehnte sich danach, den Schmerz loszuwerden, und nickte. »Bitte.«

»Mach nicht denselben Fehler, den ich gemacht habe, und lass nicht zu, dass dich deine Trauer zerstört. Du bist furchtbar enttäuscht worden und hast einen großen Verlust erlitten, aber du hast noch dein ganzes Leben vor dir, und es gibt so vieles, worauf du dich freuen kannst.«

Ein Schluchzen entrang sich Olivias Kehle, und sie gab es auf, gegen die Tränen anzukämpfen. »Nicht ohne ihn. Ich kann ohne ihn nicht leben.«

»Du wirst es müssen, es sei denn, du findest einen Weg, die Sache mit ihm ins Reine zu bringen.«

»Er will es nicht. Ich habe es unwiderruflich ruiniert.«

»Dann musst du daraus lernen und weitermachen.«

»Ich weiß nicht, wie. Es tut so weh, dass ich mich frage, wie ich überhaupt atmen soll.«

»Livvie, es tut mir so leid. Ich würde alles dafür geben, wenn ich dir diesen Schmerz nehmen könnte. Aber das geht nicht, und du musst es selbst versuchen. Konzentriere dich auf die Dinge, die dich glücklich machen – deine Kunst, der kleine Billy und dein Studium. Wenn ich das getan hätte – wenn ich mich auf dich und deine Brüder und nicht auf die Babys konzentriert hätte, die ich verloren habe –, wäre unser Leben ganz anders verlaufen. Du hast keine Ahnung, wie sehr ich mir wünsche, ich könnte noch einmal von vorn anfangen.«

Lange verharrte Olivia in der tröstlichen Umarmung ihrer Mutter.

»Glaubst du, du kannst es versuchen, Kleines? Ich ertrage es nicht, dich so traurig zu sehen.«

»Mir bleibt wohl keine andere Wahl, oder?«

Mary schmunzelte. »Nein.«

Olivia küsste ihre Mutter auf die Wange. »Danke.«

»Tut mir leid, dass es zu wenig ist und zu spät kommt.«

»Es ist nicht zu spät. Eigentlich kommt es sogar genau rechtzcitig.«

Mary nahm ihre Hand. »Ich habe nicht das Recht, dich um Vergebung zu bitten, doch ich hoffe, dass du irgendwann vielleicht …«

»Es gibt nichts zu vergeben. Das alles liegt nun hinter uns.«

Kurze Zeit später kam ihr Vater nach Hause, und ihre Eltern überredeten Olivia dazu, zum Abendessen zu bleiben – die erste richtige Mahlzeit, an die sie sich erinnerte, seit sie zuletzt bei Cole gefrühstückt hatte.

Als sie wieder nach Hause kam, stellte sie überrascht fest, dass sie sich etwas besser fühlte. Zu sehen, wie gut es ihrer Mutter ging und dass sie sich zum ersten Mal seit Langem wie eine richtige Mutter verhielt, half. Sie trat zu ihrer Staffelei und nahm einen Bleistift. Während sie damit spielte, betrachtete sie das weiße Papier. Nach einer Weile hob sie die Hand und legte sie aufs Blatt. Ja, es war eine Zeichnung von Cole, aber immerhin zeichnete sie. Irgendwo musste sie anfangen.

<hr>

Am selben Abend kehrte Cole nach einem Vierzehn-Stunden-Tag in sein verschneites Zuhause zurück. Zahllose wetterbedingte Verzögerungen hatten die gesamte Flugsicherung im Mittleren Westen lahmgelegt.

Er öffnete eine Bierflasche und blätterte den Berg Post durch, der sich im Laufe der vergangenen Wochen auf dem Tresen angesammelt hatte. In letzter Zeit benötigte er für die einfachsten Dinge mehr Energie, als er aufbringen konnte. Sein Hauptfokus lag auf der Arbeit, und wenn er nicht arbeitete, machte er ein paar zusätzliche Flüge für Flights for Life. Er tat alles, um nicht zu Hause herumsitzen und darüber nachdenken zu müssen, dass er die Sache mit Olivia vermasselt hatte.

Er hätte ihr von Natasha erzählen sollen. Dann hätte sie vielleicht verstanden, dass es eine Situation war, die sich seiner Kontrolle entzog. Zumindest wäre sie dann nicht von Natashas Auftauchen und ihren Lügen überrumpelt worden. Hätte Olivia Bescheid gewusst, hätte sie sich wehren können.

Von seinen Freunden hatte er erfahren, dass Natasha beschlossen hatte, nach New York zu ziehen, nachdem ihre neueste und heimtückischste Taktik dafür, ihn zurückzugewinnen, gescheitert war. Am liebsten wäre Cole mit einem Schild über den Times Square gelaufen, um die Männer dort vor ihr zu warnen.

Zwischen seiner Ausgabe von »Business Aviation« und der letzten Ausgabe des »Time«-Magazins lag ein kleiner cremefarbener Umschlag. Er nahm ihn in die Hand und stellte fest, dass darauf in Olivias Handschrift sein Name und darunter »Capital Airlines« geschrieben stand. Weiter unten hatte irgendjemand seine Privatadresse hingekritzelt. Cole nahm den Umschlag mit ins Wohnzimmer, setzte sich aufs Sofa und hielt ihn für eine Weile in der Hand.

Während er die Zeichnung von ihrer gemeinsamen Reise nach San Francisco betrachtete, stürzten Erinnerungen auf ihn ein, und Reue quälte ihn. Er vermisste Olivia so sehr. Manchmal glaubte er, den Verstand verlieren zu müssen, wenn er noch einen Tag ohne sie ausharren musste. Außerdem plagte ihn die Vorstellung, dass sie womöglich schwanger war.

Er öffnete die Karte. Als er darin das Datum ihrer ersten Begegnung las und Olivias ordentliche Schrift erkannte, verlangsamte sich sein Herzschlag.

Lieber Cole,

ich wollte Ihnen nochmals für das danken, was Sie heute getan haben. Ich hoffe, Sie sind nicht zu schwer verletzt. Wenn Sie diese Karte bekommen, dann deshalb, weil mir Ihre Airline nichts über Ihren Zustand verraten wollte. Aber ich wollte mich unbedingt bei Ihnen bedanken.

Niemals zuvor hat irgendjemand so etwas für mich getan. Sie waren bereit, mir zuliebe Ihre eigene Sicherheit zu riskieren, und das war mutig, um es vorsichtig auszudrücken. Falls Sie jemals wieder zum Reagan National Airport zurückkehren, würde ich gerne erfahren, wie es Ihnen geht. Halten Sie am NewsStop im Hauptterminal nach mir Ausschau. Meistens bin ich nachmittags dort.

Mit freundlichen Grüßen
Olivia

· · ·

IMMER WIEDER LAS ER DIE KARTE, bis die Worte vor seinen Augen verschwammen und er das Gesicht in den Händen barg.

***

AM VALENTINSTAG VERSCHICKTE OLIVIA DIE LETZTEN KUNSTWERKE, die Paolo für ihre Ausstellung im kommenden Monat benötigte. Sie hatte das ganze Wochenende an der Fertigstellung gearbeitet und hoffte, dass sie Paolo gefallen würden. Ihre neuesten Werke wirkten deutlich weniger brav, da das Leben ihr die rosarote Brille geraubt hatte. Sie hatte keine Ahnung, was ihre Mäzene in San Francisco davon halten würden.

Sie saß gerade in der U-Bahn zwischen Uni und Flughafen, als Jenny anrief.

»Hey, alles Gute zum Valentinstag«, sagte Olivia.

»Liv, wo bist du?«

»Fast schon am Flughafen. Warum?«

»Süße, hör mal, tut mir leid, dass du es von mir erfährst, aber Coles Flugzeug befindet sich in einer Notlage.«

Olivia keuchte auf. »Was ist denn passiert?«

»Anscheinend haben sie alle Vorbereitungen getroffen, um auf dem Reagan Airport zu landen, doch das vordere Fahrwerk lässt sich nicht richtig ausfahren.«

Für einen Moment blieb Olivia das Herz stehen. »Das ist das dritte Ereignis.«

»Was meinst du damit?«

»Cole glaubt, ein Unglück kommt selten allein – sie kommen immer in einer Dreierreihe. O Gott, Jenny, woher weißt du das?«

»Es läuft auf CNN. Sie bringen einen großen Bericht darüber, dass Captain Incredible eine weitere Chance erhält, ein Held zu sein. Die Kameras verfolgen das Flugzeug, während es über dem Flugfeld kreist. Ich vermute, dass man nach einer Lösung sucht, um eine sichere Landung zu ermöglichen.«

»Was soll ich jetzt tun?«

»Fahr zum Flughafen, und sprich die Mitarbeiter von Capital an.

Erzähl ihnen, du wärst Coles Verlobte. Wenn diese durchgeknallte Natasha das kann, kannst du es auch.«

»Was ist, wenn er stirbt? Vielleicht stirbt er, ohne jemals zu erfahren, wie sehr ich ihn liebe.«

»Er schafft das schon. Reiß dich zusammen, Liv. Wenn ich könnte, würde ich mit dir hin, aber Billy schläft, und Will ist heute in Richmond.«

»Ich steige jetzt aus der U-Bahn. Sobald ich mehr weiß, ruf ich dich an.«

»Ja, bitte. Ich werde für ihn beten – für euch beide.«

»Danke.«

Olivia rannte in den Terminal und steuerte direkt auf den Schalter von Capital Airlines zu, der bereits von zahllosen Reportern und den aufgebrachten Familien der Passagiere belagert wurde. Da sie hier unmöglich an irgendjemanden herankam, der ihr helfen konnte, machte sie sich auf den Weg zur Capital-Lounge.

Drinnen rannte sie schnurstracks an der Empfangsdame vorbei und sah eine Gruppe von Piloten und Flugbegleitern der Airline, die wie gebannt vor den Monitoren saßen. Olivia entdeckte Jake Garrison – den Piloten, mit dem Cole sie vor ihrer Reise nach San Francisco bekannt gemacht hatte.

»Miss, Sie dürfen nicht hier drin sein«, sagte die Empfangsdame zu Olivia, die gerade auf Jake zuging.

»Entschuldigen Sie.« Als Jake sich zu ihr umdrehte, erklärte Olivia: »Ich weiß nicht, ob Sie sich an mich erinnern. Ich bin Cole Langstons …«

»Freundin«, erwiderte er. »Olivia, richtig?«

Sie nickte.

»Ist in Ordnung«, wandte er sich an die Empfangsdame, die neben Olivia stand. »Sie ist mein Gast.«

»Danke. Was gibt es Neues?«

»Gerade haben wir erfahren, dass man den Flug zum Dulles Airport umleiten wird. Das ist ein größerer Flughafen mit mehr Kapazitäten dafür, einen Notfall zu handhaben.«

»Falls sie abstürzen?«, fragte Olivia leise.

»Das werden sie nicht. Ich kenne den Captain seit Jahren. Er ist ein guter Freund von mir und einer der besten Piloten, mit denen ich jemals geflogen bin. Und ich sage Ihnen dasselbe, was ich schon CNN gesagt habe: Wenn ich an seiner Stelle wäre, gäbe es keinen, den ich lieber auf dem Co-Piloten-Sitz hätte als Cole Langston.«

»Jackpot.«

»Wie bitte?«

»So wurde er in der Navy genannt, weil er niemals sein Ziel verfehlt hat.«

Jake lächelte. »Das passt zu ihm. Er ist ein Ass, meine Liebe. Sie müssen sich keine Sorgen machen.« Er legte ihr einen Arm um die Schultern. »Da wir ein vorübergehendes Startverbot erhalten haben, wollten ein paar von uns zum Dulles fahren, um das Flugzeug zu empfangen. Warum begleiten Sie uns nicht?«

Zum ersten Mal zögerte Olivia. Sie hatte keine Ahnung, wie Cole auf sie reagieren würde, falls er das alles unbeschadet überstand. Dann wurde ihr klar, dass es ihr im Grunde gleichgültig war, ob er sich freuen würde. Sie musste ihn sehen. »Sehr gerne.«

Olivia meldete sich bei der Arbeit krank und stieg mit Jake in den Bus. Während auf der vierzigminütigen Fahrt über die Route 66 die Landschaft an ihr vorüberflog, musste sie ständig daran denken, was Cole in diesem Augenblick wohl durch den Kopf ging. *Es hieß, es wären neunundachtzig Passagiere und sechs Crewmitglieder an Bord. Sie müssen total verängstigt sein, aber ich bin mir sicher, dass Cole und der Captain alles tun, um sie zu beruhigen.*

»Die gute Nachricht ist, dass für so einen Fall perfektes Wetter herrscht«, erklärte Jake. »Weder Schnee noch sonstiger Niederschlag. Das ist selten im Februar.«

»Ja«, erwiderte sie und war dankbar für seinen Versuch, sie aufzumuntern.

»Natürlich wird Cole es hassen, dass er wieder so viel mediale Aufmerksamkeit erregt«, ergänzte Jake schmunzelnd. »Schon zum zweiten Mal in etwas über einem Jahr, und dazwischen wurde er auch noch niedergeschlagen. Der Mann lebt am Limit.«

Olivia nickte zustimmend, doch sie sehnte sich mit ganzem Herzen danach, Coles Stimme zu hören, und wünschte sich irgendein Zeichen, dass es ihm gut ging. Als sie es nicht länger aushielt, wählte sie auswendig seine Handynummer und wartete darauf, dass die Mailbox ranging.

»Hi, hier ist Cole. Ich kann Ihren Anruf gerade nicht annehmen, weil ich wahrscheinlich in der Luft bin. Hinterlassen Sie eine Nachricht, und ich melde mich bei Ihnen, sobald ich wieder festen Boden unter den Füßen habe.«

Ihre Augen füllten sich mit Tränen, während sie auf den Piepton wartete. »Hier ist Liv. Ich wollte nur …« Für einen Moment fehlten ihr die Worte, aber dann wusste sie ganz genau, was sie ihm sagen musste. »Ich liebe dich. Ich wollte, dass du es weißt. Bitte pass auf dich auf. Ich könnte es nicht ertragen, wenn dir irgendetwas zustößt. Das ist alles, was ich sagen wollte. Ich liebe dich.«

Sie beendete den Anruf und drückte sich das Handy fest an die Brust, während ihr Tränen über die Wangen liefen.

Jake legte den Arm um sie. »Ist schon gut. Es wird alles gut werden.«

Olivia war dankbar für den Trost, fragte sich jedoch die ganze Zeit, ob es Cole etwas bedeuten würde, dass sie ihn noch immer liebte. Hoffentlich erhielt sie die Chance, das herauszufinden.

Sie warteten eine endlose Stunde lang, während die Maschine über dem Flughafen kreiste, der für andere Flugzeuge gesperrt worden war.

»Bevor sie versuchen zu landen, werden sie in geringer Höhe am Tower vorbeifliegen, damit die Fluglotsen erneut einen Blick auf die Maschine werfen können«, erklärte Jake.

»Können sie denn ohne das Fahrwerk landen?«

Er nickte. »Aber weil es nicht vollständig ausgefahren ist, wird es womöglich unter dem Gewicht des Rumpfs zusammenbrechen. Die große Sorge ist, dass durch die Reibung des Metalls Funken entstehen. Deshalb wird die Landebahn mit brandverzögerndem Schaum bedeckt – als Vorsichtsmaßnahme.«

Olivia klopfte das Herz bis zum Hals, als sie das Flugzeug vorbeifliegen sah und den Spekulationen der anderen Piloten lauschte. Sie hießen sie in ihrem engen Kreis willkommen, nachdem Jake sie ihnen als Coles Freundin vorgestellt hatte. Die Piloten hatten sich in einer Lounge versammelt, von der aus sie die mit Rettungsfahrzeugen übersäte Landebahn überblicken konnten. Die Familien der Passagiere befanden sich in einem angrenzenden Raum.

»Sie müssen das ganze Gewicht so lange wie möglich auf dem hinteren Teil halten«, meinte ein Pilot.

»Und anschließend sofort alle da herausholen«, erwiderte ein anderer.

Olivia konnte ihnen nicht länger zuhören. Sie entfernte sich ein Stück und ging rechtzeitig zum Fenster, um zu sehen, wie der große Jet wieder höher stieg und sich vom Landeplatz entfernte. Der defekte Reifen war nun deutlich sichtbar, denn er war um etwa dreißig Grad geneigt.

»Das war's«, rief jemand. »Sie fliegen noch eine Schleife, und dann werden sie landen.«

Olivia faltete die Hände und betete, wie sie es nie zuvor getan hatte. *Bitte*, flehte sie, *mach, dass es ihm gut geht. Dass es allen gut geht. Ich werde alles tun und alles aufgeben. Alles, was du willst.*

»Es ist so weit«, hörte sie Jake sagen. Seine Stimme klang angespannt. Als sie ihn ansah, bemerkte sie, dass er den Blick fest auf die Landebahn gerichtet hatte. »Ganz sanft. So ist es richtig.«

Olivia hielt die Luft an, als die Hinterräder aufsetzten.

»Gut«, meinte Jake in den Raum hinein. »Nase oben halten.«

Endlich verlangsamte sich das Flugzeug, und die Nase sank herab. Funken und Flammen stoben unter dem Vorderrad hervor, als es über die mit Schaum bedeckte Landebahn schrammte.

Olivia keuchte.

»Das sind nur die geplatzten Reifen«, erklärte Jake. »Das war zu erwarten.«

»O mein Gott.« Olivia wandte den Blick ab, als die Löschfahrzeuge in Richtung der Maschine losrasten, um die qualmenden Vorderreifen mit noch mehr Schaum zu bedecken. Sie bereitete sich innerlich schon auf eine riesige Explosion vor, zu der es jedoch nicht kam.

»Alles gut, meine Liebe«, verkündete Jake schließlich. »Sie können jetzt hinsehen. Sie haben es geschafft!«

Olivia holte tief Luft, bevor sie sich gestattete, zur Landebahn zu blicken, wo die Maschine von Löschfahrzeugen, Rettungswagen und weiteren Fahrzeugen umringt war.

»Jackpot«, flüsterte sie.

KAPITEL 30

Eine weitere Stunde verging, bevor die Crew der Maschine im Terminal eintraf. Die meisten anderen Piloten hatten sich bereits verabschiedet, doch Jake war bei Olivia geblieben. Nach allem, was sie an diesem Tag zusammen durchgemacht hatten, fühlte es sich an, als wäre er ein alter Freund. Im Laufe der letzten Stunde hatte sie ihm erzählt, dass zwischen ihr und Cole Schluss war.

»Kein Wunder, dass er in letzter Zeit so schlecht drauf war«, meinte Jake. Er sprang auf, als er Cole und den Captain durch die Tür kommen sah, die vom Rollfeld ins Innere des Gebäudes führte. »Das habt ihr beiden wirklich klasse hinbekommen«, sagte Jake und klopfte ihnen anerkennend auf die Schultern. »Wirklich klasse.«

»Danke«, antwortete Cole. Er blickte auf und erstarrte, als er Olivia entdeckte. »Liv?«

Jake trat beiseite. »Sie hat lange darauf gewartet, dich zu begrüßen. Du wärst heute stolz auf sie gewesen, Langston. Sie war wirklich tapfer, wie ein alter Hase.« Er küsste Olivia auf die Wange.

»Danke, Jake. Für alles.«

»Es war mir ein Vergnügen, meine Liebe. Erzählen Sie ihm alles, was Sie mir erzählt haben. Er muss es hören.« Jake legte dem Captain den Arm um die Schultern, begleitete ihn nach draußen und meinte im Spaß: »Und jetzt erzähl ich dir, wie ich es an deiner Stelle gemacht hätte.«

Das Gelächter der beiden Männer hallte durch den Korridor, während Cole und Olivia einander anstarrten.

»Was tust du hier?«, fragte er.

Olivia hatte Cole noch nie so erschöpft gesehen – oder so attraktiv. »Ich, äh, bin Jake am Reagan Airport begegnet. Er hat sich an mich erinnert und mir angeboten, mich mitzunehmen.«

»Das meinte ich nicht.«

Sie ging einen weiteren Schritt auf ihn zu und rang nervös die Hände. »Ich bin hier, weil ich dich so sehr liebe, und als mir klar wurde, dass du vielleicht stirbst, wollte ich ebenfalls sterben«, gestand sie, und es war ihr gleichgültig, dass sie wie eine Vollidiotin klang und auch so aussah, denn ihr Gesicht war tränenüberströmt.

»Liv«, seufzte er.

Und dann lag sie in seinen Armen. Sie hatte keine Ahnung, ob er den ersten Schritt gemacht hatte oder sie – oder ob sie aufeinander zugegangen waren. Wen interessierte es? Da war sein einzigartiger Duft, und sie spürte die starken Arme, die sie so festhielten, wie es kein anderer jemals könnte.

»Tut mir leid, dass du solche Angst hattest«, murmelte er.

Sie löste sich von ihm, um ihn anzuschauen. »Hast du dich auch gefürchtet?«

»Zum ersten Mal in meinem Leben war ich wirklich verängstigt.«

»Immerhin musst du dir jetzt um das dritte Ereignis keine Sorgen mehr machen.«

Seine Lippen verzogen sich zu einem kleinen, müden Lächeln. »Richtig.«

Sie hob die Hände und umfasste sein Gesicht. »Ich bin so froh, dich zu sehen. Ich habe dich so sehr vermisst, und als mir klar wurde, dass ich dich vielleicht …« Sie schüttelte den Kopf und verstummte.

Mit den Daumen wischte er ihr die Tränen von den Wangen. »Ich sage es nur ungern, aber da gibt es ein paar Dinge, die ich erledigen muss. Die Flugsicherheitsbehörde will mit uns reden, solange uns alles noch gegenwärtig ist.«

Kraftlos ließ sie die Hände sinken. »Ich verstehe.«

»Wie kommst du nach Hause?«

»Ich nehme ein Taxi.«

»Von hier aus?« Er hob eine Braue. »Das widerspricht allem, woran du glaubst.«

»Ist schon okay. Es hat sich gelohnt, herzukommen. Für den Fall, dass du danach eine Übernachtungsmöglichkeit brauchst, lasse ich die Tür unverschlossen.«

»Es wird wahrscheinlich ziemlich spät.«

»Das spielt keine Rolle. Ich werde da sein.«

Der Captain, mit dem Cole geflogen war, spähte um die Ecke. »Langston, kommst du?«

»Gleich.« Als Cole wieder Olivia anschaute, bemerkte sie, dass seine Augen vor Erschöpfung ganz dunkel wirkten – vielleicht auch aus anderen Gründen. Er starrte sie für einen langen, atemlosen Moment an. »Ich muss los.«

»Okay«, erwiderte sie, obwohl sie sich danach sehnte, ihn zu küssen. Nur ein einziges Mal.

Mit dem Finger streichelte er ihre Wange – eine Geste, die sie atemlos zurückließ. »Es war schön, dass du hier warst. Ich weiß es zu schätzen.« Er versuchte sich an dem schiefen Lächeln, das sie so sehr liebte, doch seine Augen wirkten traurig, unglaublich traurig. »Wir sehen uns.«

Mit gebrochenem Herzen blickte sie ihm nach, als er fortging. Zum ersten Mal hatte er nicht gesagt: »Bis zum nächsten Mal.« Sie hatte ihm ihr Herz offenbart, aber er hatte sie weder geküsst noch ihr seine unsterbliche Liebe gestanden, so wie sie es sich während der endlosen Stunden vorgestellt hatte, die sie damit verbracht hatte, für seine Sicherheit zu beten.

Benommen durchquerte sie den verlassenen Flughafen und ging in die Eiseskälte hinaus, um ein Taxi zu suchen. Fünfundvierzig Minuten und fünfzig Dollar später kam sie bei sich zu Hause an. Wie versprochen ließ sie die Tür für ihn unverschlossen, zog sich ihren Pyjama an und kroch ins Bett. Die ganze Nacht saß sie dort und hoffte, dass er auftauchen würde. Doch als am nächsten Morgen die

Sonne aufging, hatte sie sich damit abgefunden, dass er weder jetzt noch irgendwann später zu ihr zurückkehren würde. Sie begriff, dass es dieses Mal wirklich aus war, und sie musste irgendeinen Weg finden, ohne Cole weiterzuleben.

OLIVIA BESCHLOSS, den Rat ihrer Mutter zu beherzigen, und stürzte sich im Laufe der nächsten beiden Wochen in ihr Studium. Ihre Seminare waren eine interessante Herausforderung, die Professoren unterstützten und ermutigten sie, und unter ihren Kommilitonen fand sie ein Netzwerk aus gleichgesinnten Künstlern, mit denen die Uni jeden Tag eine Freude war.

Paolo war von ihren neuesten Werken begeistert und berichtete, dass die Galerie sämtliche Vorbereitungen für die erste Ausstellung von Olivia Robison traf.

Ihre Eltern, ihre Brüder, Jenny, Will und Billy würden allesamt nach San Francisco fliegen, um ihren großen Tag mitzuerleben. Sie versuchte, sich auf die Vorfreude zu konzentrieren und nicht an die Tatsache zu denken, dass Cole nicht dabei sein und nichts so sein würde, wie sie es ursprünglich geplant hatten.

Fünfzehn Tage waren seit der Notlandung vergangen, und alles, was sie seitdem von ihm gesehen hatte, waren die Medienberichte gewesen. Offenbar hatte er seine Entscheidung getroffen, was Olivia betraf, doch sie war fest entschlossen, nicht zuzulassen, dass das ihr Leben zerstörte.

Eines Tages würde Olivia eine neue Liebe finden, und auch wenn es vielleicht nie mehr so sein würde, wie es mit Cole gewesen war, würde sie zurechtkommen. Mit jedem Tag, der verstrich, fühlte sie sich stärker, und ihre Entschlossenheit wuchs, ohne ihn zu überleben.

Der letzte Tag im Februar dämmerte heran, und er war hell und ungewöhnlich warm. Jenny rief an, als Olivia gerade aufbrechen wollte, um ein wenig im Atelier auf dem Campus zu arbeiten.

»Was gibt es?«, fragte Olivia ihre Cousine.

»Wir haben es gefunden!«

»Was denn?«

»Ein Haus! Oh, Liv, es ist absolut perfekt – vier Zimmer, zwei Bäder, und es liegt mitten in Del Ray. In dem Viertel gibt es viele Kinder und junge Familien.«

»Ich bin nur eine Straße weiter aufgewachsen, weißt du noch?« Die Commonwealth Avenue führte direkt durch das lebhafte Viertel. »Ich liebe Del Ray.«

»Ich habe vom Makler schon die Schlüssel bekommen und kann es nicht erwarten, dir das Haus zu zeigen. Können wir uns dort treffen? Hast du Zeit?«

»Na klar. Meine Vorlesung fängt erst später an. Wie lautet die Adresse?«

»Zweiundzwanzig East Custis.«

»In einer halben Stunde?«

»Ich werde da sein.«

»Bis dann.«

Olivia nahm die U-Bahn zur King Street und kam an ihrem alten Elternhaus in der Commonwealth Avenue vorbei. Die neuen Eigentümer hatten die Fassade gestrichen und ein paar neue Stauden gepflanzt. Das Haus wirkte sehr gepflegt, und Olivia verspürte einen Anflug von Wehmut, als sie ein letztes Mal über die Schulter blickte. Obwohl es nur wenige schöne Zeiten und etliche Tiefpunkte gegeben hatte, war das Haus viele Jahre lang ihr Lebensmittelpunkt gewesen. Doch jetzt war es das nicht mehr. Im Laufe des letzten Monats war ihre gemütliche kleine Wohnung zu ihrem neuen Zuhause geworden.

Sie ging weiter über die Commonwealth Avenue in Richtung East Custis und spürte die warmen Sonnenstrahlen auf dem Gesicht. Vielleicht würde es Monate dauern, bis es in Nordvirginia wieder einen so schönen Tag wie diesen geben würde, und Olivia hatte vor, jede Minute zu genießen.

Während sie auf die Kreuzung zwischen der Commonwealth und der East Custis Avenue zusteuerte, bemerkte sie einen schwarzen Mustang GT, der sich in eine enge Parklücke zwischen zwei anderen Autos gezwängt hatte, und erinnerte sich schmerzlich wieder daran, wie sie Cole in Chicago die Autoschlüssel abgeschwatzt hatte. Sie sah sich um, um sicherzugehen, dass sie nicht beobachtet wurde, strich mit der Fingerspitze über den glänzenden schwarzen Lack und erlaubte sich, in der Erinnerung zu schwelgen. Nur für eine Minute.

Dann atmete sie durch, verdrängte die Erinnerungen, warf einen letzten Blick auf das Auto und bog um die Ecke, um das Haus mit der Nummer zweiundzwanzig zu suchen. *Oh!*, dachte sie, als sie es entdeckte. *Das ist aber schön!*

Das zweistöckige Haus mit den grauen Dachschindeln verfügte über eine breite Veranda und große Fenster. Olivia erinnerte sich, dass es erst vor ein paar Jahren vollständig renoviert und saniert worden war, und sie fragte sich, wie es wohl im Inneren aussah. Sie eilte die Stufen zur Vordertür hinauf, drehte den Knauf und stellte fest, dass nicht abgeschlossen war.

»Jenny, bist du da?« Olivia trat ein und bewunderte den auf Hochglanz polierten Boden aus Pinienholz. Sie strich über die glänzende weiße Zierleiste, die den Eingang zum Wohnzimmer umrahmte, bevor sie in die Küche ging, wo Cole am Tresen lehnte und gerade eine Tasse Kaffee trank. Wie er so dastand, wirkte er, als hätte er nur auf sie gewartet.

»Hallo, Liv.«

Olivia war sprachlos vor Überraschung und konnte ihn bloß anstarren.

Anscheinend amüsierte es ihn, dass sie vor Schreck verstummt war, und er musterte sie mit glänzenden Augen. »Wie geht es dir?«

»Was … Was machst du hier?«, stammelte sie und starrte ihn weiter an. Er trug ein verblasstes Jeanshemd, das die Farbe seiner Augen besonders betonte. Hatte er schon immer so gut ausgesehen? »Wo ist Jenny?«

»Um deine erste Frage zu beantworten: Ich wohne hier – oder zumindest werde ich das tun, sobald die Möbelpacker meine Sachen bringen. Zu deiner zweiten Frage: Ich habe keine Ahnung. Ihre Aufgabe war es, dich herzulocken. Ich weiß nicht, was sie für den Rest des Tages geplant hat.«

Verwirrt versuchte Olivia, zu begreifen, was er gerade gesagt hatte. »Du wohnst hier? Jenny sollte mich herlocken? Wofür?«

»Hierfür.« Er stellte den Kaffee ab, durchquerte den Raum, hob sie von den Füßen und küsste sie.

Er schmeckte nach Kaffee und Zahnpasta, und o Gott, er schmeckte nach Cole, und sie konnte nicht genug von ihm kriegen.

Nach ein paar Minuten ließ er von ihr ab, um Luft zu holen, und sah ihr tief in die Augen. »Du hast keine Ahnung, wie sehr ich mich letztes Mal nach dem hier gesehnt hab, als du mich im Dulles mit blassem Gesicht und großen braunen Augen voller Liebe erwartet hast.«

»Und warum hast du es nicht getan?«

»Weil ich noch nicht bereit war.«

»Bereit wofür?«

Er stellte sie wieder auf die Füße, allerdings ohne sie loszulassen. »Dieses Mal wollte ich es richtig hinbekommen.«

»Du machst mich ganz schwindlig. Würdest du mir bitte verraten, was zum Teufel hier los ist?«

Lachend half er ihr aus dem Mantel und setzte sie auf den Tresen, damit sie mit ihm auf Augenhöhe war. Er stand zwischen ihren Beinen und strich ihr mit den Fingern durch das lange Haar. »Bevor ich weiterrede, muss ich eine Sache wissen.«

»Was denn?«

»Bist du schwanger, Liv?«

Sie schüttelte den Kopf und spürte wieder das aufrichtige Bedauern tief in sich.

»Dann müssen wir uns wohl oder übel mehr anstrengen.«

Erschrocken und noch immer verwirrt versuchte sie, zu begreifen, was er da gerade sagte. »Werden wir das denn?«

Er nickte. »An dem Abend im Dulles wollte ich dich unbedingt fragen, aber ich konnte es nicht einfach so hinausposaunen, als wäre es das Einzige, was mich interessiert.« Seine Finger spielten mit ihrem Haar. »Es tut mir so leid, Liv. Ich habe alles verdorben.«

»Nein, das hast du nicht. Das war ich. Alles, was du über mich gesagt hast, ist wahr.«

»Trotzdem wäre nichts davon geschehen, wenn ich von Anfang an aufrichtig zu dir gewesen wäre, also werde ich es dieses Mal sein. An dem Tag, als wir aus San Francisco zurückgekehrt sind, habe ich bei meinem Arbeitgeber beantragt, meinen Wohnsitz nach Washington zu verlegen. Zu dem Zeitpunkt habe ich dir nichts davon verraten, falls der Antrag abgelehnt würde. Am ersten Februar hat man mir dann grünes Licht gegeben. Ich hab sofort begonnen, nach einem Haus zu suchen, in der Hoffnung, die Dinge zwischen uns irgendwie ins Reine bringen zu können, wenn ich erst einmal hier wohne. Jenny hat mir erzählt, wie sehr du dieses Viertel liebst, also habe ich mich auf das hier konzentriert. Einen Tag nach dem Valentinstag hatte ich die Zusage für das Haus – unmittelbar nach der Beinahe-Katastrophe.«

»Ich verstehe nicht. Warum hast du das alles getan, obwohl zwischen uns Schluss war?«

»Weil hier die Frau wohnt, die ich liebe, und sie noch eine Weile brauchen wird, um ihr Studium abzuschließen. Da ich es nicht ertrage, in der Zwischenzeit so weit weg von ihr zu sein, dachte ich mir, dass ich daran besser etwas ändern sollte, bevor mir diese Frau doch noch durch die Lappen geht und ich gezwungen bin, mich für den Rest meines Lebens nach ihr zu sehnen.«

»Aber an jenem Abend im Flughafen«, stammelte sie, »warst du so distanziert. Nach unserer Begegnung war ich mir sicher, dass es zwischen uns endgültig aus ist.«

»Während ich über dem Flughafen kreiste, war mein einziger Gedanke, dass ich das irgendwie gut hinter mich bringen musste, damit ich dich wiedersehen würde. Und als du dann dort auf mich gewartet hast … deine Worte an jenem Abend, und die Nachricht, die du auf meiner Mailbox hinterlassen hast … danach war ich mir sicher, dass es die richtige Entscheidung war, hierherzuziehen. Ich liebe dich so sehr, Liv, und ich möchte, dass wir wie ein ganz normales Paar zusammen sein können, ohne den ganzen Druck und die Strapazen einer Fernbeziehung. Können wir bitte von vorne anfangen und es dieses Mal richtig machen?«

Sie schüttelte den Kopf. »Nein.«

»Nein?«, fragte er erschrocken. »Du möchtest nicht mit mir zusammen sein?«

»Nein.«

Er stöhnte. »Liv. Du machst wohl Witze. Ich habe all meine Sachen gepackt, bin durchs halbe Land gefahren, und jetzt hast du deine Meinung geändert? Erst vor fünfzehn Tagen hast du behauptet, dass du mich noch immer liebst!«

In diesem Augenblick wurde ihr klar, dass der Mustang, den sie auf der Straße bewundert hatte, ihm gehörte. »Würdest du bitte einfach die Klappe halten und mich wieder küssen, du großer Idiot?« Sie umfasste sein Gesicht und drückte ihre Lippen auf seine, während ihr Herz vor Freude hüpfte.

Zwischen zwei Küssen sagte sie: »Ich will mit dir zusammenwohnen, dich heiraten, eine Familie mit dir gründen und mein Leben mit dir verbringen – alles, was du dir von mir gewünscht hast, bevor ich unsere Beziehung ruiniert habe. Also nein, ich will nicht nur mit dir zusammen sein.«

»Nun, für eine Weile wirst du das müssen, denn wenn wir uns verloben wollen, stelle ich die Frage. Verstanden?«

»Solange du es zügig über die Bühne bringst.«

Er lachte und lehnte seine Stirn an ihre. »Jawohl, Ma'am. Ganz, wie Sie wünschen.«

Olivia fand eine ruhige Ecke in Paolos Büro, sank zu Boden und lehnte sich mit dem Rücken gegen die Wand. Sie schlüpfte aus den hochhackigen Schuhen, zu denen Jenny sie überredet hatte, und streckte Füße und Rücken, die vom stundenlangen Stehen schmerzten. Die Galerie war so voller Menschen, dass sie Cole und ihre Eltern schon vor einer Stunde aus den Augen verloren hatte. Da sie sich in dem Meer aus Bewunderern überfordert und einsam fühlte, hatte sie in dem ruhigeren Büro Zuflucht gesucht.

Dort entdeckte Cole sie zwanzig Minuten später. »Da bist du ja! Alle suchen nach der neuesten Sensation der Kunstwelt.« Eine Flasche Champagner klemmte unter seinem Arm. Cole setzte sich neben sie und nahm ihre Hand. »Du bist ein Star, Kleines. Paolo hat gerade verkündet, dass er jedes deiner Werke verkauft hat. Angeblich ist um eines der Gemälde sogar ein Bieterkrieg entbrannt.«

»Jedes einzelne?«, fragte sie mit leicht quietschender Stimme.

»Jedes. Ich bin so stolz auf dich, und ich freue mich für dich.« Er beugte sich zu ihr und küsste sie sanft. »Du hast es mehr verdient als jeder andere.«

Sie streichelte seine Wange. »Ich bin so froh, dass du hier bei mir bist.«

»Wo sollte ich denn sonst sein?«

Lächelnd musterte sie die Flasche. »Was ist mit dem Champagner? Ich dachte, wir hätten letztes Mal unsere Lektion gelernt.«

Er berührte ihr Ohrläppchen und rollte den Diamantohrring zwischen Daumen und Zeigefinger. »Das war alles, was ich finden konnte, und da ich meinem Traum, dein Mann zu werden, einen Schritt näher gekommen bin, dachte ich mir, dass wir feiern sollten.« Er öffnete den Verschluss, ließ den Korken quer durchs Zimmer fliegen und schlürfte den ersten Schluck, der heraussprudelte. Dann reichte er ihr die Flasche. »Madame?«

Olivia nahm einen großen Schluck und gab sie ihm zurück.

Er lehnte den Kopf an die Wand und drehte sich zu ihr, um sie anzusehen. »Wie fühlst du dich?«

»Glücklich – wirklich glücklich. Das ist definitiv einer der schönsten Tage meines Lebens, und du hast ihn ermöglicht.«

»Auf keinen Fall. Er gehört ganz allein dir.«

»Er gehört uns zusammen.«

Cole dachte kurz darüber nach und nickte. »Okay, darauf trinke ich.«

Sie stieß ihn mit der Schulter an. »Wir sind ein ziemlich gutes Team, oder?«

»Das beste überhaupt. Eigentlich wollte ich es erst machen, wenn wir wieder im Fairmont sind, aber jetzt kann ich nicht länger warten.«

»Worauf?«

Er griff in die Tasche seines schwarzen Jacketts, holte einen Ring mit einem großen, quadratisch geschliffenen Diamanten heraus und steckte ihn ihr an den Ringfinger der linken Hand. »Was hältst du davon, unsere Partnerschaft offiziell zu besiegeln?«

Tränen stiegen ihr in die Augen. »Versprichst du, mich für immer zu lieben?«

Seine blauen Augen verdunkelten sich vor Verlangen und Liebe, und er nickte. »Für immer und ewig.«

»Schwörst du es mit dem kleinen Finger?«

Er lächelte und hakte seinen kleinen Finger um ihren. »Ich schwöre es.«

Sie beugte sich vor, um ihn zu küssen. »Abgemacht.«

BONUS-EPILOG

Zum wiederholten Mal schielte Olivia aufs Handy, und ihre Besorgnis wuchs, während sie auf die Durchsage der Flugbegleiterinnen wartete, dass alle Handys ausgeschaltet werden sollten. In den fünf Minuten, seit sie zuletzt nachgeschaut hatte, hatte sie keine neuen SMS oder Nachrichten auf die Mailbox bekommen.

Cole legte seine Hand auf ihre. »Es ist in Ordnung, wenn du jetzt dein Handy ausschaltest.«

»Der Flug dauert sechs Stunden. Was, wenn in der Zwischenzeit etwas passiert?«

»Deine Eltern schaffen das schon.«

»Aber ...«

»Liv, Liebste, es geht ihnen gut.«

»Vielleicht sollte ich nicht mitkommen. Du brauchst mich dort nicht.«

Er beugte sich in seinem breiten Erste-Klasse-Sitz zu ihr, um sie zu küssen. »Ich brauche dich sehr wohl dort. Den Kindern geht es gut, und wir benötigen diese Zeit für uns. Es ist schon Jahre her, dass wir ganz allein waren, und ich dachte, du freust dich darauf, mich eifersüchtig zu machen, indem du mit Flynn Godfrey flirtest.«

»Ich habe mich gefreut, bis mir klar geworden ist, dass ich meine Babys für eine ganze Woche zurücklassen muss.«

»Sie kommen schon zurecht. Deine Eltern haben alles unter Kontrolle.«

»Vielleicht sollte ich meine Mom noch einmal anrufen.«

»Wenn es sein muss.«

Olivia rief an, bevor Cole es ihr ausreden konnte.

»Hallo«, meldete sich Mary in dem fröhlichen Tonfall, an den sich Olivia im Laufe der letzten Jahre gewöhnt hatte. »Ich dachte, ihr wärt schon längst unterwegs.«

»Wir sitzen im Flugzeug, aber ich mache mir Sorgen wegen der Kinder. Bist du dir sicher, dass es ihnen gut geht?«

»Es ist alles in Ordnung. Dad ist mit Oliver und Joe im Park, und Kendall macht gerade Mittagsschlaf. Wenn sie zurückkommen, bestellen wir Pizza und sehen uns einen Film an. Ich verspreche dir, dass es keinen Grund zur Sorge gibt.«

»Das hat Cole auch gesagt.«

Mary lachte. »Es ist wirklich schwierig, die Kleinen zum ersten Mal zu Hause zu lassen, aber ihr beiden habt euch den Urlaub verdient. Ihr arbeitet hart und kümmert euch um drei Kinder. Nehmt euch die Zeit, und genießt sie.«

»Okay, ich versuche es.«

»Schreib uns, wenn ihr gut in L. A. angekommen seid, damit wir Bescheid wissen.«

»Versprochen.«

»Viel Spaß. Hab dich lieb.«

»Ich dich auch.«

Seitdem ihre Mutter vor ein paar Jahren eine Therapie gemacht hatte, war sie ein ganz anderer Mensch geworden und versäumte keine Gelegenheit, ihrem Mann, ihren Kindern und Enkeln mitzuteilen, dass sie sie liebte. Nachdem Olivia sich ihr ganzes Leben lang gefragt hatte, warum ihre Mom nicht so sein konnte wie andere Mütter, wurde sie es nie müde, diese Worte von ihr zu hören.

»Alles okay?«, fragte Cole.

»Ja.«

»Willst du noch fliegen?«

Als er die Frage stellte, schlossen die Flugbegleiterinnen gerade die Tür zur Gangway.

Olivia warf einen bangen Blick zu der geschlossenen Tür. »Ich schätze, das muss ich jetzt.«

»Ich kann ihnen sagen, dass sie sie noch mal öffnen sollen, falls du deine Meinung geändert hast.«

Wenn Cole sie darum bat, würden sie es zweifellos tun.

»Ist schon in Ordnung.« Olivia lächelte ihrem Mann zu, der mit jedem Jahr, das verstrich, besser aussah. Inzwischen war er dreiundvierzig und hatte ein paar graue Haare an den Schläfen bekommen, doch seine Attraktivität war dadurch nur gewachsen.

»Wir werden täglich mit den Kindern skypen, versprochen.« Er hielt ihre Hand, führte sie an die Lippen und wackelte vielsagend mit den Brauen. »Und ich sorge dafür, dass du eine wirklich schöne Zeit hast.«

Lächelnd lehnte sie den Kopf an seine Schulter. »Das tust du immer.«

»Außerdem wirst du Flynn Godfrey treffen.«

»Was glaubst du wohl, weshalb ich mitfliege?«

»Hey!«

Olivia lachte über seine Entrüstung. Der berühmte Filmstar konnte ihrem sexy Mann nicht das Wasser reichen.

»Ich kann es immer noch nicht fassen, dass ausgerechnet er mich in einem Film spielt.« Die Tatsache, dass Flynn die Rolle übernahm, hatte für viel Wirbel gesorgt.

»Bist du darauf vorbereitet, dass die ganze Captain-Incredible-Sache wieder von vorne anfängt?«

»Nein«, stöhnte Cole. »Das halte ich nicht aus.«

»Was glaubst du wohl, wie es mir geht? Wo auch immer wir hingehen, werden dir Frauen ihre Telefonnummern zustecken und dich mit ihren Blicken ausziehen. Wenn sie das vor meinen Augen machen, kann ich für nichts garantieren.«

»Ganz ruhig, Tiger«, schmunzelte er. »Zieh deine Krallen wieder ein. Ich bin treu, diese Woche schon seit sieben Jahren.«

»Sieben Jahre. Kaum zu glauben.«

»Die Zeit vergeht wie im Flug, wenn man sie mit der Frau seiner Träume verbringt.«

Sie blickte ihn an. »Oh, du schmeichelst mir, Captain Incredible. Das muss man dir lassen.«

»Nenn mich nicht so«, brummte er.

Obwohl er sich alle Mühe gegeben hatte, die Verantwortlichen davon zu überzeugen, einen anderen Filmtitel als »Captain Incredible« zu wählen, hatten alle übrigen Beteiligten dafürgestimmt, um von Coles Publicity zu profitieren.

»Jeder wird dich so nennen, sobald der Film draußen ist.«

»Erinnere mich nicht daran. Ich möchte es so lange wie möglich verdrängen.«

»Ich kann es gar nicht erwarten, den Film zu sehen.« Sie waren zu einer Sondervorführung zwei Wochen vor dem offiziellen Start eingeladen worden. Zum ersten Mal würden sie den fertigen Film zu Gesicht bekommen. Sie kannten bereits kurze Ausschnitte und den Trailer, aber nicht den kompletten Film.

Als sich das Flugzeug zum Start in Bewegung setzte, nahm Cole ihre Hand.

Seit sie ihm begegnet war, war sie häufiger geflogen, als sie zählen konnte, doch Olivia war dennoch nervös und wusste es stets zu schätzen, ihren persönlichen Piloten dabeizuhaben, der ihr die Angst nahm.

»Eine Sache erfüllt mich allerdings mit Sorge«, sagte er, als das Flugzeug über die Startbahn raste.

»Was denn?«, fragte Olivia beunruhigt.

»Es geht um den Film, nicht um den Flug.«

»Oh. Das ist gut, da wir gleich abheben.«

Lächelnd erwiderte er: »Ich mache mir Sorgen, dass in dem Film vielleicht meine Affäre mit Chelsea vorkommt …«

»Warum denn?«

»Bestimmt wäre es komisch, es auf der großen Leinwand dargestellt zu sehen.«

»Ich bin darauf vorbereitet. Schließlich weiß ich, dass dein Leben nicht erst an dem Tag begonnen hat, als du vor meinen Augen niedergeschlagen wurdest.«

Er küsste ihren Handrücken. »Was die wirklich wichtigen Dinge angeht, hat mein Leben tatsächlich erst an jenem Tag begonnen. Ich denke weder an Chelsea noch an irgendeine andere, sondern immer nur an dich. Ich hoffe, das weißt du.«

»Natürlich. Ich beschäftige dich viel zu sehr, als dass du Zeit hättest, an irgendeine andere zu denken.«

Er grinste. »Ja, das tust du allerdings.«

»Ganz abgesehen von unseren drei Kindern – alle unter sechs –, hinter denen man ständig herrennen muss.«

»Das auch.«

»Ich mache mir keine Gedanken über das, was ich vielleicht in dem Film sehen werde, Cole. Also keine Sorge. Außerdem habe ich den besten Teil der Geschichte selbst miterlebt.«

»Ja, stimmt.« Er lehnte den Kopf an ihre Schulter und sagte: »Erzähl es mir noch mal. Es ist meine absolute Lieblingsgeschichte.«

»Nun, alles fing damit an, dass ein sexy Pilot in meinem Laden niedergeschlagen wurde …«

Die Vorführung fand im Privathaus von Flynn Godfrey und seiner Frau Natalie statt, die Cole und Olivia wie alte Freunde willkommen hießen.

Die ganze Angelegenheit erschien Cole unwirklich, erst recht der Teil, in dem er von einem der berühmtesten Schauspieler der Welt in einem Film dargestellt wurde. Jener Januartag vor sieben Jahren hatte Coles Leben grundlegend verändert.

Die PR-Leute der Airline hatten sich die Story unter den Nagel gerissen und sie nach allen Regeln der Kunst ausgeschlachtet, weshalb Cole anschließend überall wiedererkannt wurde, selbst sieben Jahre später noch. Als man ihn schließlich darauf angesprochen hatte, ob er die Rechte zu seiner Geschichte verkaufen wollte, hatte er das Angebot in der festen Erwartung akzeptiert, dass daraus niemals

irgendwas werden würde. Der Verkauf hatte ihm jedoch einen
riesigen Haufen Geld eingebracht – so viel Geld, dass man sich zur
Ruhe setzen und sich ein schönes Leben damit machen konnte.

Für eine Weile hatte sich seine Erwartung erfüllt, dass die Idee in
der Schublade versauern würde, was im Filmgeschäft durchaus üblich
war, zumindest hatte man ihm das versichert. Doch nachdem er in
Olivias Laden niedergeschlagen worden war, ein Flugzeug mit
defektem vorderen Fahrwerk gelandet und schließlich das Mädchen
aus dem Laden geheiratet hatte, war Hollywood der Meinung gewesen, die Story wäre geradezu maßgeschneidert für einen Film. Und so
saßen Cole und Liv nun in einem Auto mit Chauffeur und befanden
sich auf dem Weg zu Flynn Godfreys Haus in den Hollywood Hills,
um sich eine private Vorführung von »Captain Incredible«
anzusehen.

Bis der Film auf die große Leinwand kam, hatte Cole vor, seine
Anonymität noch so lange wie möglich auszukosten, denn bald würde
um ihn herum wieder alles verrücktspielen. Ihm standen zahlreiche
Fernsehauftritte mit Flynn und Tatum Jordan bevor – die bislang
unbekannte junge Schauspielerin, die Liv verkörperte.

»Woran denkst du gerade?«, erkundigte sich Liv.

»Daran, dass ich wegen dieser Filmsache einen ganzen Monat lang
nicht zum Fliegen kommen werde.« Natürlich war Capital Airlines
von der Publicity begeistert, die der Film generierte, und hatte Cole
gestattet, sich so viel Urlaub zu nehmen, wie er benötigte, um für den
Film zu werben.

»Armes Baby. Du bist immer so mürrisch, wenn du nicht fliegen
darfst.«

»Ja, stimmt, also musst du dich besonders anstrengen, damit ich
ausreichend beschäftigt bin.«

»Und in welcher Hinsicht soll ich mich noch stärker als bisher
anstrengen?«

Cole lachte über ihre Antwort, die wie erwartet anzüglich ausge-
fallen war. O Gott, wie sehr er sie liebte. Mit Olivia war alles besser,
alles machte mehr Spaß, war schöner und fröhlicher, einfach nur, weil
sie im selben Raum war wie er oder weil sie mit ihm auf dem Rücksitz

einer Limousine saß und seine Hand hielt. Es spielte keine Rolle, was sie taten oder wohin sie fuhren. Solange sie bei ihm war, war er glücklich.

Sie und die Kinder würden ihn während der heißen PR-Phase nach New York begleiten, hauptsächlich, weil er es nicht ertragen konnte, für zehn lange Tage von ihnen getrennt zu sein.

»Ich hoffe, du hast vor, mich äußerst intensiv zu beschäftigen, während wir hier sind. Zu Hause haben wir fast nie Zeit für uns.«

»Du würdest es doch gar nicht anders wollen.«

»Stimmt.« Cole konnte es noch immer nicht fassen, wie sehr er es liebte, Vater zu sein. Lange hatte er damit gewartet – fast achtunddreißig Jahre –, zu heiraten und Kinder zu bekommen, aber seine Familie war das lange Warten wert gewesen. »Trotzdem heißt das nicht, dass ich mich nicht nach etwas Zeit mit meiner wunderschönen Frau sehne.«

»Darauf freue ich mich auch.«

Sie verbrachten zwei Nächte in L. A., bevor sie nach San Francisco weiterflogen, damit Olivia sich mit Paolo und Victor treffen konnte. Ihnen hatte sie ihren Erfolg zu verdanken. Wenn sie schon in Kalifornien waren, mussten sie die beiden unbedingt besuchen. Sie gehörten quasi zur Familie und waren wie zwei zusätzliche Großväter für Coles und Olivias Kinder. Das Paar vergötterte die Kleinen regelrecht und schickte ihnen zu jeder Gelegenheit ausgefallene Geschenke.

Der Wagen hielt vor einem Tor, das sich öffnete, um sie hineinzulassen.

»Es geht los.« Cole drückte Olivias Hand. Nun, da sie den Film endlich sehen würden, war er plötzlich nervös. »Es wird bestimmt total komisch.«

»Es wird großartig. Ich kann es gar nicht erwarten.«

Cole atmete tief ein und wieder aus, als Flynn und Natalie Godfrey nach draußen kamen, um sie zu begrüßen. Sie kannten sich bereits, denn Flynn hatte ihn ein paarmal bei Flügen begleitet und sich von Cole für die überzeugende Darstellung eines Piloten coachen lassen. Während der Dreharbeiten im vergangenen Jahr hatten sie in engem Kontakt gestanden, und letzten Sommer hatte

Cole mit der ganzen Familie sogar das Filmset in Nova Scotia besucht.

Flynn hatte Cole stets freundlich behandelt, und Cole war von dem großen Star ehrlich beeindruckt. Sie wurden herzlich begrüßt.

»Es ist so schön, euch wiederzusehen!«, sagte Natalie. Sie war eine umwerfend attraktive dunkelhaarige Frau mit grünen Augen und hieß sie mit einem freundlichen Lächeln willkommen. Sogleich hakte sie sich bei Olivia unter. »Kommt rein. Es sind schon alle da.«

»Nach dir«, bat Flynn und bedeutete Cole mit einer Geste, vorzugehen.

Auf dem Weg gab Cole sich alle Mühe, sich nicht zu neugierig umzuschauen. Überall hingen Fotos von Hollywoodlegenden.

»Das Haus hat früher mal Marlena Davis gehört«, erklärte Flynn. »Ich habe es mitsamt den Kunstwerken aus dem Nachlass von Frank Thompson erworben.«

»In Hollywood haben offenbar sogar die Häuser Stammbäume«, bemerkte Cole.

»Stimmt«, erwiderte Flynn lächelnd. »Ich möchte dich gerne meinen Quantum-Geschäftspartnern und besten Freunden vorstellen: Das sind Hayden Roth und seine Verlobte Addison York, Marlowe Sloane, Jasper Autry und seine Verlobte – und meine Schwester – Ellie Godfrey und Kristian Bowen.«

Cole schüttelte den anderen die Hand und versuchte, seine Aufregung darüber zu verbergen, dass er die großen Stars Marlowe Sloane und Hayden Roth traf. Vor ein paar Jahren hatte das gesamte Quantum-Team den Oscar für den besten Film gewonnen.

»Herzlich willkommen«, sagte Hayden. »Wir freuen uns schon sehr darauf, den Film zu sehen.«

Flynn hatte erklärt, dass er gelegentlich auch Rollen in Filmen annahm, die nicht von Quantum produziert wurden, und »Captain Incredible« war einer davon.

»Ich freue mich ebenfalls«, antwortete Cole. »Glaube ich.«

Als die anderen lachten, nahm Olivia seine Hand. »Er weiß noch nicht, was er davon halten soll, dass die ganze Geschichte um Captain Incredible wieder auflebt.«

Cole grinste leicht verlegen. »Ich habe es schon beim ersten Mal kaum überlebt.«

Hinter ihnen ging die Tür auf, und Flynns Eltern kamen herein, die beiden Superstars Max Godfrey und Stella Flynn.

War Cole zuvor schon beeindruckt gewesen, dann war er nun regelrecht von den Socken, als er den beiden die Hände schüttelte. Zugleich musste er daran denken, dass seine verstorbene Mutter sie liebend gerne kennengelernt hätte.

»Verdammter Straßenverkehr«, meinte Max zu seinem Sohn. »Ich hoffe, ihr habt nicht schon auf uns gewartet.«

»Überhaupt nicht, Dad. Wir wollten gerade reingehen.«

Es gab Fingerfood und Champagner. Anschließend führte Flynn alle in einen Vorführraum mit Kinositzen.

»So etwas brauchen wir auch zu Hause«, bemerkte Liv.

»Nur, wenn darin rund um die Uhr Kinderfilme gezeigt werden«, entgegnete Cole.

»Ihr habt drei Kinder, oder?«, fragte Addison.

»Ja«, antwortete Liv. »Oliver, Joe und Kendall. Sie sind fünf, vier und zwei Jahre alt.«

»Wie schön«, sagte Marlowe. »Habt ihr Fotos?«

»Nur etwa zwanzig Milliarden«, antwortete Cole lächelnd, während Olivia schon ein Bild mit allen dreien auf ihrem Handy raussuchte.

Wie ihre Eltern hatten sie allesamt dunkles Haar. Oliver und Kendall hatten von Cole die blauen Augen geerbt, doch Joe kam mit seinen schokoladenbraunen Augen ganz nach Liv.

»Sie sind hinreißend«, stellte Marlowe fest.

»Danke«, erwiderte Cole. »Das finden wir auch. Allerdings besonders, wenn sie schlafen.«

Die anderen lachten. Anschließend suchten sich alle einen Platz, und Coles Nervosität nahm zu. Wie würde es sich wohl anfühlen, eine Episode aus seinem Leben auf der großen Leinwand zu sehen? Er würde es gleich herausfinden. Die Caterer verteilten Popcorntüten und Getränke, dann verdunkelte sich der Raum, und auf der Leinwand erschien der Vorspann.

Olivia drückte seine Hand, und Cole hielt die Luft an.

Verdammte Scheiße, es passiert wirklich. Der Film begann im Cockpit während eines Routineflugs, der mittlerweile alles andere als Routine war, da sich ein Schneesturm näherte. Die Darsteller trafen korrekt alle nötigen Vorkehrungen, um mithilfe der Instrumente zu landen, sprachen die einzelnen Schritte durch, hielten Rücksprache mit der Flugsicherung und folgten dem üblichen Prozedere, das allerdings unterbrochen wurde, als sich der Darsteller von Bob plötzlich an die Brust griff.

Während Cole das Geschehen auf der Leinwand verfolgte, fühlte er sich in die verrückten Tage und Wochen danach zurückversetzt – die kurze Affäre mit Chelsea, die folgenreiche erste Begegnung mit Liv im Laden, ihre traumhafte Romanze und die zweite Landung, die Cole unter erschwerten Bedingungen erfolgreich gemeistert hatte.

Der Film endete damit, dass Olivia ihn im Flughafen Dulles erwartete, nachdem sie beobachtet hatte, wie er die Maschine mit dem defekten Fahrwerk gelandet hatte. Es entsprach nicht ganz der Wahrheit, doch es bildete das perfekte Happy End für einen Hollywoodfilm: Der Held wurde von der Frau empfangen, die er liebte, damit sie miteinander glücklich bis ans Ende ihrer Tage leben konnten.

Die Leinwand wurde schwarz, und weiße Schrift erschien darauf, daneben ein Foto des echten Cole Langston zusammen mit Bob Greenman. Beide Männer trugen ihre Uniformen, hatten einander einen Arm auf die Schultern gelegt und lächelten in die Kamera.

Captain Cole Langston fliegt noch immer für Capital Airlines. Mit seiner Frau Olivia, einer berühmten Malerin, und ihren gemeinsamen Kindern Oliver, Joe und Kendall lebt er in Alexandria, Virginia.

Captain Bob Greenman ließ sich nach einer dreißigjährigen Karriere bei Capital Airlines kürzlich in den Ruhestand versetzen. Er lebt mit seiner Frau Millie in Dayton, Ohio, in der Nähe ihrer vier erwachsenen Kinder und vierzehn Enkel. Bob Greenman ist Cole Langston auf ewig dankbar, dass er ihm das Leben gerettet hat.

Als Nächstes erschien der Name »Flynn Godfrey« auf der Leinwand.

Alle Anwesenden klatschten und waren voll des Lobes für Flynns großartige Darstellung, einschließlich Cole.

»Fantastisch«, verkündete Marlowe. »Ich liebe den Film.«

»Ich auch.« Natalie küsste Flynn. »Mal wieder eine wunderbare Darbietung meines begabten Mannes.«

»Ich danke euch allen«, sagte Flynn. »Freut mich, dass er euch gefallen hat.« Mit skeptischer Miene wandte er sich an Cole. »Na ja … Ich hoffe, du hasst ihn nicht.«

»Ich liebe ihn«, antwortete Cole und schüttelte ihm die Hand. »Du hast die Geschichte und das verrückte Drumherum wirklich gut wiedergegeben.«

Flynn lächelte. »Mit Verrücktheit kenne ich mich aus.«

»Da bin ich mir sicher.« Neben der Aufmerksamkeit, die Flynn als Superstar erhielt, waren er und seine Frau zu Beginn ihrer Beziehung in die Schlagzeilen der Klatschpresse geraten, als Natalies schmerzliche Vergangenheit von skrupellosen Paparazzi ins Licht der Öffentlichkeit gezerrt worden war.

»Mach dir nicht zu viele Sorgen«, erwiderte Flynn. »Wir unterstützen dich, sobald wieder alles drunter und drüber geht.«

»Ich verlasse mich darauf«, erwiderte Cole.

Flynn hatte Cole versichert, dass die Pressesprecher, mit denen er arbeitete, den Medienzirkus weitaus besser handhaben würden, als es die Leute von Capital Airlines damals getan hatten, die von der riesigen Story überfordert gewesen waren.

Während des restlichen Abends scharten sich alle um die Feuerstelle im Garten, in dem sich ein beleuchteter Pool befand. Die Palmen wiegten sich in der warmen Brise, und endlich konnte Cole sich entspannen.

Der Film war wirklich gut, und Cole war sehr erleichtert. Ihm blieb eine ganze Woche mit der Frau, die er liebte, und er hatte vor, jede einzelne Sekunde davon zu genießen.

***

Es war seltsam, zu sehen, wie das eigene Leben – erst recht das

Liebesleben – auf der großen Leinwand dargestellt wurde, aber Flynn und Tatum war es auf wunderbare Weise gelungen, die Magie einzufangen, die Olivia seit ihrer ersten Begegnung mit Cole erlebt hatte. Jedes Mal, wenn er sie berührte, spürte sie wieder dasselbe Prickeln, das sie an jenem Tag erstmals empfunden hatte.

Sie cremte sich mit der duftenden Lotion ein, die er so liebte, putzte sich die Zähne und musterte sich kritisch im Spiegel. Nachdem sie innerhalb von fünf Jahren drei Babys bekommen hatte, war ihr Körper nicht mehr das, was er einmal gewesen war. Ihre Brüste waren deutlich größer, ihr Bauch etwas runder und ihr Gesicht fülliger. Cole hatte ihr versichert, dass er die Veränderungen an ihr genauso liebte wie ihre gemeinsamen Babys, und das war alles, was in ihren Augen zählte.

Dennoch fühlte sie sich manchmal unsicher, obwohl sie keinen Grund dazu hatte.

Sie rückte das schwarze Seidennachthemd zurecht, das sie sich für die Reise besorgt hatte, und löste die Klammer, mit der sie ihr Haar zuvor festgesteckt hatte, um sich das Make-up zu entfernen.

»Liv! Ich bin einsam. Beeil dich!«

Lächelnd verließ sie das Badezimmer und ging zu ihrem Mann, der sie bereits im Bett erwartete. »Manchmal bist du wie ein kleiner Junge.« Zwar liebte sie das an ihm, doch sie durfte es ihm gegenüber niemals zugeben, wenn sie ihn nicht noch ermutigen wollte.

»Wenn ich ein kleiner Junge bin«, antwortete er, legte den Arm um sie und drückte sie an sich, »dann bist du mein Lieblingsspielzeug.«

Olivia lachte. »Spiel mit mir, Baby.«

»Sehr gern.« Er drehte ihr Gesicht zu sich, damit sie seinen Kuss empfing. Seine Lippen waren weich und süß, er bewegte sich langsam und entspannt, anders als zu Hause, wo sie sich oft beeilen mussten, wenn sie nicht riskieren wollten, unterbrochen zu werden. »Hattest du Spaß heute Abend?«, fragte er und küsste erst ihre Lippen und dann ihren Hals.

»Sehr viel Spaß sogar. Kaum zu glauben, dass sie so normal geblieben sind.«

»Ich weiß. Ich mag Flynn wirklich. Hoffentlich bleiben wir in Kontakt.«

»Sie haben erzählt, dass sie ab und zu in D. C. sind. Wir werden sie bestimmt wiedersehen.«

»Ich bin froh, dass die Sache mit Chelsea im Film nicht zu ausführlich vorkam«, gestand Cole.

»Ich auch. Vor allem ihretwegen, denn es kann nicht angenehm sein, wenn so etwas in einem Film und vor den Augen der ganzen Welt gezeigt wird.«

»Ich finde es schön, dass du mit ihr fühlst.«

»Natürlich tue ich das. Ich kann mir gar nicht vorstellen, wie es wäre, dich zu lieben und dich dann zu verlieren.«

»Du musst niemals befürchten, mich zu verlieren. Ich gehöre dir allein.« Sanft knabberte er an ihrem Ohrläppchen, umfasste ihre Brüste und strich mit den Daumen über die Spitzen. »Hat meine Frau sich etwa was Neues für die Reise besorgt?«

»Sie hat ein paar Sachen gekauft.«

»Mmh, ich liebe neue Sachen.«

»Und ich liebe dich, und ich bin so stolz darauf, dass deine Geschichte verfilmt wurde.«

»*Unsere* Geschichte.«

»Aber hauptsächlich deine.«

»Ohne dich ist meine ganze Geschichte nichts wert. Du bist der wichtigste Teil davon.«

Anschließend gab es keine Worte mehr, nur noch leises Seufzen, als er sich daranmachte, Olivia überall zu küssen und zu berühren. Es war schon lange her, dass sie zuletzt die Chance gehabt hatten, einander so zu verwöhnen. Zu wissen, dass sie die ganze Nacht Zeit füreinander hatten, steigerte ihre Erregung nur noch.

Gerade als sie glaubte, es nicht mehr aushalten zu können, drang er in sie ein und füllte sie bis zum Äußersten, wie er es immer tat.

Olivia klammerte sich an Cole, ihre große Liebe. Er hatte ihr ein Leben geschenkt, dass sie sich in ihren wildesten Träumen nicht hätte ausmalen können, und als sie sich ihm entgegenhob, um ihn tiefer zu spüren, war sie erneut dankbar dafür, dass er nach ihrer ersten Begegnung zurückgekehrt war, um nach ihr zu suchen. Sie war dankbar für alles, was danach gekommen war, ganz besonders für ihre wundervollen Kinder.

»Liv«, flüsterte er in dem drängenden Tonfall, der bedeutete, dass er kurz davor war. »Süße ... Ich liebe dich so sehr.«

Seine Worte und seine Bewegungen brachten sie zum Höhepunkt.

Cole stieß sich tief in sie, ließ sich endlich gehen, grub die Finger in ihre Schultern, ehe er auf sie sank. Olivia schlang die Arme um ihn und liebte das Gefühl seines starken, muskulösen Körpers an ihrem.

»In mancher Hinsicht fühlt es sich noch immer unwirklich an, erst recht nach so langer Zeit«, sagte sie nach einem langen, zufriedenen Schweigen.

»Was meinst du?«

»Dass du zufällig bei mir im Laden warst und dass dich dieser Typ k. o. geschlagen hat. Dass es dieses Prickeln gab ... und dass du mich suchen gekommen bist. Einfach alles.«

»Dass ich mich auf die Suche nach dir gemacht hab, war das Beste, was ich je in meinem Leben getan habe.«

Sie streichelte sein dichtes dunkles Haar. »Und von dir gefunden zu werden war das Beste, was mir je passiert ist.« Sie hakte ihren kleinen Finger um seinen und fügte hinzu: »Das schwöre ich.«

DANKSAGUNG

Ich hätte mir nie träumen lassen, dass ich ausgerechnet an einer Flughafenbar die Idee zu einem Buch haben würde. Während ich 2007 mit meinem Ehemann in Reagan National auf einen Anschlussflug wartete, beobachtete ich, wie sich eine Frau in die Arme eines gerade angekommenen Piloten warf, und schon war die Idee zu dem Roman geboren.

Ich bin mit einer Familie und Freunden gesegnet, die mich bei meiner Karriere als Autorin unglaublich unterstützen. Danke an meinen Ehemann Dan, einen pensionierten Marineunteroffizier, der mir als Vorlage für Coles Militärkarriere gedient hat. Meine wunderbaren Kinder Emily und Jake scheinen zu verstehen, was ich als Autorin hier tue, und das bedeutet mir unendlich viel. Mein Dad, ein Flugzeugmechaniker im Ruhestand, hat mir zahllose Fragen beantwortet und ist alles mit mir durchgegangen. Danke, Dad!

Mike Deganutti, meinem Piloten-Freund und ehemaligen Marineflieger, danke ich, dass er mir bei allem, was mit Coles Karriere beim Militär zu tun hat, weitergeholfen hat. Meiner kleinen Cousine Jennifer Barrera: Olivias Cousine Jenny, das bist natürlich du. Unsere Telefonate um zehn Uhr nachts waren meine Highlights der Babyjahre, und ich hätte die Mutterschaft ohne unser Lachen nie überstanden. Meiner alten Freundin Lisa Thatcher gilt mein Dank für die Hilfe bei der Beschreibung des Campus der American University.

Dem Rest des Teams von 2009: Julie Cupp, dir danke ich für die Hilfe bei den Details zu Alexandria und dass ich deine Wohnung als Olivias Apartment benutzen konnte, und einmal mehr dafür, dass du den Vorsitz im Komitee für die Namensfindung der verschiedenen Personen übernommen hast. Meinen Korrekturleserinnen Christina Camara, Lisa Ridder und Paula DelBonis-Platt danke ich für die Arbeit an meinen Originalmanuskripten – ebenso wie meinen treuesten Leserinnen: Arlene, Mary, Jeannie, Martine, und Lorraine: Ihr seid die Besten. Meine Mutter hatte wirklich einen ausgezeichneten Geschmack bei der Auswahl ihrer Freundinnen.

Für die überarbeitete Version geht ein dickes Dankeschön an Julie Cupp, die die Zügel von allem in der Hand hält, und Lisa Cafferty, Holly Sullivan und Isabel Sullivan, für alles, was ihr tut. Ebenso an Linda Ingmanson, Korrekturleserin Joyce Lamb und meine Beta-Leserinnen Anne Woodall und Kara Conrad.

Und an die Leser, die mir schreiben und mir erzählen, dass sie meine Bücher lieben: Sie werden nie wissen, wie viel mir Ihre Nachrichten bedeuten. Ich danke Ihnen allen aus tiefstem Herzen. Sie sind das Beste an meinem Schriftstellerdasein.

xoxo

Marie

# WEITERE TITEL VON MARIE FORCE

Die McCarthys

Liebe auf Gansett Island (Die McCarthys 1)

Mac & Maddie

Sehnsucht auf Gansett Island (Die McCarthys 2)

Joe & Janey

Hoffnung auf Gansett Island (Die McCarthys 3)

Luke & Sydney

Glück auf Gansett Island (Die McCarthys 4)

Grant & Stephanie

Träume auf Gansett Island (Die McCarthys 5)

Evan & Grace

Küsse auf Gansett Island (Die McCarthys 6)

Owen & Laura

Herzklopfen auf Gansett Island (Die McCarthys 7)

Blaine & Tiffany

Rückkehr nach Gansett Island (Die McCarthys 8)

Adam & Abby

Zärtlichkeit auf Gansett Island (Die McCarthys 9)

David & Daisy

Verliebt auf Gansett Island (Die McCarthys 10)

Jenny & Alex

Hochzeitsglocken auf Gansett Island (Die McCarthys 11)

Owen & Laura

Gansett Island im Mondschein (Die McCarthys 12)

Shane & Katie

Sternenhimmel über Gansett Island (Die McCarthys 13)

Paul & Hope

Festtage auf Gansett Island (Die McCarthys 14)

Big Mac & Linda

Im siebten Himmel auf Gansett Island (Die McCarthys 15)

Slim & Erin

Verzaubert von Gansett Island (Die McCarthys 16)

Mallory & Quinn

Traumhaftes Gansett Island (Die McCarthys 17)

Victoria & Shannon

Schneeflocken auf Gansett Island

Geliebtes Gansett Island (Die McCarthys 18)

Kevin & Chelsea

Blütenzauber auf Gansett Island (Die McCarthys 19)

Riley & Nikki

Sommernächte auf Gansett Island (Die McCarthys 20)

Finn & Clhloe

Andere Bücher

Sex Machine - Blake und Honey

Sex God - Garret und Lauren

Five Years Gone - Ein Traum von Liebe

Mein Herz für dich

Nicht nur für eine Nacht

Take-off ins Glück

Dieses Mal für immer

Die Green Mountain Serie

Alles was du suchst (Green Mountain Serie 1)

Endlich zu dir (Green Mountain Serie 1/Story 1)

Kein Tag ohne dich (Green Mountain Serie 2)

Ein Picknick zu zweit (Green-Mountain-Serie/Story 2)

Mein Herz gehört dir (Green Mountain Serie 3)

Ein Ausflug ins Glück (Green-Mountain-Serie/Story 3)

Schenk mir deine Träume (Green-Mountain Serie 4)

Der Takt unserer Herzen (Green-Mountain-Serie/Story 4)

Sehnsucht nach dir (Green-Mountain Serie 5)

Ein Fest für alle (Green-Mountain-Serie 5/Story 5)

Öffne mir dein Herz (Green-Mountain-Serie 6/Story 6)

Jede Minute mit dir (Green-Mountain-Serie 7)

Ein Traum für Uns, (Green-Mountain-Serie 8)

Meine Hand in Deiner, (Green-Mountain-Serie 9)

Die Neuengland-Reihe

Vergiss die Liebe nicht (Neuengland-Reihe 1)

Wohin das Herz mich führt (Neuengland-Reihe 2)

Wenn das Glück uns findet (Neuengland-Reihe 3)

Und wenn es Liebe ist (Neuengland-Reihe 4)

Die Quantum Serie

Tugendhaft (Quantum-Serie 1)

Furchtlos (Quantum-Serie 2)

Vereint (Quantum-Serie 3)

Befreit (Quantum-Serie 4)

Verlockend (Quantum-Serie 5)

Gilded Serie

Die getäuschte Herzogin

Eine betörende Braut

ÜBER DIE AUTORIN

Marie Force ist die *New York Times*-Bestseller-Autorin von sechzig zeitgenössischen Liebesromanen, u. a. der *Gansett Island*-Reihe, der *Fatal*-Reihe und der *Greenmountain*- und *Butler, Vermont*-Reihe sowie der erotischen *Quantum*-Liebesromanreihe, die sie unter dem Namen M.S. Force veröffentlicht. Ihre Bücher haben sich weltweit über sechs Millionen Mal verkauft.

Was sie in ihrem Leben erreichen möchte, ist einfach: ihre beiden Kindern zu glücklichen und gesunden jungen Erwachsenen heranwachsen zu sehen, so lange wie nur irgend möglich weiter Bücher zu schreiben … und niemals in einem Flugzeug zu sitzen, das es in die Nachrichten schafft.

Tragen Sie sich in Maries Mailingliste ein, um alles Wichtige über neue Bücher und Veranstaltungen zu erfahren. Folgen Sie ihr auf Facebook *www.Facebook.com/MarieForceAuthor* und auf Instagram *www.instagram.com/marieforceauthor/*.